Nana Nauwald

Im Zeichen des Jaguar

DIE TRAUMVISIONEN EINER SCHRECKENSNACHT nach überstande-
ner Krebsoperation fordern Carla Vogelsang, Inhaberin einer PR-Agentur, dazu
heraus, sich dem Trümmerfeld ihres Lebens zu stellen. Ihre »Aufräumarbeiten«
legen einen sorgsam verdrängten, tiefen Lebensschmerz frei: Manuel, Student und
politischer Flüchtling aus Peru, die Liebe ihres Lebens. Vor etwas zwanzig Jahren
verschwand er ohne vorherige Ankündigung aus ihrem Leben.
Carla entschließt sich, diesen Schmerz nun endlich zu heilen, Gewissheit über
die Gründe für Manuels damaliges Verschwinden zu erlangen, ihn zu finden. Sie
weiß weder, ob er noch lebt und wenn ja, wo sie ihn finden kann. Ihr einziger
Anhaltspunkt ist, dass er zum Volk der Shipibo gehört, das im peruanischen
Amazonasgebiet zu Hause ist. Wegweiser ihrer wagemutigen Lebensreise ist das
letzte Geschenk Manuels an sie: ein mit geometrischen Mustern bestickter Beutel
mit einer kleinen Flöte aus dem Knochen eines Jaguars. Die Worte, die Manuel
ihr zuflüsterte, als er ihr kurz vor seinem Verschwinden den Beutel in die Hand
drückte, klingen ihr immer noch in den Ohren: »Wenn du diese Flöte bläst und
dabei dich auf mich konzentrierst, wirst du mich finden, wo immer ich auch bin.«
Ungeplante, sich immer wieder überraschend öffnende Wege führen Carla in die
Ritualwelten machtvoller *Curanderos* an der Pazifikküste, öffnen ihr Einblicke
in die Geisterwelten des alten Volkes der Moche und führen sie zu einer alten
Shipibo-Schamanin im Dschungel. Carla erkennt durch ihre Erfahrungen in den
nächtlichen Schamanenritualen, dass alle Erscheinungsformen des Lebens ein ihnen entsprechendes »Klangmuster« haben, einen eigenen Gesang.
Carla überwindet ihre anfänglichen Widerstände und Vorurteile gegenüber diesen
ihr fremden geistigen und alltäglichen Welten und findet mit einem neuen, klaren
Blick für das weite Spektrum der Wirklichkeiten das, was sie sucht: Manuel und ihr
eigenes Lebensmuster, ihren eigenen Lebensklang.

NANA NAUWALD, geb. 1947. Künstlerin, Autorin, Dozentin für
Rituale der Wahrnehmung. Sie erforscht seit 32 Jahren schamanische
Bewusstseinswelten (Südamerika, Sibirien, Nepal). Über 15 Jahre lang war
sie Gast in Dörfern der Shipibo und bei Schamanen im Amazonasgebiet.
In Seminaren und Vorträgen inspiriert sie zu einem dem heutigen Leben
entsprechenden kreativen Wirken durch im Schamanismus wurzelnde
Methoden und Rituale.
In ihren farbenstarken Gemälden finden die Erfahrungen und Einsichten
in die Vielfältigkeit des Bewusstseinsfeldes einen tiefen Ausdruck. Sie
ist Autorin mehrerer Bücher mit den Schwerpunkten Wahrnehmung,
Naturerfahrung, Schamanismus.
WWW.VISIONARY-ART.DE / WWW.EKSTATISCHE-TRANCE.DE

Nana Nauwald

Im Zeichen des Jaguars

Roman

Herstellung und Verlag: BoD – Books on Demand, Norderstedt

ISBN 9783738632996

MIX
Papier aus verantwortungsvollen Quellen
Paper from responsible sources
FSC® C105338

FSC
www.fsc.org

ZUFÄLLE GIBT ES NICHT ...
ES GIBT NUR MUSTER, DEREN
BEDEUTUNG WIR NOCH NICHT VERSTEHEN.

TAD WILLIAMS

Die Verfinsterung des Lichts

DAS DRÖHNENDE TROMMELN ihres Herzens zerreißt die Dunkelheit der Nacht. Mit jedem Schlag öffnen sich blassgraue Risse in der bedrohlichen Schwärze. Risse, aus denen heraus sich schemenhafte Gestalten lösen, mit der Schwärze verschmelzen, auf sie zukommen. Carla sitzt mit weit aufgerissenen Augen in ihrem Bett. Der kalte Schweiß überzieht ihren abgemagerten Körper wie eine Membran, die die Trommelschläge ihres Herzens vielfach verstärkt.

Unfähig, die Hand zum Schalter der Nachttischlampe auszustrecken, starrt Carla gebannt in die wabernde Landschaft aus vielfältigen Schwarztönen.

Die schemenhaften Gestalten scheinen sich mit jedem ihrer kurzen, schnellen Atemzüge zu verändern. Noch bevor Carla sie mit ihrem Blick ganz erfassen kann, verschmelzen sie zu neuen Formen, treten zurück in das tanzende Schwarz.

Carla gibt dem Impuls, sich die Decke über den Kopf zu ziehen und damit diesen seltsamen Spuk zu beenden, nicht nach. Sie besinnt sich kurz auf ihre analytische, auf Ursache-Wirkung bezogene Geisteshaltung und setzt sich im Bett auf. »Wenn ich das alles hier mit offenen Augen sehen kann, dann will ich auch wissen, was das ist«, spricht sie sich Mut zu. Ihr Atem wird ruhiger, die Herzton-Trommeln werden leiser.

Sie kneift ihre Augen zusammen, um schärfer in die Dunkelheit hineinsehen zu können – etwas hat sich verändert in dieser Sinfonie aus Schwarz und wabernden Gestalten. Eine der Schattengestalten verschwindet nicht wieder in der Dunkelheit, sondern tritt in einer klaren, beständigen Form und sogar in Farbe aus dem Schattenschwarz heraus. Eine Raubkatze mit schwarzer Zeichnung auf braungelbem Fell geht mit wiegendem Schritt auf Carla zu. Ein Jaguar.

Aus dem letzten noch nicht völlig erstarrten Winkel ihres Verstandes löst sich ein Gedanke: »Entweder habe ich die falschen

Medikamente bekommen oder ich bin gerade dabei, wahnsinnig zu werden, weil der Krebs schon bis in mein Gehirn gewandert ist.«

Die Raubkatze steht jetzt dicht an Carlas Bett, sie kann den heißen, fauligen Atem riechen, der aus dem geöffneten Maul strömt.

Eine große Stille wie aus Watte füllt den Raum, als wären Carla, ihr Kiefernbett, das freundliche Einzelzimmer und mit ihm die ganze Reha-Klinik in einer Vakuumkugel eingeschlossen.

In diese Stille hinein dröhnt die Stimme der Raubkatze: »Es macht keinen Unterschied, ob du tot bist oder lebendig.«

Die Worte hallen in Carlas Kopf tausendfach wieder, der Wortschall ergießt sich in jede Zelle ihres Körpers, wirbelt zurück in das Maul der Raubkatze. Stille.

Die Erscheinung des Tieres bewegt sich rückwärts, zerfließt in der Dunkelheit. Die Stille des Raumes, die Stille der ganzen Welt hat sich mit einer Saugbewegung aus der Außenwelt zurückgezogen, in Carla hinein. Sie hört ihren Atem nicht mehr, die Stille in ihr droht sie zu ersticken. Panik steigt in ihr hoch. Der Lichtschalter – da war doch noch vor kurzem ein Lichtschalter neben ihrem Bett!

Carlas Hand, die sich starr und eiskalt anfühlt, tastet unbeholfen die Wand neben dem Bett ab, fühlt endlich den Lichtschalter. Der kleine Raum wird eingetaucht in warmes, gelbes Licht. Carlas Blick fällt auf ihren edlen Designer-Wecker: drei Uhr morgens. Mühsam, mit steifen Gliedern, steigt sie aus dem Bett, wechselt ihr durchschwitztes Nachthemd und wickelt sich in einen weiten Morgenmantel aus wärmenden Kaschmir ein.

Sie öffnet das Fenster und atmet tief die milde, würzige Luft der Sommernacht ein. Verwundert bemerkt sie, wie hell die Nacht draußen ist. Wenn es draußen so hell ist, woher kam dann diese tiefe Dunkelheit in ihrem Zimmer? Woher kamen die Schattengestalten, das Dröhnen ihres Herzens, die Raubkatze und vor allem: diese Worte?

Carla zieht sich den leichten Korbsessel an das Fenster. Hinter dem Park der Reha-Klinik stehen wie eine dunkle Wand die berühmten Schwarzwaldtannen, schwarz und schweigend ...

Nie hätte sie gedacht, dass es sie erwischen könnte. Sie, die erfolgreiche, selbstbewusste Carla Vogelsang, dreiundvierzig Jahre alt, Inhaberin einer kleinen, aber sehr exklusiven PR-Agentur.

Natürlich kannte sie in ihrem Bekanntenkreis einige Frauen, die an Brustkrebs erkrankt waren. Aber irgendwie hatte Carla sie entweder unter der Rubrik »frustrierte Hausfrauen und Mütter« oder »Frauen mit unerfüllten Leben« abgespeichert. Kein Wunder, das sie Krebs bekamen!

Doch dann kam der vierzehnte Januar. Der Tag, an dem ihr Lebensgebäude in sich zusammenfiel.

Ohne Beschwerden war sie, wie immer im Abstand von zwei Jahren, zur Mammografie gegangen. Und dann, noch in der Praxis, die Diagnose: ein kleiner Tumor in der linken Brust. »Sie haben wirklich Glück«, sagte ihr der Arzt.

Es war ihr schwer gefallen, dieses »Glück« zu verstehen. »Glück« hieß, dass der bösartige Tumor im Frühstadium entdeckt wurde und noch keine Metastasen gebildet hatte. Ihre linke Brust musste nicht amputiert werden. Glück.

Sie tat sich schwer damit, die Erkrankung als ihre Realität anzunehmen. Nach der Operation wurde sie mit noch mehr Glück gesegnet: keine Chemotherapie! Dafür aber fünf Wochen lang jeden Werktag Bestrahlungen, Gesprächstherapie, Bewegungstherapie, Reha-Klinik, tägliche Tabletteneinnahme gegen das Wachstum von Metastasen. Ihren Freunden gegenüber gewöhnte sie sich an, sarkastisch von den »Stationen ihres Kreuzwegs« zu sprechen.

Über den sanften Bergrücken im Osten zieht der erste Schimmer des neuen Tages herauf. Carla fröstelt, schließt das Fenster, kuschelt sich in ihre Bettdecke ein. Schlafen, das ist alles, was sie jetzt möchte. Schlafen – ohne Gedanken an Dunkelheit, Schattengestalten und Raubkatzen. Aber vor allem ohne Erinnerung an diese Worte.

Wenn sie wieder aufwacht, wird die Welt hell sein, wartet die Therapiestunde auf sie, wird es Erklärungen geben für das Nachtgeschehen.

»Das waren Bilder meines Unterbewusstseins«, beruhigt sie sich immer wieder, bis sie endlich in einen tiefen, traumlosen Schlaf fällt.

Die Welt des neuen Tages ist hell, so wie Carla es sich beim Einschlafen gewünscht hat. Doch schon im ersten Gedanken dieses neuen Tages reist ein »blinder Passagier« mit, der sich unüberhörbar vordrängt. Der blinde Gedankenpassagier flüstert ihr zu: »Du weißt es. Der Jaguar hatte Manuels Gesicht. Es war Manuel, der zu dir gesprochen hat.«

Vorbei ist es mit der Ruhe des neuen Tages.

Manuel. Sie war sich sicher gewesen, das alles für immer ausbruchsicher im hintersten Winkel der Grundmauern ihres fast perfekt konstruierten Lebensgebäudes vergraben zu haben: die köstliche Zeit ihrer Liebe, die verwirrende Zeit der Begegnung mit seinen ihr so fremden Wurzeln, die erregende Zeit ihrer gemeinsamen politischen Arbeit, die Aktionen gegen die Startbahn West und den Nazi-Buchladen, das Leben in der Wohngemeinschaft.

Sie, Studentin der Germanistik mit dem Ziel Lehramt und Manuel, Student und politischer Flüchtling aus Peru, von dessen Geschichte sie nur wenig wusste. Was sie wusste, reichte ihr damals aus, um keine Fragen zu stellen: sie wusste von der Wahrheit ihrer Nächte. Die Nächte waren erfüllt von einer wilden Sinnlichkeit, und in den Momenten der Ruhe erzählte ihr Manuel ihr immer wieder von seiner Familie und seinem Dorf. Sie verstand nicht alles, aber sie genoss es, dem weichen, sinnlichen Klang seiner Stimme zu lauschen.

Wo sein Dorf genau lag, hatte er ihr aus Angst vor Sanktionen gegen seine Familie nie gesagt, irgendwo im peruanischen Dschungel.

Manches, was er ihr in diesen langen Nächten erzählte, irritierte sie – wie konnte er, ein glühender Verfechter sozialistischer Ideen, der vehement für die Rechte der indigenen Völker kämpfte, in einer Welt zu Hause sein, in der es Geister und Wunderheiler gab? Phantastische, befremdliche Geschichten erzählte er ihr: Von seinem Vater, der in nächtlichen Zeremonien mit Pflanzengeistern die Menschen im Dorf heilte; von geometrischen Mustern, die jeden Menschen wie ein unsichtbares Netz überzogen; vom Jaguar, der nicht nur ein Tier, sondern auch ein mächtiger Geist sein konnte.

Sie hörte sich diese Erzählungen an, wie sie sich Märchen für Kinder anhörte. Aber wenn Manuel im Zusammenhang mit den Erzählungen auf seiner kleinen Knochenflöte spielte, war ihr das zu viel. Diese Flöte hatte nur vier Löcher, doch Manuel entlockte ihr sehnsuchtsvolle, rufende Tonfolgen. Hätte sie nur diese Klänge gehört, ohne die Geschichten dazu, und ohne zu wissen, dass die Flöte aus dem Knochen eines Jaguars gefertigt war, hätte sie die weichen, hauchig geblasenen Melodien sicher sehr genossen. Doch so waren ihr die Flöte und der Klang unheimlich, riefen Abwehr in ihr hervor.

Als Manuel seinen Geschichten eines Nachts hinzufügte, dass sein Vater den Jaguar nicht nur selbst getötet habe, sondern ein Schamane sei, der mit dem Geist des Jaguar arbeite, weigerte sie sich, die Flöte anzufassen, geschweige denn, selbst auf ihr zu spielen.

Sie verbrachte einen ganzen Nachmittag in der Bibliothek des Völkerkundemuseums, um sich über Schamanen zu informieren. Was sie las, ließ sie ärgerlich werden. Wie konnte ein aufgeklärter Mensch wie Manuel etwas mit diesem steinzeitlichen, animistischen Zauberkult zu tun haben!

Dann, in einer kalten Januarnacht, der sie die Hitze ihrer jungen Körper entgegensetzten, wurde Manuel sehr ernst, zog das Beutelchen mit der Knochenflöte hervor und legte es in ihre Hand. »*Gatita*, mein kleines Kätzchen, ich weiß, du fürchtest dich vor dieser Flöte. Ich kann dir jetzt diese Furcht nicht wegnehmen. Ich liebe dich, du weißt das. Ich bitte dich um dein Vertrauen, auch wenn du manches an mir nicht verstehst. Ich möchte, dass du diese Jaguarflöte nimmst und sie gut hütest, sie ist das Kostbarste, das ich dir außer meiner Liebe geben kann. Solange diese Knochenflöte bei dir ist, werde auch ich bei dir sein.«

Damals wie auch heute haben Carla diese Worte geängstigt. Seit dieser Nacht hütet sie die Manuels Kostbarkeit, hat sie aber nie versucht zu blasen. Mit der Jaguarflöte hatte er ihr das Beutelchen geschenkt, in dem er die Flöte aufbewahrte. Sie mochte den kleinen Beutel, er gefiel ihr gut: auf dunkelbraunem, grob gewebtem Tuch sind in leuchtenden Farben eigenartig verschlungene, geometrische Muster gestickt.

Einige Wochen später war Manuel eines Morgens aus der Wohnung verschwunden, ohne Vorankündigung. Nur ein Zettel lag neben ihrem Bett: »Mein Kätzchen, Geliebte, ich muss gehen, aber ich verlasse dich nicht. Es ist besser für deine Sicherheit, wenn du nicht weißt, wo ich bin. Ich habe Probleme mit der Ausländerbehörde. Die Kraft des Jaguargeistes wird dich schützen. Wir werden uns wieder sehen. Ich liebe dich.«

Darunter stand: »Manuel, den seine Eltern ‚Metsa Vari‘ nennen«.

Noch lange Zeit nach seinem Verschwinden hatte sie morgens beim Aufwachen das Gefühl, Manuel hätte sie in der Nacht besucht. Selbst Jahre später hätte sie manchmal schwören können, sein vertrautes, leises Pfeifen zu hören, wie einen lang gezogenen, hohen Ruf.

Gut vergraben in dem hintersten Winkel ihres Kleiderschrankes ist auch das, was ihr Manuel kurz vor seinem Verschwinden geschenkt hat: die Knochenflöte, aufbewahrt in dem kleinen Beutel, zusammen mit seinen Abschiedsworten. Metsa Vari – der Name für ihr nicht gelebtes Leben.

Auch ohne Therapiestunde weiß sie nach dieser Nacht, dass einer der Ecksteine dieser Grundmauern Manuel heißt.

Und noch etwas weiß sie nach dieser Nacht: es ist ihr nicht egal, ob sie tot ist oder lebendig. Sie will leben.

2

Der Aufbruch

MIT EINEM SATTEN, dunklen Klick schnappte die Tür in das Schloss. Seltsam, dass so etwas Vertrautes wie der Ton der zufallenden Wohnungstür ein Schwindelgefühl verursachen kann!

Carla lehnt sich an den Türrahmen und atmet einige Male tief in ihre Körpermitte hinein, bemüht sich, den Kontakt ihrer Füße zum Boden zu spüren – so, wie sie es in der Reha-Klinik gelernt hat. Jetzt nur kein Panikgefühl aufkommen lassen! Das bewusste Atmen bringt ihren Körper wieder in sein Gleichgewicht. Carla öffnet die Augen, löst sich von der Türumrandung und tritt einige Schritte in das stille, alte Treppenhaus. Das polierte Messingschild neben der hohen, zweiflügeligen Eichentür funkelt im einfallenden Sonnenlicht, die schwarzen Buchstaben der Schrift scheinen zu tanzen: Carla Vogelsang. Hinter dieser Tür liegt ihre Wohnung, diese Tür verschließt die letzten sieben Jahre ihres Lebens.

Und vor dieser Tür steht ein großer, prall gepackter neuer Rucksack. Mit entschlossener Miene schultert sie ihren Rucksack, atmet noch einmal tief durch und steigt langsam die breiten, gebohnerten Holztreppen des alten Patrizierhauses zur Haustür hinab. Vor der Tür wartet ihr Taxi. »Zum Flughafen bitte.« Das Taxi fädelt sich in den stockenden Einbahnstraßenverkehr des Frankfurter Westends ein.

Carla blickt konzentriert geradeaus. Sie bemüht sich, die Häuser und Menschen der ihr so vertrauten Umgebung nur aus den Augenwinkeln heraus wahrzunehmen. Der Abschied vom Altvertrauten fällt ihr schwer. Der Schritt, zu dem sie sich entschlossen hat, ängstigt sie. Dieser Schritt heißt Manuel, heißt Peru. Carla spürt, wie ihr Herz eng wird, wie sie Atemnot bekommt. Hörbar atmet sie einige Male tief ein und aus. »Ei, is ihnen nich gut?«, fragt der Taxifahrer besorgt und fängt an, von seiner Mutter zu erzählen, die auch das Autofahren so schlecht verträgt. Das

Geplapper des Taxifahrers entspannt Carla, es geht sie nichts an.

»Es geht mich nichts an ...« Noch vor dreizehn Monaten war diese Einstellung unvorstellbar für sie gewesen, wäre einem Verrat an ihrem Selbstbild, ihrem Lebenskonzept und ihrer Weltanschauung gleichgekommen. Carla Vogelsang, immer gut informiert über jeden und alles im Öffentlichkeitsbereich von Wirtschaft und Politik.

Dreizehn Monate. 396 Tage und Nächte, die sie erlebt hat, gelebt hat, überlebt hat.

396 Tage und Nächte – bestimmt von Angst, Schmerz, Verzweiflung, Wut, Resignation und Hoffnung.

Quietschende Reifen und eine Vollbremsung reißen sie aus ihren Gedanken. Fluchend bringt der Taxifahrer den Wagen zum Stehen. »Ah ja klar: en Offebächer. Mach dich fott da, geh zurück nach Offebach und waach dich nich mehr her nach Frankfort!« Er dreht sich zur erschrockenen Carla um. »OF – ohne Führerschein, saach ich nur.«

Ein vollbesetzter Audi aus Offenbach hat ihr Taxi beim Überholmanöver so geschnitten, dass es fast zu einem Auffahrunfall gekommen wäre. Carla muss trotz des Schrecks grinsen. Ein Audi aus Offenbach! Das ist für sie als Frankfurterin nicht nur eine etwas skurrile Bestätigung der alten Fehde zwischen Offenbach und Frankfurt, es ist auch eine nicht zu überbietende Ironie des Schicksals, dem Krebstod von der Schippe gesprungen zu sein um dann unter einem Audi aus Offenbach den Tod zu finden! Ihr Grinsen verwandelt sich in ein hysterisches Lachen. Das erschreckt den Taxifahrer noch mehr als der Fast-Unfall. Er hält in seinem Beschimpfungsgewitter inne und blickt besorgt auf seinen Fahrgast: »Ah naa, is doch nix passiert, net uffreeche!«

Der Audi ist nicht mehr zu sehen.

Vor dem Abflugterminal musterte der Taxifahrer besorgt Carla, die unbeholfen aus dem Mercedes steigt.

»Blaabe se grad her uffn Fleck stehn, ich geh ihne aan Waache hole für ihne ihrn Köfferchen.«

Carla ist dankbar über diese kleine Zuwendung, denn der Schreckmoment des Fast-Unfalls hat sie noch einmal mit ihrer aktuellen Lebenssituation konfrontiert: eine nicht gesunde Frau, alleine, auf dem Weg in ein ihr fremdes Land, auf der Suche nach dem Bauplan ihrer Lebensgrundmauern.

»Vielleicht sollte ich mich von nun an Privat-Archäologin nennen«, denkt sie selbstironisch.

In der langen Warteschlange vor dem Abfertigungsschalter für den Flug nach Amsterdam fällt ihr der Ausspruch eines Zen-Meisters wieder ein, den ihr die Yogalehrerin Yvonne zum Abschied ihres Aufenthalts in der Reha-Klinik mit auf den Weg gegeben hat: »Der Himmel ist immer der Himmel. Wenn auch Wolken und Blitze kommen, der Himmel ist nicht verwirrt.« Verstanden hat sie das nicht.

Beim Gedanken an Yvonne erinnert sich Carla wieder pflichtbewusst an die erlernte Atemtechnik und atmet tief in die Mitte ihres Körpers ein. Ihr Atem – eine der wichtigsten Neuentdeckungen ihrer letzten 396 Tage und Nächte. Wie hat sie eigentlich vorher geatmet, hat sie überhaupt in den letzten Jahren geatmet?

Kurze Zeit später, beim Flug durch einen grauen Februarhimmel, der sich nur zögernd der Sonne öffnet, nimmt sie sich fest vor: »Was immer mir auch begegnen wird, ich werde der nicht verwirrte Himmel sein.«

Die zeitaufwendigen Sicherheitskontrollen auf dem Amsterdamer Flughafen geben auch Carla Zeit, sich ihre Mitreisenden anzusehen. Dem Aussehen und der Sprache nach zu urteilen sind die meisten der Passagiere Spanier oder Südamerikaner. Ihr Beruf und vor allem ihre Neugier auf Fremdes hat Carla in viele Länder geführt, doch sie ist noch nie in einem der südamerikanischen Länder gewesen. Gut trainiert darin, in fremder Umgebung Unnahbarkeit und Souveränität auszustrahlen, will ihr dass hier, eingekeilt in der unruhigen Schlange der Wartenden, nicht gelingen. Verwundert registriert sie, wie eine fast süße Aufregung von ihr Besitz ergreift. Ihr Mund ist trocken, ihr Blick streift unruhig umher, sie ist zappelig. Es ist eine Erregung des Gemüts und des Körpers, die Carla an ihre ersten Liebesverabredungen erinnert. Und diese Erregung ist – genau wie früher – begleitet von einer diffusen Angst.

Bizzelndes Gefühl im Bauch und diffuse Angst bekommen einen sehr handfesten Stoß: der quirlige Sprössling der hinter ihr stehenden Familie hat bei der Nachahmung eines Kung-Fu-Fernsehhelden die Stoßrichtung seines rechten Arms falsch eingeschätzt ...

Die Mutter, eine kleine, mollige Frau mit blitzenden dunklen Augen überschüttet Carla mit einem Wortschwall an Entschuldigungen. Carla ignoriert den Schmerz in ihrem Rücken, denkt kurz an ihre Eigenschaft als Himmel und beruhigt auf Spanisch lächelnd die aufgeregte Mutter. Vorbei ist es mit dem Nachsinnen über bizzelnde Gefühle und diffuse Angst. Noch vor dem Einstieg in die Maschine nach Lima hat Isola, die Mutter des hoffnungsvollen Sprösslings, alles in ihren Augen Wichtige aus Carla herausgequetscht: ob sie verheiratet ist, ob sie Kinder hat, warum sie nach Peru reist ...

Zu Isolas großem Bedauern liegen die Plätze ihrer Familie weit entfernt von Carlas Platz. Carla aber schickt einen stillen Dank an die »Platzverteilungs-geister«. Einen zweiten stillen Dank schickt sie kurze Zeit später nach, als es sich herausstellt, dass der Fensterplatz neben ihr frei bleibt.

»So ein Himmel braucht ganz einfach mehr Platz als ein normaler Fluggast«, denkt sie lächelnd und streckt ihre langen Beine aus.

Isola und ihre Familie sind von Carlas Platz aus weder zu sehen noch zu hören, doch Isolas Fragen haben sich selbständig gemacht und kreiseln in Carlas Kopf herum. »Ob sie verheiratet ist ...« Nein, aber sie war verheiratet, mit Thomas, neun Jahre lang – von denen sechs Jahre ein gute Zeit waren. Fünf Jahre, nachdem Manuel verschwunden war, heirateten sie. Thomas, der wie sie Germanistik studierte und sich politisch engagiert hatte, und, der wie sie auch, mit der Anstellung als Lehrer nach und nach die aufmüpfige Studentenzeit und das engagierte Einsetzen für eine »gerechtere« Welt unter dem Kapitel »Jugendsünden« im Familienalbum ablegte. Sie führten eine kultivierte Ehe, in der es Carla fast perfekt gelang, das Feuer ihrer Gefühle und die Bereitschaft zum Mut, von außen abgesteckte Grenzen zu verschieben, all das, was sie mit Manuel gelebt hatte, fest in einem Winkel ihrer Seele zu verschließen. »Ob sie Kinder hat ...« Es schmerzt sie, wenn sie an Philip, ihren 14jährigen Sohn denkt, der nun schon seit dreizehn Monaten bei Thomas in Königstein im Taunus lebt. Wenn sie an ihn denkt, ärgert sie der kluge Zen-Spruch über die Nicht-Verwirrtheit des Himmels. Wahrscheinlich hat der zitierte Himmel keine Kinder!

Carla ist sich nicht mehr sicher, ob dieses Wortgeschenk ihrer Yogalehrerin nicht eine ganz andere, von ihr noch nicht erkannte Botschaft für sie beinhaltet.

»Sie haben ein vegetarisches Essen bestellt?« Die Frage der Stewardess holt Carla zurück in das vom Therapeuten in der Reha-Klinik so oft zitierte »Hier und Jetzt«.

Das Tablett mit dem asiatisch-vegetarischen Essen vor sich, hört Carla schon wieder die Stimme des Therapeuten: »Es gibt keine Garantie für Leben, weder im Zustand der Gesundheit noch im Zustand der Krankheit. Versuchen Sie, immer im jetzigen Moment zu sein. Wenn Sie schlafen, dann schlafen Sie. Und wenn Sie essen, dann essen Sie.« Die Erinnerung daran lässt Carla für einen Moment das Essen vergessen.

Der hat gut reden, denkt sie, er ist nicht krank. Es ist leicht, philosophisch über den Tod und die alleinige Gültigkeit des Augenblicks zu reden, wenn der eigene Tod noch nicht in Gestalt einer Geschwulst im eigenen Körper sitzt.

Sie setzt sich aufrecht hin, schließt die Augen und konzentriert sich auf ihren Atem. Es wird ruhig in ihr, die Stimme des Therapeuten verblasst, die Stimmen der Mitreisenden und das Fluggeräusch verschmelzen zu einem beruhigenden Brummen.

Von all den Therapien, Ratschlägen und Ermahnungen der letzten dreizehn Monate war das Erlernen des vielfältigen, sie stärkenden Umgangs mit dem Atem das Einzige, was sie in ihren Alltag übernommen hat. Noch ein abschließender tiefer Atemzug – das Essen wartet. Noch bevor das Essenstablett wieder abgeräumt ist, fällt Carla in einen unruhigen Halbschlaf. Wie eine Experimentaldokumentation ziehen unzusammenhängende Bilderfetzen aus ihrem Leben an ihr vorbei. Als sie wegen der unbequemen Sitzhaltung aufwacht, hat sie ein Bild noch deutlich vor Augen: Ihr Zimmer in der Wohngemeinschaft im Nordend, Frankfurt 1982. Manuel Curi Roque, der im Schneidersitz auf ihrem Bett sitzt und einer kleinen Knochenflöte sehnsuchtsvolle Tonläufe entlockt. Noch jetzt, im Wachzustand, meint sie diesen Klang zu hören. Vielleicht ist es ja auch nur das Geräusch der Flugdüsen oder ihre Ohren sind aufgrund des Luftdrucks in der Kabine zugefallen. Carla lauscht auf die Fluggeräusche – und kann sie klar vom Flötenklang trennen. Sie steckt die Zeigefinger tief in die Ohren, bewegt sie hin- und her, zieht sie wieder heraus: die Ohren sind nicht zugefallen, immer noch hört sie den hauchigen Klang der Knochenflöte. Carla seufzt, steht auf und versorgt sich in der Bordküche mit einem Glas Wasser.

Sie geht den schmalen Gang zwischen den Reihen einige Male auf und ab. Noch sechseinhalb Stunden Flugzeit bis Lima.

Lima – weder kennt sie die Stadt noch kennt sie jemanden dort. Aber sie hat die Adresse eines billigen Backpacker-Hotels, das ist doch immerhin ein Anfang!

Ein Anfang – wofür? Die neugierige Mutter des stürmischen Jungen konnte sie gut mit der Auskunft zufrieden stellen, sie würde einen alten Studienfreund besuchen. Den Freunden und ihrem Sohn zu Hause hat sie erzählt, sie möchte sich einen lang gehegten Wunsch erfüllen und eine Rundreise durch Peru machen. Wie hätte sie die Gründe für ihre Reise auch einem vernünftig denkenden Menschen erklären können? »Emotionale Flucht aus einer aktuellen Krisensituation in die Vergangenheit«, »Romantisierung einer Jugendliebe«, »unverantwortliches Handeln gegenüber ihrem Sohn«, »Kurzschlusshandlung« – wären sicherlich noch die nettesten Kommentare gewesen, die sie sich hätte anhören müssen. Zumal sie sich selber lange genug mit diesen Einwänden abgequält hat. Wie hätte sie es auch erklären sollen, dass sie ihrer eigenen Lebensspur nachgehen muss, um ihr Lebensmuster erkennen zu können. Sie will es wie eine Forscherin erkunden, damit es zu einem Lebensmuster wird, das ihr entspricht – jetzt.

Um im »Jetzt« leben zu können, muss sie den Schatten, der sich seit Manuels Verschwinden in ihr eingenistet hat, zu einer greifbaren Gestalt werden lassen, damit er sie verlassen kann – das hat sie die Nacht der Dunkelheit gelernt.

Dieser Schatten hat einen Namen: Manuel, von dem sie weder weiß, ob er noch lebt, noch wo er lebt. Was sie jedoch nach diesen 396 Tagen weiß, ist: Durch Manuel hat sie sich zum ersten und leider auch zum letzten Mal in ihrem Leben als eine einzigartige, lebendige

Kostbarkeit erfahren, eine Einheit aus kreativer Sinnlichkeit und funkelndem Geist. Was sie noch weiß, ist: Dass diese Einheit immer noch das Fundament unter ihrem eingestürzten Lebensgebäude ist. Carla blickt auf ihre Uhr: nur noch 4 Stunden bis Lima.

Sie ist seit 396 Tagen mit dem Glück des Lebens neu beschenkt worden, sie hat sich der Furcht der Dunkelheit gestellt, wie sollte sie da die Abenteuer unbekannter Wege fürchten?

Carla faltet ihren durch die Krankheit schmal gewordenen Körper kunstgerecht in den zwei Sitzplätzen ein und versucht, zu schlafen.

3

Die Anfangsschwierigkeit

DIE ERSTEN SCHRITTE heraus aus dem Flughafengebäude rauben ihr fast den Atem: Warme, trockene Luft umschmeichelt sie, es ist Sommer in Lima. Der Nachthimmel hat einen orangenen, staubigen Schleier, hinter dem sich die Schwärze der Nacht verbirgt.

Hinter der Absperrung versuchen wild mit den Armen fuchtelnde, schreiende Männer ihre Dienste als Taxifahrer anzupreisen. Carla ist sehr verlangsamt in ihrer Reaktion, der lange Flug und die Zeitverschiebung von sechs Stunden fordern ihren Tribut. Es ängstigt sie, von den Zurufen und den zerrenden Händen bedrängt zu werden. Sie versucht, in den Gesichtern der Männer zu lesen. Wem kann sie trauen?

Ein offiziell wirkender Taxifahrer ist seit der Absperrung nicht von ihrer Seite gewichen. Sie sieht ihn an: Älterer Mann, angegrautes, ordentlich geschnittenes Haar, geputzte Schuhe, faltiges, freundliches Gesicht. Aber so sehen die anderen Taxifahrer auch fast alle aus. Fragend blickt sie ihn an. »Acht Dollar?«

Theatralisch seufzend stimmt er zu, ergreift mit einem triumphierenden Blick auf seine Konkurrenten den Rucksack und bahnt sich einen Weg durch die Ansammlung der nicht offiziellen Taxifahrer. Carla stolpert hinter ihm her.

Das Taxi entpuppt sich als ein ramponiert aussehendes Privatfahrzeug und ist mindestens zwanzig Jahre alt. Die Innenverkleidung der Türen zeigt das nackte Blech, die Kurbel für die Fenster fehlen, die Frontscheibe ist gesprungen – aber die Hupe geht noch.

Die halbstündige Fahrt in die Innenstadt von Lima lässt Carla keine Chance, sich entspannt zurückzulehnen: Schlaglöcher, Bodenschwellen, ausgeleierte Stoßdämpfer und ein pausenlos redender Taxifahrer wissen das zu verhindern. Die Vororte, durch die

sie fahren, erzählen selbst bei der alle Details gnädig verschlucken-
den Nachtbeleuchtung von großer Armut und kreativen, abenteu-
erlichen Lösungen des Wohnungsproblems.

Das Hotel El Sol entpuppt sich als ein Altbau in einer engen
Straße, gegenüber einer Kirche, mit den für alte Lima typischen
Holzbalkonen.

Carla folgt dem Taxifahrer, der ihren Rucksack trägt, durch
die riesige hölzerne Eingangstür und sieht sich staunend um: Sie
steht in der pompösen, musealen Eingangshalle eines Privathauses.
Hohe Spiegel in verzierten Goldrahmen, Schauvitrinen mit alten
Keramikgefäßen und Totenschädeln, riesige Leinwandgemälde in
schweren Holzrahmen.

Ein lautes Räuspern reißt sie aus ihren Betrachtungen. Neben ihr
steht der Taxifahrer. Richtig, sie hat ihn noch nicht bezahlt!

Die Dollars verschwinden schnell in seiner Hosentasche und fast
genauso schnell verschwindet er hinaus auf die Straße.

Carla schaut ihm nach und bemerkt dabei den kleinen Raum,
der gleich rechts neben der Eingangstür liegt: der Empfang.
Eigentlich ist es nur ein schmaler Durchgangsraum. Neben dem
kleinen Empfangstresen führt eine breite Holztreppe in die oberen
Stockwerke. Hinter dem schmalen, hohen Holztresen schaut eine
jungen Frau Carla neugierig und freundlich entgegen.

«*May I help you?*"

«*Gracias, si. Nesecito una habitación simple con baño privado.*«

Carla erntet ein bewunderndes Kompliment für ihre guten
Spanischkenntnisse.

»Ach, das ist doch nichts Besonderes. Ich habe einige Jahre
lang beruflich mit spanischen Geschäftspartnern zu tun gehabt.
Außerdem macht es mir viel Spaß, Sprachen zu lernen.«

»Wie lange wirst du in Lima bleiben«, fragt die Nachtbesetzung
des Hotelempfangs.

Carla zögert mit der Antwort.

»Bestimmt drei, vier Tage. Ich weiß es noch nicht genau.«

»Oh, vielleicht kannst du mir jeden Tag eine Stunde lang
Englischunterricht geben. Dafür kann ich dir 10 *Sole* Ermäßigung
auf den Zimmerpreis geben.« Fragend sieht die junge Frau
Carla an. Warum eigentlich nicht? Ihrer Reisekasse kann jede

Sparmaßnahme gut vertragen, denn die Hälfte des Reisegeldes hat sich Carla von ihrer Schwester geliehen.

»Ja, mach ich gerne«, lächelt Carla.

Wenn das kein gutes Omen ist: schon in ihrer ersten Nacht in Peru die Aussicht auf einen kleinen Zugewinn!

Carla trägt sich in das Anmeldebuch ein und bekommt einen Schlüssel in die Hand gedrückt, Zimmer D2.

»Das Restaurant ist leider schon geschlossen, aber morgen früh kannst du ab acht Uhr auf der Dachterrasse frühstücken. Ich heiße Edita.«

Edita streckt Carla ihre Hand entgegen, und mit dem Versprechen, sich morgen Nachmittag um zwei Uhr auf der Dachterrasse zur Englischstunde zu treffen, wünschen sie sich gegenseitig »*Buenas noches*«.

Der Rucksack scheint während des Flugs an Gewicht zugenommen zu haben. Langsam steigt Carla die ausgetretenen Holzstufen in den ersten Stock hoch. Riesige, zweiflügelige, massive Holztüren säumen den breiten Flur. In der Mitte des Flurs ist ein von einer weißen Balustrade umgebene ca. zwei Mal drei Meter große Öffnung, durch die Carla nach unten in die Eingangshalle sehen kann. Sie hebt den Kopf zur Decke und sieht, dass sie durch eine Öffnung über sich den Himmel sehen kann. Ihr gefällt das Hotel, auch wenn ihre Aufnahmefähigkeit nach diesem langen Reisetag schon sehr eingeschränkt ist.

Die Hinweisschilder auf die Zimmernummern zwingen Carla, sich mit ihrem Rucksack über eine enge, frei schwebende Wendeltreppe noch ein Stockwerk höher zu quälen.

Schnaufend setzt sie den Rucksack ab und sieht sich um: sie ist auf einer Dachterrasse, unter freiem Himmel. Vor ihr stehen Grünpflanzen in großen Kübeln, dahinter kann sie Tische und Stühle erkennen – das Restaurant. Rechts und links von ihr führen schmale, steile Treppen noch eine Etage höher. Unerbittlich verweist sie das Schild „D2-D7" weiter nach oben, rechts die Treppe hoch. Von Minute zu Minute fühlt sich Carla immer schwächer und müder. Die ungewohnte Wärme der Februarnacht verstärkt ihre Erschöpfung. Sie hievt sich wieder den Rucksack auf den Rücken, zieht sich am Treppengeländer die steilen Stufen nach oben.

Ein schriller Schrei lässt Carla so zusammenzucken, dass sie fast das Gleichgewicht verliert und eine Stufe tiefer stolpert.

»Gib mir das Geld!«

»Halt die Klappe, Paco«, schimpft eine Frauenstimme zurück.

Gackerndes Gelächter ist die Antwort. Unverkennbar das Gelächter eines Papageis. Carla atmet tief durch. Es wird wirklich höchste Zeit, das Zimmer Nr. D2 zu erreichen, ihr Nervenkostüm ist nicht mehr sehr belastbar.

Endlich! Hinter der Tür zu D2 wartet ein freundlicher Raum mit alten Kolonialmöbeln und einem breiten Bett auf sie. Carla verzichtet auf ein großes Reinigungsritual und folgt umgehend dem Lockruf des Bettes.

Wirre Träume machen den Schlaf fast so anstrengend, wie es der vergangene Tag war.

Schon nach zwei Stunden wacht Carla wieder auf, ihr Mund ist ausgedörrt, ihr schmerzt jeder Muskel. Ob man das Wasser aus dem Wasserhahn hier trinken kann? Carla denkt kurz an ihr immer noch angeschlagenes Immunsystem und widersteht der Versuchung. Sie durchwühlt ihre große Umhängetasche, da müsste doch noch ein Rest Wasser in der kleinen Plastikflasche sein! Warm und abgestanden rinnt das gute Bad Vilbeler Wasser durch ihre ausgedörrte Kehle.

Sie legt sich wieder auf das Bett und betrachtet das mächtige Bild, das über der Kolonialstil-Kommode hängt. Es ist pastos gemalt, schwarz-dunkelgrau wie mit Asche und Lava überzogen; gebrochene, starkfarbige Linien, die sich aus der Asche zu erheben scheinen und zu Gesichtern und Gestalten zusammenfügen. Zwei kurze, etwas schräge Striche in leuchtendem Dunkelgelb beherrschen das Bild, alle anderen Formen sind in ihrer Bewegung auf diese beiden Linien ausgerichtet. Je länger Carla sich dieses Linien ansieht, desto klarer treten sie aus dem Bild heraus: zwei schräg gestellte Katzenaugen. Sie fühlt sich beobachtet. Katzenaugen? Es sind die Augen des Jaguars, dessen ist sie sich plötzlich sehr sicher.

Carla erschauert und zieht die dünne Bettdecke eng um sich. Das ist wirklich ein ängstigender Zufall: Dieses Nachtbild ausgerechnet in ihrem Zimmer! Schattengestalten und der Blick eines Jaguars.

In sich zusammengekauert, erinnert sie sich an ihren Atem. Sie richtet den Oberkörper auf und atmet tief in ihren Bauch ein. Ihr Himmel lässt sich nicht verwirren, auch nicht durch zwei gemalte gelbe Striche!

Entschlossen steht sie auf. Sie zerrt ein großes, buntes Strandtuch aus ihrem Rucksack, steigt auf den Stuhl und verhängt das Bild. Zufrieden mit ihrer Tat betrachtet sie die fröhlichen Farbverläufe des rot-orangefarbenen Tuchs. Dann schaltet sie das Licht auf dem Nachttisch aus, dreht sich auf die Seite und schläft ein, den Beutel mit der Jaguarflöte dicht neben ihrem Kopfkissen.

Sie schläft fest und lange. Vielfältiges Stimmengemurmel weckt sie auf. Durch die schmalen, hoch angebrachten Fenster ihres Zimmers flutet Sonne. Sommer! Carla streckt ihre wintermüden, frankfurtgrauen Glieder und genießt ein ausgiebiges Duschbad.

Kritisch blickt sie später an sich herunter – leichte, helle Trekkinghosen, gelbes T-Shirt, bequeme Wandersandalen –, sie kommt sich etwas fremd vor in dieser »Freizeitkleidung«. Lediglich ihr teurer Haarschnitt von Vidal Sassoon erinnert noch an die repräsentative Chefin von net.communication. Energisch schüttelt sie ihr schulterlanges, hellbraunes Haar und sieht ihr Spiegelbild an: 172 cm groß, etwas zu mager; helle graue Augen; ein längliches, etwas ausgemergeltes Gesicht von ebenfalls gräulicher Farbe. Was sie da sieht, ist bestenfalls unterstes Mittelmaß auf der Skala erfreulicher Frauenanblicke!

»Carla Vogelsang, jetzt fängt das Abenteuer an, das zu sein, was du bist«, versucht Carla ihr Spiegelbild zu überzeugen. Sie seufzt, wenn sie doch nur wüsste, wer sie ist. Jetzt, hier und heute im Hotel El Sol in Lima.

»Das ist eigentlich einfach«, grinst sie ihr Spiegelbild an, »eines bin ich jetzt und hier auf jeden Fall: hungrig!«

Sie öffnet ihre Zimmertür, tritt nach draußen und staunt: Vor ihr breitet sich die Dächerlandschaft der Altstadt aus. Weit hinten in sandiggrauem Dunst zeichnen sich karge, steile Berge ab. Der Farbe ihrer Augen entsprechend überspannt ein graublauer

Sommerhimmel Lima.

Carla beugt sich über das Geländer. Unter ihr liegt der Außenbereich des Restaurants mit einfachen Holztischen und Stühlen. Fast alle Plätze sind besetzt. Es sieht aus wie eine alternative Studentenkneipe, die in einem Gartenhaus untergebracht ist. Überwiegend sehr junge Leute sitzen dort, einige erinnern sie an Hippie-Neuauflagen. Sie ist neugierig, ihr Magen knurrt vernehmlich – also auf zum Dachterrassenfrühstück!

In den hohen Oleanderbüschen vor dem Eingang des Restaurants tobt Paco, der Papagei, durch die Zweige. Sein Geschrei kann Carla nicht mehr erschrecken. Sie blickt zu ihm hoch, achtet dabei nicht auf ihre Füße und stößt gegen einen großen, hellbraunen Stein. Schon will sie ihn mit dem Fuß aus dem Weg schieben, da bewegt er sich und läuft in Richtung Terrassengarten davon. Eine Schildkröte!

»Wenn das mit dem Tierpark hier so weiter geht, kann ich mir den Dschungel bald ersparen.« Sie lächelt. Das Lächeln wird von den ihr zugewandten Gesichtern erwidert, als sie sich suchend nach einem leeren Platz umsieht. »*Buenos* días«, grüßt sie in die Runde und setzt sich gegenüber einem jungen Mann mit wilden, blonden Dreadlocks. Er blickt von seiner Gemüsetortilla auf: »Hi, I'm Svend.«

»Hi, I'm Carla.«

Sie lässt sich von Svend erklären, wie sie zu ihrem Frühstück kommt: »Also, die Speisekarten liegen vor der Küchenausgabe. Wenn du dir etwas ausgesucht hast, sagst du es der Küchenfrau, bezahlst und sie bringt dir dann das Essen an deinen Platz. Wasser, Bier und Erfrischungsgetränke kann man sich selber aus dem Kühlschrank nehmen und bei der Küchenfrau bezahlen.«

Svends Gemüsetortilla sieht sehr appetitanregend aus und erleichtert Carla die Entscheidung: »*Una tortilla con verduras y un de mate de coca té.*«

Seitdem sie in ihren Reiseführern über die anregende, vitaminreiche und immunstärkende Wirkung des Mate de Coca-Tees gelesen hat, hat sie sich vorgenommen, ihn unbedingt zu probieren.

Keine Küchenfrau, sondern ein attraktiver junger Mann nimmt

ihre Bestellung auf. »Hi, I'm Aries«, strahlt er sie an.

Noch bevor Carla etwas erwidern kann, ertönt es aus der Küche: »*Buenos días, Carla. ¿Cómo estás?*«

Edita, ihre neue Freundin aus der Rezeption, steckt ihren Kopf in die Durchreiche. Verblüfft starrt Carla sie an.

»Edita, was machst du denn hier? Du hast doch schon heute Nacht gearbeitet!«

»Was soll ich machen? Ich arbeite. Meine Familie ist arm, und so muss ich mir meinen Lebensunterhalt und die Kosten des Studiums verdienen. Es ist nicht leicht, Arbeit zu finden. Ich bin froh, dass ich hier arbeiten kann. Aber jetzt muss ich wieder kochen! Wir sehen uns heute Nachmittag!«

Aries bringt den bestellten Cocatee. Enttäuscht betrachtet Carla das vor ihr stehende Glas mit dem hellgrünen heißen Wasser. Im Glas hängt ein Teebeutel! Und das hier, wo der Cocastrauch wächst.

Svend, der mittlerweile bei einem »Frühstücksnachtisch« in Form eines Tellers mit Früchten und Joghurt angelangt ist, bemerkt ihre enttäuschte Miene.

»Im Bergdschungel habe ich richtigen Cocatee getrunken, aus frischen Blättern gekocht, das ist gar kein Vergleich mit diesem staubigen Abfallzeug in den Teebeuteln.«

»Und warum wird hier kein Tee aus Blättern gekocht?«

»Ah, weißt du, irgendwie haben die meisten Peruaner, vor allem in den Städten, Angst vor dem Cocastrauch. So, als wäre er ein Produkt des Teufels. Der Cocastrauch wird sehr schnell immer mit Kokain gleichgesetzt. Aber die Blätter des Strauches sind keine Droge, es sind erst einmal Blätter wie die von anderen Teepflanzen auch!«

Aufmerksam hört Carla dem jungen Mann zu, er macht einen wachen, intelligenten Eindruck – trotz Dreadlocks und Nasenpiercing. Gut, dass ihre ehemaligen Agenturkunden sie nicht in dieser Begleitung sehen können, vor allem nicht ihr stil- und markenbewußter Ex-Mann aus dem Vordertaunus!

Kaum gedacht, ärgert sich Carla auch schon über diese Gedanken.

»Wie kann ich neue Wege in mir und außer mir entdecken, wenn ich mich immer noch nach der alten inneren Landkarte orientiere«, brummelt sie halblaut vor sich hin.

Eine schmale, braune Hand stellt ihr die duftende Tortilla vor die Nase. Aries zieht sich einen Stuhl vom Nachbartisch heran und fragt sie in holprigem Englisch aus: woher sie kommt, wohin sie will.

Als sie sagt, dass sie aus Deutschland kommt, meint Svend auf Deutsch: »Dann sind wir ja Nachbarn! Ich komme aus Dänemark.«

Er erzählt, dass er schon seit drei Monaten durch Südamerika reist. Er ist in Chile gestartet und will von Lima aus mit dem Bus über die Anden in das Amazonasgebiet und dann mit dem Schiff von Iquitos bis zur Mündung des Amazonas in Brasilien.

Carla vergisst ihre Tortilla, die mittlerweile sowieso schon kalt geworden ist, und blickt ihn fasziniert an.

»Ist das nicht gefährlich, mit dem Bus über die Anden zu fahren?«

»Ach, auch nicht gefährlicher, als in Frankfurt bei Hauptverkehrszeit zu versuchen, den Alleenring zu überqueren«, meint Svend großspurig.

Wirklich, denkt sie, ein wahrer Weltbürger, er kennt den Alleenring. Aber das mit der Ungefährlichkeit einer Busfahrt über die Anden glaubt sie ihm nicht.

»Du hast immer noch nicht erzählt, wohin du reisen willst«, erinnert sie Aries, der nur zu gerne jede Gelegenheit ergreift, seine Englischkenntnisse anzuwenden und zu verbessern.

»Erst brauche ich noch einen Cocatee«, erwidert sie ausweichend, und Aries verschwindet in der Küche.

Was soll sie nur auf die Frage nach dem »Wohin« antworten? Sie weiß es ja selbst noch nicht.

Was soll's, sie wird es genauso erzählen, wie es ist.

Welch eine Erleichterung! Carla lehnt sich zurück, hält ihr Gesicht in die Sonne und seufzt laut auf.

»Fehlt dir etwas?«, fragt sie der aufmerksame Svend.

»Nein, nein, im Gegenteil: Es geht mir sehr gut! Ich freue mich gerade, dass ich mir keine Mühe geben muss.«

Irritiert sieht er sie an.

Aries kommt mit dem Tee wieder. Carla nimmt ihre »Anti-Metastasen«-Tablette ein, die darf sie auf keinen Fall vergessen!

Fünf Jahre lang, jeden Tag.

»Also, das ist so: Ich bin in Peru, weil ich jemanden suche, den ich vor zweiundzwanzig Jahren geliebt habe. Ich weiß nicht, wo er heute ist, und deshalb weiß ich auch noch nicht, wohin ich fahren werde.«

Svend und Aries sehen sich ungläubig an. »Das ist ja irre«, platzt Svend heraus, »so siehst du gar nicht aus!«

»Wie meinst du das, so sehe ich nicht aus?«

»Na ja, ehrlich gesagt, Du siehst ein bisschen aus wie eine Mutti aus gutem Haus, wie jemand, die nur mit einer Reisegesellschaft verreist.«

Jetzt ist Carla an der Reihe, entgeistert dreinzuschauen. »Du bist genauso ignorant wie die Leute, die dich für einen hirnlosen Kiffer halten, wenn sie deine Dreadlocks und den Nasenring sehen.«

Svend lenkt ein: »Du hast recht, entschuldige. Aber du machst auf mich schon den Eindruck, als würdest du aus einer sehr geordneten Welt kommen.«

Aries kann dem Wortwechsel nicht folgen, ihn interessiert nur eines: »Aber wie willst du den Mann denn finden?«

»Ich weiß, dass seine Familie im Dschungel lebte.«

Aries greift sich in seine schwarze Lockenpracht. »Im Dschungel! Hast du eine Vorstellung, wie groß der ist?«

Carla zuckt mit den Schultern. Er hat Recht, was soll sie noch dazu sagen. Sie steht auf, sie will jetzt alleine sein.

»Bis später«, wirft sie den verblüfften jungen Männern zu.

Sie muss sich bewegen, den vielen durch das Gespräch aufgewirbelten Gedanken durch die körperliche Bewegung Raum zur Verarbeitung geben.

Bauchtasche, Stadtplan, Sonnenbrille – so ausgerüstet steuert Carla kurze Zeit später die nur wenige Straßenzüge entfernte *Plaza Major* an, das Herz der Stadt.

Der Stadtplan in ihrer Hand macht es Straßenhändlern und Geldwechslern leicht, sie als Neuling in der Stadt zu erkennen.

Carla ist sehr bald entnervt davon, immer angesprochen zu werden. Sie muss dringend Geld tauschen, aber ist es überhaupt legal, auf der Straße zu tauschen? Sie kann sich nicht mehr erinnern, was ihr Reiseführer dazu sagt.

In einer Seitenstraße findet sie eine gut bewachte *Banco Nacional*, bei der sie für Euro ein dickes Bündel »*Sole*«, Sonnengeld, erhält.

Anschließend schlendert sie durch die belebten Straßen der Innenstadt. Irritiert stellt sie fest, dass sie hier viele Läden von Einkaufsketten wiederfindet, die auch die Zeil in Frankfurt zieren. Mit bunten Ponchos bekleidete Andenbewohner spielen an mehreren Ecken auf Panflöten und Gitarren – fast genauso wie in Frankfurt.

Dazu Kathedralen, gelb gestrichene alte Häuser mit reich geschnitzten, dunklen Holzbalkonen und Erkern – die Altstadt Limas sieht sehr spanisch aus. Carla ist enttäuscht und gelangweilt von dem, was sie sieht. Irgendwie hat sie sich Lima exotischer vorgestellt. Eingezwängt zwischen die Allerweltsläden behauptet sich in der Fußgängerzone eine Kirche, Santa Isabel. Na gut, entschließt sich Carla, werde ich meinem Bildungsbürgertum Genüge tun und mir eine Kirche ansehen! Welche erstickende Pracht: Gold, Silber; Seitenaltäre wie kleine Schaubühnen aufgebaut; Kerzen; ein riesiges, mit Silberplättchen beschlagenes Kreuz, vor dem eine Reihe von Menschen darauf warten, es berühren zu können. In Carla steigt der alte Ärger über die Macht- und Geldinstitution Kirche hoch. Für sie ist die Kirche größtenteils das Leben in seiner Vielfalt und Freude verachtende Machtapparat, die ihre Schäflein mit Angstkonzepten unmündig und im Zaum hält und dabei von Liebe reden. Gehorsam und Dienen jetzt – Belohnung und Liebe später, vielleicht.

Die ketzerischen Gedanken bestimmen ihren Blick. All diese in geduldiger Opferrolle dargestellten Heiligen scheinen ihre Gedanken zu bestätigen. Zudem sind sie immer so hoch aufgestellt, dass man zu ihnen aufblicken muss. Was macht eigentlich einen Menschen zu etwas »Höherem« als es andere Menschen sind, wer legt da die Messlatte an?

Carlas Groll wächst, ihr reicht es mit der Kirchenbesichtigung.

Beim Verlassen der Kirche kommt sie an der Statue einer lieblich dargestellten Jungfrau Maria in weißem Kleid vorbei, umgeben von wunderschönen Blumensträußen. Maria blickt milde lächelnd auf Carla herab, mit erstarrtem Blick und blauen Augen. Carla bleibt stehen, das Gesicht der Maria ist außerordentlich fein und lebensecht ausgearbeitet. Wahrscheinlich liegt es am zuckenden Schein der vielen Kerzen, die vor der Statue brennen, doch Carla hat plötzlich den Eindruck, Marias Gesicht würde sich bewegen. Eine Täuschung von Licht und Schatten, klar! Neugierig betrachtet Carla das Gesicht von allen Seiten, doch nichts bewegt sich. Schon wieder im Gehen, wirft sie einen letzten Blick auf das Gesicht – und erstarrt. Marias Augen sind nicht mehr blau, sie sind eindeutig gelbgrün. Die Augenlider schließen sich langsam. Aus schmalen Augenschlitzen funkeln Carla die grünen Augen einer Raubkatze an. Ihr wird schwindelig, sie muss sich in eine der Kirchenbänke setzen. Der Flug, die Klima- und Zeitumstellung haben meinen Körper und vor allem meine Wahrnehmungsfähigkeit strapaziert. Kein Wunder, dass ich in dieser weihrauchschwangeren, menschenvollen und düsteren Kirche Wahrnehmungsstörungen bekomme! Besser, ich lege mich noch etwas hin, bevor ich Edita zum Englischunterricht treffe, denkt sie und geht mit langsamen Schritten zurück ins Hotel.

Hinter dem schmalen Empfangstresen sitzt jetzt eine ältere Frau, die Carla lächelnd den Schlüssel von Zimmer D2 entgegenhält, noch bevor sie danach gefragt hat. »*Buenas tardes*. Ich bin *Señora* Dora, Edita hat mir schon von dir erzählt.« Sie erwidert das Lächeln der Frau und erklimmt langsam die Stufen zu ihrem Zimmer.

Das Restaurant ist jetzt leer. Das ist ihr sehr recht, denn ihr ist nicht danach, jetzt mit jemanden zu reden. Sie will nur schlafen.

Ein leises, aber beständiges Klopfen dringt in Carlas Träume. Es dauert eine Weile, bis sie ihre Traumwelt von der Lima-Außenwelt getrennt hat:

Das Klopfen an der Tür ist nicht das Trommeln eines heftigen Regens. Der Regen gehört in ihren Traum, dort fiel er auf ein mit Palmblättern gedecktes Haus. Es war Nacht, drei Menschen hockten auf der Erde, über einen liegenden Körper gebeugt. Es war ihr Körper. Jemand hat gesungen. Deutlich hat sie noch die fordernde, rufende Melodie im Ohr. Ein Gesang – oder das Spiel einer Flöte?

Das Klopfen an der Tür wird heftiger.

»Carla, ich bin es, Edita!«

Benommen vom Traum und der Wärme im Zimmer öffnet Carla die Tür.

»Alles in Ordnung?«

»Ich habe nur fest geschlafen, es ist alles in Ordnung.«

Fragend blickt Edita sie an.

In einer abgelegenen Ecke der Dachterrasse, verborgen hinter einem üppigen Oleander, hat sich Edita eine kleine Rückzugsecke eingerichtet. Carla setzt sich auf eine umgedrehte Kiste, immer noch etwas benommen. Die Bilder des Traums haben sich wie das Netz einer Spinne eng um ihr Herz gelegt. Was erwartet sie im Dschungel? Es fällt ihr schwer, sich auf den Englischunterricht zu konzentrieren. Edita ist eine aufmerksame Schülerin, sie begreift schnell. Carla fragt sie die Redewendungen ab, die andere »Lehrerinnen« vor ihr in das blaue, linierte Schulheft geschrieben haben. »Where are you going to«, ist die letzte Redewendung an diesem Nachmittag, die Edita lernt. Strahlend fragt sie: «*Where are you going to?*«

»Ich weiß es nicht.«

»Erzähl mir, Carla, warum bist du nach Peru gekommen?«

Carla erzählt, erzählt alles.

Edita unterbricht sie nicht, fragt nichts, hört nur zu.

Carla geht mit ihren Worten noch einmal den Weg, der sie hierher auf die Dachterrasse des Hotels El Sol geführt hat.

Dann schweigen die beiden Frauen, sinnen den Worten nach. Aus der Küche klingt das Klirren von Geschirr, Paco schreit, die Wärme der späten Nachmittagsluft flirrt, der Straßenlärm legt sich wie ein schalldämpfendes Tuch über Carlas unruhige Gedanken.

»Carla, du brauchst Hilfe. Ich habe einen Großvater, Antonio, der ist gerade bei meiner Mutter hier in Lima zu Besuch. Mein Großvater lebt an der Küste, in einem Dorf bei Trujillo. Er ist ein *curandero*, ein Heiler. Er kann aus den Cocablättern lesen und sehen, wohin dein Weg geht. Wenn du willst, kannst du ihn morgen besuchen. Er kennt auch viele Pflanzen, die bei Traurigkeit der

Seele helfen.« Ein *curandero*! Carla seufzt tief auf. Sie hat es bisher sorgsam vermieden, sich bei ihrem Bemühen um Wege der Heilung ihres Brustkrebses in die Hände »alternativer« Heiler zu begeben. Das Vokabular »Licht, Energien, Schwingungen, Handauflegen« und was sonst noch so an in ihren Augen verschwommenen, »rosa-hellblau« eingefärbten Begrifflichkeiten durch die alternative Heilszenerie schwirrt, ruft in ihr Ablehnung und Ärger hervor.

Und nun wird ihr ausgerechnet ein traditioneller Heiler als Helfer vorgeschlagen!

Aber hat sie sich nicht versprochen, bereit zu sein für die Wege, die sich ihr öffnen? Wollte sie nicht die Landkarte ihrer eingefahrenen Denk- und Verhaltenswege verlassen?

Sie steht auf und blickt über die die Dächer der Stadt. Orangefarbenes Licht legt graue Dämmerungsschleier über das Dächergewirr.

Sie dreht sich zu Edita um: »Ja, ich würde gerne deinen Großvater treffen. Ich will, dass er mir aus den Cocablättern liest.«

»*Bueno*. Mein Bruder Ulysses ist Taxifahrer. Wenn du willst, wird er dich morgen früh um 10 Uhr abholen. Du kannst ihm vertrauen, genauso wie meinem Großvater. Er ist in den Dörfern bei Trujillo ein bekannter *curandero*.

Die beiden Frauen umarmen sich voller Herzlichkeit. Carla hat eine Freundin gefunden, sie fühlt sich ruhig und zuversichtlich.

Als Edita gegangen ist, bleibt Carla noch eine Weile im Liegestuhl sitzen und lässt den ersten Tag in Lima an sich vorbeiziehen.

Kurz denkt sie an ihr Frankfurter Leben. Dabei kommt es ihr vor, als würde sie durch ein umgekehrtes Fernglas sehen – Frankfurt liegt in weiter Ferne, stark verkleinert. Und das bereits am Abend des ersten Tages!

Der Hunger meldet sich. Die Gerüche aus der nahen Küche und die Stimmen von der Restaurantterrasse locken.

Doch bevor Carla diesen Lockungen folgt, setzt sie sich auf die Holzkiste, streckt ihren Oberkörper und lässt konzentriert den Atem durch ihren Körper fließen. Besonders viel Zeit widmet sie dem Atem, der durch ihre Brüste und den Brustraum streicht.

Noch einmal atmet sie tief und lang aus – jetzt fühlt sie sich der Begegnung mit der bunten Abendgesellschaft auf der Terrasse gewappnet. Ihr Blick gleitet über die Köpfe. Svend sitzt, wie am Morgen, alleine am gleichen Tisch. Er sieht sie und hebt mit einer einladenden Bewegung den Arm. Na gut, denkt sie, dann setzt sich die Mutti eben wieder zum Freakie!

Unterstützt von einem großen Bier erzählt Svend ihr von den Abenteuern seines Tages, den er am Strand vor der Stadt verbracht hat. Diese Abenteuer hatten alle schöne Beine, dunkle Haut und schwarze Augen ... Carla verkneift sich ein wissendes »Mutti-Lächeln«.

»Und, was hast du so gemacht?« fragt er.

»Ich habe mir die Innenstadt angesehen. Aber morgen gehe ich zu einem *curandero* und lasse mir aus den Cocablättern meine Zukunft lesen.«

»Wow! Du kommst aber schnell zum Wichtigen.« Svend blickt sie anerkennend an.

»Tja, so eine ordentliche Mutti hat manchmal auch einen mutigen Moment.« Beide lachen, und Carla holt sich auch ein Bier.

Ein weiteres Bier und einige Bekanntschaften mit anderen Peru-Zugvögeln später überfällt Carla eine bleierne Müdigkeit.

»*Buenas noches*!« »Du kannst dir ja aus den Wahrsage-Cocablättern hinterher einen Tee kochen, dann wirkt die Voraussagung bestimmt noch besser", ruft ihr Svend lachend nach.

Schon fast in die Arme des Schlafes gesunken, tastet Carla nach ihrem gestickten Beutel, schiebt ihn unter ihr Kopfkissen.

Die Knochenflöte schenkt ihr eine tiefe, traumlose Nacht.

Beim Aufwachen freut sich Carla auf den vor ihr liegenden Tag. Sie hat das Gefühl, dass heute ihre eigentliche Reise beginnt. Aufgeregt denkt sie an die Begegnung mit Editas Großvater, einem richtigen *curandero*, so wie Don Juan bei Castaneda. Irgendwo in ihrer beeindruckend bestückten Bücherwand zu Hause in der Westendstraße stehen immer noch die vier Bände aus dem Fischer-Verlag, die sie als Studentin von ihrer Schwester bekommen hat mit den Worten: »Damit du in deiner verkopften Germanistikstudiererei nicht ganz vertrocknest.« Katharina, die als ältere Schwester immer etwas wilder und unangepasster gelebt hat als sie, die »brave Carla«. Katharina, die als »töpfernde

Ökotante« finanziell nicht so erfolgreich ist wie es die kleine Schwester bis zu ihrer Krankheit war, die ihr aber ohne viel zu fragen das fehlende Geld für die Reise gegeben hat.

Zur Einstimmung auf das Coca-Orakel bestellt sich Carla zum Frühstück einen Cocatee. »*Bueno*s días, Edita«, ruft sie in die Küche, wo ihre neue Freundin gerade einen heftigen Kampf mit einer großen Pfanne voller Rührei austrägt.

Edita dreht sich um, ohne das energische Gerühre zu unterbrechen.

»*Bueno*s días, Carla! Mein Bruder Ulysses wartet unten schon auf dich. Wenn du mit dem Frühstück fertig bist, bringe ich dich zu ihm.«

Mit verschränkten Armen lässig an der Vitrine mit der kleinen Mumie lehnend, steht Ulysses in der Eingangshalle.

Ein breites Lächeln geht über sein Gesicht, als er seine Schwester mit Carla die durchgetretenen, dunklen Stufen der Holztreppe herunterkommen sieht. Sein Lächeln ist ansteckend, Carla lächelt zurück. Einen kurzen Moment lang glaubt sie, Manuel dort stehen zu sehen, so wie sie ihn bei ihrer ersten Begegnung gesehen hat: im Studentenwohnheim am Westendplatz, 1982. Ungefähr so groß wie sie, muskulös, glattes schwarzes, halblanges Haar, breite Wangenknochen, markante Gesichtszüge. Unergründlich dunkle, leuchtende Augen, das klassische Bild eines Südamerikaners aus einer Werbebroschüre. Aber genau so »klassisch« sah er aus – und irgendwie sieht Ulysses auch so aus. Carla denkt kurz: Wahrscheinlich sehen Dreiviertel aller Peruaner so aus, ich werde mich daran gewöhnen müssen, ohne überall immer Manuel-Erscheinungen zu sehen!

Ein Kommilitone aus Kolumbien hatte sie damals zu seiner Geburtstagsparty eingeladen. Es waren fast nur Studenten aus Südamerika da gewesen, dazu viel Rotwein, aufheizende und die Sinne betörende südamerikanische Tanzmusik – und Manuel. Irgendwer hatte ihn mitgebracht, er war neu in Frankfurt, konnte nur wenig Deutsch, aber er konnte unglaublich tanzen! Die Mischung aus sprachlicher Reserviertheit und körperlicher Sinnlichkeit benebelte Carla in dieser Nacht stärker als jeder

Rotwein. In den frühen Morgenstunden begleitete Manuel sie quer durch die Stadt zu Fuß nach Hause. Wenn sie jetzt darüber nachdenkt, begleitete nicht Manuel sie, sondern umgekehrt auch sie ihn. Die erste Nacht mit Manuel ... Eine schmerzhafte Süße durchzieht Carlas Körper – nach zweiundzwanzig Jahren!

In dieser Nacht begann ihr gemeinsames Leben, bis es mit dem plötzlichen Verschwinden Manuels zwei Jahre später ein jähes Ende fand. Sie blickt Ulysses prüfend an, der sich mit Edita unterhält. Doch es ist wirklich nicht mehr als nur die Art seines Lächelns, das Carla an Manuel erinnert.

Ulysses – nicht nur ein bemerkenswerter Name, auch ein bemerkenswerter Mann. Taxifahrer, arbeitsloser Archäologe nach gerade beendetem Studium und ausgesprochen gut aussehend. Er gefällt Carla. Wirklich, dieser Tag fängt gut an!

Edita redet auf ihren Bruder ein, gut auf Carla aufzupassen. Ulysses rollt theatralisch mit den Augen und zwinkert Carla zu.

Editas Blick fällt auf Carlas gut gefüllte Bauchtasche. »*Querida*, es ist besser, du lässt deinen Känguru-Bauch hier. Er lädt ja richtig zum Klauen ein! Hier bei uns gibt es viel Armut, da solltest du dein Geld nicht so zeigen. Wir haben hier im Hotel so etwas wie einen Safe, da kannst du deine Wertsachen lassen. Du musst nicht viel Geld mitnehmen, ihr macht doch keine Expedition!« Beschämt sieht Carla auf ihre schöne neue Bauchtasche herab, mit mehrfach gesicherten Verschlüssen, garantiert diebstahlsicher, wie man ihr im Expeditions-Ausrüstungsgeschäft versprochen hat. Edita wird schon wissen, warum sie diese Warnung ausspricht! So trottet Carla hinter ihr her bis zu einem rustikalen Schrank mit vielen kleinen Fächern, die mit Vorhängeschlössern gesichert sind, davor gibt es noch eine Gittertür mit Sicherheitsschloss. Der Safe! Edita reicht Carla ein Vorhängeschloss, und schon gehört das Safefach ihr. Mit etwas Bedauern lässt sie Erfrischungstücher, Lippenstift, Spiegel, ihr kleines Parfümfläschchen im Fach Nr. 23 zurück, auch ihren Pass und die Scheckkarte. Das Bargeld verschwindet in der einer der vielen Taschen ihrer Trekkinghose.

»Wie lange werden wir unterwegs sein?« Fragend blickt sie

Ulysses an. »Solange du willst«, grinst er zurück.

»Du hast mir noch nicht gesagt, wie viel es kostet.«

»Ah, weißt du, darüber reden wir am besten am Ende unseres Ausflugs.«

Mit diesem Vorschlag fühlt sich Carla nicht wohl. Sie ist Geschäftsfrau, gewohnt im Voraus zu berechnen und zu planen.

»Nein, Ulysses, ich muss vorher wissen, was es kostet.«

Ulysses seufzt. »Also, normalerweise kostet jede Taxistunde mit mir 20 *Soles*, egal ob ich fahre oder auf dich warte. Aber weil du Editas Freundin bist, werde ich dir zwei Stunden schenken, egal wie lange wir zusammen unterwegs sind.«

»Einverstanden, danke.«

Das Taxi entpuppt sich als ein knallgelber VW-Käfer der mindestens 25 Jahre auf seinem berühmten Buckel hat. Ulysses murmelt einige Auto-Zauberformeln – und der Käfer springt nach anfänglicher Weigerung an!

Ulysses' Fahrstil ist atemberaubend, aber der Fahrweise der anderen Verkehrsteilnehmer durchaus angemessen. Immerhin funktionieren die Bremsen seines Autos, diese Beobachtung beruhigt Carla etwas. Sie entspannt sich etwas in dem durchgesessenen Sitz.

Der Verkehr in der Innenstadt steht mehr als dass er fließt. Das Stehen wird jedes Mal von einem ohrenbetäubenden Hupkonzert begleitet.

»Wie gut, dass du nicht auch noch so blödsinnig hupst«, bemerkt Carla.

»Meine Hupe ist kaputt«, erwidert Ulysses trocken.

»Wohin fahren wir denn jetzt, zum Haus deines Großvaters?«

»Nein, Antonio ist noch auf dem großen Kräutermarkt, er hilft immer meiner Mutter wenn er bei uns zu Besuch ist. Meine Mutter Teolinda hat einen kleinen Stand mit Heil- und Liebeskräutern. Sie ist berühmt für ihre selbstgemachten Parfüms aus Pflanzen.«

»Verstehst du auch etwas von Heilpflanzen?«

»Muss ich wohl! Das Wissen um magische Pflanzen habe ich mit der Muttermilch aufgesogen, da hat mich keiner gefragt, ob es mich interessiert oder nicht! In unserer Familie gab es immer heilkundige Frauen und Männer. Großvater ist besonders streng mit mir. Wann immer er mich in einer freien Minute erwischt, fragt er mich die Pflanzen, ihre Wirkung und Anwendung ab. Erst die Heilpflanzen der Küste, jetzt quält er mich mit den Heilpflanzen der Berge.« Ulysses lacht und sieht gar nicht sehr gequält aus bei dem Gedanken an seinen gestrengen Großvater.

»Und was hat das mit deinem Studium zu tun?«

»Großvater findet, wenn jemand Archäologie studiert, dann muss er auch wissen, welche Pflanzen für die Menschen seines Volkes wichtig waren. Die Pflanzen erzählen vom wirklichen Wissen des Volkes, von der Verbindung der Menschen zu den sichtbaren und nicht sichtbaren Kräften der Natur. Großvater sagt, ein Volk, das nicht mit seinen heiligen Pflanzen lebt, hat den Zugang zu seinem Geist und seiner inneren Kraft verloren.«

Carla staunt laut, zweifelt leise und versucht, einen Bezug zu diesen Gedankengängen zu finden. Sie hat sich noch nie mit Pflanzen und ihren Wirkungen beschäftigt. Der Begriff »heilige Pflanzen« löst Alarmglocken in ihr aus, die immer dann läuten, wenn sie den Eindruck hat, dass unter einem mit magischen Zeichen bestickten Gaubens- oder Esoterikmäntelchen Manipulation und Verdummung lauern. Und die Formulierung »ein Volk und sein Geist« beschwört die braune Schreckensgeschichte in hier herauf.

»Du siehst so ernst aus. Was denkst du?« Ulysses betrachtet sie forschend.

Der Verkehr steht wieder einmal, so dass sich Carla nicht seinem aufmerksamen Blick entziehen kann. »Ach – ich habe nur über das nachgedacht, was du gesagt hast. Weißt du, ich weiß nichts über Pflanzen.«

Noch einmal gut die Kurve genommen, denkt sie, irgendwie werde ich es doch noch einmal schaffen, ohne Vorurteil oder Urteil Menschen und Dinge zu erleben. Eigentlich bin ich mindestens so dogmatisch wie die katholische Kirche, ich lasse auch keine anderen Erklärungsmodelle zu als die, die mir in den Kram passen. Sie ruft sich kurz den wortklugen Therapeuten der Klinik vor die inneren Augen – grinst, sieht Ulysses an, spürt die Sprungfeder unter ihrem Allerwertesten und ist wieder ganz im gegenwärtigen Augenblick. Wenigstens für einen Moment.

Trotzdem, dieser Großvater wird ihr immer unheimlicher, je näher sie dem Kräutermarkt am Rande der Stadt kommen. Schon seit einiger Zeit fahren sie durch heruntergekommene Wohngegenden: Müllhaufen am Straßenrand. Ein ausgetrocknetes Flussbett, auch mit Müll übersät. Menschen in zerlumpter Kleidung, die im Müll stochern. Behausungen aus Brettern, Wellblech, unverputzten Betonteilen, abenteuerlich aufeinander gebaut. Die Orte der Armen ziehen sich wie Pocken an den grausandigen Berghängen hoch, liegen geduckt neben den großen Autostraßen, gnädig bedeckt von feinem Sand. Und überall so viele Menschen! Lima ist hässlich, beschließt Carla.

Einem unsichtbaren Faden folgend, kurvt Ulysses sicher durch das für Carla undurchschaubare Straßenlabyrinth – und hält ohne vorherige Ankündigung an. Carla fliegt fast in die Windschutzscheibe – nun ahnt sie, woher die vielen zersprungenen Scheiben der Autos hier ihre Sprünge haben!

Carla öffnet ihre Beifahrertür und steigt aus, aber nicht, ohne vorher mit schnellem Blick den Boden, auf den sie ihre neuen Trekkingsandalen setzt, nach etwaigem Unrat abzusuchen.

Ulysses quetscht den Käfer dicht an die Hauswand. Dass er so genau ein Fenster des Hauses verdeckt, stört ihn nicht. Carla rührt sich nicht vom Fleck, zwei klapperdürre Hunde nähern sich ihr vorsichtig.

Schon ist Ulysses neben ihr, legt seinen Arm um ihre Schulter. »Keine Angst, ich will dich nicht belästigen, ich kann dich so aber am besten schützen«, sagt er mit einem freundlichen Lachen, als er ihren abweisenden Gesichtsausdruck sieht.

Schützen?, denkt Carla. Worauf zum Teufel habe ich mich hier eingelassen? Ich vertraue mich diesem Mann an wie ein dummes Gänschen dem Wolf – und das nur, weil er der Bruder von einer Frau ist, die ich seit gestern kenne? Erst einen Tag bin ich in Lima – und wo bin ich gelandet? Bei einem Macho in einer Arme-Leute-Gegend, in der ich auffalle wie ein bunter Hund – auf dem Weg zu irgendeinem Alten, der mir für Wässerchen und Beschwörungsformeln das Geld aus der Tasche ziehen wird. Diese verdammte Krankheit muss irgendeinen Schaden in meinem Urteilsvermögen hinterlassen haben!

Carla ist wütend. Auf die Krankheit, auf sich, auf Ulysses und auf

Manuel.

Ulysses redet, sie hört ihm nicht zu. Er lenkt ihrer beider Schritte, hat sie fest im Griff seines Armes. Carla fühlt sich von tausend Augen beobachtet, aus jedem Eingang, aus jeder Ecke blicken sie neugierige Gesichter an. Sie kommt sich vor wie auf einem Steg über einem Sumpf, in dem Reptilien nur darauf lauern, dass sie einen falschen Schritt macht. Hinter ihnen hört sie leises Gekicher, nicht sehr reptilienähnlich. Sie dreht sich um – eine Handvoll kleiner Kinder folgt ihnen. Geschichten von diebischen Kinderbanden schießen ihr durch den Kopf.

Carla! Bleib auf dem Teppich!, ruft sie sich zur Besinnung. Das sind doch nur neugierige Kinder! Ihre Neugierde kann ich ihnen wirklich nicht verübeln, so etwas wie mich bekommen die hier sicher nicht sehr oft zu sehen. Eine dürre weiße Frau im Arm eines viel jüngeren schönen Mannes, denkt sie grimmig.

»Alles klar, Carla?« Ulysses ist aufmerksamer in seiner Wahrnehmung, als Carla es von ihm erwartet hätte. Erwartungen, Erwartungen … Carla hat den Eindruck, dass sie heute nur mit ihren Unzulänglichkeiten konfrontiert wird.

Sie biegen um eine Ecke, vor ihnen liegt der Kräutermarkt. Ein lang gezogener Platz zwischen den Häusern, eine chaotisch erscheinende Ansammlung von kleinen Buden, Säcken, Bündeln, Körben, Tischen mit Pflanzen, Hölzern, Samen, Muscheln und mancherlei seltsamen Dinge. Carla staunt.

»Komm«, Ulysses zieht sie weiter mit sich mit. »Erst zeige ich dir den Markt, dann stelle ich dir meine Mutter und meinen Großvater vor.«

Er redet wie ein Wasserfall, zieht sie begeistert von Tisch zu Tisch, öffnet für sie Säcke mit Hölzern und Rinden, lässt sie an kleinen Flaschen mit eingelegten Pflanzen riechen, zeigt ihr Amulette für und gegen alles – vor allem Liebe –, kauft ihr ein wohlriechendes Bündel frischer Kräuter, die gut für Glück und Erfolg sein sollen … mit dem Erfolg, dass Carla schwindelig wird. Zu viele Eindrücke, zu viele Gerüche, zu viele Menschen, dazu die Hitze, der Staub, die Konzentration auf die fremde Sprache, die Anspannung Ulysses gegenüber, die Erschöpfung vom Flug und der Zeitverschiebung.

»Ulysses, bitte, ich muss mich hinsetzen, mir ist schwindelig.«

Ulysses ruft einer Frau in der nächsten Bude etwas zu, sie bringt einen Hocker, stellt ihn in den Schatten der blauen Plastikfolie, die als Dach über die Bretterbude gespannt ist. Die kleine, ungefähr fünfzigjährige Frau legt ihre Hand an Carlas Stirn, auf ihre Brust und fühlt ihren Puls. Sie zieht aus ihrer Schürzentasche ein kleines Fläschchen, schüttet etwas vom Inhalt in ihre Hände, reibt mit sanften Bewegungen Carlas Stirn ein, massiert leicht die Stelle zwischen Oberlippe und Nase, auch die Stelle zwischen Unterlippe und Kinn. Es riecht gut. Dann träufelt sie sich erneut Flüssigkeit auf die Hände, lässt eine Hand zwischen den Schulterblätter kreisen und greift ohne zu fragen in den Ausschnitt von Carlas T-Shirt, massiert den Brustkorb mit der stark riechenden Flüssigkeit.

Entsetzt sieht Carla, wie die Frau eine dicke Zigarette aus ihrer Tasche zieht, sie anzündet. Wenn sie die jetzt hier vor mir raucht, muss ich garantiert brechen, denkt sie. Weiter kommt sie nicht mit ihren ablehnenden Gedanken, da hat die Frau schon die brennende Zigarette im Mund und Carlas Kopf fest zwischen ihren Händen. Carla hat das Gefühl, als säße ihr Kopf in einem Schraubstock, dann spürt sie etwas Warmes über ihrem Kopf.

»Fertig«, sagt die Frau, nimmt die Hände weg. Carla dreht vorsichtig ihren Kopf hin und her, spürt in ihrem Körper nach, wie er sich anfühlt. Gut fühlt er sich an, ohne Schwindel, ohne Übelkeit. Sie will aufstehen, um sich bei der Frau zu bedanken.

»Bleib noch sitzen«, hört sie Ulysses hinter sich sagen. »Meine Mutter bringt dir noch einen Tee zur Stärkung.«

Seine Mutter? Wie peinlich, seiner Mutter auf diese Weise zu begegnen! Mit einem dampfenden Becher in der Hand kommt Ulysses' Mutter hinter der Nachbarbude hervor. »Trink, dann wirst du dich wieder stark fühlen.«

Carla registriert schnell den abgestoßenen Becher, überlegt, ob er wohl sauber ist, ob das Wasser wirklich Trinkwasser ist, ob es auch gut abgekocht ist, was das für ein Tee ist ... Die Mutter blickt sie prüfend an, als könne sie Carlas Gedanken lesen. Verlegen pustet Carla über den Tee, nippt etwas daran. Er schmeckt bitter, ist aber durchaus trinkbar. Sie atmet tief durch und trinkt. »Danke«, sagt sie und lächelt die Frau an.

»Ich heiße Teolinda und bin die Mutter von Edita und Ulysses, aber ich habe noch fünf andere Kinder«, sagt Teolinda und lächelt zurück. Was redet man nur mit der Mutter eines Mannes, den man gerade einmal zwei Stunden kennt, die in einer Bude voll von absonderlichen Dingen steht, inmitten einer äußerst befremdlichen Umgebung? »Ich heiße Carla und bin gestern aus Deutschland angekommen. Ich habe einen Sohn«, führt Carla den begonnenen Dialog fort.

Wo Ulysses nur hingegangen ist? Ohne ihn fühlt sich Carla in dieser Umgebung unsicher. Da sieht sie ihn kommen, im Schlepptau einen alten, kleinen Mann, auf den er heftig einredet. Die wenigen Haare hat er im Nacken mit einem Gummi zum Pferdeschwanz zusammengebunden, sein Gesicht sieht asiatisch aus.

»Carla, das ist Don Antonio, mein Großvater. Er wird dir helfen.« Carla blickt Ulysses misstrauisch an. Erst schützt er sie, dann soll ihr geholfen werden – irgendwie ist ihr das zu viel Nähe, sie kennt doch weder Ulysses noch ihren Großvater. Ob Edita ihm von ihrer Krankheitsgeschichte erzählt hat?

»Danke, Ulysses, es geht mir schon wieder sehr gut.«

»Carla, lass dich doch wenigstens von meinem Großvater ansehen!« Ansehen! Meint der etwa, ich ziehe mich hier aus? Nie und nimmer! Der alte Mann steht schweigend neben Ulysses, betrachtet Carla aufmerksam. Dann dreht er sich zum Inneren der Verkaufsbude hin. »Tochter«, ruft er, »gib mir eine *mapacho*.« Teolinda kommt, reicht dem Alten eine dicke selbstgedrehte Zigarette, aus der noch einige schwarze Tabakfäden heraushängen. Carla ist angespannt. Der Alte rührt sich nicht vom Fleck, pafft sichtlich genussvoll seine Zigarette und betrachtet sie. Sie wird unruhig, es gefällt ihr ganz und gar nicht, so angesehen zu werden. Ist das eine Masche des Alten, will er damit ihre Aufmerksamkeit auf sich ziehen? Eine Erinnerung durchzuckt sie: Genauso hat sie es immer gemacht, das war ihre Masche gewesen – egal ob in geschäftlichen oder privaten Zusammenhängen. Schweigen und dabei das jeweilige »Opfer« ansehen. Sie hatte fast immer Erfolg damit. Erfolg durch Manipulation.

Carla verjagt diesen Gedankenblitz und schaut ihrerseits den

Großvater an, fängt seinen Blick auf und lässt sich auf ein wortloses Gespräch von Blick zu Blick ein.

»Wenn du möchtest, kannst du morgen Abend zu uns nach Hause kommen, dann kann ich für dich das Cocablatt-Orakel lesen. Du hast viele Fragen. Aber du bist heute zu schwach für die Antworten, du solltest jetzt zurück ins Hotel fahren und schlafen.«

Carla hört sich sagen: »Danke, ich komme gerne.« Sie ist irritiert über ihre schnelle Zusage - wer in ihr hat da gesprochen?

»Gut«, sagt der Alte, «Ulysses wird dich fahren.« Er dreht sich um, verschwindet in dem Gewühl der Marktbesucher.

Das Wort des Großvaters scheint wie ein Befehl zu sein: eine kurze Verabschiedung von Teolinda und schon führt Ulysses sie mit festem, stützenden Griff über den Markt zurück zum Auto.

»Ulysses, warum hast du das Auto so eng an der Hauswand geparkt?« fragt Carla, als sie nach einem mühsamen Ausrangiermanöver wieder im Auto sitzt.

»Weißt du, mein Auto ist zwar alt, aber doch nicht alt genug, als dass es sich nicht lohnen würde, Teile davon zu klauen.«

»Klauen, diese alte Kiste?«

Ulysses sieht Carla mitleidig an. »Was heißt hier alt? Mit dieser Kiste bin ich ein kleiner König, sie fährt, und ich kann sogar mit dieser Kiste Geld verdienen! Ersatzteile sind teuer, deshalb werden besonders häufig benötigte Einzelteile geklaut und auf einem Ersatzteilmarkt angeboten. Dort werden nur gebrauchte Teile gehandelt. Wenn dir vom Auto etwas abgebaut wurde, kannst du es morgen garantiert auf diesem Markt zurückkaufen.«

Carla ist froh, dass sich ihr Gespräch um ganz alltägliche Dinge dreht, sie hat keine Lust, über ihren Schwindelanfall oder die Einladung des alten Don Antonio zu sprechen.

Sie wirft einen schnellen Seitenblick auf Ulysses, irgendwie ist er doch gar nicht so machomäßig! »Weißt du, Carla, dieser Kräutermarkt ist nicht so wie die anderen in Lima. Hierher kommen die Kräuterspezialisten aus dem Hochland und von der Küste, um Pflanzen, Salben, alle Arten von Arzneien anzubieten und anzukaufen. Viele Heiler kommen deshalb hierher – manchmal sogar aus dem Dschungel, na ja, und auch so einige Hexer und Hexen.«

Carla stöhnt laut auf, nicht schon wieder dieses Thema! »Ulysses, bitte, für heute reicht es mir mit Pflanzen und Heilern. Ich bin erschöpft, mein Kopf ist wie ein Karussell. Heute ist mein erster Tag in Peru, und es war schon so viel los! Gestern kannte ich noch niemanden hier, und heute habe ich schon fast eine ganze Familie auf dem Hals. Wie soll das nur weitergehen!«

Ulysses lacht und streicht mit seiner rechten Hand über ihr Haar. »Aber *princesa*, wunderbar wird es weitergehen!« Carlas Haltung versteift sich. *Princesa* – das hat sich noch kein Mann zu sagen getraut! Alles, was sie hat und alles, was sie kann, hat sie mit eigener Kraft erworben, verwöhnt ist sie nun wirklich nicht! Will er sie etwa anmachen?

Sie nähern sich wieder der Innenstadt, dem kleinen Kern Limas, der renoviert und herausgeputzt von stolzen Kolonialzeiten erzählt. Carla überlegt: Wer hat eigentlich vor den Spaniern hier in Lima gelebt? Sie wird im Hotel ihren Reiseführer durchsuchen, sie weiß gar nichts über die vorkolumbianische Geschichte der Küste.

Sie fahren am stolzen Gebäude und der prächtigen Kirche des Konvents San Francisco vorbei, biegen in die nächste kleine Straße ein und stehen vor dem Hotel.

Bevor sie aussteigen kann, hält Ulysses sie am Arm fest, schaut sie ernst an. »Carla, es tut mir Leid, wenn ich dir mit dem Kräutermarkt zu viel zugemutet habe. Du musst morgen Abend nicht zu meinem Großvater gehen, du kannst es dir noch überlegen. Aber heute solltest du dich ausruhen, da hat Antonio recht.«

»Danke, Ulysses, es ist schon in Ordnung. Es waren wohl einfach zu viele neue Eindrücke.

»Ich komme morgen Vormittag vorbei, um zu sehen, wie es dir geht.«

»Ist gut, Ulysses. Bis morgen!«

Langsam steigt Carla die ausgetretene, blank gebohnerte Treppe in den ersten Stock hoch. Vorbei an dunklen Rembrandt-Kopien zieht sie sich mühsam die kleine Wendeltreppe nach oben hoch – endlich im Zimmer! Es ist so heiß im Raum! Richtig, da oben an der Decke hängt ja dieses Ungetüm von Ventilator ... Carla findet den entsprechenden Schalter, knatternd setzt sich die Windmaschine in Bewegung. Schlafen, nur noch schlafen.

Es ist dunkel im Zimmer, als Carla aufwacht. Sie hat das Gefühl, im Schlaf in einer zeitlosen Tiefe versunken gewesen zu sein. Sie ist froh, sich an keine Träume zu erinnern, die Wirklichkeit dieses ersten Tages waren Träume genug.

Sie hat fast vier Stunden lang geschlafen. Vom Restaurant tönt das abendliche Stimmengewirr zu ihr hoch, begleitet von Essensgerüchen. Nach Essen ist Carla nicht zumute – aber jetzt ein kühles Bier!

Eine kurze Dusche, ein frisches T-Shirt, und schon steht sie im kleinen Restaurant vor der Tür des riesigen Getränkekühlschranks, betrachtet sinnend die Flaschen und ihre Etiketten.

»Na, hat dir dein *curandero* schon beigebracht, mit Flaschen zu sprechen?«

Svend steht hinter ihr. »Komm, ich lade dich auf ein Bier ein.« Carla nimmt zwei Literflaschen Bier aus dem Kühlschrank, legt das Geld auf die Küchendurchreiche.

»*Hola, querida*, da bist du ja. Du hast die Englischstunde vergessen!« Vorwurfsvoll blickt Editas von der Küchenhitze verschwitztes Gesicht aus der Durchreiche.

»Oh, Edita! Entschuldige bitte, aber ich habe bis eben geschlafen, der Markt und deine Familie haben mich erledigt.

Dafür machen wir morgen zwei Stunden Englisch, versprochen!«

Edita lächelt wissend: »Ja, das verstehe ich gut! Jetzt muss ich aber wieder arbeiten. Bis später!«

Svend sitzt draußen auf der Terrasse vor zwei leeren Gläsern, eine kleine Katze sitzt auf dem Tisch neben den Gläsern. »Bestimmt ein Kater«, meint Carla bei diesem Anblick und schiebt den unerwünschten Herrn sanft vom Tisch.

Carla erzählt von ihrem Tag, davon, dass ihr eigentlich alles zu viel war – zu viel Neues, Fremdes, Unverständliches, Beängstigendes. Und dann diese Einladung morgen Abend, soll sie zum alten Antonio gehen oder nicht? Es tut ihr gut, alles erzählen zu können, und Dreadlock-Svend ist ein guter Zuhörer.

Sein Humor, seine neugierige, risikobereite Lebenshaltung machen es Carla leicht, über ihre Vorbehalte zu reden. Er hat keine Antworten auf ihre Fragen, aber er antwortet mit viel Lachen auf ihre Ernsthaftigkeit. Leicht angesäuselt vom Bier und angesteckt von Svends Leichtigkeit den schweren Fragen des

Lebens gegenüber, schwebt sie zwei Stunden später wieder in ihr Zimmer, in ihr Bett. Der neue Morgen wird schon wissen, was sie tun soll! Ihr letzter Gedanke vor dem nächsten Tiefschlaf geht zu ihrem Sohn. Sie wünscht ihm, dass auch er einmal auf einer Dachterrasse über den Welten sitzen kann und die Kraft und Zuversicht seines jungen Lebens an alternde Muttis weitergibt.

4

Die Annäherung

DIE MORGENSONNE TRIFFT mit einem Strahlenbündel auf das zugehängte »Aschenbild«, tanzt über die bunten Farben des darüber gehängten Tuchs. Nachdenklich betrachtet Carla das bewegte Farben-Licht-Spiel, das die einfallende Sonne auf ihr Tuch zaubert.

Soll ich nun heute Abend zum alten Don Antonio gehen oder nicht? Sie ist immer noch unschlüssig, hat weder einen Wahrsagetraum gehabt noch kann sie das Für und Wieder aussagekräftig ordnen. Wenn sie nur wüsste, was sie dort erwartet, dann könnte sie sich auch besser entscheiden! Wieder bleibt ihr Blick an den Sonnenzeichnungen im Tuch hängen – vielleicht sollte sie die Art der Zeichnung auf dem Tuch als Orakel deuten?

Carla, Carla, ermahnt sie sich, du zickelst ganz schön herum. Das bedeutet, du hast Angst. Wovor eigentlich? Erinnere dich, was dir vor Jahren dieser knackige Tennislehrer in Kronberg gesagt hat: Willst du die Richtung des Balls bestimmen, dann musst du auf ihn zugehen, bevor er auf dich trifft. Die Richtung des Balls hast du schon bestimmt, als du dich zur Reise nach Peru entschlossen hast. Nun sei auch so mutig, dieser selbst gewählten Richtung weiter zu folgen, über den harmlosen Besuch eines Kräutermarkts hinaus. Zufall hin – Orakel her: die beste Art, die Zukunft vorherzusagen, ist immer noch, sie selbst zu gestalten!

Nach dieser Selbstaufmunterung steigt sie vergnügt unter die Dusche und genießt das Prasseln des Wassers auf ihren Brüsten. Ihren Brüsten, die ihr erhalten geblieben sind. Seit der Brustkrebs-Diagnose hat sie ein zuvor nicht gekanntes Liebesverhältnis zu ihren Brüsten entwickelt, losgelöst von Zuschreibungen wie »Sex« oder »Milchspender«.

Carla öffnet die Tür. Die Kuppeln des Konvents San Francisco scheinen zum Greifen nah.

Sie streckt sich, erinnert sich an ihre Atemübungen und atmet mit zur Sonne gewandtem Gesicht mehrmals tief ein. Wie hungrig ihr krankheitsmüder Körper nach Sonnennahrung ist!

Stichwort Nahrung: nun eine Gemüsetortilla und ein Tee!

Carla setzt sich auf einen freien Platz, bestellt eine Gemüsetortilla und muss lange darauf warten. Sie ertappt sich dabei, dass sie ungeduldig auf ihre Uhr sehen will. Nein, sie wird nicht auf die Uhr sehen, sie wird sich nicht über die Wartezeit beschweren.

Sie ist nicht mehr die Macherin, die Termine setzt und Druck macht. Sie hat Zeit, die Zeit ihres geschenkten Lebens.

Der Gemüsetortilla folgt noch ein Spiegelei, Carla hat Hunger.

Dann trägt sie ihren zufriedenen, wohl gefüllten Bauch nach unten, zum im Erdgeschoss gelegenen Internetanschluss.

Philip – ob er ihr geschrieben hat? Carla loggt sich ein und findet in ihrem gut gefüllten Posteingang auch eine Mail von ihm. Sie ist gerührt, als sie seinen Brief liest. Sie sieht ihn vor sich, diesen hoch aufgeschossenen, coolen Typen auf seinem Skateboard, den auf der Hüfte hängenden weiten Hosen und dem kurzgeschorenen Blondkopf mit dem kleinen Schwänzchen im Nacken. Er hat es gut und aufregend gefunden, als sie ihm von ihrem Peru-Plan erzählt hat. Er war sichtbar stolz, so eine mutige Mutter zu haben. Ganz anders als Thomas, sein Vater. Der hat wohl eher erwartet, dass sie wieder arbeitet, denn schließlich ist sie ja auch wieder »gesund« oder? Wenn sie wieder ihr altes Leben aufgenommen hätte, hätte sie sich auch wieder um Philip gekümmert – und Thomas hätte wieder seine Ruhe gehabt. Seine geliebte Ruhe, gut eingebettet in seinen fest geregelten Lebensablauf, abgesichert mit gesellschaftsfähigen Normen und Werten. Ein Beamter. Ihr taten manchmal die Schüler leid, die er unterrichtete. Doch Philip fühlte sich wohl bei ihm, er schien die kleinen Auseinandersetzungen mit seinem Vater richtiggehend zu suchen und streckenweise auch zu genießen. Manchmal hatte Carla den Eindruck, Philip hat sich ein Langzeit-Provokations-Programm für Thomas ausgedacht!

»Carla hat einen Indianertick«, hört sie die Stimme ihres Ex-Mannes bei diesen Gedanken deutlich in ihrem so empfindlichen linken Ohr. So spöttelte ihr Mann anfangs immer über ihr Engagement für bedrohte indigene Völker. Später, im Zuge des wachsenden Bewusstseins der gebildeten Öffentlichkeit für die »dritte Welt« ersetzte er das Wort »Indianer« politisch korrekt nun mit »indigene Völker«.

Während der ersten Jahre ihrer Ehe ertappte sich Carla immer wieder dabei, wie sie beim Lesen von Nachrichten über die Ausrottung vieler Völker Südamerikas und die Zerstörung der Natur als Folge von globaler Energiepolitik und dem steigenden Bedarf der »Industrienationen« an Rohstoffen sich dafür schämte, nur noch auf das eigene Wohlergehen bezogen zu leben. Irgendwann las sie diese Art von Nachrichten einfach nicht mehr, bestellte die letzte kritische Botin aus ihrer Studentenzeit, die Frankfurter Rundschau, ab. So lebte es sich besser. Manuel und sozialpolitische Verantwortungsgedanken verschwanden mit der Knochenpfeife in der Dunkelheit eines Schuhkartons in ihrem Schrank.

Doch jetzt ist sie hier, in Lima, mit ihrer Knochenflöte. Sie ist. Das zählt mehr als das, wer und was sie war.

Ihre Finger fliegen über die Tastatur, Philip bekommt eine lange E-Mail.

Carla liest die Absender der anderen Posteingänge und beschließt, nur die zu lesen, an deren Absendern sie wirklich interessiert ist. Von all den Mails öffnet sie nur eine, die von ihrer Schwester Katharina. Typisch Katharina, die Hälfte der Mail besteht aus Gesundheitsratschlägen. »In Peru wächst ein Busch, dessen Rinde nachweislich große Heilerfolge bei Immunschwäche-Krankheiten hat, er heißt ‚Katzenkralle‘, *uña de gato*. Sieh dich doch mal um, bestimmt bekommst du dieses Mittel auf einem Kräutermarkt. Du findest auch im Internet Informationen dazu.«

Die gute Katharina, wenn sie wüsste! Carla schreibt sich den Namen in ihr Reise-Notizbuch. Sie wird Ulysses nach diesem Busch fragen, gegen eine Stärkung ihres Immunsystems hätte sie nichts einzuwenden!

Ulysses – wo bleibt er nur, er wollte doch morgens vorbeikommen!

Carla beendet ihren Internetaufenthalt, bezahlt und geht durch verwinkelte Flure, deren Wände mit Marmor verkleidet und mit riesigen Bildern in Goldrahmen bestückt sind, zur Rezeption. Zu ihrer Freude steht Edita hinter dem schmalen Holztresen, drei junge Rucksackreisende reden gleichzeitig auf sie ein. Als sie mit ihren Rucksäcken die Treppe hochsteigen, seufzt Edita. »Die jungen

Leute sind manchmal ziemlich anstrengend!«

Carla lacht: »Und – wie alt bist du eigentlich?«

»Ich bin 25.«

»Kein Wunder, dass dich junge Leute anstrengen, in deinem Alter!« Beide lachen. »Ist Ulysses schon hier gewesen?«

»Nein, ich warte auch schon auf ihn. Gehst du heute Abend zu Großvater Antonio?«

»Ja, obwohl ich gar nicht so genau weiß, was ich bei ihm soll.«

»Darüber mach dir keine Gedanken, wenn er dich eingeladen hat, dann weiß er auf jeden Fall, was du bei ihm sollst. Und was machst du jetzt?«

»Ich habe gar nichts vor, ich werde mich auf die Terrasse setzen, etwas lesen. Wenn Ulysses kommt, sag ihm wo ich bin.«

»Und wann lernen wir zusammen? Für mich wäre drei Uhr eine gute Zeit.«

»Gut, Edita, dann treffen wir uns um drei Uhr wieder in deiner Ecke.«

In ihrem Zimmer zieht Carla den Reiseführer aus ihrem Rucksack heraus. Vielleicht findet sie Informationen über Lima, die sie interessieren. Beim Herausziehen aus der Seitentasche des Rucksacks streift ihre Hand ein Päckchen, das hinter dem Reiseführer steckt. Es scheint ein Buch zu sein, in Zeitungspapier eingewickelt. Verwundert zieht sie das Päckchen heraus. Das hat sie doch gar nicht eingepackt! Zeitungspapier? Das kann nur von Katharina stammen. Sie wickelt das Päckchen aus und hält ein dünnes Buch in der Hand.

I Ging – Das Buch der Wandlungen steht auf dem braunen Cover. Oh nein, wieder so ein typischer Katharina-Weisheits-Mist! Carla schlägt das Buch auf, ein Zettel fällt ihr entgegen: »Meine liebe Schwester. Ich weiß, du hältst nicht viel von solchen Büchern – aber da du dich selbst für einen Prozess der Wandlung entschieden hast, wirst du vielleicht mit einem gewandelten Blick in diesem Buch Gedankenanstöße finden, die nicht nur den Chinesen seit einigen tausend Jahren zu neuen Einblicken verhelfen konnten. Und wenn du dieses Buch als ein Spiel betrachten kannst – dann nutze es spielerisch. Du hast dir schon als Kind so gerne neue Spiele ausgedacht. Schlag doch einfach einmal blind eine Seite auf – nimm das, was da steht, als lebensphilosophische Spielanweisung für den Tag – und schimpfe nicht zu sehr auf deine Schwester, die dich liebt. Katharina.«

Carla ist gerührt von Katharinas liebevoller Aufmerksamkeit. Und die große Schwester hat Recht: Sie hat sich für einen Weg der Wandlung entschieden, dazu gehört die Bereitschaft für neue Blickweisen. Vorurteilsfallen ade!

Carla schlägt das Buch auf und liest: «Nr. 19 – Die Annäherung.« Na ja, das passt ja nun wirklich auf fast jede Lebenssituation!

Sie stellt sich vor den Spiegel, mit dem Buch in der Hand, sieht sich an: Exszialistin, Exunternehmerin, Exkebspatientin, Saabfahrerin, Goldene-Visa-Card-Inhaberin in billigem Rucksackhotel in Peru, auf dem Weg zu einem Cocablatt-Orakel, mit chinesischem Weisheitsbuch bewaffnet, auf der Suche nach ihrem Exliebhaber. »Mit dieser Aufzählung hätte ich bestimmt gute Chancen für eine Reportage in der Brigitte, erklärt sie feixend ihrem Spiegelbild.

Ein energisches Klopfen an der Tür beendet ihren tiefenpsychologischen Anfall.

Ulysses strahlt sie im ebenso strahlend weißen T-Shirt an. »*Hola, princesa*, wie geht es?«

»Danke, es geht mir gut. Komm, ich wollte mich gerade auf die Terrasse setzen, da können wir uns unterhalten.«

Irgendwie ist es Carla zu intim, Ulysses in ihr Zimmer zu bitten. Die Terrasse ist leer, das Restaurant geschlossen.

»Ich hole uns eine Flasche Wasser.«

Er verschwindet hinter dem Holzgebäude des Restaurants, kommt mit einer kühlen Flasche Wasser und zwei Gläsern zurück. Carla registriert: ein aufmerksamer, organisatorisch geschickter Begleiter!

Carla schluckt zum Wasser ihre tägliche Tablettenration.

»Bist du krank?« fragt Ulysses.

»Nein, nein, die brauche ich nur zu meiner Stärkung. Sag mal, meine Schwester schrieb mir, hier wächst ein Busch, der auch ein gutes Mittel zur Stärkung des Immunsystems sein soll. *Uña de gato* heißt er, kennst du den?«

»Oho«, lacht Ulysses, «die *princesa* entpuppt sich als Heilpflanzenkennerin! Jeder in Peru kennt *uña de gato*! Es wird sogar in die USA und nach Europa ausgeführt, so gut ist es. Am wirkungsvollsten ist es, wenn du die in der Sonne getrockneten Rindenstücke als Tee kochst und jeden Tag eine Tasse davon trinkst. Wenn du willst, kannst du heute Abend bei Antonio eine Tasse davon trinken. Du kommst doch?«

»Ja, ich werde kommen. Holst du mich ab und bringst du mich auch wieder zurück – für 20 *Soles* die Stunde?«

»Natürlich, was denkst du denn, ich bin doch verantwortlich für dich.«

»Nein, Ulysses, du bist nicht verantwortlich für mich, das bin nur ich. Aber ich freue mich, wenn du mich begleitest und mir hilfst, wenn ich etwas nicht verstehe.« Was denkt der sich eigentlich, sich nach einem Tag Bekanntschaft verantwortlich für mich zu fühlen! Bislang war das immer so: wenn Männer Verantwortung für mich übernommen haben, war das über kurz oder lang mit Bevormundung verbunden, ärgert sich Carla in Gedanken.

Ulysses verdreht theatralisch die Augen, als er ihre verärgerte Mine sieht. »Du bist etwas kompliziert. Ich tue dir doch nichts, ich will dir doch nur helfen!«

»Ulysses – es ist alles gut. Wann holst du mich ab?«

Er ist sichtlich irritiert über ihre knappen Worte. Hat er sich etwa auf gemütliche Stunden mit ihr eingestellt, ein gemeinsames Essen? Carla findet, es ist Zeit, deutliche Beziehungsgrenzen zwischen ihnen zu ziehen. »Ich komme um fünf Uhr, wenn es dir recht so ist.«

»Gut, ich freue mich darauf. Aber nun würde ich mich gerne noch etwas ausruhen.«

Sie steht auf, gießt sich das Glas noch einmal voll Wasser, um es mit ins Zimmer zu nehmen.

»Bis später.« Spricht's und dreht sich um, ohne ihm die Hand zu geben.

Er ist auch aufgestanden, blickt ihr mit ernster Miene hinterher. »Adios, Carla.«

Von wegen »Nr. 19 – Die Annäherung«! Der Leitsatz des Tages sollte eher heißen: Die Abgrenzung, grummelt Carla in sich hinein.

Vor ihrem Zimmer sonnt sich ein weißes Kaninchen unter den

Blumentöpfen. Das Kaninchen hat Recht, denkt sie sich und trägt den kleinen Sessel aus ihrem Zimmer vor die Tür. Hinter den in großen Behältern prächtig blühendem Oleander erspäht sie eine leere Holzkiste, perfekt geeignet als Fußablage. Carla schließt die Augen und genießt zusammen mit dem weißen Kaninchen die ungestörte Sonnenruhe. Die Wärme und das Sommerbrausen der Stadt verlangsamen ihre Gedanken, sie schläft ein.

Gut ausgeruht tritt sie am Nachmittag ihre Arbeit als Englischlehrerin an. Edita sitzt schon hinter dem großen Oleander auf ihrer Holzkiste, vor sich auf der anderen Kiste liegt aufgeschlagen ihr Schreibheft.

»Komm«, winkt sie Carla herbei, »setz dich in den Liegestuhl und lass uns gleich anfangen. Ich habe leider doch nur eine Stunde Zeit, dann muss ich in die Küche, das Abendessen vorbereiten. Helena geht es heute nicht gut, sie hat sich hingelegt.«

Ohne Geplauder-Vorspiel setzt Carla gleich ihre Lehrerinnen-Fähigkeiten ein. Sie arbeiten konzentriert, Edita ist eine aufmerksame Schülerin.

Carla hat noch etwas auf dem Herzen »Sag mal, Edita, hast du Ulysses oder sonst jemandem aus deiner Familie von meiner Krankheit erzählt oder von meiner Suche nach Manuel?«

Edita schüttelt den Kopf: »Nein, Carla, das habe ich nicht. Das ist deine Sache, ob du Ulysses oder Großvater etwas sagst oder nicht. Weißt du, Großvater Antonio sagt immer: Er kann keinem helfen, der nicht von sich aus um Hilfe bittet. Diese Arbeit muss jeder Patient leisten, bevor er geheilt werden kann. Entschuldige bitte, aber ich muss jetzt wirklich gehen. Wir sehen uns morgen!«

Zurück bleibt eine ratlose Carla, wieso ist sie jetzt hier schon wieder im Status einer Patientin? Was hat sie getan, das Edita überhaupt auf den Gedanken kommt, sie könne Hilfe brauchen? Macht sie so einen schwachen Eindruck?

Carla legt sich auf ihr Bett, blättert in ihrem blau-gelben Taschenwörterbuch. Mal sehen, was das da zum Begriff »*curandero*« gesagt wird. »Kurpfuscher, Quacksalber« steht dort kurz und bündig. Sie hat zwar noch keine Erfahrung mit der Arbeit von *curanderos*, aber gerade deshalb ärgert sie diese verächtliche

Erklärung. Nun will sie doch gleich mal sehen, was unter dem deutschen Wort »Heilpraktiker« als Übersetzung steht. Sie traut ihren Augen kaum, da steht doch wirklich: *curandero*. Ein deutscher Heiler mit Naturheilverfahren ist also ein *curandero*, und ein lateinamerikanischer Heiler mit Naturheilverfahren ist ein Quacksalber!

In einigen Stunden wird sie mehr wissen. Wie heißt es doch immer so klug: lernen ist nur möglich über Erfahrung. Sie ist ja grundsätzlich erfahrungsbereit, aber im Moment ist sie nur an einer Erfahrung interessiert: dem Schlaf.

Leises, aber konstantes Klopfen weckt sie. »Si?«

»*Señora* Carla, Ulysses wartet unten auf Sie.«

Zufrieden notiert Carla, dass Ulysses nicht selbst hochgekommen ist, sondern Abstand wahrt. Das ist ihr sehr recht. In Ruhe zieht sie sich an, legt ihre Bauchtasche um. Sie zögert einen kleinen Moment, dann nimmt sie den gestickten Beutel mit der kleinen Knochenflöte aus ihrem Rucksack, verstaut sie vorsichtig in der Bauchtasche. Sie geht ja nicht im Dunkeln alleine in der Stadt herum, sondern macht einen Familienbesuch, da kann sie ruhig die Bauchtasche umlegen. Sie hält im Zusammensuchen ihrer Sachen inne: ist das wirklich ein privater Familienbesuch, muss sie dann nicht ein Geschenk mitbringen? Oder ist es doch ein geschäftlicher Besuch, wird erwartet, dass sie für das Cocablatt-Orakel bezahlt? Sie muss Ulysses danach fragen.

Der bemerkt sie erst, als sie unübersehbar vor ihm steht. Kein Wunder, war er doch bis zu ihrem Auftritt in ein Gespräch mit einer jungen, blonden Frau vertieft. Carla traut ihren Ohren nicht: Ulysses spricht Englisch!

»*Hola*, Ulysses. Schön, dass Du da bist.«

»*Hola*, Carla. Können wir fahren? Wir werden fast eine Stunde brauchen, bis wir jetzt beim Abendverkehr oben bei Antonio sind.«

Ulysses verabschiedet sich mit großer Freundlichkeit von der jungen Amerikanerin, Carla steht wartend daneben.

Im Auto fragt sie: «Warum hast du gesagt, ›oben bei Antonio‹, wohin fahren wir denn?«

»Meine Familie wohnt oben an einem der Berghänge.«

Eine Weile sitzen sie schweigend nebeneinander, Ulysses ist auf den chaotischen Abendverkehr der Innenstadt konzentriert. Carla blickt demonstrativ aus dem Fenster, wo sie außer Autos und Straßenschluchten nichts sieht. Dieses chinesische Sprüchebuch werde ich im Hotel liegenlassen, beschließt sie, die Annäherung - so ein platter Küchenspruch!

Die Innenstadt liegt hinter ihnen. Zwei bis dreistöckige Wohnhäuser im Selbstbaustil sind dicht an die Straße gerückt. Überall flammen Lichter auf. Erst jetzt bemerkt sie die vielen kleinen Verkaufsstände in den offenen Haustüren und Nischen auf, die sie an ein Gastgeschenk erinnern.

»Ulysses, ich würde deinem Großvater und deiner Mutter gerne etwas mitbringen, ich weiß aber nicht, was.«

»Das ist eine gute Idee, Carla. Ich glaube, die beiden würden sich am meisten über Tabak und einen trago freuen, das brauchen sie auch für ihre Arbeit. Ich weiß, wo du das kaufen kannst, da halte ich nachher an.«

Einige Straßenkreuzungen weiter hält er an einem kleinen, himmelblau gestrichenem Laden, der voll gestopft ist mit allem, was sich so auf sechs Quadratmetern zusammenstopfen und verkaufen lässt.

»Zweimal einhundert *mapachos* und zwei Flaschen aquardiente.«

Sorgsam staubt der Verkäufer die beiden Flaschen ab, reicht sie Ulysses. Carla betrachtet interessiert die in kleine, durchsichtige Plastiktüten verpackte Zigarettensammlung. Sie sieht sehr handgerollt aus!

»Ulysses, was ist das eigentlich, *mapacho*. Ich kenne dieses Wort nicht«, fragt sie ihn, als sie weiterfahren, in immer enger werdenden Kurven auf einer immer enger werdenden Straße den Berg hinauf.

»*Mapacho*, so heißt der schwarze Tabak, der im Dschungel wächst. Er ist stark, er hat viel Kraft. Er ist nicht so ein parfümierter und mit Chemie durchsetzter Hundetabak, wie der, aus dem die amerikanischen Zigaretten gemacht werden. Mit *mapacho* kann man die Geister rufen, Menschen schützen und heilen.«

»Du willst mir doch nicht etwa erzählen wollen, dieser Dschungeltabak sei nicht gesundheitsschädlich!«

Ulysses lacht: »Tabak, der mit der Absicht von Schutz und Heilung geraucht wird, als Nahrung für die Geister, der kann nicht krank machen. Na klar, wenn man *mapacho* einfach nur so qualmt wie andere Zigaretten auch, dann kann auch *mapacho* schlecht für die Lungen sein. Wir haben bei Ausgrabungen von huacas an der Nordküste viele Artefakte gefunden, die von einem sehr alten Gebrauch des Tabaks in Ritualen zeugen.«

Fast hat Carla es vergessen: Ulysses ist arbeitsloser Archäologe, nicht nur Taxifahrer und Fremdenführer.

Die Stimmung zwischen den beiden hat sich entspannt. Ulysses erzählt begeistert von den Ausgrabungen an alten Ritualplätzen aus präkolumbianischer Zeit, den huacas.

»Aber nicht nur Orte und Gebäude sind huaca. Auch Pflanzen und Gegenstände können huaca sein. Alles, was eine Bündelung von Energie ist, eine besondere Konzentration einer Schöpfungskraft, das ist huaca. Eigentlich ist huaca ein Ausdruck für das große Geheimnis der sich immer wieder selbst erneuernden Lebenskraft. Coca ist auch huaca, vielleicht wirst du ja etwas davon spüren können, wenn Antonio damit für dich arbeitet.«

Carla nickt höflich - was soll sie dazu auch schon sagen?

Die Straße ist in einen unbefestigten Weg übergegangen, der den alten Käfer in schaukelnde Bewegungen versetzt. Tief unter ihnen liegt die Stadt, ein Lichtermeer im dunstigen Dunkel. Immer wieder springen Hunde und Kinder vor das langsam fahrende Auto, vor den Häusern sitzen schwatzend und rauchend vor allem Männer.

Plötzlich ein dumpfer Schlag gegen das Auto. Ulysses bremst. Zu spät. Neben dem Auto liegt ausgestreckt ein magerer Hundekörper. Fluchend steigt Ulysses aus. Carla hat sich sehr erschrocken, ihr Herz rast, aber sie will sich davon überzeugen, dass der Hund wirklich tot ist. Sie steigt aus und beugt sich zu dem Hundekörper herab. Es ist ein Straßentier, fast ohne Fell, der Körper erscheint im Licht der Autoscheinwerfer nackt. Die dunklen Augen des Tieres blicken sie leer und bewegungslos an, kein Zweifel, das Tier ist tot. Ulysses hebt gerade seinen Fuß an, um den toten Körper an die Seite zu schieben, da zuckt es um die Augen des Tieres. Ulysses scheint es nicht zu bemerken,er beginnt, den Körper mit dem Fuß zu bewegen. Irritiert und fassungslos zugleich beobachtet Carla, wie sich in Sekundenschnelle die Augen des Hundes verändern, sich in die Länge ziehen, größer werden – ein Blick aus gelbgrünen, funkelnden Pupillen ist auf sie gerichtet und erlischt sofort wieder. Der Hundekörper poltert den Abhang hinunter.

Carla schluckt. Was war das? Sie hat es wirklich gesehen, die Augen haben sich verändert. Wenn sie nicht wüsste, dass es nicht möglich sein kann, hätte sie geschworen, sie hat in die Augen einer Raubkatze gesehen.

»Ulysses, hast du die Augen des Hundes gesehen?«

»Die Augen? Auf die Augen habe ich nicht geachtet. Was war mit ihnen?«

»Ach, nichts.«

»*Princesa*, du bist ja ganz blass!« Ulysses hat Carlas Gesicht mit einer Hand zur mageren Innenbeleuchtung gedreht. »Da hilft am besten ein trago.« Er schraubt eine Flasche auf, nimmt einen großen Schluck, reicht die Flasche an Carla weiter.

Hat nicht ihr Opa immer gesagt: »Es gibt nichts, wogegen ein Schnaps nicht helfen würde.« Sie trinkt auf sein Wohl, immerhin ist er mit dieser Lebenshaltung siebenundachtzig Jahre alt geworden.

»Ulysses, gehörte der Hund nicht zu jemand, der ihn jetzt vermissen wird?«

»Nein, Carla, diese Hunde hier gehören nur zu sich selbst. Sie streunen herum, ernähren sich von Abfällen. Sie sind einfach da. Ich weiß, in deiner Kultur haben Hunde einen anderen Stellenwert. Du wirst es vielleicht herzlos finden, wie wir hier, in einem der vielen Armenhäuser der Welt, mit Hunden umgehen. Aber ist es nicht viel herzloser, jedes Jahr Millionen an Euro für Hundefutter auszugeben, während viele Kinder immer noch an Unterernährung und mangelnder medizinischer Versorgung sterben? Das Leben in diesem Land ist für mehr als die Hälfte seiner Bewohner ein täglicher Kampf ums Überleben, wir brauchen unsere Kraft für die Lebenden, nicht für die Toten.«

Bei den letzten Worten tritt er wieder heftig auf die Bremse,

Carla schreckt zusammen. Nicht schon wieder ein Hund!

»Komm, *princesa*, steig aus. Wir sind da!«

Sie haben vor einem flachen, würfelförmigen kleinen Haus gehalten, das in einer Reihe sehr ähnlicher Häuser steht. Auf dem Dach sind die Bauanfänge eines ersten Stocks zu sehen, riesige Kakteen ragen über die halbfertigen Mauern.

Teolinda steht in der Tür, umarmt ihren Sohn, umarmt auch Carla.

»Wie geht es Dir?«

»Danke, Teolinda heute geht es mir gut.«

Der Raum, in den sie tritt, wird von einer nackten Glühbirne an der Decke spärlich erhellt. Vier hochlehnige, geflochtene Stühle, einige einfache Holzhocker, ein Tisch, eine zweite Tür. Teolinda zeigt auf einen der Stühle, verlässt den Raum aus der zweiten Tür, die in einen Hinterhof zu führen scheint.

Carla setzt sich. Ihre Aufmerksamkeit wird von einer Ansammlung von Gegenständen in einer Ecke des Raumes angezogen, die sie beim Eintreten nicht bemerkt hat. Neugierig steht auf, um diese Ecke genauer anzusehen – und hält kurz den Atem an: weiße Kerzen, mehrere kleine Glaskrüge mit Flüssigkeiten. Sie bückt sich, um zusehen was sie enthalten. Zwei enthalten Pflanzen und Holzstückchen, aber in der einen steckt doch wahrhaftig ein ganzer Skorpion! Und in der anderen der Kopf einer Schlange. Iiih – Carla zieht ihre neugierige Nase schnellsten von den Flaschen zurück. Die anderen Gegenstände erscheinen ihr harmlos: getrocknete Blätter, ein Stück von einem Kaktus, geschnitzte Stäbe, ein kleiner Sack, einige sehr zackige, rosarote Muscheln, Steine, ein kurzes Seil, eine Keramikfigur mit einem Jaguar, ein rostiges Schwert. Diese Ansammlung ist wohl so etwas wie ein Altar, mutmaßt sie. Ist der alte Antonio vielleicht kein *curandero* sondern ein *brujo*, ein Hexer?

Heute ist wirklich kein Tag der Annäherung, sondern ein Tag der Abgrenzung und des Erschreckens. Sie nimmt sich vor, Katharina eine gesalzene Einschätzung dieses Weisheitsbuchs zu schicken.

Ulysses stößt die Tür auf, in der Hand eine dampfende Tasse. »Ich sehe, du studierst schon die Schreckenskammer meines Großvaters«, lacht er, »hier, trink! Meine Mutter hat dir *uña de gato* gekocht, damit du uns nicht wieder gleich umfällst!«

Carla fühlt sich ertappt und versenkt ihren roten Kopf im Dampf des rotbraunen Tees.

»Ich wette, du findest diese Glaskrüge mit den Dingen darin ziemlich unheimlich, oder?«

»Nur die mit dem Schlangenkopf und dem Skorpion, ja, die finde ich widerlich!«

»Die Geschichte vom Schlangenkopf und vom Skorpion erzähle ich dir später einmal, mit denen wirst du heute nichts zu tun bekommen. Aber die Flaschen mit den Pflanzen wirst du bestimmt kennen lernen, die nennen wir seguros. Es sind ganz besondere Pflanzen, Don Antonio hat sie selber gesammelt, sie haben Zauberkräfte. Er kennt ihre Lieder, sie sind wie Brüder für ihn. Vielleicht wirst du ja auch einmal das Lied einer Pflanze hören können.«.

Carla versteckt ihre Abwehr gegen dieses magische Pflanzengerede hinter der Allerweltsformel »vamos a ver«, die in höflicher Art alles offen lässt. Lied der Pflanzen – irgendwie ist sie hier wohl in der falschen Abteilung gelandet. Was Ulysses sagt und was sie da in der Ritualecke gesehen hat, scheint einer Eso-Messe entsprungen zu sein.

Carla, Carla, mahnt in diesem Augenblick ihr wandlungsbereiter Carla-Anteil, der noch immer ein tristes Leben führt und wenig Beachtung findet. Erinnere dich an deinen Vorsatz, nicht gleich alles Unbekannte, das dir begegnet, mit deiner ewig besserwisserischen Kritik niederzuwalzen. Du siehst dich so gerne als offene Kosmopolitin, aber du bist eine kleinkarierte Erbsenzählerin, die ihren beschränkten, überheblichen Intellektuellenblick zum Maßstab für das weite Feld des Lebens macht.

Carla hört sich zu und schwört, diesem klugen Anteil vor ihr einen Logenplatz hinter ihrer Wahrnehmungsbrille einzuräumen!

Sie beschließt, sich diesem bedrohlichen Terrain ungewohnter magischer Welten über eine vertraute, aber in diesem Fall auch notwendige Brücke zu nähern: der Frage nach dem Wert einer Arbeit.

»Ulysses, wenn Don Antonio aus den Coca-Blättern für mich liest, was soll ich ihm dafür geben?«

»Was du für richtig findest. Es gibt keinen festen Preis.«

»Ulysses, ich habe überhaupt keine Vorstellung von richtigen Preisen für so eine Arbeit.«

»Na ja, wenn du dich gut fühlst mit dem, was Antonio dir sagt, dann kannst du so zwischen dreißig und vierzig *Soles* geben.

Wenn dir nicht gefällt, was er sagt, gibst du einfach weniger.«

Wirklich, eine sehr einsichtige Zahlungsweise!

Teolinda und Don Antonio kommen herein. Carla überreicht den beiden ihre Gastgeschenke und erntet ein zufriedenes Strahlen. Der alte *curandero* zündet sich sogleich eine der mitgebrachten *mapacho*s an, zieht seinen Stuhl zum Tisch. »Komm, setz dich zu mir«, winkt er Carla heran. »Du willst etwas von dir und deinem Weg wissen? Ich werde Mama Coca fragen. Du musst wissen, die Blätter von Mama Coca sind nicht irgendwelche Blätter. Sie sind huaca, sie haben eine starke Energie in sich. Unser Vorfahren haben sie diese Kraft verehrt.«

Teolinda zündet die Kerzen in der Ritualecke an, nimmt einen der kleinen Glaskrüge, schüttete etwas von der Flüssigkeit in ihre Handflächen, verreibt sie, fährt mit ihren Händen über Carlas Stirn und durch ihre Haare. Sie greift zu dem kleinen Sack in der Ritualecke, reicht ihn Don Antonio. Einige Rauchstöße fliegen aus seinem Mund in den geöffneten Sack, zwischen jedem Zug murmelt er einige Worte. Carla versteht nur »Sonne, Mond, Mama Coca.« Der Alte steht auf, bläst ihr Rauch über den Scheitel, dann greift er mit beiden Händen in den Sack. Zwischen seinen geschlossenen Händen hält er die Coca-Blätter über ihren Kopf, sagt Carlas Namen. In rasendem Tempo folgt eine minutenlange Litanei, von der sie nichts versteht - vermutlich so etwas wie eine Anrufung oder ein Gebet. Carla sitzt mit aufrechtem Rücken und ergibt sich ihrem Schicksal, versucht, erst gar keine Aversionen gegen Gebete oder ähnliche religiöse Handlungen aufkommen zu lassen.

Mit einer plötzlichen, heftigen Bewegung lässt Don Antonio die Blätter aus seinen Händen auf den Tisch fallen.

Es ist still im Raum, alle schauen gebannt auf die über den Tisch verstreuten Blätter. Carla auch, obwohl sie nichts weiter sieht als

Cocablätter auf einem Tisch.

»Du hattest eine große Liebe, bevor du geheiratet hast. Du hast sie verloren.

Aber du trägst irgendetwas mit dir von dieser Liebe.«

Don Antonio schiebt die Blätter zur Seite, greift wieder in den Sack, wirft die Handvoll Blätter hoch, sie fallen auf den Tisch, bilden ein neues Muster.

Don Antonio raucht, Teolinda raucht, auch Ulysses raucht.

Der *curandero* konzentriert sich. »Was du mit dir trägst, hat mit dem Jaguar zu tun. Ich verstehe nicht, wie du aus Europa etwas mit dem Jaguar zu tun haben kannst, aber so sagt es Mama Coca. Du solltest auf den Jaguar hören, er wird dir deine Liebe zurückbringen. Folge ihm.«

Carla hält vor Aufregung den Atem an. Die Jaguarflöte und Manuel! Woher weiß der Alte das? Bestimmt hat ihm Edita davon erzählt.

»Ich sehe auch Tod in deiner Nähe, er bedroht dich nicht mehr, aber er hat dich besucht und ist noch in deiner Nähe.«

Carla schluckt, das kann doch wohl nicht wahr sein, welchen Taschenspielertrick übt der *curandero* da aus?

Wieder greift er in den kleinen Sack, lässt neue Blätter auf den Tisch fallen.

»Du bist ein strahlender Stern und hast ein gutes Herz, aber dein Herz ist mit Angst und Wut bedeckt, wie mit Müll. Die Angst und die Wut machen dich dunkel, deshalb leuchtet der Stern nur schwach.«

Gebannt sehen alle auf die Anordnung der Blätter, Carla überfällt das Verlangen, mit den anderen zu rauchen. Sie denkt an ihre Brust und trinkt den Rest vom Tee aus.

»Du bist eine Wanderin, wie ein Wind, aber du hast diese Kraft des Windes in dir eingesperrt. Du hast viel Kraft, aber sie ist nicht lebendig. Du trägst eine Krone. Aber die Krone strahlt nicht, viel Einsamkeit, viel Traurigkeit, keine Liebe.«

Don Antonio blickt von den Blättern auf, sieht Carla in die Augen: »Ich weiß nicht, warum das so ist, aber dein Weg ist der, den der Jaguar dir zeigt. Du hast etwas von seiner Stärke in dir, aber sie kann nur lebendig werden, wenn du dich entscheidest sie zu leben.«

Er schiebt die Blätter zurück in den Sack, bindet ihn zu, gibt ihn Teolinda.

Die legt ihn zurück in die Ritualecke, bringt eine der kleinen Flaschen mit an den Tisch, öffnet sie. Besorgt fixiert Carla die Flasche, um zu sehen, ob darin der Schlangenkopf oder der Skorpion ist. Als sie sieht, dass nur Pflanzenteile in der Flasche sind, lehnt sie sich entspannt zurück. Teolinda öffnet die Flasche und reibt ihre Stirn mit einer angenehm duftenden Essenz ein.

»Am besten ist es, wenn du heute Abend nicht mehr duschst.«

Carla ist aufgewühlt, sie sieht sich nach Ulysses um. Er steht an die Wand gelehnt im Halbdunkel des Raumes.

Und was geschieht jetzt, was soll sie mit Don Antonios Worten anfangen, wer erklärt ihr den Sinn?

Doch als Erstes will sie wissen, welche Informationen er vor dem Cocablatt-Ritual über sie hatte.

»Don Antonio, bitte sag mir, hat dir Edita etwas von mir erzählt, von meinem Leben und warum ich in Peru bin?«

Der *curandero* sieht sie ernst an. »Ich brauche niemanden, der mir etwas von dir sagt. Ich sehe dich, und Mama Coca spricht zu mir von dir.«

»Don Antonio, ich verstehe nicht richtig, was du gesagt hast. Was hat es mit dem Jaguar auf sich, und wie kann ich seinem Weg folgen? Meinst du einen richtigen, lebendigen Jaguar?

Don Antonio schweigt. Carla ist irritiert. Da fällt ihr der bestickte Beutel in ihrer Tasche ein, sie holt ihn hervor. »Schau, Don Antonio, das hat mir meine große Liebe geschenkt. Deshalb bin ich hier in Peru, ich suche ihn, Metsa Vari.«

Der Alte nimmt behutsam den Beutel in seine Hand, Ulysses kommt auch neugierig an den Tisch. Don Antonio dreht und wendet den Beutel, betrachtet das Muster. Er sieht Ulysses an, sie nicken einander wissend zu.

»Das ist eine Arbeit der Shipibos, sie sind berühmt für diese geometrischen Muster.« Carla ist aufgeregt, ihre Wangen glühen. »Wo leben diese Shipibo, ist es schwierig, dahin zu fahren?«

»Langsam, Carla, langsam.« Don Antonio fühlt den Inhalt des

Beutels ab. »Kann ich sehen, was darin ist?«

Carla nickt. Der *curandero* öffnet den Beutel, zieht die kleine Flöte heraus. Er dreht sie in seiner rechten Hand hin und her, schließt dann die Hand, hebt sie an den Mund, pfeift zischelnd eine Melodie in die zur Faust geschlossene Hand. Dann legt er die Faust an sein rechtes Ohr, schließt die Augen, lauscht. Er legt die Flöte in seine linke Hand, ballt diese zu einer leichten Faust, nimmt sie wieder an den Mund, pfeift wieder zischelnd eine Melodie in die Faust. Wieder legt er die Faust an sein Ohr, dieses Mal an das linke, schließt die Augen und lauscht.

»Ulysses, eine *mapacho*!«

Ulysses reicht ihm die brennende Zigarette. Tief zieht Don Antonio den schwarzen Tabak in seine Lungen ein, hält kurz die Luft an, stößt ihn dann mit drei heftigen Zügen und einem lauten »ffft« in die geschlossenen Faust.

Er öffnet die Faust, nickt zufrieden. Über der Flöte stehen drei kleine Rauchkringel, lösen sich vor Carlas erstaunten Augen auf und steigen in drei dünnen Rauchfäden empor.

Behutsam, als sei sie aus Glas, setzt Don Antonio mit seinen kleinen, schwieligen Händen die Flöte an den Mund. Ein durchdringender, klagender Ruf erfüllt den Raum, wird zu einer weichen, lockenden Melodie. Dieser Klang verändert das Verhältnis der vier Menschen zueinander. Carla hat den Eindruck, als würden aus der Flöte feine, gelbgrüne Fäden fließen, die sich um die vier Menschen im Raum legen und sie, wie von einer unsichtbaren Hand geführt, miteinander verweben. Sieht sie das wirklich – oder täuscht sie ihre Wahrnehmung?

Tränen fließen über ihre Wangen, nun sieht sie gar nichts mehr.

Es sind Tränen einer tiefen Freude, als ob sie etwas Verlorenes wiedergefunden hätte. Als ob? Nein, sie hat etwas Verlorenes wiedergefunden.

Der vertraute Klang hat einen der vielen Angstschleier von ihrem Herzen gezogen. Sie wird dem Weg des Jaguars folgen, was auch immer damit gemeint ist, was auch immer für Folgen damit verbunden sein werden. Sie wird Manuel wieder begegnen. Der Himmel ist immer der Himmel. Mit diesem wieder gefundenen Klang in ihr wird sie auch wieder zu ihrem eigenen Himmel werden! Don Antonio hat aufgehört zu spielen. Wieder bläst er Tabak über die Flöte, bebläst auch den Beutel von innen und außen, legt die Knochenflöte zurück. Ihr Gesang klingt nicht nur in den Ohren der vier Menschen weiter, jeder Winkel ihrer Körper ist davon erfüllt. Teolinda unterbricht diese erfüllte Stille.

»Ich glaube, jetzt brauchen wir eine Medizin und eine Suppe.«

Spricht's, und schenkt den guten Zuckerrohrschnaps in vier Gläser ein.

Der *curandero* sprenkelt einige Tropfen auf die Erde, bevor er trinkt. »Für *pachamama*, unsere Mutter Erde. *Gracias* á la vida!«

Einen Teller Hühnersuppe und einen weiteren Schnaps später glühen Carlas Augen und Wangen vor Aufregung. Am liebsten würde sie morgen gleich losfahren, zu den Shipibo, zu Manuel. Das Gerede um »Jaguar« und »Kraft« ist ihr egal. Wenn ihr dieses geheimnisvolle Gerede den Weg zu Manuel zeigt – dann kann Don Antonio von ihr aus jede Nacht irgendein Ritual machen!

Der *curandero* bremst ihre Euphorie.

»Carla, du hast da eine sehr mächtige Geisterflöte. Sie muss einem großen Schamanen gehört haben, denn ich kann mit ihrem Klang verborgene Dinge sehen. Du solltest die Flöte zu dem zurückbringen, der sie dir gegeben hat. Ich habe ihn gesehen, er braucht sie. Aber ich habe auch gesehen, dass dein Geist und dein Körper sehr schwach sind. Wenn jemand so schwach ist, dann kann ihm die große Kraft der Geisterflöte schaden, sie kann ihn verwirren und noch mehr schwächen.

Weißt du, wir *curanderos* denken, dass manche Dinge eine Kraft haben, die vom Menschen unabhängig existiert. Diese Kraft ist ein Teil des Geistes von Mutter Erde und Vater Himmel. Es erfordert große Bereitschaft und Begabung zum Lernen, viel Geduld und Zeit, vor allem die Beherrschung des eigenen Willens, um mit dieser Kraft so umzugehen, dass sie hilfreich ist und nicht schadet.

Wenn du jetzt, so wie du jetzt bist, in den Dschungel gehst, wirst du deinen Weg nicht finden. Der Dschungel ist voller mächtiger Geister, die dir Schaden zufügen werden wenn du nicht lernst, in der Nacht zu sehen.«

»In der Nacht zu sehen? Ich kann eigentlich ganz gut nachts

sehen.« Don Antonio schweigt, raucht.

Ulysses greift ein, er sieht Claras Verwirrung immer größer werden, er sieht ihre aufflammende Freude verlöschen.

»Carla – ‚in der Nacht zu sehen‘ ist bei uns ein Ausdruck für die Fähigkeit, die mit den Körperaugen nicht sichtbaren geistigen Welten zu erkennen, zum Beispiel die, in denen die Kräfte von Feuer, Wasser und Wind leben, oder die Welt der Tier- und Pflanzengeister, oder auch die Welt, in der unsere Ahnen zu Hause sind – na ja, und es gibt noch so einige Welten mehr. Die *curanderos* bei uns an der Küste haben besondere Pflanzen und besondere Gesänge, die Wege öffnen, diese Welten zu erleben.«

»Ulysses, ich will nichts anderes als Manuel finden. Was soll daran so schwierig sein? Ich finde Don Antonio und dich und deine Familie sehr nett, aber warum macht ihr alles so kompliziert! Dieses Gerede vom ‚Sehen‘ kommt mir etwas übertrieben vor, in meiner Welt gibt es keine Geister.«

Ulysses blickt erst seinen Großvater, dann seine Mutter an.

Teolinda sammelt die leeren Teller ein. »Komm, Carla, ich zeig dir unsere Küche, dann kannst du auch drei meiner anderen Kinder und meine Enkel kennen lernen, sie sind schon sehr neugierig auf dich.«

Aha, denkt sich Carla, überall das gleiche Spiel: die Frauen verschwinden in der Küche, damit die Männer sich beraten und Entscheidungen treffen können!

Was soll's, sie ist schließlich als Gast hier und wird sowieso bald wieder gehen.

In einem kleinen Anbau im Hof ist die Küche mit einer offenen Feuerstelle. Im Innenhof tummeln sich mindestens sechs oder acht kleine Kinder die aufhören zu spielen, als sie Carla sehen. In der Küche hocken zwei junge Männer und eine junge Frau, löffeln Suppe. »Carla, ich möchte dir meine Tochter Adelaida vorstellen, und meine Söhne David und Teofilo.« Händeschütteln, freundliche gegenseitige Fragen nach Beruf, Familie und wie Carla die Arbeit von Don Antonio gefällt.

Carla ist unruhig, sie möchte wieder zu Ulysses und Don Antonio, denn sie hat das unbestimmte Gefühl, die beiden planen ihr Schicksal. Nicht ohne sie!

Als sie wieder den Raum betritt, sitzen die Männer rauchend am Tisch, schweigen. Teolinda bringt heißes Wasser und Pulverkaffee.

»Carla, meine Arbeit ist es, Menschen zu heilen, die krank sind. Ich mache diese Arbeit nicht, um Geld damit zu verdienen. Mein Geld verdiene ich in meinem Dorf als Fischer. Zu Heilen und mit den Geistern zu reden ist eine schwere Arbeit, das ist kein Spiel. Ich habe dir aus den Blättern gelesen und dir gesagt, was Mama Coca mir gesagt hat. Du sagst, du bist nicht krank und brauchst keine Hilfe. *Bueno.* So ist das. Du kannst jetzt gehen, Ulysses wird dich gleich zu deinem Hotel fahren. Ich wünsche dir Glück für deine Reise.«

Der *curandero* zündet sich die nächste *mapacho* an, schlürft seinen Kaffee. Carla ist bestürzt über diesen abrupten Abschluss des Abends. Sie fühlt sich auf einmal allein und fremd hier. Sie nimmt den gestickten Beutel, packt ihn wieder ein. Nichts ist mehr zu spüren vom Zauber der Flötenklänge, weder in ihr noch im Raum.

»*Querida*, nicht so schnell«, hört sie Teolinda sagen, »trink doch erst einmal deinen Kaffee aus, du hast doch noch Zeit, oder?«

»Es ist schon spät, *mamacita*, ich möchte jetzt fahren. Wenn Carla will, können wir ja morgen wiederkommen – aber nur, wenn du wieder etwas Gutes kochst.«

Teolinda lacht: «Si, si, mein kleiner schlauer Sohn.«

Ulysses steht auf, umarmt Mutter und Großvater. Carla steht etwas unbeholfen daneben, da nimmt sie Teolinda fest in ihre Arme.

»*Buenas noches, querida.* Ich freue mich, dich morgen wieder zu sehen.«

Carla ist sich nicht so sicher, ob sie jemals wieder hierher kommen wird, ob sie es überhaupt will.

Sie reicht dem alten *curandero* die Hand, der hält ihre Hand fest, blickt sie freundlich an: »Sorge dich nicht und ärgere dich nicht, du bist geschützt, es wird dir gut gehen – bald.«

Vor der Tür fällt ihr ein, dass sie nicht bezahlt hat. Sie kramt eilig einen Fünfzig-*Sole*-Schein hervor, gibt ihn Ulysses.

»Bitte, Ulysses, gib das deinem Großvater.«

Ulysses steckt den Schein in seine Hosentasche. »Morgen!«

Eine ganze Weile fahren sie schweigend durch die spärlich

beleuchteten Straßen den Berg herunter, auf das gelbe Lichtermeer der Innenstadt zu.

«Ulysses, ich glaube, Don Antonio mag mich nicht», bricht Carla das Schweigen.

»Nein, Carla. So wie er zu dir geredet hat, redet er nur, wenn ihm jemand am Herzen liegt. Ich glaube, er sorgt sich um dich.«

»Das verstehe ich nicht, er kennt mich doch gar nicht.«

»*Princesa*, jemanden zu kennen, ist nicht abhängig von langen Reden und langer, gemeinsam verbrachter Zeit. Es gibt noch eine andere Art, jemanden zu sehen, so, wie er in seiner Seele ist. Mein Großvater ist ein bekannter, mächtiger Heiler in seinem Dorf, deshalb nennen ihn die Leute dort auch voller Achtung Don Antonio. Er ist ein Meister des Erkennens von Verborgenem, er hat das Wissen.«

»Ulysses, ich weiß nicht, was ich jetzt machen soll.«

»Weißt du, was du jetzt machen wirst? Du wirst mit mir eine Flasche Wein trinken, wenn wir wieder im Hotel sind. Bevor man so wichtige Entscheidungen trifft, sollte man sich immer erst entspannen.«

Carla muss lächeln, Ulysses mit seinem Sinn für einfache Handlungen in schwierigen Situationen hat Recht!

Auf der Restaurantterrasse des Hotels sitzt trotz der späten Stunde noch eine vergnügte Gesellschaft von Gästen zusammen, es riecht nach nicht legalen Rauchstoffen.

»Komm, wir setzen uns in Carlas Lernecke.«

»Gute Idee, geh schon mal vor, ich hole den Wein.«

Ulysses verschwindet wieder hinter dem kleinen Holzgebäude des Restaurants, stellt kurze Zeit später Gläser und eine Flasche auf die Tisch-Kiste.

Er hebt sein gefülltes Glas: »Auf dich, Carla, und auf das Leben!«

»Auf dein Wohl, Ulysses und auf das Wohl all derer, die wir lieben!«

Der Wein, die milde Nacht, der bequeme, alte Liegestuhl und Ulysses unaufdringliche Gesellschaft entspannen Carla. Ihr Denkkarussell, in dem sich Don Antonios Worte und die gelbgrünen Katzenaugen des Hundes drehen, wird langsamer. Sie zieht den gestickten Beutel aus ihrer Tasche heraus, legt ihn in ihren Schoß, schließt die Augen.

»Ich möchte dir ein wenig von uns erzählen, *princesa*, von meinem Volk.« Ulysses warme, sinnliche Stimme fließt angenehm in ihre entspannten Sinne ein. »Schon lange bevor die Spanier kamen, lebten meine Vorfahren oben an der Küste, am Meer und am Mochefluss. Es ist trocken und sandig dort, fast wie in einer Wüste. Nur dicht am Fluss ist die Erde grün und fruchtbar. Die Spanier haben die alte Kultur, die sie dort vorfanden, nach dem Mochefluss genannt. Wie sich diese alte Kultur selber genannt hat, wissen wir nicht mehr. Heute ist das Volk der Moche berühmt, auf jeden Fall bei Archäologen und Anthropologen. In vielen Museen der Welt stehen Keramiken, die von der großen Kultur der Moche erzählen. Seitdem man vor einigen Jahren das Grab des ‚Herrn von Sipan‘ gefunden hat, hat die Mochekultur noch mehr Aufmerksamkeit auf sich gezogen. Dieser ‚Herr von Sipan‘ wurde übrigens in einer deutschen Stadt restauriert, in Mainz. Du siehst, wir sind fast miteinander verwandt!« Ulysses lacht leise, füllt wieder die Gläser.

»Was ich dir aber hauptsächlich erzählen will ist, dass all diese Funde von einer Kultur erzählen, die nicht nur aus mächtigen Herrscherdynastien bestand. Mittelpunkt der alten Kultur war ein geistiges Weltbild, in dem Sonne und Mond verehrt wurden als Schöpferkräfte der Welt. In den Lehmpyramiden der Moche erzählen noch heute farbige Wandbilder vom heiligen Kaktus San Pedro, von Mama Coca und von Ritualen, in denen pachamana geehrt wurde. Der Jaguar, die Schlange und der Kondor standen neben Sonne und Mond im Zentrum der alten Mochewelt, es sind die Energien, die das Leben gestalten. Diesen Kräften wurden Opfer gebracht, damit die Welt im Gleichgewicht blieb. Es wurden auch Menschen geopfert, denn das, was den Menschen am Leben hält, der Lebenssaft des Blutes, ist das kostbarste, das ein Mensch geben kann.

Keine Angst, das machen wir heute nicht mehr! Aber in unseren Dörfern leben viele Menschen immer noch mit dem Wissen von den Kräften und Wirkungen der Sonne und des Mondes, der Pflanzen und Tiere auf unser Leben. Wenn jemand Zahnschmerzen oder einen Knochenbruch hat, dann geht er natürlich zu einem Arzt. Aber wenn es Krankheiten der Seele sind, Krankheiten die auf einen plötzlichen Schreck oder auf Zauberei und Verwünschungen zurückgehen, dann geht man zum *curandero* oder zur curandera. Immer noch, trotz Katholizismus und Internet. Der Umgang mit den Geistern und das Reisen in andere Welten stehen bei der Arbeit des *curanderos* nicht so im Mittelpunkt wie bei den Schamanen im Dschungel. Das hat seinen Grund in der seit der spanischen Kolonialherrschaft anhaltenden Verfolgungen und Nichtachtung durch Kirche und Staat, obwohl sich das alte Wissen und der alte Glauben mit den katholischen Heiligen gemischt haben, in den Ritualen vertragen sie sich gut. Für meine Vorfahren waren die mythischen Welten gleichrangig mit den Alltagswelten, genauso real. Ganz so ist es heute nicht mehr bei uns, aber die meisten Menschen bei uns in Peru wissen durch eigene Erfahrung, dass es nicht nur die sichtbare Wirklichkeit gibt. Geister führen bei uns ein sehr lebendiges Leben ...

Princesa, hörst du mir noch zu?«

Carla reagiert nicht, leise, gleichmäßige Atemzüge geben eine aussagekräftige Antwort!

Ulysses legt seine Jacke über sie, zündet sich eine *mapacho* an, lehnt sich gegen die Begrenzungsmauer der Dachterrasse. Sinnend betrachtet er die nächtliche Stadt. Seine Erzählung hat in ihm die Sehnsucht nach seinem Heimatdorf San Rafael geweckt. Vielleicht sollte er seinen Großvater begleiten, der in zwei Tagen wieder nach Hause fahren will. Und Carla?

Er betrachtet die zusammengesunkene Gestalt im Liegestuhl. Der gestickte Beutel ist ihr vom Schoß gerutscht, liegt neben dem Liegestuhl. Ulysses hebt ihn auf, dreht ihn in den Händen. Die Farben der Stickerei leuchten im Dämmerlicht der Stadtnacht. Ulysses kneift seine Augen zusammen, wenn er so fokussiert den Beutel betrachtet, lösen sich aus den Linien der Stickerei deutlich erkennbar die Umrisse eines Jaguarschädels. Er legt den Beutel zurück in Carlas Schoß. Ulysses ist sich jetzt sicher, sie wird mit ihnen hoch an die Küste fahren, nach San Rafael.

5

Die Entwicklung

CARLA WACHT AUF, sie hat so tief geschlafen wie ein Stein. Schlafen Steine überhaupt? Egal, wer wie schläft – sie braucht jetzt eine Dusche und ein Frühstück!

Unter der Dusche kommen die Erinnerungen an den gestrigen Abend, rieseln Cocablätter aus dem Duschkopf, malen die Sonnenstrahlen gelbgrüne Augen auf den Duschvorhang, schmeckt ihr Mund nach Rotwein. Rotwein? Wie um Himmels willen ist sie eigentlich ins Bett gekommen? Ein Blick auf den Sessel bestätigt ihre dumpfe Ahnung: Ulysses muss im Zimmer gewesen sein, seine Jacke liegt über dem kleinen Sessel. Der gestickte Beutel liegt auf dem Nachttisch. Beim Anziehen fügen sich die Erinnerungsfetzen wieder zu einem Bild zusammen: sie ist im Liegestuhl eingeschlafen, Ulysses hat sie irgendwann geweckt und zu ihrem Zimmer gebracht. Weiter nichts. Alles ist gut!

Sie ist selbst erstaunt, wie fröhlich sie sich fühlt. Don Antonio und sein Orakel sind keine Verwirrung mehr, im Gegenteil: Eine fast spitzbübische Neugier steigt in ihr auf. Soll der Alte doch zeigen, was er so kann! Sollen Pflanzen und Geister ruhig kommen! In einem Winkel ihrer Gehirnwindungen sitzt ihre sanfte, aber dennoch so klare Yogalehrerin Yvonne und winkt ihr aufmunternd zu: »Mit dem Fluss gehen, das weiche Wasser formt den Stein!«

Carlas Blick fällt auf das kleine braune Buch mit den chinesischen Weisheitssprüchen, das auf die Erde unter den Stuhl gefallen ist. Sie hebt es auf, »N.r 19 – Die Annäherung« – eigentlich hat das Buch am Ende des alten Tages und am Anfang des neuen Tages Recht behalten. Mal sehen, was heute der philosophische Leitfaden sein soll. Carla schließt die Augen, lässt die Blätter durch ihre Finger laufen, hält an: »Nr. 53 – Die Entwicklung«. Na gut, beschließt sie, gegen Entwicklung ist nichts einzuwenden.

Zwei Tassen mate de coca später habe Svend und Carla am

Frühstückstisch die wichtigsten Ereignisse ihres gestrigen Tages ausgetauscht.

»Und, was wirst du jetzt machen?« Svend sieht sie neugierig an.

»Das würde ich auch gerne wissen«, ertönt Ulysses Bariton hinter Carla.

Er setzt sich mit einer Tasse Kaffee Carla gegenüber.

»Irgendwie ist durch meine Träume immer das Wort ‚Moche‘ und ‚Jaguar‘ spaziert«, strahlt sie ihn an. »Was hältst du davon, wenn du in deiner Eigenschaft als Archäologe mir Moche und Jaguar erst einmal in der sicheren Umgebung eines Museums zeigst, bevor ich in Ausgrabungsstellen, Pyramiden oder geöffnete Jaguarrachen stürze?«

»Olala, *princesa*, mir scheint, du hast eine gute Nacht gehabt!«

Alle am Tisch lachen – wenn auch aus sehr unterschiedlichen Gründen.

»*Bueno* – vamos!«

»Un momentito, ich muss noch einmal in mein Zimmer.«

Ulysses wartet an der Rezeption, unterhält sich mit Edita, als sie kommt.

»*Bueno*s días, *querida*. Wie schön, dass du den Besuch bei Großvater Antonio gut überstanden hast, er kann einem manchmal schon einen Schreck einjagen mit seinen Reden.«

»Ach, es war gar nicht so schlimm«, feixt Carla zurück, »ein Besuch beim Zahnarzt ist schlimmer!«

Was für ein schöner Tag! Es ist, als hätte die Nacht Carla neue Augen geschenkt, so gut gefällt ihr alles, was sie auf der Fahrt zum Privatmuseum Herrara von der Stadt sieht.

Sie halten vor einer hohen weißen Mauer. Hinter dem schmiedeeisernen Eingangstor des Museums entfaltet sich zwischen den hohen Mauern das Ambiente einer herrschaftlichen alten Villa. In geschwungenem Bogen zieht sich der breite Eingangsweg hoch zum weißen Hauptgebäude, flankiert von Steinreliefs, die zweifellos Jaguare darstellen: bleckende Zähne, aufgerissene Mäuler.

Die Wanderung durch die Ausstellungsräume wird dank Ulysses fachkundigen, anschaulichen Erklärungen zu einer lebendigen Zeitreise. Keramikgefäße der Moche, wohin man nur sieht. In den Regalen des begehbaren Lagerraums stehen etliche Hundert davon, nach Themen geordnet.

Carla ist beeindruckt, über welch großen Reichtum an lebendigem Ausdruck die Moche verfügten! Und Jaguare in allen nur erdenklichen Haltungen, einer sogar wie ein Schoßhund auf der Schulter eines Mannes liegend. Ulysses ist in seinem Element, er zieht Carla begeistert von einer Vitrine zur anderen, seine Erklärungen rauschen bald nur noch an ihr vorbei.

Da bleibt ihr Blick an einer Vitrine hängen, in der nur ein einzelnes Stück ausgestellt ist: ein schwarzes Keramikgefäß, auf dessen bauchiger Wölbung ein Jaguar hockt, sprungbereit. Carla geht dichter an die Vitrine heran. Das Tier ist mit schwarzer Glasur überzogen, auch die Augen des Tieres sind schwarz, ohne besondere Augenzeichnung.

Ulysses ruft nach ihr: »Ven, Carla, ich muss dir etwas zeigen.«

Sie wirft noch einen Blick auf den Jaguar, will ihm gerade ihren Rücken zudrehen und gehen – da hält sie verblüfft in der Bewegung innen – die schwarzen Augen bewegen sich!

Ach was, denkt sie, Don Antonio hat mich mit seinem Jaguar-Gerede wohl etwas paranoid gemacht. Doch ihr Forscherinnengeist zieht sie zurück, ganz dicht an die Glasscheibe heran. Unglaublich! Im Schwarz der Augen ist jetzt ein streichholzdicker, gelber Strich zu sehen und dieser Strich bewegt sich, wird dicker und dünner, bewegt sich nach rechts und nach links – der Jaguar blickt sie an. «Ulysses, komm schnell!«

Er steht mit wenigen Schritten neben ihr, sieht sie besorgt an. »Was ist los, *princesa*, geht es dir nicht gut?«

»Ulysses, sieh dir die Augen des Jaguars an!«

Er beugt sich vor. »Was ist mit den Augen?«

»Siehst du es nicht, sie bewegen sich, sie sehen mich an!«

Besorgt blickt Ulysses vom Jaguar weg auf Carla. »Dir geht es wirklich gut? Da bewegt sich nichts!«

Carla sieht dem Keramiktier in die Augen, es zwinkert ihm zu! Wieso sieht Ulysses das nicht!

Ulysses nimmt Carla am Arm, führt sie in den kleinen Innenhof des Museums. »Komm, setz dich, ich hole dir Wasser.«

Carla blickt ihm abwesend nach, er ist wirklich sehr nett, aber da wird kein Wasser nützen: sie hat es gesehen, der Jaguar hat sie angesehen. Sie ist doch nicht verrückt! Oder sind das Auswirkungen der Medikamente, die sie täglich nimmt? Bei diesem Gedanken wird es ihr kalt und eng in der Brust.

»Du bist ja ganz blass! Komm, ich weiß, wie wir wieder Farbe in deine Wangen kriegen.«

Carla lässt sich von ihm aus dem Museum führen, ihr ist kalt, sie hat Angst. Ulysses lenkt seine Schritte nicht zum Ausgang, sondern steigt mit ihr hinunter in den kunstvoll gestalten Garten des Innenhofs, geht auf ein kleines Seitengebäude zu.

Er hält ihr die Tür auf. Ein kleiner Raum, voll gestellt mit Keramiken – auf Tischen, in Regalen. Carlas erste Reaktion auf diese erneute Ansammlung von Keramiken ist, sich umzudrehen und draußen im Garten auf Ulysses zu warten. Da sieht sie, was das hier für eine Sammlung ist, und ihre Neugierde ist stärker als die Kälte in ihrer Brust: Vor ihr steht die weltweit größte Sammlung erotischer Mochekunst! Kopulierende Paare in nicht nur jeder ihr bekannten Haltung, sondern in Stellungen, die sie erröten lassen.

Ulysses grinst sie an: »Ja, ja, von unseren Vorfahren können wir noch so einiges lernen.«

Carla dachte immer, ein freies, offenes Verhältnis zur Sexualität zu haben, aber gemessen an diesem Treiben hier war sie bis jetzt unwissend und prüde.

»Hier ist wieder dein Liebling!« Ulysses zeigt lachend auf eine der Keramiken: eine Frau, lustvoll umschlungen von einem Jaguar mit riesigem Penis.

»Na, ich glaube, der zwinkert dir auch gerade zu!« Ulysses lacht Carla an, und nun findet auch in ihrem Gesicht das Lächeln wieder seinen Platz.

Seltsamerweise sind fast alle Gesichter der dargestellten Frauen und Männer sehr ernst, als wären sie auf eine wichtige Arbeit konzentriert.

»Sag mal, ist Liebe machen bei euch eine so ernste Angelegenheit, dass niemand dabei lächelt?«

Ulysses lächelt hintergründig. »Wer weiß...«

Als sie das Museum verlassen, ist es Carla wieder warm, die Angst hat sich hinter der Denkkammer versteckt. Carla denkt nach. »Lass nie zu, dass Furcht, Panik oder Zweifel deine Ratgeber sind.

Sperr sie solange in einen virtuellen Raum ein, bist du stark genug bist, sie wieder raus zu lassen. Entspann dich, denk nach ohne die Gedanken festzuhalten. Du kennst alle Lösungen für alle Fragen.« So oft hat ihr guter, Coaching erfahrener Freund Peter im vergangenen Jahr geduldig mit ihr geredet, wenn sie in dunklen Angst- und Zweifellöchern zu verschwinden drohte. Was würde er ihr raten, wenn er sie jetzt hier in ihrem Zustand sehen würde, verfolgt von Jaguar-Halluzinationen? Sicherlich, alles zu unternehmen, um die Ursache für diese Erscheinungen herauszufinden.

Don Antonio – sie musste sofort zu ihm! Er würde wissen, was mit ihr geschah, und vielleicht auch, warum es geschah.

»Und, wohin soll ich dich jetzt bringen? Das Anthropologische Museum ist auch sehr interessant, da bekommst du einen guten Überblick über die alte Geschichte unseres Landes.«

»Ulysses, ich will in kein Museum, ich muss unbedingt mit Don Antonio reden.«

Erstaunt blickt sie Ulysses an. »Mit Antonio? Aber den wollen wir doch sowieso am Nachmittag besuchen.«

»Nein, ich muss jetzt gleich zu ihm, um zu wissen, ob ich gerade verrückt werde.«

»*Bueno*, du bist die Chefin! Vamos.«

Auf der Fahrt hoch in die Siedlung am Berghang über der Stadt erzählt ihm Carla alles: Von Manuel, ihrer gescheiterten Ehe, ihrem Sohn, ihrer Krankheit und den Jaguaraugen, die sie seit ihrer Ankunft in Lima verfolgen.

Er hört ihr schweigend zu. Plötzlich biegt er, weiterhin schweigend, von der Hauptstraße ab. Sie holpern durch kleine Wohnstraßen, immer mehr breiten sich Gärten zwischen den Häusern aus, Ulysses hält vor einem mit blühenden Bougainvilleen bewachsenem Gartentor in einer Mauer.

»Steig aus, hier ist für mich der schönste Platz in Lima.«

Ein blühender, süß duftender Garten empfängt sie, der schmale Gehweg schlängelt sich zu einer überdachten Terrasse mit einem überwältigenden Ausblick: Unter ihnen liegt die Stadt, dahinter liegt das Meer. Es ist eine kleine Gartenwirtschaft. Carla atmet tief ein, wie friedlich und still es hier ist! Außer ihnen sitzen hier nur zwei ältere Frauen, eine Flasche Rotwein vor sich, rauchend.

»Ulysses, das ist schön hier!«

Eine junge Frau kommt an ihren Tisch. »Oh, Ulysses, du warst ja lange nicht mehr hier. Wie geht es dir?«

»Susanna, du arbeitest immer noch hier? Wie schön, dich zu sehen, du siehst gut aus!«

Susanna bringt ihnen einen starken, pechschwarzen Kaffee.

»Ulysses, ich glaube, du liebst die Frauen«, neckt ihn Carla.

»Oh ja, natürlich. Oder kannst du mir einen Grund nennen, warum ich diese wunderbare Schöpfung Frau nicht lieben sollte?«

»Bist du denn noch nie verheiratet gewesen bei deiner großen Liebe zu den Frauen?«

Sein Gesicht wird ernst. »Offiziell verheiratet war ich nicht, aber ich habe sechs Jahre mit einer Frau zusammengelebt, wir haben einen Sohn, Gabriel. Fünf Jahre ist er jetzt alt.«

»Wo ist dein Sohn jetzt?«

»Bei den Eltern seiner Mutter, hier in Lima. Aber ich sehe ihn nur selten.«

»Bei seinen Großeltern, hier in Lima? Wo ist denn seine Mutter?«

»Auch hier in Lima. Sie arbeitet in einer großen Firma als Übersetzerin für Englisch. Sie wohnt wieder im Haus ihrer Eltern, denn sie ist viel unterwegs und kann Gabriel nicht täglich versorgen. Sie will nicht, dass ich ihn zu mir nehme, obwohl meine Mutter und meine Schwestern gut für ihn sorgen würden, wenn ich arbeite. Sie will nicht, dass Gabriel in einer Umgebung aufwächst, wo ihrer Meinung nach Aberglaube herrscht und Hexerei ausgeübt wird. Sie ist aus einer ‚guten Familie‘, reine Nachfahren der Spanier.« Ulysses lacht bitter auf. »So ist das hier in Peru. Entweder du bist richtig weiß, möglichst europäischer Abstammung und damit ein privilegierter Mensch, oder du bist es nicht. Na gut – das ist etwas übertrieben, aber nicht sehr.« Er dreht sich um: »Susanna, bitte bring uns doch zwei *pisco sour*.«

Sein Lächeln ist ein gequältes Lächeln. «Dieser Moment muss gefeiert werden, noch kannst du entscheiden, ob du dich wirklich auf Don Antonio einlassen willst. Vielleicht ist er ja ein Hexer? Vielleicht wird er dein gutes weißes Blut irgendwelchen Göttern oder Geistern zum Opfer geben? Überlege es dir gut: wenn du dich auf Don Antonio einlässt, wird das keine Touristenunterhaltung sein, dann kann es geschehen, das sich deine Welt dramatisch verändert.«

Carla schweigt verstört und betroffen, Ulysses Sarkasmus erschreckt sie.

Susanna stellt die Gläser mit einer gelblichen Flüssigkeit und dicker Schaumkrone auf den Tisch, sieht Ulysses an. »So ein schöner Tag, so eine schöne Frau an deiner Seite – und du siehst aus wie eine saure Zitrone!«

Carla horcht auf, Susanna scheint ihn gut zu kennen.

»Danke, Susanna. Du erscheinst wirklich immer im richtigen Moment.« Er hebt sein Glas, blickt Carla lange an.

»Auf dein Wohl, Carla. Auf eine glückliche Zeit.«

»Auf dein Wohl, Ulysses. Auch für dich: eine glückliche Zeit.«

Carla leckt sich den Schaum von ihren Lippen – *pisco sour* schmeckt lecker. Ulysses ist aufgestanden, die Arme auf die Steinmauer gestützt blickt er mit leerem Blick in die Weite. Er dreht sich zu Carla um. «Entschuldige bitte, manchmal reagiere ich unangemessen heftig, wenn ich an meinen kleinen Sohn denke und daran, wie er aufwächst. Er ist nicht nur der Sohn seiner Mutter, er ist auch mein Kind, ein ségura, in ihm fließt wie in mir das Blut von Generationen von *curanderos*. Wie wird er mit diesen beiden so unterschiedlichen Blutströmen in sich leben können?«

Carla ist aufgestanden, legt seinen Arm um ihn. So stehen eng umschlungen, zwei verunsicherte Wanderer in fremden Welten. Fremde Welten, deren Landschaften sie in sich tragen.

»Ulysses, hab Vertrauen in deinen Sohn. Deine Traurigkeit und deine Zweifel schwächen seine Lebenskraft. Vertraue dem Leben, oder von mir aus auch irgendwelchen Geistern oder Göttern. Du bist sein Vater, deine Liebe stärkt ihn, auch wenn du ihn nicht siehst.« Carla denkt an Philip, sie weiß, wovon sie spricht.

Ulysses und Carla blicken sich an. Ein feines Band der Vertrautheit und des Vertrauens beginnt, sie miteinander zu verknüpfen.

»Komm, lass uns fahren.« Carla bezahlt, drückt Susanna ein großes Trinkgeld in die Hand. »Danke, Susanna. Ich kenne dich nicht, aber ich glaube, du bist eine gute Freundin für Ulysses.« »*Gracias*. Cuidate bien!«

Der gelbe Käfer tuckert die gewundene Straße den Berg hinauf, als trüge er eine schwere Last auf seinem runden Buckel.

Teolinda ist überrascht, als Carla und Ulysses bei ihr in der Küche stehen. »*Hijo*, was ist los, dass ihr schon so früh kommt? Ich bin noch nicht fertig mit dem Essen!« Sie trocknet sich ihre Hände ab, umarmt Carla. »Ich freue mich, dass du gekommen bist. Aber auf das Essen müsst ihr noch warten. Setzt euch doch raus in den Hof, ich bringe euch eine Limonade.«

»*Mamacita*, wir sind nicht gekommen um zu essen!«

Enttäuscht blickt Teolinda ihren Sohn an. Der beeilt sich hinzuzufügen: «Wir wollen erst zu Antonio, nachher wollen wir natürlich essen!«

»Antonio ist hinten im Garten.«

Ulysses zieht Carla hinter sich her, geht mit ihr durch eine kleine Holztür in der Mauer. Hinter dem Haus, am steilen Hang, wachsen auf dem mageren, sandigen Boden erstaunlicherweise etwas Mais, Bohnen, Kartoffeln und noch einiges Grünzeug, dass Carla nicht kennt. Der *curandero* kniet dazwischen, häufelt Erde aus einem Eimer um jede einzelne Pflanze. Er blickt nicht auf und arbeitet weiter, bis ihre Schatten auf ihn fallen.

»Ah, mein Enkel und die Frau, die dem Jaguar folgt! Seid ihr gekommen, um mir etwas Schatten zu spenden?« Er wendet sein von unzähligen Falten durchzogenes, dunkles Gesicht zu ihnen hoch, lächelt sie an. »Oder wollt ihr mir helfen? Kommt, nur noch dieses Stück hier, dann bin ich fertig.«

Carla wundert sich, dass Ulysses nicht widerspricht und Don Antonio nicht sagt, dass sie dringend mit ihm reden will. Ulysses geht in die Hocke, häufelt Erde um die Bohnenpflanzen. Carla kommt sich etwas fehl am Platz vor, sie hat keine Ahnung von Gartenarbeit. Aber das, was die beiden Männer da machen, das kann sie auch! Sie kniet sich auf den harten Boden auf die andere Seite von Don Antonio, und beginnt aus dem Eimer die fruchtbare Erde sorgsam um die Pflanze anzuhäufeln. Keiner redet. Es ist heiß, die Sonne brennt auf den sandigen Hang.

Carla spürt, wie ihr der Schweiß über die Haut rinnt, dennoch ist es ein gutes Gefühl, die Erde in den Händen zu spüren, neben den Männer auf dem Boden zu hocken, zu schweigen und etwas Notwendiges zu tun.

»Listo!« Don Antonio steht ächzend auf. Der letzte Eimer ist leer, alle Pflanzen sind versorgt, gegen das Ausdörren durch Sonne und Wind geschützt.

Im Schatten des alten Zitronenbaums im Innenhof kommt nun Teolindas angekündigte, selbstgemachte Limonade zum Einsatz.

Carla wartet, bis Don Antonio und Ulysses sich eine *mapacho* angesteckt haben, dann kann sie endlich ihr Anliegen loswerden.

»Don Antonio, ich habe ein Problem. Seitdem ich angekommen bin, sehe ich immer wieder die Augen eines Jaguars, überall, sogar in der Kirche. Ich verstehe das nicht, warum sehe ich sie? Bilde ich mir das nur ein, werde ich verrückt, oder bin ich krank? Hängt das mit der Knochenflöte zusammen? Dann will ich sie nicht behalten, sie ängstigt mich.«

Der *curandero* raucht und schweigt, lange Zeit. Carla wird unruhig, vielleicht hat sie sich nicht verständlich ausgedrückt? Sie sieht Hilfe suchend zu Ulysses, aber der hat seine Augen geschlossen, die *mapacho* hängt im Mundwinkel. Nette Hilfe!

»Wirklich schade, dass ich nicht auch rauche, das macht auf jeden Fall immer einen souveränen Eindruck«, ärgert sie sich über die Gelassenheit der beiden Männer.

»Carla, du wirst nicht verrückt und wirst auch nicht krank. Du siehst Jaguaraugen, das ist alles. Daran wird sich auch nichts ändern, wenn du die Flöte weggibst. Es liegt nicht an der Knochenflöte, dass du die Augen des Jaguars siehst, es liegt daran, dass vor langer Zeit eine Kraft in dir geweckt worden ist, die geschlafen hat, weil du sie nicht beachtet hast in deinem Leben, in deinem Land. Der Mann, der dir die Flöte geschenkt hat, der hat diese Kraft in dir geweckt. Aber er hat nur geweckt, was in dir war. Ich weiß nicht, welchen Namen man dieser Kraft in deinem Land gegeben hat, bei uns heißt sie Jaguarkraft. Deshalb zeigt sich dir diese Kraft, weil du anfängst sie zu beachten – sonst hättest du die weite Reise nicht gemacht. Es wird Zeit, dass du lernst, dieser Kraft zu begegnen, dass du lernst, sie zu beherrschen. Dazu wirst du Kraft brauchen, mehr Kraft und eine andere Kraft als bei Gartenarbeit!«

Er lacht. »Ich kann dir kein Rezept für oder gegen etwas geben, dafür gibt es kein Amulett und keinen Zauber. Ich kann dir nur helfen, diese Kraft zu erkennen und sie zu leben – wenn du das willst.«

Eine neue *mapacho* wird angezündet. Ulysses scheint doch nicht eingeschlafen zu sein, denn auch er raucht bereits die nächste.

Das kann ich niemandem von meinen Reha-Therapeuten erzählen, dass ich mir von einem alten, zigarettenabhängigen und Schnaps trinkenden Kerl, der aus Blättern liest und mit Geistern redet, Lebensratschläge geben lasse!

»*Hija*, wir brauchen dringend jetzt einen trago!«

Carla fällt die sprichwörtliche Klappe herunter, dieser kleine Alte hat wohl doch den sechsten Sinn – oder vielleicht eher noch einen mehr?

Teolinda bringt vier gefüllte Schnapsgläser – eines auch für sich, schließlich hat sie gekocht!

»Teolinda, du bist eine Frau, also bist du klug. Außerdem bist du meine Tochter. Also, was hältst du davon, wenn ich Carla einlade, mit mir nach San Rafael zu kommen, damit sie San Pedro und so einige Geister und Jaguare kennen lernen kann? Was sagst du dazu?«

Carla fühlt sich überfahren. Wird hier etwa über sie verhandelt, beabsichtigt man, ihr zu helfen ohne sie vorher zu fragen?

»Was ich dazu sage? Gar nichts, bevor du nicht Carla gefragt hast«.

Don Antonio wendet sich Carla zu: »Carla, wenn du willst, kannst du mit mir fahren, in mein Dorf. Und wenn du willst, kann ich dir dort helfen, so stark zu werden, dass du dem Jaguar begegnen und mit ihm leben kannst. Doch das braucht etwas Zeit, mehr als nur eine Nacht.«

Welch eine Frage, sie weiß doch gar nicht, was da auf sie zukommen kann, ob sie das aushält. Und was wird das kosten? Sie hat nicht genug Geld, jedem hilfreichen Mann, der ihr begegnet, 20 *Soles* in der Stunde zu zahlen! Denkt Don Antonio vielleicht, weil sie aus Europa kommt, könne er sich an ihr eine goldene Nase verdienen?

Teolinda sagt nichts, Ulysses sagt nichts.

»Nr. 53 – Die Entwicklung.« Entwicklung ist ohne Bewegung und Risikobereitschaft nicht möglich. Nun hat sie ihr Weg hierher geführt, auf diesen heißen, staubigen Berg zu diesen Menschen, jetzt will sie wissen, wohin dieser Weg sie noch führt. Außerdem muss sie ihrem neu erworbenen Ruf als »Wanderin« gerecht werden. »Danke für die Einladung, Don Antonio. Ich nehme sie gerne an.«

Teolinda klatscht begeistert in die Hände: »Carlita, ich wusste es, du bist eine kluge und mutige Frau.«

Ulysses steht auf, drückt sie kurz an sich. Don Antonio äußert mit Nachdruck, dass er großen Hunger hat.

»Antonio, wann fahren wir los?«

»Morgen früh um 10 Uhr, mit dem Bus. Wir fahren nach Trujillo, und dann noch ein kleines Stück mit einem anderen Bus in mein Dorf.«

»Morgen früh, so schnell?«

Ulysses lacht. »Was hast du denn noch für wichtige Termine hier in Lima?«

»Na ja, dann haben wir nicht mehr viel Zeit zusammen.«

»Wieso das? Ich fahre natürlich auch mit. Denkst du, ich überlasse dich so ungeschützt diesem alten Hexer?«

»Teolinda, nun brauche ich noch einen Schnaps«, stöhnt Carla – mit vor Freude blitzenden Augen.

»Carlita, du lernst schnell«, lacht Teolinda und schenkt einen zweiten Schnaps ein.

Es wird eine fröhliche Tafelrunde, so vieles ist zu fragen, zu organisieren.

Es ist schon dunkel, als sich Ulysses und Carla von Teolinda verabschieden, Don Antonio werden sie morgen früh am Busbahnhof treffen.

Noch eine feste Umarmung und die landesübliche Ermahnung »cuidate bien«, dann rollt der VW-Käfer ohne drückende Buckellast den Berg hinab, zurück in die Stadt.

Vor dem Hotel macht Ulysses keine Anstalten, auszusteigen.

»*Princesa*, heute verzichten wir lieber auf einen Gute-Nacht-Wein, ich muss bis morgen früh noch einiges regeln.«

»Das ist mir recht, ich werde auch noch gleich meinen Rucksack packen. Wie komm ich denn zum Busbahnhof, ich weiß ja gar nicht, wo der ist?«

»Ein Taxi vom Hotel wird dich dahinfahren, ich regle das noch gleich.«

»Ulysses?«

»Ja, *princesa*, was ist noch?«

»Da ist noch ziemlich viel, was ich nicht weiß und gerne wissen würde. Aber etwas bedrückt mich: ich werde dich nicht täglich für deine Anwesenheit und Hilfe bezahlen können, wenn wir in San Rafael sind. Soviel Geld habe ich nicht.«

»*Princesa*, du hast aber seltsame Gedanken. Es ist doch allein meine Entscheidung, mitzufahren. Ich wollte schon lange wieder einmal unser Dorf besuchen, meine Verwandten wieder sehen – und ein wenig Großvater auf die Finger schauen und etwas von ihm lernen. Na – und vielleicht finde ich ja auch noch nebenbei ein unentdecktes Grab oder eine legale Arbeit! Carla, ich fahre mit dir als dein Freund, nicht als dein Taxifahrer und Reiseführer. Damit es ganz klar ist: Du brauchst nur für dein Essen und die Unterkunft bezahlen! Wenn Don Antonio mit dir Rituale macht, dann wirst du ihm das geben, was du geben kannst. Und wenn du ein Taxi brauchst, dann wirst du es natürlich auch bezahlen. Wir Nachfahren der Moche sind vielleicht Grabräuber oder Schmuggler, aber wir rauben keine Touristen aus! Stell dir vor, auch wir sind manchmal nichts anderes als Freunde!« Er lacht über sich selber. »So, nun geh! Die Fahrt morgen ist lang, so zwischen sieben bis acht Stunden, da wirst du noch Zeit genug haben, dir neue Fragen auszudenken.«

Edita sitzt an der Rezeption, sie sieht müde aus. Mit großen Augen hört sie von den neuesten Reiseplänen. Carla umarmt sie, dann läuft sie leichtfüßig die Treppen hoch. Sie freut sich auf Morgen. Sie bewegt sich auf Manuel zu.

Sie schläft unruhig, hat Angst zu verschlafen, obwohl Edita versprochen hat, sie rechtzeitig zu wecken. So ist sie schon lange auf, als Edita an die Tür klopft. »Mach auf, *querida*, ich habe dir einen Tee gekocht.«

Sie setzt sich zu Carla auf das Bett, die genüsslich ihren Cocatee schlürft.

»Egal, was für seltsame Dinge der Großvater macht oder sagt.

Du kannst ihm vertrauen, Carla. Und Ulysses ist ja ein studierter Mann, das ist doch eine zusätzliche Beruhigung.«

Carla ist sich da nicht so sicher, wenn sie an die vielen studierten Männer denkt, die sie kennt und denen sie sich nie anvertrauen würde! Oder hat Edita einen Witz gemacht? Sie lächelt so verschmitzt!

»Also, *querida*, wenn es dir in der Gesellschaft eines *curandero* und eines Archäologen gar nicht gefällt, kannst du jederzeit wieder zurück nach Lima fahren. Aber jetzt sieh die erst einmal das Leben in San Rafael an!«

Edita greift sich den Rucksack, Carla nimmt ihre Umhängetasche, und beide poltern mit dem Gepäck durch das noch morgenstille Hotel.

»Oh, Edita, ich habe ja noch Sachen im Safe.«

Auf Anraten von Edita lässt Carla ihren Flugschein im Safe, denn falls sie je wieder nach Deutschland zurückfliegen will, muss sie von Lima aus fliegen.

Quien sabe ...

Das Taxi wartet schon vor der Tür. Etwas verloren steht sie kurze Zeit später im unüberschaubaren Gewimmel von Straßenhändlern und Reisenden mit unförmigen Gepäckstücken vor der Busstation. Rücksichtslos drängen sich die Menschen an ihr vorbei. Entnervt sieht sich Carla nach einer Stelle um, an der sie einen Überblick über die Wartehalle hat.

In der Nähe der Fahrkartenschalter lehnt sie sich an die Wand. Wo nur die Männer bleiben, es ist nur noch eine halbe Stunde bis zur Abfahrtszeit des Busses!

Endlich! Ulysses drängt sich durch die Wartenden.

»Wieso kommst du jetzt erst«, faucht sie ihn an, »es ist ja furchtbar hier!«

»Ah, Frau Jaguar zeigt ihre Zähne«, lacht er. »Komm, wir müssen noch die Tickets kaufen.«

»Und wo ist Don Antonio?«

»Da hinten, er passt auf das Gepäck auf.«

Beim Wort Gepäck fällt Ulysses Blick auf Carlas großen Rucksack, er hält im Gehen ein, nimmt ihn ihr von den Schultern. Als sie kurz darauf die Tickets in der Tasche hat, entspannt sich

Carla. Don Antonio sitzt neben drei großen Plastiktaschen, einem Kochtopf und einem Korb mit getrockneten Pflanzen. Er strahlt, als er Carla erblickt: »Guten Morgen! Fertig für die große Reise?«

Nein, noch nicht ganz: zwei Flaschen Wasser, einige Äpfel und eine Packung Kekse fehlen noch in ihrem Gepäck. Der Tag wird lang werden!

Die drei gehen durch die Abfertigungskontrolle. Das ist hier ja fast wie am Flughafen, staunt Carla als sie sieht, dass jeder nur einzeln die Tür zu den wartenden Bussen im Hof der Station passieren darf, unter Vorlage des Ausweises. Einige etwas verwegen aussehende Männer müssen sogar ihre Taschen öffnen!

»Ulysses, wozu diese Kontrollen, wir fahren doch nicht in ein anderes Land.«

»Vielleicht doch! Hier sind wie in Lima, aber Peru besteht aus vielen sehr unterschiedlichen Regionen, und in einigen ist es unruhig.«

Carla muss an Manuel denken, so lange ist es her, dass er aus politischen Gründen aus seiner Heimat geflohen ist, und immer noch soll es hier Unruhen geben? Sie kann es fast nicht glauben, Peru ist doch ein demokratisches Land, seitdem dieser japanische Militärpräsident flüchten musste. Oder?

Plastikstühle, Plastikwannen, riesige Kochtöpfe, vielfach verschnürte Kartons und sogar Körbe mit lebenden Hühnern wandern auf das Dach des Busses. Gewissenhaft kontrolliert der Busfahrer die mit Sitznummern versehenen Tickets. Ulysses überlässt ihr seinen Fensterplatz, Don Antonio sitzt hinter ihnen. Carla ist aufgeregt, sie kommt sich vor wie auf einem Schulausflug.

Endlich startet der Bus, nur mit einer halben Stunde Verspätung.

»Das ist Rekord«, meint Ulysses.

Carla sinkt in den bequemen blauen Sitz zurück. Der Morgenhimmel fällt mit einem müden Blaugrau auf die mit Sandpuder bestäubten Häuser und Straßen der Vororte. Die Sonne müht sich redlich ab, das Grau zu durchdringen. Tapfer versucht auch das Grün der Kakteen und Blumen auf den Dachterrassen, sich gegen den grau-sandigen Belag zu wehren.

Außerhalb von Lima wird der Himmel heller, die Sonne kommt

durch. Gut, dass der Bus eine Klimaanlage hat und sogar ein WC!

Vierspurige Straßen führen aus der Stadt nach Norden, in Richtung der Berge.

Ein Halt – niemand steigt aus, aber Frauen mit Erfrischungsgetränken steigen zu, um sie den Reisenden zum Kauf anzubieten. Einige Straßenbiegungen weiter steigen sie wieder aus. So geht es während der ganzen Fahrt – Süßigkeiten, Obst, selbstgebackene Teigtaschen – niemand im Bus muss verdursten oder verhungern.

Ulysses ist schon bei der Ausfahrt aus Lima eingeschlafen, so kann Carla die Landschaft, die draußen an ihr vorbeizieht, in Ruhe betrachten: Felsige, abweisende hohe Berge, die in Falten gelegt, bis kurz vor das Meer steil hinabfallen, fast gänzlich ohne Baumbestand. Felder, auf denen die goldgelben Kolben von abgeerntetem Mais liegen, Felder mit Büschen voller roter Chilischoten, Felder mit grünem Zuckerrohr, vereinzelt magere Kühe. Die Felder an der Straße sind übersät mit Plastikmüll, der Wind treibt ihn über die Ebene, schmückt die Büsche mit rosafarbenen und hellblauen Müllfahnen. Am Straßenrand glitzern unzählige Scherben in der Sonne. Ein schmaler Streifen Sand, Sandhügel und felsige Küste, das Meer. Auf dem Pazifik: kleine Fischerboote, große Fischkutter, vereinzelt Surfer.

Carla ist glücklich, sie fährt auf der Carretera Panamericana - endlich! In der Zeit mit Manuel haben sie manchmal davon geredet, eines Tages zusammen auf der Panamericana von Feuerland bis hoch nach Alaska zu fahren, immer am Pazifik entlang.

Wer weiß, vielleicht ...

Ein ohrenbetäubender Krach reist sie aus ihren besinnlichen Betrachtungen und Ulysses aus dem Schlaf. Die Reisenden werden mit einem amerikanischen Actionfilm auf den an der Busdecke angebrachten Monitoren beglückt. Ein Film der C-Klasse, mit Untertiteln. Eine Möglichkeit zum Leisestellen gibt es nicht.

Carla dreht sich nach Don Antonio um, der starrt gebannt, mit weit nach vorn gestrecktem Kopf auf den Monitor.

Ulysses grunzt vor sich hin, dreht sich zu Carla, legt seinen Kopf an ihre Schulter und schläft weiter.

Nach einer halben Stunde, in der Carla sich bemüht, so aufrecht zu sitzen dass der Kopf des schlafenden Ulysses nicht verrutscht, gibt auch sie der aufkommenden Müdigkeit nach. Sie dreht sich vorsichtig mehrmals so hin und her, bis sie eine dem Fenster zugewandte Schlafstellung findet. Ulysses Oberkörper rutscht hinterher, bleibt auf ihrem Rücken liegen.

»Gleichmäßiger Krach kann durchaus einschläfernde Wirkung haben«, denkt sie, als sie aus dem kurzen, unruhigen Schlaf aufwacht und der Film immer noch über die Bildschirme tobt. Ulysses hat, nun hellwach, sichtlich seinen Spaß am amerikanischen Klamauk!

Don Antonio reicht von hinten Teolindas herzhafte Wegzehrung, wirklich, der perfekte Ausflug mit Mutters Stullen!

Carla genießt das leichte Geplänkel mit den beiden Männern. Don Antonio enthüllt mit jedem Kilometer mehr von seinem Macho-Charme, mit dem er bei einigen der umsitzenden Frauen – nicht nur den älteren – Kicheranfälle hervorruft.

Die vorbeiziehende Landschaft verschluckt auch die Zeit. Als sie in dem großen Busbahnhof am Rande von Trujillo einfahren, ist es Abend.

Steif vom langen Sitzen klettert Carla aus dem Bus, sammelt mit Ulysses die verschiedenen Gepäckteile zusammen, die vom Dach des Busses gereicht werden.

Don Antonio sieht sich indessen nach dem nächsten Bus nach San Rafael um.

Es dauert, bis er zurückkommt.

»Der Bus ist gerade weg, heute fährt keiner mehr.«

Der große Hof der Busstation hat sich schnell geleert, nur noch wenige Menschen stehen wartend in kleinen Gruppen herum. Im Dunkeln, nur erhellt von einzelnen großen Scheinwerfern, macht das graue Betongebäude jetzt den Eindruck einer verlassenen Grenzstation.

»Ulysses, wie kommen wir jetzt ins Dorf?« Etwas ratlos sieht Carla sich um, zum Stadtzentrum sind es noch einige Kilometer.

»Na ja«, zögert er mit seiner Antwort, »wir könnten uns ein

Taxi nehmen, aber das ist teuer.«

»Was kostet das?«

»Ungefähr 30 *Soles*.«

»Ulysses, hol ein Taxi, ich bezahle die Fahrt.«

Ulysses geht mit schnellen Schritten aus dem Gebäude zur großen Straße in Richtung Stadt.

Don Antonio sitzt auf dem großen Kochtopf, raucht.

Ein weißer, verbeulter Toyota-Kombi hält vor dem großen Tor der Busstation.

Ulysses springt heraus, kommt gelaufen. »Ich habe ihn auf fünfundzwanzig heruntergehandelt«, verkündet er stolz.

Schnell ist das Gepäck im Kofferraum verstaut. Gerade wirft der Fahrer die Heckklappe zu, da kommt ein Mädchen auf das Auto zugerannt.

»Espera, espera!« Ganz außer Atem erreicht es das Auto, beugt sich durch die offene Scheibe der Beifahrertür zu Don Antonio. »Tio, kennst du mich nicht? Ich bin Liz, die Enkelin von Inez!«

Don Antonios Gesicht erstrahlt beim Namen Inez. »*Claro*, du bist Liz, die Tochter von Inez' Tochter Alicia. Was machst du denn so spät hier, bist du alleine?«

»Nein, die *abuela* steht draußen an der Straße mit unserem Gepäck, wir haben den Bus verpasst und dachten, vielleicht kommt jemand im Auto vorbei, den wir kennen. Die *abuela* hat Ulysses gesehen, als er im Taxi vorbeifuhr. Nehmt ihr uns mit?«

»*Claro, hija*.«

Das Kind läuft weg und taucht kurz darauf mit einigen Taschen und Großmutter Inez im Schlepptau wieder auf. Umarmungen und Küsse werden getauscht, die Taschen mit viel Kraft und gutem Willen zum anderen Gepäck gequetscht. Carla mustert die *abuela*: Sie sieht gar nicht wie eine Oma aus, tänzerisch leicht bewegt sie sich mit ihrem rundlichen Körper, ihre schwarzen langen und glatten Haare fliegen bei jeder Bewegung gleichfalls tanzend durch die Luft. Ein breites, schönes Gesicht mit funkelnden Augen, offenem Blick und knallroten Lippen lacht Carla an. »*Hola*, chica, ich bin Inez. Du bist bestimmt Ulysses Freundin aus Lima.«

Inez umarmt Carla, der gar keine Zeit bleibt, Herkunft und Beziehung richtig zu stellen, denn schon ist sie wieder bei Don

Antonio, der sie anstrahlt.

Carla beobachtet die beiden: Die werden doch nichts miteinander haben, in Don Antonios Alter?

Geduldig wartet der Taxifahrer, bis alle wieder eingestiegen sind: Don Antonio vorne, Ulysses, Carla und Inez hinten, die kleine Liz auf dem Schoß ihrer Großmutter.

Sie sind noch nicht auf der großen Straße, die ca. 500 Meter von der Busstation entfernt verläuft, da ruft Don Antonio aufgeregt: »Halt, halt an, amigo.«

Gehorsam bleibt der Taxifahrer stehen. Mit schnellen Schritten ist er in der niedrigen Fahrbahnböschung, bückt sich. Ulysses ist genauso schnell neben ihm. Beide betrachten das, was dort im Dunklen liegt. Carla will das Auto auch verlassen, doch Inez hält sie mit festem Griff zurück.

»Bleib sitzen, das ist Männersache.«

Inez scheint zu wissen, was da draußen vor sich geht.

Der Taxifahrer zündet sich eine Zigarette an.

Carla kann erkennen, dass sich die beiden Männer bücken, etwas gemeinsam anheben, zurück zum Auto kommen. Sie schleppen ein dunkles Bündel - es ein menschlicher Körper ist. Ihr Herz galoppiert, hoffentlich ist er nicht tot!

Inez und Liz sind schon ausgestiegen, Carla folgt ihnen langsam, hält sich im Hintergrund. Es ist eine unheimliche Szenerie: die Männer legen den Körper in das Scheinwerferlicht auf die Straße. Es ist der Körper eines alten, dünnnen Mannes.

»Inez, eine Decke!«

Eilig zerrt Inez aus dem Kofferraum eine Decke, reicht sie Ulysses.

»Agua florida!« Inez holt aus ihrer Handtasche eine kleine Flasche.

Ulysses wickelt den Alten in die Decke.

Inez reibt ihm mit geübten Bewegungen Stirn und Brust mit agua florida ein.

Sie nimmt die nackten, schmutzverkrusteten Füße in ihre Hände, massiert sie.

Don Antonio hat sich eine *mapacho* angesteckt, kniet über dem leblosen Körper. Er bläst Rauch auf die entblößte, knochige Brust des Alten, knetet den mageren Brustkorb durch. Ein weiterer heftiger Ausstoß von Rauch, und über der Schädeldecke wabert von der Mitte aus eine Rauchsäule hoch, fällt dann wie von einem Messer abgeschnitten in sich zusammen, verteilt sich ringförmig über den Kopf des Alten, fließt wie ein Wasserfall an allen Seiten den Kopf herunter, löst sich auf.

Carla vergisst fast zu atmen, so zieht sie dieser Anblick in ihren Bann. Was macht Don Antonio bloß immer mit dem Rauch, wie bekommt er das hin?

Das kleine Mädchen hockt dicht neben ihm, schaut aufmerksam zu.

Ein Ruck geht durch den Körper, der Kopf des Alten bewegt sich mit zuckenden Bewegungen von rechts nach links, von links nach rechts. Die vorher geschlossenen Augen stehen offen, es ist fast nur das Weiße der Augen zu sehen. Aus dem Mund fließt schaumiger Speichel. Gelassen greift das Mädchen in die Tasche ihre Hose, zieht ein Tuch heraus, wischt behutsam den Speichel ab. Carla bekommt einen Anflug von Übelkeit, unter keinen Umständen würde sie den Alten jetzt anfassen wollen!

Don Antonio und Inez beratschlagen sich, dann greift Ulysses unter die Arme des Mannes, Inez nimmt seine Füße, das Kind hält die auf dem Boden schleifende Decke hoch. Der Kopf des Alten ist wieder auf seine Brust gefallen, aber Carla kann sehen, dass sich die Brust leicht hebt und senkt. Er lebt!

Sie versuchen, den Alten auf die Rückbank zu legen. Carla weicht unwillkürlich etwas vom Auto zurück. Und wo sollen sie jetzt alle sitzen?

Der Taxifahrer ist ausgestiegen, packt wortlos mit an. Inez hat sich auf die Rückbank gesetzt, hält den ausgemergelten Oberkörper vor sich wie den Körper eines kleinen Kindes. Don Antonio setzt sich von der anderen Seite auf die Rückbank, hält den Unterkörper, Liz quetscht sich hinter ihn, hält die Füße fest.

Carla sieht Ulysses an, der rauchend neben der Beifahrertür steht. Und wo soll sie sitzen?

Ulysses tritt die *mapacho* aus. »Komm.« Seine ausgestreckte Hand zeigt einladend auf den Vordersitz. Sie sitzt eingequetscht zwischen dem Steuerknüppel und Ulysses, auf Tuchfühlung mit dem Knie des Fahrers. Die anderen reden so schnell und durcheinander, dass

Carla nur mit Anstrengung etwas davon versteht: Don Antonio und Inez kennen den Alten, er ist aus dem Nachbardorf. Irgendwie ist sein Geist verwirrt, Don Antonio sagt auch, warum er verwirrt ist – aber das versteht Carla wieder nicht, denn nun redet Inez dazwischen.

Ulysses spürt die Anspannung ihres Körpers, der eng an den seinen gedrückt ist. »Komm, *princesa*, entspann dich. Jetzt ist alles in Ordnung mit dem alten Alberto. Wir nehmen ihn mit zu uns nach Hause, dann kann Antonio ihn morgen behandeln. Ich erzähle dir alles, wenn wir im Dorf sind.«

Carla atmet tief aus, als ob sie seit dem Anblick des leblosen Körpers auf der Straße die Luft angehalten hätte.

Sie schließt die Augen, konzentriert sich auf den Atem, verfolgt, wie er durch ihren Körper wandert. Sie entspannt sich, lässt ihren Kopf auf Ulysses Schulter gleiten. Seine Nähe fühlt sich gut an, wirkt beruhigend auf die ratternden Gedanken. Ein Gedanke aber bleibt, läuft in ihrem Kopf spazieren: Wie konnte Don Antonio überhaupt im Dunkeln den liegenden Körper des Alten sehen?

Die Fahrt kommt Carla endlos vor, sie kann kaum etwas von der Umgebung erkennen. Fahren sie eigentlich ans Meer oder mehr auf die Berge zu? Sie fragt Ulysses.

»Unser Dorf liegt direkt am Meer, es ist auch nicht mehr weit bis dahin, höchstens noch zehn Minuten. Zufrieden über die Aussicht auf ein baldiges Ende der Fahrerei dieses Tages vergräbt sie ihren Kopf wieder in seiner Schulter.

»Wir sind da.« Liz' Stimme ist die Erleichterung anzuhören. Langsam fährt das Taxi in das Dorf ein, biegt auf Anweisung von Ulysses ab, hält vor einem rosa gestrichenen Haus neben einer weißen Mauer an.

Ulysses trägt mit Inez den alten Alberto in das Haus, die kleine Liz und der Taxifahrer stellen die Gepäckstücke vor die Haustür. Carla zieht ihre Geldbörse hervor, nimmt dreißig *Soles* heraus, gibt sie dem Taxifahrer. »Danke für ihre Geduld und Hilfe.«

Er lächelt erfreut und fährt davon. Alle sind im Haus verschwunden! Carla genießt es, einen Moment alleine zu sein, atmet tief durch, schnuppert: Meeresluft! Sie lauscht – nun hört sie auch das gleichmäßige Rauschen, das Meer muss sehr nah sein.

Ulysses' Umriss erscheint in der hellen Türöffnung. »Carla, komm!«

Ein großer Raum, eine Art Wohndiele, weiß-blaue Bodenfliesen mit grünen Ranken, zwei alte Sessel, ein großer Tisch mit acht Stühlen darum, eine Gold verzierte Wanduhr, das schlecht gemalte Portrait eines dicken Mannes, ein reich geschnitzter Glasschrank, geschmückt mit künstlichen Blumen. Zwei Türen an einer Wandseite, zwei mit Blumen voll gestellte Fenster, eine Treppe geht in den ersten Stock, ein offener Flur führt weiter nach hinten.

Eine ältere Frau kommt auf Carla zu, begrüßt sie freundlich. »Wie schön, dich zu sehen. Teolinda hat mir schon von dir erzählt! Sie hat mich heute angerufen, bei Ramon, das ist unser Kaufmann, der hat ein Telefon. Ich bin Rosa, Antonios kleine Schwester.« Ulysses und Don Antonio sind nicht zu sehen, auch von Inez keine Spur, nur Liz sitzt am Tisch, trinkt eine Limonade. »Möchtest du nicht auch etwas trinken, ich mache die Zitronenlimonade selber.« Nur einen Bruchteil von Sekunden denkt Carla, wie das hier wohl mit der Qualität des Wassers ist, dann stürzt sie mit wenigen großen Schlucken die Limonade herunter, sie hat Durst. Sie stellt das Glas ab, sieht sich um – nun ist auch Rosa verschwunden.

»Liz, wo sind sie alle hingegangen?«

»Sie haben den alten Alberto in Don Antonios Kammer gebracht, da sind sie jetzt. Soll ich dir zeigen, wo das ist?«

Carla folgt dem Mädchen durch den Flur auf den Innenhof, an dessen rechter Seite ein kleiner Anbau ist, mit Schilfmatten bedeckt. Die Tür steht offen, Stimmengewirr dringt heraus.

»Nicht gerade die einem Krankenzimmer entsprechende Lautstärke«, denkt sich Carla und tritt ein.

Inez, Rosa, Ulysses und ein andere Mann stehen um das schmale Bett herum, das an einer Wand der kleinen Kammer steht. Don Antonio hockt vor dem Bett des Kranken, raucht und redet zu Alberto. Carla bleibt an der Tür stehen, sondiert die Lage: es hört sich so an, als seien die anwesenden Personen Fachleute, die sich über die Art der Behandlung des Kranken nicht einig sind. Albertos Augen sind geschlossen, aber er scheint den *curandero* zu verstehen, denn ab und zu nickt er oder dreht den Kopf von ihm weg, so als wolle er nicht hören, was der *curandero* sagt.

Don Antonio steht auf. »Rosa, du machst jetzt einen Tee für Alberto, damit er schnell einschläft und gute Träume hat. Enrique, du hast ein Motorrad. Fahr zur Vilma, Alberto wohnt bei ihr. Sag ihr, dass er bei uns ist, damit sie nicht länger nach ihm sucht. Ulysses, bring mir eine Matratze und eine Decke, damit ich heute Nacht bei Alberto bleiben kann!«

Die Angesprochenen setzen sich in Bewegung, um die Anweisungen des *curandero* zu erfüllen.

Carla steht auf dem Hof, hat ihren Blick zum klaren, mit Sternen übersäten Himmel erhoben. Zum ersten Mal, seit sie in Peru ist, nimmt sie den Himmel wahr – wie viel mehr Sterne hier zu sehen sind als im Rhein-Main-Gebiet! Die Milchstraße sieht ganz nah aus, eine aus Myriaden von kleinen Sternenpunkten gebildete Brücke, die den Himmel überspannt.

»Mein Vater ist im Dschungel geboren. Er hat mir eine Geschichte von der Milchstraße erzählt, die der von seinem Vater gehört hat.« Inez steht neben Carla, hat auch ihren Blick zum Himmel erhoben. »Komm, wir setzen uns auf die Mauer, da kann man den Himmel und das Meer gleichzeitig sehen.«

Carla ist überwältigt vom Anblick des schwarz schimmernden Meeres, das sich nur wenige Meter hinter der Mauer mit dem Nachthimmel vereinigt. Eine Weile sitzen die Frauen schweigend nebeneinander auf der niedrigen Mauer, versunken in den Anblick der Welt, die sich vor und über ihnen ausbreitet.

»Das Volk meines Vaters nennt die Milchstraße den ‚Weg des Hirsches‘. Das kam so: eines Tages ging der Jaguar auf einem Weg, den er nicht kannte. Als er so schon lange gegangen war, begegnete er einem Hirsch. Der Jaguar verfolgte ihn, weil er ihn gerne essen wollte. Der Hirsch rannte, bis er keine Kraft mehr hatte. Der Jaguar holte ihn ein, der Hirsch stürzte zur Erde. Bevor er ihn tötete, um ihn zu fressen, fragte der Jaguar die Sterne: Welcher Weg ist das hier? Die Sterne sagten ihm: Das ist der Weg zum Himmel. Gut, sagte der Jaguar, der Hirsch und ich würden uns gerne in Sterne verwandeln und am Himmel bleiben, damit unsere Kinder morgen am späten Abend, wenn sie zum Himmel sehen, sagen werden: Seht, das ist der Weg des Hirsches, und der Jaguar frisst den Hirsch.

So werden wir Millionen Jahre am Himmel bleiben.«

Carla verrenkt sich fast ihren Hals beim Bemühen, irgendwo in der Milchstraße einen Hirsch und einen Jaguar zu sehen, vergeblich.

»Danke, Inez, das war eine schöne Geschichte. Zu welchem Volk gehört dein Vater?«

»Das ist eine lange Geschichte, die werde ich dir ein anderes Mal erzählen. Ich muss jetzt auch gehen, Liz ist bestimmt schon im Sessel eingeschlafen. Wir werden noch genug Zeit haben, miteinander zu reden. Und vielleicht machen wir auch noch mehr als nur zu reden!«

Geschickt springt Inez von der Mauer. Etwas ungelenker sieht Carlas Absprung aus, sie spürt die Müdigkeit und das lange Sitzen in allen Knochen. »Was Inez wohl meint mit ihrer letzten Bemerkung? Hätte das ein Mann zu mir gesagt, hätte ich es als eindeutige Anmache verstanden, aber so?, sinniert Carla vor sich hin.

Inez hat richtig vermutet, Liz liegt zusammengerollt wie ein kleines Kätzchen in einem der Sessel in der Wohndiele.

Rosa sitzt am Tisch, rührt in einer dampfenden Tasse. »Möchtest du auch einen Tee für eine gute Nachtruhe, Carla?«

»Oh ja, gerne.«

Rosa bringt aus der Küche gleich zwei Tassen und die Kanne Tee mit. So lässt Inez die Kleine noch schlafen, und die drei Frauen schlürfen gemeinsam den Tee, jede hängt ihren Gedanken nach.

Carla schaut auf ihre Uhr, es ist kurz vor Mitternacht, seit siebzehn Stunden ist sie auf den Beinen! Sie würde so gerne schlafen gehen, wenn sie nur wüsste, wo!

Polternde Schritte, Ulysses kommt. »Aha, die chicas feiern, während ich alter Mann Matratzen durch die Gegend schleppe!«

Er zieht Rosas leere Tasse zu sich heran, entlockt der Kanne den letzten Rest Tee.

»*Princesa*, du siehst so aus, als bräuchtest du dringend ein Bett.«

»Ich seh nicht nur so aus!«

»Rosa, kannst du Carla bitte ihr Zimmer zeigen, sonst haben wir gleich noch einen zweiten Notfall!« Rosa erhebt sich, auch ihr ist die Müdigkeit anzumerken.

Ulysses greift sich Carlas Rucksack, folgt den Frauen die Treppe hoch. Carla dreht sich noch einmal um. »Gute Nacht, Inez, hasta mañana!«

»Hasta mañana, Carla. Schlaf gut!«

Rosa öffnet die Tür zu einem kleinen, spartanisch eingerichteten Zimmer: Ein schmales Bett, ein Stuhl, ein kleiner Tisch, einige Haken an der Wand, daneben ein bunter Druck der Jungfrau Maria, umkränzt mit weißen Plastikblumen. Das Fenster steht offen – zu ihrer Freude geht es auf das Meer hinaus!

»Wenn du noch etwas brauchst, musst du es mir sagen. Das *baño* hast du ja schon gesehen, es ist im Hof. Gleich daneben ist auch die Dusche.« Rosa zupft noch die Bettdecke gerade, macht Ulysses Platz, der den Rucksack in die Ecke hinter die Tür wuchtet. Sie nimmt Carla in den Arm. »Schlaf gut, ich hoffe, morgen wird ein ruhiger Tag für dich.«

»Gute Nacht, Rosa. Danke für deine Gastfreundschaft.«

Ulysses hat sich auf das Bett gesetzt, er sieht erschöpft aus. Carla setzt sich neben ihn.

»Ulysses, was ist jetzt mit dem alten Alberto, kann Don Antonio ihm helfen?«

»Morgen früh wird er eine Behandlung mit ihm machen, aber frag mich jetzt bitte nicht, was und wie und warum. Das erkläre ich dir morgen, wir haben viel Zeit und ich bin todmüde.«

Er legt seinen Arm um Carla, zieht sie an sich.

»Gute Nacht, *princesa*.«

»Gute Nacht, Ulysses!«

Er steht auf, dreht sich in der Tür noch einmal um: »Falls ein Jaguar durch das Fenster steigt oder du Schlangenköpfe in deiner Wasserflasche siehst – mein Zimmer ist gleich nebenan!«

So schnell ist Carla noch nie in das Bett gekommen. Ihr letzter Blick gilt dem Beutel, der neben ihrem Kopfkissen liegt. Dann fallen die Augen zu, kaum, dass sie die dünne Decke über sich gezogen hat. Das gleichmäßige Rollen der Wellen wiegt sie in einen tiefen, traumlosen Schlaf.

»*Princesa*, wach auf! Don Antonio fängt gleich mit der Behandlung an. Wenn du zusehen willst, komm!«

Carla schreckt hoch. Sie braucht einen kleinen Moment, um

sich zu orientieren. Schnell springt sie aus dem Bett, zieht aus dem Rucksack ein Sommerkleid heraus, und steht in wenigen Minuten in der Wohndiele. Der *curandero* und Ulysses sitzen am Tisch und trinken seelenruhig ihren Kaffee.

»Oh, ich dachte, du fängst gleich an!« Verblüfft blickt sie auf Don Antonio, der ihr lächelnd zunickt.

»*Buenos días*, Carla. Ja, ich fange gleich an. Komm, setz dich zu uns.« Rosa kommt aus der Küche, einen großen Teller und eine Kanne in den Händen.

»Guten Morgen, Carla. Ich habe gehört, du brauchst morgens immer eine Gemüse-Tortilla.«

Ihr breites Lächeln bringt die mit Gold überzogenen Vorderzähne zum Funkeln. Sie stellt den Teller und die Kanne vor Carla auf den Tisch. »Außerdem habe ich noch gehört, dass du jeden Tag *uña de gato*-Tee trinken sollst, hier ist er.« Carla verzieht etwas die Miene, denn eigentlich trinkt sie morgens lieber Kaffee als Tee. »Das hat man davon, wenn man sich auf die Familie eines Heilers einlässt«, resümiert sie innerlich – und gießt sich Tee ein.

»Rosa, wohnen nur Don Antonio und du hier im Haus, hast du keine Kinder oder Enkel?«

»Was denkst du denn von uns, Carla, wir sind eine richtige Familie! Ich habe vier Söhne und eine Tochter, acht Enkelkinder und sogar schon einen Urenkel! Meine Söhne wohnen mit ihren Familien alle hier im Dorf, den ältesten, Enrique, hast du gestern Abend gesehen. Lucia, meine Tochter, wohnt noch bei uns, sie ist nicht verheiratet. Sie hat für die Dauer der Badezeit Arbeit in Huanchaco gefunden, in einem kleinen Hotel. Du schläfst in ihrem Zimmer. Du wirst sie bald kennen lernen, an ihrem freien Tag kommt sie immer nach Hause.

Und mein großer Bruder Antonio sieht zwar immer sehr unschuldig aus, aber er hat vierzehn Kinder!« Der große Bruder droht ihr lachend mit dem Finger: »Was soll das heißen, Rosa, ich sehe nicht nur so aus, ich bin ein alter, harmloser Mann!«

»Si, si, heute! Aber deine Frau Maria war da ganz anderer Meinung!«

Rosa beugt sich zu Carla herunter, flüstert ihr zu: »Maria ist vor vier Jahren gestorben. Sie war die Mutter der vierzehn Kinder.«

»Rosa, du brauchst nicht zu flüstern, ich weiß, dass meine Frau tot ist! Sie war eine gute Frau. Um die Toten müssen wir uns nicht sorgen, denen geht es gut. Aber um die Lebenden muss ich mich kümmern. Kommt, Alberto wartet.«

Zwei Seiten des Innenhofs sind vollkommen überwachsen von gelb, weiß und rot blühenden Sträuchern, die sich an den Mauern empor ranken. An der Hauswand stehen hochgewachsene Säulenkakteen. Es ist warm, Carla würde am liebsten gleich ans Meer gehen, aber Alberto wartet. Außerdem ist sie sehr neugierig, was der *curandero* mit ihm machen wird.

Im Schatten eines alten Johannisbrotbaums sitzt Enrique auf einem Stuhl. Neben ihm auf der Holzbank sitzt Alberto. Zu seinen Füßen steht eine Plastikschüssel, in der Blätter im Wasser schwimmen.

Ulysses begrüßt ihn herzlich. »Carla, das ist mein Onkel Enrique, Rosas Sohn. Er ist auch *curandero* und arbeitet mit Don Antonio zusammen, er hat bei ihm gelernt. Du bist hier in einer berühmten Heilerfamilie, also nimm die Gelegenheit wahr und überlege dir, ob du nicht auch irgendetwas zum Heilen hast!«

»Hör nicht auf ihn, Carla, er macht mal wieder seine berühmten Witze, so war er schon als Kind.« Rosa tätschelt ihm liebevoll den Rücken. Ulysses stöhnt, sieht Carla an: »So geht es dir in einer *curandero*-Familie. Nur, weil ich keiner bin, nimmt mich hier niemand ernst! Ich bin ja nur ein kleiner Archäologe.«

Carla lacht. »Armer Ulysses.« Sie setzt sich auf die Bank zu Enrique, der zeigt auf die Schüssel am Boden: »Ich habe Alberto vorhin schon mit Kräutern gewaschen, die ihn von schlechten Energien reinigen.«

Alberto sieht immer noch elend aus, aber sein Blick ist ruhig und klar.

»*Buenos* días, Alberto«, grüßt ihn Carla. Sie ist etwas befangen ihm gegenüber, immerhin dringt sie hier als Fremde in sein sehr persönliches Heilungsritual ein. Hoffentlich ist ihm das auch recht, denkt sie und beobachtet ihn. Er nimmt keine Notiz von ihr.

Don Antonio hat sich einen Stuhl vor Alberto gestellt. Daneben liegt ein altes, gewebtes Tuch mit eingearbeiteten Figuren auf der

Erde, darauf steht ein seguro, ein Glaskrug mit Blütenwasser und Alkohol eingelegten Kräutern. Ulysses kommt, trägt einen Karton, in dem es raschelt, hockt sich mit dem Karton neben das Tuch auf die Erde.

Don Antonio steht auf, öffnet den Verschluss des Glaskrugs, murmelt ein paar Worte und nimmt einen großen Schluck. Er bläht seine Backen auf, und ein feiner Sprühregen schießt aus seinem Mund über Albertos Kopf. Noch ein großer Schluck, und ein weiterer Sprühregen der duftenden Flüssigkeit rinnt über Albertos Brust, der nächste über seinen Rücken.

Ulysses greift in den Karton, holt ein weißes Meerschweinchen heraus, es zappelt und quietscht. Carla ist entzückt, sofort fällt ihr das heiß geliebte Meerschweinchen ihrer Kindheit ein, Leo. Na ja, genau genommen hatte sie mehrere, sie starben immer so schnell, aber alle hießen sie Leo.

Don Antonio nimmt das Meerschweinchen, hält es einen Moment lang in seiner rechten Hand, das Meerschweinchen wird ruhig. Der *curandero* sieht sehr konzentriert aus. Er beginnt, mit dem Meerschweinchen über Albertos Körper zu reiben – über den Kopf, die Brust, den Rücken, die Beine. Das Meerschweinchen lässt das mit sich geschehen, als wüsste es um die wichtige Rolle, die es bei diesem Ritual einnimmt.

Bei den Füßen von Alberto angelangt, reicht er das Meerschweinchen an Rosa, die hinter ihm steht. Sie nimmt es, verschwindet in einem Holzverschlag im Hof. Carla blickt ihr unruhig hinterher. Sie wird doch wohl nicht das Meerschweinchen töten? Doch, sie tötet es. Don Antonio hat Alberto noch einmal mit der magischen Pflanzenessenz besprüht, da bringt Rosa das geschlachtete Meerschweinchen schon in einer Plastikschüssel zurück. Alle beugen sich höchst interessiert über das tote Tier, auch Alberto. Nur Carla bringt es nicht fertig, sich die Eingeweide anzusehen, die Don Antonio auf dem Boden ausbreitet. Die Heilungsabsichten in allen Ehren, denkt sie aufgebracht, aber das ist Tierquälerei, wie kann man so ein niedliches Tier nur töten, nachdem man es benutzt hat! Sie denkt an die Tausende von geliebten Meerschweinchen in Deutschlands Kinderzimmern.

Ulysses scheint ihren Entrüstungssturm zu spüren, kurz blickt er zu ihr auf: »Später, Carla, später.«

Sie weiß nicht, was es so Interessantes an den Eingeweiden eines Meerschweinchens zu sehen gibt, dass fünf Erwachsene sich das so intensiv ansehen und darüber so lange reden können!

Wer zwingt mich überhaupt, mir das hier anzutun? Niemand! Entschlossen steht Carla auf, geht zur Hintertür des Innenhofes. Ulysses blickt auf, die anderen scheint es nicht zu kümmern, was sie tut und wie es ihr geht. »Ich geh etwas spazieren«, ruft sie ihm zu.

Hinter der Tür führt ein schmaler Weg vorbei, auf der anderen Seite des Weges beginnt schon der Strand – und hinter dem Strand liegt das Meer! Carla atmet tief die frische Meeresluft ein, schließt die Augen, nimmt Geruch und Geräusch des Meeres in sich auf, spürt die Sonne auf ihrem Körper. Das ist Heilung für sie, nicht dieses abstoßende Meerschweinchenritual! Sie zieht die Schuhe aus, läuft am Meer entlang, der Sonne hinterher. In langen, hohen Wellen rollt das Meer an den Strand. Etwas weiter weg sieht Carla Surfer in der Brandung. Diese Szenerie ist ihr vertraut, das sieht nun endlich aus, wie Ferien aussehen sollten: Meer, Strand, Surfer, Sonne.

Lange läuft sie so, auf einmal überkommt sie das Gefühl, jemand würde nach ihr rufen. Sie dreht um und läuft zurück.

Kurz vor dem Dorf kommt ihr Ulysses entgegen.

»Na, habt ihr das Meerschweinchen schon gegessen«, ruft sie ihm zu. »Nein, noch nicht, wir warten damit auf dich.«

Als er vor ihr steht, umarmt er sie. »Carla, du bist eine wirkliche *princesa*, genau so empfindsam.« Carla ärgert sich über seine Bemerkung, windet sich aus seinen Armen. »Und ihr seid ziemlich brutal. Kann Don Antonio nicht anders heilen, als erst einmal ein Tier zu töten?« »Carla, komm, lass uns hinsetzen. Ich werde es dir erklären – wenn du wirklich wissen willst, warum Rosa das Tier töten musste.« Ulysses steckt sich eine zum Nachdenken unerlässlich notwendige *mapacho* an und erzählt: »Wir haben in Peru zwei Arten von Medizin: die traditionelle, schamanische Volksmedizin und die westlich-wissenschaftliche Medizin, die Europäer und Amerikaner mit der so genannten Aufklärung und dem Christentum gebracht haben. Beide Arten unterscheiden sich hauptsächlich dadurch, worin man die Ursachen von

Krankheit sieht, daraus folgen unterschiedliche Behandlungen. Beide Anschauungen von dem, was Krankheit ist, haben ihre Vor- und Nachteile. Eine wirklich traditionelle, von der westlich-wissenschaftlichen Medizin noch nicht beeinflussten Medizin gibt es wohl nur noch in entlegenen Teilen des Dschungels, in denen einige wenige kleine Völker noch in den traditionellen Formen des Schamanismus leben. Wenn es so etwas in Peru überhaupt noch gibt! Vielleicht im Bergdschungel, im Grenzgebiet zu Brasilien. Ich kenne die wissenschaftliche Diskussion in der Ethno-Medizin, was Schamanismus ist und was nicht, und ob *curanderos* auch Schamanen sind – darauf will ich mich gar nicht erst einlassen. Ich denke, unsere heutigen *curanderos* arbeiten als Nachfahren der präkolumbianischen magischen Heiler mit Hilfe von Kräutern, Pflanzen und Gesängen und verbinden heute wie damals die Welten der Menschen mit den Welten der Geister und göttlichen Kräfte. Dazu gehört bei uns hier an der Küste auch die Arbeit mit Meerschweinchen, das ist nicht überall in Peru so.«

Carla schwirrt der Kopf, sie hat sich noch nie sonderlich für traditionelle Heilweisen interessiert, auch nicht im Zusammenhang mit ihrem Brustkrebs. Sie legt sich zurück in den warmen Sand, streicht sanft über ihre Brust und lässt sie von der Sonne wärmen. »Auch eine Art von Volksmedizin«, findet sie.

Ulysses blickt auf sie herunter. »Langweile ich dich?«

»Nein, erzähl ruhig weiter, mir tut es gerade gut, mich hinzulegen.«

»Ich mache es jetzt auch kurz: Jeder *curandero* hat sein eigenes System von Krankheitsbestimmung und Behandlung, aber alle Systeme beruhen auf dem Wissen, dass bei einer Krankheit, egal welche Ursache sie hat, der Energiefluss des Menschen gestört ist. Deshalb stellt der *curandero* zuerst eine Diagnose um herauszufinden, welcher Körperteil von dieser Energiestörung betroffen ist. Eine Möglichkeit, diese Störungen festzustellen, ist die energetische Reinigung des Patienten mit dem Meerschweinchen. Es heißt bei uns, das Meerschweinchen eine sehr empfindsame Zellstruktur haben, sensibler als die meisten Tiere. Wenn man nun mit dem Meerschweinchen den Körper des Patienten abreibt, dann nimmt das Meerschweinchen die negative Energie des Menschen in sich auf und speichert sie in den Körperteilen ab, in denen auch beim Patienten die negative, krankmachende Energie gespeichert war. Deshalb kann der *curandero* hinterher in den Organen des toten Meerschweinchens genau erkennen, wo beim Patienten die Störungen liegen.«

Carlas Forschergeist ist erwacht, das interessiert sie: »Und woran sieht man das?«

«Die befallenen Organe und Körperteile des Meerschweinchens haben Veränderungen in Farbe, Form und Größe. Du musst dir das wie beim Röntgenbild vorstellen, wo man ja auch an Veränderungen die Krankheitsherde erkennen kann.«

Carla ist beeindruckt. »Und was hat der alte Alberto jetzt?«

»Oh nein - ich hab doch gerade einen ganzen Vortrag gehalten, hab Erbarmen mit mir, ich erzähle des später. Komm, lass uns ins Haus gehen, Rosa hat eine gute Suppe gekocht. Und wenn du willst, zeige ich dir heute Nachmittag die Huaca del sol und die Huaca de la luna!« Schöne Aussichten! Ulysses zieht Carla aus dem Sand hoch, sie laufen um die Wette zurück zum Haus. Ulysses erreicht es als Erster. Carla merkt nach diesem kleinen Lauf, dass sie immer noch mit ihren Körperkräften gut haushalten muss, sie ist schnell erschöpft.

Die Fleischstücke in der Suppe sind laut Rosas augenzwinkernder Versicherung vom Huhn. Ulysses fegt Carlas letzten heimlichen Zweifel hinweg: Meerschweinchen sind eine Köstlichkeit, aber sie werden nur gebacken, nicht gekocht.«

Der alte Alberto hat sich wieder in Don Antonios Zimmer hingelegt, Rosa bringt ihm ein Schälchen Suppe. »Vilma war vorhin bei ihm, sie ist sehr froh dass es ihm schon besser geht. Morgen Abend zum San-Pedro-Ritual kommt sie wieder. Sie ist eine gute Frau, sie kümmert sich um Alberto seitdem ihr Mann vor zwei Jahren gestorben ist. Du musst wissen, Dienstagnacht ist hier an der Küste die bevorzugte Nacht für San-Pedro-Rituale. Wenn du willst, kannst du auch daran teilnehmen und dich von Don Antonio behandeln lassen.« Ulysses erzählt das so, als wäre es vollkommen normal, dass hier ununterbrochen irgendwelche seltsamen Rituale stattfinden. Carla vergeht schlagartig der Appetit, schon wieder ein Ritual, und sie soll teilnehmen? Wer in aller Welt ist San Pedro, ein

Heiliger? Der Anflug von Feriengefühl, den sie draußen am Meer hatte, ist dahin. Ihr Vorhaben, sich von alten Wahrnehmungs- und Urteilsmustern zu lösen, erweist sich zunehmend als anstrengend und unbequem. »Ich ruhe mich etwas aus, ich bin müde.« Sie steht vom Tisch auf. Ulysses blickt ihr überrascht hinterher, womit hat er sie jetzt schon wieder verärgert? Auf jeden Fall wird er jetzt zu Enrique gehen und sich dessen Motorrad ausleihen, vielleicht hat Carla später doch Lust, mit ihm zu den Pyramiden zu fahren.

In ihrem Zimmer fällt Carlas Blick auf das chinesische Orakelbuch. Sie kann es nicht lassen und greift danach. Das Kapitel, das sie dieses Mal zufällig aufschlägt, heißt »Nr. 51 – Das Erschüttern«.

Na, denkt sie, da bin ich ja mal gespannt!

6

Das Erschüttern

ZWEI STUNDEN SPÄTER sitzt Carla gut ausgeruht und mit neuem Unternehmungsgeist hinter Ulysses auf dem Motorrad, ihre Arme fest um seinen Körper geschlungen – aus Sicherheitsgründen, denn schließlich fährt nicht nur er, sondern auch sie ohne Helm.

Besonders schön ist diese ausgedörrte, sandige Landschaft nicht, irgendwie mehr eine Wüste als ein Flusstal, begutachtet sie die vorbeiziehende Landschaft des Mocheflusstals. Ulysses biegt von der Hauptstraße ab, folgt einer kleinen Straße, die sich kurz vor Trujillo durch eine dörfliche Häuseransammlung schlängelt. Sie blickt sich um, von Pyramiden weit und breit nichts zu sehen, nur sandgraue Hügel, die immer näher rücken.

Ein kleiner, von grünen Büschen und Bäumen umsäumter Bach begleitet ein Stück den Weg, dann folgt Ulysses dem Weg in ein freies, sandhügliges Gelände. In eleganter Kurvenlage biegt er auf einen Parkplatz ein, stellt das Motorrad unter einem der wenigen Bäume ab.

»Wir sind da, *princesa*, im Zentrum der Mochekultur, die alten Götter erwarten dich!«

Carla nimmt ihre Sonnenbrille ab, fährt mit der Hand durch das zersauste Haar, blickt sich um. Wo sind hier Pyramiden? Doch nicht etwa diese beiden ockerfarbenen, großen rechteckigen Sandhaufen dort hinten, die aussehen, als hätte ihnen jemand mit einem glatten Schnitt die Spitze abgeschnitten?

Sie unterdrückt in letzter Minute einen bissigen Kommentar zum Thema »Pyramide« – immerhin ist sie schon in Ägypten war – und folgt Ulysses, der auf eines der flachen, gelben und rot gestrichenen Gebäude am Rande des Parkplatzes zugeht.

»Bitte warte einen Moment, ich bin gleich wieder da.« Er verschwindet hinter einer Tür mit der Aufschrift: *oficina*. Carla setzt sich auf eine kleine Mauer, sieht sich um: ein Gebäude mit einem Verkaufsraum, eine kleine Cafeteria, die *baños*. Nur wenige

Touristen laufen herum, kleine Gruppen folgen Fremdenführern. Carla heftet ihren Blick an eine Gruppe, die gerade in Richtung des am nächsten liegenden, lehmfarbenen Hügels geht – zweifelsohne eine der Pyramiden, denn nun kann Carla Abstufungen und große Öffnungen erkennen. Dicht hinter dieser Lehmziegelruine erhebt sich ein grauer, felsiger, steiler Berg in der Form eines gleichschenkligen Dreiecks. Wie ein mächtiger Wächter steht er dort.

Zwei kräftige Arme umfassen sie von hinten, die dazugehörigen Hände streifen leicht ihre Brust – Ulysses. »Ich habe eine Überraschung für dich, *princesa*!« Er lässt sie los, greift ihre Hand und zieht sie zu der offen stehenden Tür mit der Aufschrift »*oficina*«.

Ein älterer, hoch gewachsener Mann mit glattem, grauem Haar verlässt im gleichen Moment das Büro. »Professor Rodriguez, darf ich Ihnen Carla, meine Freundin aus Deutschland vorstellen? Sie interessiert sich sehr für die Kultur der Moche und die traditionelle Medizin.«

»Ich bin entzückt, Sie kennen zu lernen, *Señora* Carla. Bei Ulysses sind sie in guten archäologischen Händen, er war einer meiner besten Studenten. Ich hoffe, Sie bald hier wieder zu sehen.« Galant verabschiedet sich Professor Rodriguez.

Ulysses strahlt. »Du hast mir Glück gebracht, denn ohne dich wäre ich heute nicht hierher gekommen. Ich habe nicht gewusst, dass Professor Rodriguez wieder das Ausgrabungsprojekt leitet. Stell Dir vor, er hat mich gefragt, ob ich sein Assistent sein will, seine bisherige Assistentin ist schwanger und steht kurz vor der Entbindung. Was für ein Glück für mich! Das neue Kind soll mit Glück gesegnet sein, so wie es mir Glück gebracht hat. Ich kann wieder als Archäologe arbeiten und verdiene sogar noch etwas Geld! Ulysses ist vollkommen aus dem Häuschen, lässt Carla nicht mehr los, drückt sie immer wieder begeistert an sich und küsst sie sogar auf den Mund! Zwar mehr brüderlich als erotisch, aber Carla findet, jede Art von Küssen und Umarmungen fallen unter die Rubrik »alternative Medizin«.

»Jetzt komm, ich habe doch eine Überraschung für Dich.«

Ulysses hat Carla an die Hand genommen, führt sie an den Häusern des Besucherzentrums vorbei und bleibt stehen. »Schau!«

Er weist zu dem vor ihnen liegenden Lehmziegelhügel: »Dieser Komplex ist die Huaca de la luna und da hinten ist die Huaca del sol.«

»Und was ist die Überraschung?«

»Die Überraschung, *princesa*, bin ich!« Selbstzufrieden lächelt sie Ulysses an.

»Das ist wirklich keine Überraschung!«

»Oh doch, denn heute werde ich dir, nur dir alleine, die Geheimnisse dieser 1600 Jahre alte Pyramide der Mondfrau zeigen. In wenigen Minuten sind die offiziellen Besichtigungszeiten vorbei, dann gehen wir in die Pyramide.«

Eine Sonderführung, das gefällt Carla, schließlich ist sie ja eine *princesa*! Rasch drückt sie Ulysses einen Kuss auf die Wange. »*Gracias*!«

Sie gehen den Weg zur Pyramide weiter. Eine Besuchergruppe kommt ihnen entgegen. Der guía der Gruppe scheint Ulysses gut zu kennen, denn schon von weitem ruft er: »*Hola*, halcón, bist du auch mal wieder hier?«

»*Hola*, Luis, schön dich zu sehen!«

Die beiden Männer bleiben stehen, begrüßen sich herzlich.

»Ich mache für heute Schluss, das war meine letzte Führung.«

»Ich werde jetzt eine spezielle Sonderführung machen für Carla, meine Freundin aus Deutschland.« Ulysses zwinkert Luis zu, der lacht.

»Ich verstehe, ich verstehe. Na, morgen bei der ersten Führung werde ich da drinnen Ausschau nach euch halten!«

»Luis, kannst du mir bitte deine Taschenlampe leihen, ich habe meine vergessen.«

»Aha, dachte ich es mir doch, es wird wohl eine längere Führung werden.«

Während die Männer sich unterhalten, lässt Carla ihren Blick schweifen.

In der hohen Lehmziegelwand vor ihr weisen Leitern, Öffnungen und kleine Holzplattformen auf Ausgrabungs- und Restaurierungsarbeiten hin. Jetzt erkennt sie aus dieser Höhe auch die Umrisse der Sonnenpyramide deutlicher. Über einer geraden Außenwand laufen stufenförmige Absätze zu einer abgerundeten

Spitze aus. Na gut, denkt sie, »mit etwas Vorstellungskraft erinnert diese Form an eine Pyramide!

»Du betrachtest gerade das wahrscheinlich größte Lehmziegelgebäude der Welt, um die einhundert Millionen Lehmziegel haben unsere Vorfahren dort verarbeitet. Sicherlich Sklavenarbeit, wie es früher in allen Kulturen üblich war bei solchen Gebäuden, die ein Ausdruck weltlicher und geistiger Macht waren. Unglücklicherweise sind große Teile der Sonnenpyramide im siebzehnten Jahrhundert zerstört worden, als Schatzsucher den Fluss umgeleitet haben, damit er die Sonnenpyramide aushöhlt. Leider ist heute auch nicht mehr die wunderschöne Wandmalerei zu sehen, die den eigenartigen Namen ‚Vom Aufstand der Dinge' hatte. Ich habe alte Fotos von diesem Fries gesehen, der bis in die dreißiger Jahre des zwanzigsten Jahrhunderts noch erhalten war. Stell dir vor, alle abgebildeten, sehr farbig gemalten Alltagsgegenstände hatten Arme und Beine! Bestimmt haben die Künstler sich von Erfahrungen mit San Pedro inspirieren lassen!«

Ulysses kommentiert Carlas Blick auf die Huaca del sol. »Die beiden Pyramiden standen zu ihrer Blütezeit im Zentrum einer großen Stadt. Aber nun genug Geschichte! Komm, lass uns weitergehen.«

Der Weg führt auf die oberste Plattform der Pyramide. Die immer noch sonnendurchflutete Abenddämmerung lässt den grauen Sand der Landschaft unter ihnen wie Goldstaub erscheinen.

Ein blasser Halbmond steht schon über dem weißen Bergwächter, während sich über dem Meer das letzte Rot der Sonne auf das Wasser ergießt.

Ulysses hat wieder seinen Arm um Carla gelegt. Schweigend und mit Ehrfurcht betrachten sie diesen kurzen Moment der Begegnung von Sonne und Mond, die Berührung der Tagwelt mit der Nachtwelt.

So lange es Menschen gibt, hat dieser mystische Moment Auswirkungen auf ihr Denken und Handeln gehabt, fährt es Carla durch den Kopf. Die Berührung der Welt des Lebenden mit der Welt des Toten – Sonne und Mond. Eigentlich hat sich seit Menschenbeginn bis heute nichts an diesem Moment des Staunens und der Berührung verändert, und eigentlich ist auch vom Rätsel des Lebens und vom Rätsel des Todes bis heute nicht sehr viel gelöst worden. Vielleicht haben wir nur andere Erklärungsmodelle als die Moche oder die ersten Menschen, aber dahinter aber stehen die gleichen Fragen nach Leben und Tod.

Carla spürt ein kurzes Ziehen in der Brust. Will ihre Brust sie an den eigenen Tod erinnern, der als zerstörende Kraft seinen Platz in ihrem Körper genauso einnimmt wie die lebenserhaltende Kraft? Gedankenverloren und ganz in sich zurückgezogen sieht Carla in die Richtung, in der das Meer liegt.

Eigentlich war das eine schöne Vorstellung, die viele der alten Kulturen hatten: Dass hinter dem großen Wasser, im Schoß der dort schlafenden Sonne, die Welt der Toten liegt. Schade, dass wir heute unsere Toten nicht auch auf kleine Flöße legen und sie so in die untergehende Sonne fahren lassen.

Die Vorstellung, dass tausende von Totenbooten über das Meer schaukeln und in die belebten Schifffahrtsrouten geraten, ernüchtert sie und lässt sie wieder aufmerksam sein für ihre Umgebung und den jetzigen Moment. Etwas erschrocken stellt sie fest, dass es schon fast dunkel geworden ist. Jetzt im Dunkeln in die Pyramide herabzusteigen, erscheint ihr nun nicht mehr sehr verlockend. Huaca de la luna – bestimmt hat der Mond, dieser geheimnisvolle Erleuchter der Nacht, bei den Moche auch mit der Welt der Toten zu tun.

Sie dreht sich um – wo ist Ulysses hingegangen? Unter den großen Plastikplanen, die an der gegenüberliegenden Seite zum Schutz der Ausgrabungen aufgespannt sind, sieht sie den Lichtschein einer Taschenlampe. »Bist du das, Ulysses?« ruft sie in Richtung des Scheins und geht darauf zu.

»*Claro*, wer sonst. Die Geister des Tempels schlafen noch, sie kommen erst später. Warte, ich hole dich.«

Die herunterhängende Plane bewegt sich, Ulysses streckt ihr seinen Arm entgegen.

»Vorsichtig, damit du nicht stolperst.« Hinter der Plane leuchtet Ulysses den kleinen Absatz ab, auf dem sie nun stehen. Vor ihnen geht eine Treppe aus Bauholz hinunter in das Dunkel, ein Geländer sichert die Treppe zum offenen Raum darunter ab. Ulysses leuchtet am Geländer vorbei nach unten, mindestens fünfzehn Meter sind es bis zur nächsten Plattform. Reste von Mauern, Baugerüsten und

Ziegelhaufen werfen ihre Schatten, als der Strahl der Lampe darüber huscht. Hat Carla richtig gesehen, sind die Wände mit farbigen Mustern verziert?

»Ulysses, was ist hier in der Pyramide? Sind hier Grabkammern so wie in Ägypten?«

Ulysses zieht ein Stück herumliegende Plastikplane heran, setzt sich, bedeutet auch Carla, sich hinzusetzen. »Ich erzähl dir jetzt ein wenig von dieser Pyramide, aber nur ein wenig. Denn eigentlich möchte ich, dass du ohne Erklärungen und wissenschaftliche Daten etwas vom Geist der Kultur erfährst, dass dich dieser Geist berühren kann. Zu viele Informationen verhindern manchmal eine eigene, direkte Erfahrung dessen, worüber die Informationen informieren.

Also, in Kürze: Hier in der Pyramide sind keine Grabkammern. Jede der verschiedenen Ebenen in dieser Pyramide entspricht der Regierungszeit eines Herrschers. Wenn er starb, wurde seine Ebene zugeschüttet, die Malereien wieder mit Lehm überzogen – und der nächste Herrscher gestaltete die Plattform nach seinen Vorstellungen. Hier fanden die wichtigen Rituale der Priester und Herrscher statt, auch die Rituale zur Verehrung des Mondes. Mit diesen Ritualen waren bei den Moche sehr oft Menschenopfer verbunden. Auf dem Gelände vor der Pyramide haben wir bei den Ausgrabungen siebzig Menschenskelette gefunden und DNA-Analysen gemacht. Die Getöteten waren Angehörige der Moche, keine gefangenen Feinde, wie die Archäologen bislang vermutet haben. Der geopferte Mensch wurde als Garantie für eine fruchtbare soziale Gemeinschaft angesehen. Dieses Menschenopfer sollte auch aufgebrachte Naturgewalten beruhigen, so wie den El Niño, der unsere Küste schon damals bedrohte. Aber für die Moche war das Leben mit dem Tod nicht zu Ende, es war der Beginn eines neuen Lebens. Die zahlreichen Grabbeigaben weisen darauf hin, dass in der Weltsicht der Moche die Verstorbenen in einer anderen Welt weiterlebten, die sie sich als der Erdenwelt sehr ähnlich vorstellten – nur ohne Leid. Deshalb waren für sie die Menschenopfer sicher nicht so grausam, wie wir sie heute empfinden. Die Geopferten gingen für das Wohl der Gemeinschaft nur etwas früher in die andere Welt.« Eine grausame Kultur, dagegen sind die Meerschweinchentötungen ja wirklich noch harmlos, denkt Carla erschauernd.

»Vielleicht haben meine Vorfahren hier an der Küste das Christentum auch deshalb so gut mit ihrem alten Glauben vermischen können, weil im Christentum ja auch ein Mensch geopfert wurde, damit es der Gemeinschaft gut geht.«

»Das lass bloß den Papst nicht hören«, witzelt Carla.

Schweigend sitzen sie nebeneinander, die Plane hinter ihnen raschelt im Nachtwind, es riecht nach trockener Erde und irgendwie riecht es auch alt, findet Carla.

»Komm.« Ulysses steht auf. »Es ist Zeit, die Geister warten.«

Er sagt das so ernst, dass Carla nicht den Mut hat, mit einer flapsigen Bemerkung zu antworten.

Ulysses nimmt sie fest an die Hand, leuchtet jede der vor ihnen liegende Stufen beim Herabsteigen sorgfältig ab. »Manchmal verirren sich nachts kleine Tiere hierher«, kommentiert er seine Beleuchtungsaktion.

Carla schaut erschrocken auf die Stufen vor ihr im Schein der Taschenlampe. Kleine Tiere? Meint er etwa Schlangen, Skorpione oder Ratten?

Sie hält seine Hand fester. Schweigend steigen sie weiter hinab in die Dunkelheit des Inneren der Pyramide. Der mythische Begriff »Abstieg ins Totenreich« fällt Carla ein. Die Vorstellung, dass der Tod kalt und dunkel sein könnte, hat sie in der Zeit ihrer Krankheit oft geängstigt. Wenn sie nachts im Dunkeln aus ihrem unruhigen Schlaf aufwachte, hat sie als erstes immer das Licht angeschaltet um zu sehen, dass sie noch in der ihr vertrauten Welt war.

Das Ende der Treppe ist erreicht, fester Lehmboden ist unter ihren Füßen.

Ulysses stellt die Lampe auf den Boden, so dass ihr Strahl hoch zur Öffnung zeigt, aus der sie eben heruntergestiegen sind. Von der Art des Raumes um sie herum ist nur wenig zu erkennen. Ulysses kramt in seiner Hosentasche, steckt sich etwas in den Mund, fängt an zu kauen.

Carla wundert sich, fängt er etwa an, ausgerechnet hier Kaugummi zu kauen? Ein dunkler, kleiner Klumpen fliegt im hohen Bogen aus Ulysses Mund auf die Erde. Er kniet sich zum ausgespuckten Etwas herunter, murmelt schnell einige Worte.

»Cocablätter – eine Begrüßungsgabe für die Geister«, bemerkt er knapp, als er wieder neben ihr steht.

Ein Archäologe, der an Geister glaubt, das ist ja wie bei Indiana Jones.

Wortlos fasst Ulysses Carla wieder bei der Hand, sie gehen eine schräge Rampe herunter, biegen um eine freistehende Mauer, gehen noch einige Schritte – und Ulysses bleibt stehen. Er macht die Taschenlampe aus, es ist stockfinster. Carla lauscht in die Dunkelheit hinein, irgendwo scharrt etwas, es ist ein leises, schleifendes Geräusch. Ein Tier, eine Plastikplane? Carla lässt Ulysses Hand nicht los, sie hört seinen beruhigend ruhigen Atem, doch er sagt nichts und bewegt sich auch nicht, das ist beunruhigend. Wartet er auf etwas oder auf jemanden?

»Ulysses, warum sind wir hier?« Nur zögernd ringt sie sich diese leise Frage ab.

»Du bist hier, um dein Herz zu stärken. Dein Herz wird stark sein, wenn du den Geistern der Zerstörung deine Angst und deine Wut zum Opfer bringst. Diese Geister leben von der Angst und der Wut der Menschen, auch heute noch im 21. Jahrhundert. Du kontrollierst und unterdrückst zu viel und zu schnell, das hat deine Brust eng und dein Herz schwach gemacht.«

Carla schluckt, es fällt ihr schwer, sich das ohne Gegenrede anzuhören. Meint er etwa, sie sei selber schuld an ihrer Krankheit? Nein, auf diese Denkart lässt sie sich nicht mehr ein, damit hat sie sich heftig auseinandersetzen müssen bei all den vorsichtigen, aber eindeutig zielgerichteten Fragen von Ärzten und Therapeuten nach Stressfaktoren, unterdrückten Enttäuschungen, Ernährungsgewohnheiten und, und, und ...

Hinter diesem Erklärungsansatz steht die größenwahnsichtige Haltung, dass man, wenn man nur alles gut und richtig macht, vor Krankheit sicher sei. Sicher! Das Leben ist ein permanentes Risiko, hat Carla beschlossen, für jedes Lebewesen.

Diese Gedanken lassen eine kleine Angstattacke in ihr hochkommen. Carla schließt die Augen. In der Schwärze, die hinter ihren Augenlidern liegt, fühlt sie sich sicherer als in der Dunkelheit um sie herum.

Atme, Carla, atme langsam und gleichmäßig. Alles ist gut, es ist nur dunkel, weiter nichts, redet sie sich beruhigend zu.

»Carla, ich bin hier, dicht bei dir, ich halte dich fest. Antonio hat mich gebeten, dich hier herzubringen. Er sagt, du bist stark, du hast es nur vergessen. Er sagt, er spürt deinen Widerstand gegen die Art, wie er dir helfen will. Er sagt, du musst deinem Herzen selber helfen. Während wir hier sind, spricht er zu Hause mit Hilfe von San Pedro zu den Geistern der Alten, dass sie dir helfen. Es gibt keinen Ort, an dem sie stärker wirken als hier, in dieser huaca.«

Er macht sich von ihrer Hand frei, die sich mittlerweile wie ein Schraubstock um seine Hand gelegt hat. Sie hört, wie er in seiner Hosentasche kramt. Ein starker, würziger Geruch steigt in ihre Nase.

»Öffne deine Hände.« Sie spürte etwas Feuchtes in ihren Händen. »Reib dir damit Brust und Gesicht ein.« Die Flüssigkeit brennt etwas im Gesicht, aber der Geruch tut ihr gut, sie fühlt sich sofort klar und ruhig. Auf einmal weiß sie ohne Einwände, Zweifel und Fragen, dass sie das will: Sie will hier sein, jetzt, im Dunkeln der Pyramide der Mondkraft. Sie will diese Möglichkeit annehmen, ihre Brust weit und ihr Herz stark werden zu lassen.

So viel fremder und unverständlicher als das Scannen meines Körpers in der CT-Röhre ist diese Situation hier eigentlich auch nicht, geht ihr durch den Kopf. Wieso vertraue ich einer Apparatur, deren Funktionsweise ich nicht verstehe, eigentlich mehr als einem mir freundlich gesonnenen alten Mann, der auf mir unverständliche Art Menschen hilft?

Carla hört auf, sich mit Angstattacken und Beklemmungsgefühlen gegen die Situation zu wehren.

»Was soll ich tun, Ulysses?« Sie sucht im Dunkeln nach seiner Hand, findet sie und hält sie wieder fest umklammert.

»Konzentriere dich auf deinen Atem und schaue in das Dunkel vor dir.«

Carla starrt angestrengt in die Dunkelheit – und sieht nichts als Schwarz.

Sie spürt ihre Füße fest auf dem Boden stehen, konzentriert sich darauf, den Atem von den Füßen hoch durch den Körper fließen zu lassen und dann langsam auszuatmen. Diese Art zu atmen lässt sie ruhig und zentriert werden, sie spürt ihren Körper und lässt Ulysses Hand los. Sie braucht jetzt keinen Halt von außen mehr. Mit dem Atem wird auch ihr Blick weicher, sie strengt sich nicht mehr an, etwas zu sehen.

Diese Dunkelheit ist zeitlos und ohne Begrenzung. Carla fühlt, wie sie mit der Dunkelheit verschmilzt, ein Teil von ihr wird. Sie nimmt Ulysses neben sich nicht mehr war. Die Dunkelheit beginnt sich zu verändern, sie bewegt sich wellenförmig, wird etwas heller und wieder dunkler. Ein heller Fleck bleibt in der Dunkelheit stehen, bewegt sich nicht. Formen lösen sich aus dem Fleck. Carla vergisst für einen Moment, gleichmäßig weiterzuatmen. Diese Formen schweben durch den hellen Fleck hin und her, sie sind farbig: rot und schwarz und weiß und gelb. Sie verschluckt sich vor Aufregung an einem Atemzug, denn nun fügen sich die einzelnen Formen zu einer großen Form zusammen. Ein Gesicht blickt Carla an. Sie zwingt sich, wieder gleichmäßig zu atmen, obwohl ihr Herz wie eine Trommel schlägt.

Kurz erinnert sie sich an die Nacht der Jaguarvision in der Klinik.

»Atme, Carla, atme.« Von weit her hört sie Ulysses Stimme.

Das Gesicht ist eine dämonische Maske: Riesige Augen mit großen, schwarzen Pupillen, eine überdimensionale rote Nase, ein geöffnetes, weißes Maul mit langen Fangzähnen, um das Gesicht herum Haare wie stilisierte Wellen. Kleine Rochen mit teleskopartig hervorstehenden Augen schwimmen um den Kopf herum.

Das Maul weitet sich, bald ist es so breit wie Carla groß ist.

Ein Schrei bricht aus Carlas Brust hervor, sie schreit, schreit, schreit.

Das Gesicht grinst grimmig, die Zähne bewegen sich. Wut steigt in Carla auf. »Komm nur«, faucht sie ohne Worte der Maske entgegen, »komm nur, ich werde dir dein elendes Maul mit meinen Schreien stopfen, bist du erstickst!«

Und sie schreit. Es wirkt, sie ist verblüfft, das Maul wird kleiner, die Zähne bewegen sich nicht mehr. Blöd glotzen sie die runden Augen an. »Verschwinde«, brüllt Carla, »verdammt noch mal, verschwinde!« Die Rochen tanzen jetzt paarweise um den Kopf herum, wie Zeichentrickfiguren. Carla japst, ihre Brust ist leer geschrien, nur noch Luft zum Atmen ist übrig geblieben. Sie atmet.

Der Dämon ist verschwunden, um sie herum ist es dunkel, einfach nur dunkel.

»Carla, ist alles in Ordnung?«

»Ja, Ulysses, es ist alles gut.« Sie sucht wieder seine Hand, sie ist feucht.

»Ich werde jetzt die Taschenlampe anmachen.«

Gleißend hell ist der Schein der Lampe, Carla kneift im ersten Moment geblendet die Augen zu. Als sie sich an das Licht gewöhnt hat, blickt sie fassungslos auf das, was sich vor ihr ausbreitet: Eine Wand, versehen mit einem mannshohen plastischen, farbigen Fries in Rot, Weiß. Schwarz und Gelb. Rhombus reiht sich an Rhombus. Im Mittelpunkt dieser auf die Spitze gestellten Quadrate jeweils ein weißes Quadrat, aus dem heraus Carla eine dämonische Maske anglotzt: Riesige Augen mit großen, schwarzen Pupillen, eine überdimensionale rote Nase, ein geöffnetes, weißes Maul mit langen Fangzähnen, um das Gesicht herum Haare wie stilisierte Wellen. Ein mäanderähnlicher Fries aus stilisierten Rochen umschließt den inneren, weißgrundigen Rhombus.

Das kann einfach nicht sein! Carla geht dichter an den Fries heran. Was sie im hellen Licht der Lampe mit klarem Verstand und offenen Augen sieht, ist genau das Gesicht, das sie im Dunkeln gesehen hat! Das Gesicht, das sich bewegt hat!

»Ulysses, sag mir die Wahrheit, hast du die Taschenlampe angemacht, als ich mich im Dunklen konzentriert habe?«

»Nein. Ich bin kein Zauberer, der manipulierend mit Effekten arbeitet. Dazu habe ich viel zu viel Respekt vor der geistigen Kraft, die hier in dieser Pyramide immer noch vorhanden ist. Ich weiß nicht, was du im Dunkeln gesehen hast, aber du hast furchtbar geschrien.«

Carla weiß auch, dass sie das, was sie erfahren hat, nicht dem Schein einer Taschenlampe verdankt. Sie kriecht unter der Absperrung hindurch, berührt die Wandmalerei, berührt eines dieser zähnefletschenden Gesichter. Ulysses leuchtet ihr, langsam schreitet sie den Fries ab, jedes Gesicht hat einen anderen Ausdruck, aber alle blicken sie ihr entschlossen, wachsam und angriffsbereit entgegen. Sind es Jaguare? Nein, irgendwie sehen sie nicht aus wie ein bestimmtes Tier, eher wie eine Zusammenstellung verschiedener Elemente.

»Ulysses, was sagen die Archäologen zu der Bedeutung dieser Gesichter?«

»Carla, es ist jetzt nicht wichtig, was Archäologen dazu sagen. Du hast genügend Sinne um für dich herauszufinden, welche Kraft, welcher Geist sich hinter den Gesichtern verbirgt. Vertraue deinen Empfindungen, sensibilisiere deine Sinne. Weißt du, auch wir Archäologen arbeiten nicht nur mit dem Kopf, sondern sehr oft auch mit unseren Sinnen, dass nennen wir dann ‚Vermutungen‘.«

»Ulysses, ich verstehe nicht, was du immer mit ‚Geist‘ meinst.«

»Als du vorhin im Dunkeln warst, bevor du geschrien hast, da hast du doch sicher etwas gesehen?«

»Ja, das Gesicht.«

»Hast du geschrien, weil das Gesicht so oder so aussah, die eine oder andere Farbe gehabt hat oder sich vielleicht bewegt hat.«

Carla denkt einen Moment nach.

»Nein, deshalb nicht. Irgendwie war da eine große Kraft, die mich zerstören wollte, das habe ich deutlich gespürt.«

»Siehst du, das meine ich mit ‚Geist‘. Das ist auch für mich ein schwer zu definierender Begriff, ich tanze in diesem Punkt zwischen zwei Welten hin und her: Einerseits bin ich verwurzelt in der schamanischen Weltsicht, andererseits bin ich auch zu Hause in der wissenschaftlich erklärenden Weltsicht. Der Begriff ‚Geist‘ gehört für mich in mein schamanisches Zuhause. Dort ist alles, was auf dieser Erde ist, aber auch die Gestirne, von einem Geist beseelt, weil alles ein Teil des großen geistigen Energiefeldes ist, aus dem unser Leben entspringt und in das wir nach dem Tod wieder zurückgehen. Wahrscheinlich sind wir Menschen nicht in der Lage, Informationen aus dem Bewusstseinsfeld anders erkennen und verstehen zu können als in Erscheinungen von uns bekannten Formen – zum Beispiel in Tiergestalten oder Pflanzen aber auch in Klängen. Antonio sagt, weil diese Kräfte so stark sind, verbergen sie sich vor uns hinter diesen Formen wie hinter Masken, wir könnten eine direkte Begegnung mit ihnen nicht ertragen. Man kann verrückt werden, wenn man sie sozusagen ‚pur‘ erlebt. Deshalb macht Antonio Rituale, wenn er diesen Kräften oder Geistern begegnen will, um Wissen über den Zustand der Patienten zu bekommen. Mit den Ritualen erschafft er einen geschützten Raum, eine neutrale Zone, in der sich geistige Kräfte den Menschen zeigen können, ohne ihnen zu schaden.

Dem alten Alberto haben die Kräfte geschadet, als er ohne Ritual und ohne Begleitung eines *curandero* zu viel San Pedro getrunken hat. Sein Geist ist seitdem verwirrt, er ist nicht mehr gut mit seiner Seele verbunden und auch seine Körperkraft ist immer schwächer geworden. Antonio sagt, ein mächtiger Geist hält Alberto wie gefangen, Antonio kann gegen diesen Geist nichts ausrichten, er ist zu stark, obwohl Antonio auch sehr stark ist. Auch ein *curandero* ist nur ein Mensch mit Grenzen, auch wenn die etwas weiter gesteckt sind als bei normalen Menschen.«

Zum ersten Mal, seitdem sie Ulysses und Antonio begegnet ist, versteht Carla etwas von dem geistigen Hintergrund all der seltsamen Vorgänge und Erscheinungen, die sie erlebt. Sie denkt an Manuel, an seine Andeutungen über das, was sein Großvater als Schamane tat. Ob Manuel auch in dieser Schamanenwelt zu Hause war? Wie konnte er diese Welt mit politischem Aufrührertum verbinden? Gerne würde sie ihn dazu befragen, nicht nur aus romantisch verklärten Liebessehnsüchten heraus. Wer war er eigentlich gewesen, als er aus seiner Welt in ihre Welt eintauchte? Metsa Vari oder Manuel? Schade, dass sie damals zu jung gewesen war, um diese beiden Welten in ihm zu erkennen.

Immer noch starrt sie auf Rhomben, Rochen und Fangzähne, aber sie nimmt die Formen nicht mehr einzeln wahr. Der Fries bewegt sich vor ihr in dem mehr verbergenden als enthüllendem Licht der Taschenlampe wie eine Prozession, die an ihr vorbeizieht. Wissend und distanziert zugleich betrachtet sie diesen Zug, wie eine huldvolle Herrscherin, nicht wie ein Opfer. Gut so! Carla dreht sich zu Ulysses um.

»Ich habe gesehen, was ich sehen wollte. Lass uns gehen, Ulysses.«

Er nimmt wieder ihre Hand, und führt sie weiter nach unten, auf die nächste Plattform. Der Weg zum unteren Ausgang führt sie vorbei an im Licht der Lampe zuckenden Figuren. Einige halten abgeschnittene Köpfe und krumme Messer in den Händen, aus anderen winden sich Schlangen und Vogelköpfe heraus. Beim

Anblick der Vogelköpfe fragt Carla: »Ulysses, warum hat dich dein Freund vorhin *halcón* genannt?«

»So nannten sie mich im Studium, weil sie meinten, ich würde immer alles aus großem Abstand mit scharfem Blick betrachten und lange um etwas herumkreisen, bis ich dann zielsicher zustoßen würde.«

Ulysses lacht leise. »Na ja, so ganz verkehrt ist diese Name nicht. Er hat aber auch noch eine andere Bedeutung. *Halcón* oder *humán tabaco*, so nannten unsere Vorfahren den reinen Tabak, der in den Heilritualen benutzt wird um einen klaren, scharfen Blick und auch einen klaren, schnellen Verstand zu bekommen. Humán tabaco hat die Kraft, die Zukunft zu sehen und lässt auch die Angriffe von Zauberern erkennen, die sich hinter den Krankheiten verbergen.«

Falke – Carla ist erstaunt, so hat sie Ulysses noch nicht wahrgenommen. Sie erinnert sich an ihren gelben Blitz »Wahrnehmungsfalle« und nimmt sich vor, Ulysses von nun an unter dem Aspekt *halcón* zu betrachten.

Draußen wartet ein klarer, sternenreicher Himmel wieder darauf, bewundert zu werden. Clara und Ulysses erweisen ihm die gebührende Beachtung, bevor sie zurück zum Parkplatz gehen. Im Verhältnis zur Dunkelheit in der Pyramide kommt Carla die Nacht draußen hell vor, was sicherlich auch der Mondbarke am Himmel zu verdanken ist.

»Welche Bedeutung hatte eigentlich der Mond bei den Moche?«

»Du bist keine *princesa*, du bist eine *reina* der Fragen, Carla! Aber heute beantworte ich keine einzige Frage mehr. Hast du nicht genug Antworten in der Pyramide bekommen?«

Carla ist still, sie muss sich eingestehen, dass Fragen zu stellen auch ein System sein kann. Aufmerksamkeit auf sich zu ziehen. Sie beherrscht das System perfekt.

Ohne weitere Worte steigen sie auf das Motorrad. Eng an Ulysses Rücken geschmiegt, genießt sie den motorisierten Nachtritt.

Als Ulysses vor dem rosa Haus in San Rafael bremst, stehen Rosa und die kleine Liz vor der Tür.

»Wir dachten schon, ihr wollt heute Nacht bei der Mondfrau

schlafen.« Liz hat Carla an die Hand genommen.

»Nein, auf keinen Fall, denn die kocht nicht so gut wie Tante Rosa.«

»Ulysses, du kannst wirklich sehr charmant sagen, dass du Hunger hast!« Rosa strahlt, denn sie hält schon seit geraumer Zeit das Essen für die beiden Ausflügler bereit.

Liz drängt sich an Carla. »Hast du die Mondfrau gesehen oder Geister? Hast du Angst gehabt?«

Das Mädchen ist wirklich erstaunlich, denkt Carla, sie bringt alles schnell auf den entscheidenden Punkt. »Ja, Liz, ich habe einen Geist gesehen, aber nicht die Mondfrau. Erst habe ich Angst gehabt, aber nach einer Weile nicht mehr.«

Das Mädchen ist mit der Antwort zufrieden. »Großmutter Inez, Don Antonio und auch Onkel Enrique sitzen draußen im Hof. Ich sage ihnen, dass ihr wieder da seid.«

Carla geht kurz hoch in ihr Zimmer, wechselt ihr verschwitztes Shirt.

Als sie wieder im Wohnraum ist, kommt Rosa gerade mit einem Teller voll gegrilltem Fisch vom Hof herein, es riecht köstlich!

Geister machen Hunger, stellt Clara fest und konzentriert sich auf ihren Teller voll Reis, Gemüse und Fisch. Sogar ein Rotwein steht auf dem Tisch, nur Ulysses fehlt. »Wo ist Ulysses?«

»Draußen, er redet mit Don Antonio und den anderen, sie wollen sicher wissen, wie es euch gegangen ist, ihr seid lange weg gewesen. Ich will auch wissen, wie es dir gegangen ist, Carla. Wenn du mit dem Essen fertig bist, setzen wir uns nach draußen zu den anderen.«

Noch bevor Carla fertig ist, kommt Ulysses. Mit einem tiefen Seufzer lässt er sich auf den Stuhl fallen. »Wenn ich nicht sofort etwas zu essen bekomme, fresse ich kleine Mädchen!« Liz, die ihm von draußen gefolgt ist, läuft kreischend davon.

Die nächsten zwanzig Minuten ist Ulysses ausschließlich mit dem Essen beschäftigt. Carla bleibt trotzdem am Tisch sitzen, trinkt ihren Wein und wartet. Es ist gut, hier so ruhig am Tisch zu sitzen, zu essen, zu trinken – keine unerklärlichen Erscheinungen, keine Mäuler die sie verschlingen wollen, alles ganz normal.

Ulysses schiebt mit einem zufriedenen Grunzen den leeren Teller zu Seite.

»Das war gut! Komm, lass uns darauf anstoßen, dass sich der Geist der Pyramide gezeigt hat und dass du stark genug warst, ihm entgegenzutreten! Roter Wein für rotes Blut!« Er sprenkelt einige Tropfen auf den Boden. »Mögen die Geister uns schützen!«

Carla hebt ihr Glas »Ein Dank an das Leben.«

»Komm, *princesa*, lass uns nach draußen gehen zu den anderen. Sie sind schon sehr neugierig zu hören, wie es dir ergangen ist.«

Carla folgt ihm in den Hof, etwas verunsichert bei der Aussicht, erzählen zu sollen, was sie erlebt hat. Sie kann es selber noch nicht richtig begreifen, geschweige denn einordnen oder interpretieren, und nun wollen drei Fachleute in Sachen Geister etwas von ihr wissen!

Im Hof sieht es mehr nach einer kleinen Feier aus als nach einer spirituellen Sitzung: Eine Flasche mit *pisco*, dem guten Weinbrand der Küste, qualmende *mapachos*, eine sehnsüchtige Frauenstimme aus dem Kofferradio. In diesem therapeutischen Setting entspannt Carla sich schnell, niemand will etwas von Geistern wissen.

Don Antonio bietet ihr ein Glas *pisco* an, schenkt sich auch ein und prostet ihr zu: »Auf dein Wohl, Carla. Ich wusste, dass du eine mutige und starke Frau bist. Der Geist der Mondfrau ist dir wohlgesonnen.«

Der Weinbrand macht seinem Namen alle Ehre, er brennt in ihrer Kehle. Ich will lieber nicht darüber nachdenken, was mit mir geschehen wäre, wenn ich nicht mit dieser Vision in der Pyramide klargekommen wäre! Es braucht einen weiteren Schluck *pisco*, um diesen Gedanken fortzuspülen.

Anstatt über die Gründe und Abgründe der Erscheinens von Geistern zu reden, wird ausgiebig Ulysses Glück, eine Arbeit bei den Ausgrabungen gefunden zu haben, besprochen und gefeiert.

Plötzlich spürt Carla, dass sie unsagbar müde ist.

»*Princesa*, fall nicht vom Stuhl. Ich glaube, du solltest schlafen gehen.« Ulysses, ein aufmerksamer Beobachter – ein *halcón*.

Eine kurze, allgemeine Verabschiedung, ein Gang ins *baño*, und Carla liegt im Bett. Die entfernten Stimmen und die Musik aus dem Hof begleiten sie in ihre Träume, lassen es freundliche Träume werden: Sie kreist als Vogel hoch am Himmel, fühlt sich unberührbar und wissend, kann alles Verborgene sehen. Glücksgefühle stecken in der Spitze jeder einzelnen Feder, und seltsamerweise riecht es nach Ulysses. Ulysses? Irgendetwas lässt sie aus dem Traum aufwachen. Ulysses. Er beugt sich über sie, streicht ihr über das Gesicht.

»Ich wollte dir gute Träume wünschen, *princesa.* Außerdem wollte ich dir noch sagen, dass ich dich in der Pyramide sehr bewundert habe, du warst sehr mutig. Ich bin sehr froh, dass du mit hierher gekommen bist. Bis morgen Abend, *princesa.*« Er küsst sie leicht auf die Wange. Carla streckt sich wie eine Katze, legt ihre Arme um seinen Hals, zieht ihn zu sich herunter. Sein Oberkörper liegt auf ihrem Oberkörper, sein Kopf liegt neben ihrem Kopf, sein Atem fließt in ihr Ohr. So hält sie ihn eine lange Weile fest, fühlt sich geborgen unter der Wärme und dem Gewicht seines Körpers. Dann löst sie ihre Arme von seinem Rücken.

»Ohne dich wäre ich auch nicht gefahren, Ulysses. Ich fühle mich wohl bei dir.

Bis morgen Abend, halcón.«

Ulysses streicht ihr noch einmal über das Haar, verschwindet lautlos.

Mit einem Lächeln dreht sich Carla auf die Seite, breitet ihre Traumflügel aus und hebt ab.

Können Jaguare eigentlich fliegen?, ist ihr letzter Gedanke.

Der Wohnraum ist leer, als Carla morgens auf dem Weg zur Dusche im Hof ist. Draußen trällert Rosa mit den grünen Sittichen im Käfig um die Wette, sie hängt Wäsche auf. Unter dem alten Johannisbrotbaum ist ein kleiner Frühstückstisch für sie gedeckt.

»Wo ist Don Antonio?«

»Unten am Hafen, er hilft seinen Söhnen beim Flicken der Netze, sie wollen raus zum Fischen. Wenn es dich interessiert, gehe ich nachher mit dir runter zum Hafen, da kannst du auch die totoras sehen.«

Was immer die totoras auch sein mögen, Carla hat Lust, etwas vom Dorf zu sehen. Ihr Blick fällt auf die gemauerte Feuerstelle, auf der Gestern die köstlichen Fische gegrillt wurden. Ein großer, schwarzrußiger Topf steht dort auf dem Feuer, eine wässrige Suppe mit irgendwelchen Gemüsestücken blubbert vor sich hin. Carla schnuppert – besonders gut riecht diese Suppe nicht, etwas streng.

»Rosa, kochst du eine gute Suppe für heute Mittag?«

Rosa lacht: »Du glaubst doch nicht, dass ich eine Suppe koche, die so schlecht riecht wie das da! Nein, nein, das ist Antonios Arbeit.«

»Was, Don Antonio kocht auch?« Carla ist überrascht, das hätte sie ihm nicht zugetraut.

»Carlita, er kocht doch keine Suppe, er kocht San Pedro!«

»San Pedro? Ich dachte, das wäre ein Heiliger, was kocht da eigentlich, was ist San Pedro? Oder bin ich hier doch unter die Moche-Menschenfresser geraten?«

Rosa lacht, wischt sich die Hände an ihrem Kleid trocken und setzt sich zu Carla.

»San Pedro, das ist der Kaktus, der da drüben an der Hauswand wächst. Es ist der heilige Kaktus, eine Heilpflanze. Alle *curanderos* bei uns an der Küste und auch viele in den Bergen arbeiten mit ihm. Am besten, du lässt dir von Antonio oder Inez alles über ihn erzählen, sie sind schließlich San-Pedro-Spezialisten!«

Aber Don Antonio ist doch gar nicht hier, ist das etwa ein magischer Trank, der sich von alleine zubereitet? Carla muss bei diesem Gedanken leise auflachen, aber so langsam wundert sie in diesem Magierhaushalt gar nichts mehr.

»Carlita, Antonio ist doch kein *brujo*, die machen so etwas! Nein, er hat den San Pedro schon heute sehr früh geschnitten und aufgesetzt, er muss sieben Stunden kochen. Ich weiß auch nicht, was sich Antonio dabei denkt, die *huachuma* mir hier zu überlassen. Er ist doch schließlich der Meister, nicht ich! Wo bleibt er bloß? Sicherheitshalber werde ich den alten Pedro von nebenan bitten, auf den Kessel aufzupassen, er hat Antonio schon manchmal beim Pflanzensammeln geholfen. Ich geh kurz zu ihm und sage es ihm!«

Neugierig sieht sich Carla den blubbernden Sud genauer an – und kann nichts Besonderes an der grünlichen, etwas bitter riechenden Brühe erkennen.

Da hält sie sich lieber an ihren braunen *uña de gato*-Tee, dem ein starker Kaffee folgt.

Rosa betrachtet sich kritisch im Spiegel, als Carla nach dem Frühstück ins Haus geht. »Meinst du, ich kann so gehen? Sehe ich auch nicht zu alt aus in diesem Kleid?«

Carla unterdrückt ein Lachen. »Wir Frauen sind schon ziemlich komisch mit unseren Unsicherheiten in Bezug auf unser Aussehen, in jedem Alter, in jedem Land. Man könnte doch meinen, das würde im Alter etwas entspannter! Wenn wir wirklich das viel zitierte starke Geschlecht sind, dann bräuchten wir doch eigentlich diesen ganzen ‚Gut-Aussseh-Zirkus‘ nicht zu veranstalten. In der Natur putzen sich doch auch die Männchen heraus, nicht die Weibchen«, geht ihr durch den Kopf, als sie mit ernster Miene Rosa von allen Seiten ansieht.

»Ich finde, du siehst richtig gut aus!«

Rosa lächelt zufrieden und einige Minuten später ziehen die beiden Frauen schon die Blicke der Dorfbewohner auf sich. Carla hat viel Gelegenheit, sich das Dorf und seine Bewohner anzusehen, denn an fast jeder Ecke wird Rosa begrüßt und muss erzählen, wer die Frau mit den hellen grauen Augen an ihrer Seite ist.

Die meisten Häuser sind in Lehmbauweise errichtet und mit Schilfmatten als Dach bedeckt. Die Straßen des Dorfes laufen alle auf die *plaza* zu, einen staubigen Platz, umsäumt von Pinien, in der Mitte ein hässliches Denkmal für irgendeinen alten Herrn, himmelblau und rosa angestrichen. Um die *plaza* herum einige kleine Geschäfte.

»Komm, wir besuchen Inez.« Rosa zeigt auf einen kleinen Laden.

»Hat Inez einen Laden?« Carla ist verwundert, sie dachte, Inez sei *curandera*.

Was für ein Laden! So eine Mischung an Angeboten hat Carla noch nie gesehen. Inez ist bei ihrem Eintreten in ein Beratungsgespräch mit zwei jungen Frauen vertieft und grüßt erfreut, aber kurz. So kann Carla in Ruhe staunen: neben den üblichen Gebrauchsdingen wie Seifen, Zucker, Mehl, Töpfen, Zigaretten, *pisco*, Süßigkeiten und anderen Alltagsdingen nehmen wundersame Sachen fast die Hälfte des Ladens ein. Zwei Regalreihen voller kleiner Plastikflaschen mit bunten Aufklebern, gefüllt mit farbigen Flüssigkeiten. Glasflaschen mit eingelegten Pflanzen, Glasbehälter mit pulverisierten Substanzen.

Ein Bündel unterarmlange, dicke Rollen, die mit

Pflanzenblättern umwickelt sind.

Mehrere Stapel kleiner Blechdosen mit Bildern von Bären, Schlangen, Pflanzen.

Eine Schüssel voller dunkelbrauner Brocken, die nach Harz aussehen. Heiligenbildchen, Kerzen. Auf dem Boden ein Eimer mit grünen Zweigen, die einen süßen Duft verströmen. Getrocknete Pflanzen hängen an der Decke, kleine Körbe mit verschiedenen Samen stehen auf der Ladentheke.

»Ich habe gehört, du interessierst dich für San Pedro?« Inez sieht über dem Rauch ihrer *mapacho* Carla prüfend an.

»Ja, ich würde schon gerne wisse, was es mit diesem Kaktus auf sich hat, damit ich weiß, was mich heute Abend beim Ritual erwartet.«

»Eine kluge Frau, Antonio hat Recht. Um ein Uhr mache ich meinen Laden zu, dann komme ich zu euch. Rosa, du hast doch etwas zum Mittagessen für mich?«

»Oh ja, eine leckere San Pedro Suppe«, antwortet Carla an Rosas Stelle.

»Komm, Rosa, wir gehen zu den Booten.«

Als sie unten am Wasser ankommen, wo die Boote der Fischer des Dorfes liegen, ist von Antonio und seinen Söhnen nichts zu sehen. Weit draußen auf dem fast bewegungslosen Meer sind kleine schwarze Punkte zu sehen, die Fischer legen ihre Netze aus. Rosa deutet auf die Mauer des kleinen Hafens. »Schau, da sind die caballitos del mar!«

Seepferdchen? Carla kann nur längliche Gebilde aus hellem Binsenschilf sehen, etwa so lang wie ein durchschnittlich großer Mensch. Neugierig geht sie zur Mauer. Diese Gebilde erinnern sie irgendwie an kleine ägyptische Barken: Binsenschilf und Röhricht sind kunstvoll so zusammengebunden, dass die Form aussieht wie ein spitzer Schnabelschuh, der hinten gerade abgeschnitten ist. Dort, wo er wie abgeschnitten aussieht, ist der Einstieg für den Bootsfahrer, ähnlich wie in eine dieser geschlossenen Kanus.

»Und damit kann man auf das Meer fahren?«

Skeptisch blickt sie Rosa an, die sich in den Schatten der Boote gesetzt hat.

»Aber *claro*, so sind die Menschen schon auf das Meer gefahren, lange bevor die Spanier kamen. Einige Fischer fahren immer noch mit den totoras zum Fischen, aber hauptsächlich sind sie eine Attraktion für die Touristen. Man braucht etwas Übung und einen guten Gleichgewichtssinn. Aber ich möchte doch mal wissen, wo Antonio steckt.«

Rosa steht auf, geht auf die Uferstraße und blickt sich suchend um, plötzlich winkt sie Carla energisch zu. »Komm.«

Carla, die sich an die warme Mauer gelehnt hat und in den Anblick des Pazifiks versunken ist, folgt Rosas Befehl.

Am Ende der Uferstraße, bevor sie einen Bogen zurück ins Dorf macht, stehen vor einem Haus kleine Tische auf der Straße – eine Kneipe.

An den drei Tischen sitzen ausschließlich Männer. »Na klar doch«, denkt sich Carla, und zieht zwei unbesetzte Stühle in den Schatten eines Baumes.

»Komm, Rosa, wir trinken etwas.«

Doch Rosa ist schon im Inneren der Kneipe verschwunden. Wenig später kommt sie mit Don Antonio im Schlepptau wieder nach draußen, schimpfend. »Was hast du nur so lange hier gemacht? Ich habe keine Lust, die Verantwortung für San Pedro zu übernehmen!«

Der mächtige *curandero* macht ein Gesicht wie ein gescholtener Schuljunge. »Ich wollte schon längst wieder zu Hause sein. Aber Rafaels Kind ist krank, es hat hohes Fieber, ich musste es mir ansehen.«

Rafael, der Wirt, kommt von drinnen, stellt drei Mineralwasser auf den Tisch und setzt sich zu ihnen. Das Gespräch dreht sich nur um seinen kleinen, kranken Sohn. Hier lässt es sich gut aushalten, denkt Carla, im Schatten, mit Blick auf das Meer, nichts, um das ich mich kümmern muss. Kümmern? Ihr Sohn Philip, sie wollte ihn heute anrufen! Wie spät ist es? Sie fragt den Wirt, denn seit heute morgen trägt sie keine Uhr mehr.

Es ist halb Eins. Wenn sie jetzt langsam zurück zur *plaza* geht, wird es die richtige Zeit sein, um Philip beim Frühstück zu erwischen.

»Ich gehe jetzt, ich will meinen Sohn anrufen.«

»Wir kommen mit«, entscheidet Rosa. Carla zahlt, und der

kleine Trupp setzt sich in Bewegung. Auf der *Plaza* wartet blau leuchtend die Telefonkabine. »Wir gehen schon nach Hause, du findest den Weg doch, oder?«

Carla nickt, während sie schon die Münzen in das Telefon steckt. Lange ist es still in der Leitung, es rauscht nur und knackt, dann endlich das vertraute Freizeichen. Carlas Herz klopft.

Thomas ist am Apparat. »Ich bin's, Carla. Kannst du mit bitte Philip geben?«

»Mama, bist du das?« Philip ist trotz des frühen Morgens ganz aus dem Häuschen, bestürmt sie mit tausend Fragen danach, wie es ihr geht, was sie macht. Seine Freude und auch seine leichte Besorgnis rührt Carla, sie muss sich zusammennehmen, um nicht zu weinen.

Als sie den Hörer auflegt, lehnt sie sich einen Moment an das Gehäuse der Telefonkabine, schließt die Augen und lässt die Stimme ihres Sohnes in sich nachklingen. Er ist gut aufgehoben bei Thomas und in seinem Freundeskreis, sie braucht sich um ihn keine Sorgen zu machen, aber sie vermisst ihn. Ein tiefer Seufzer löst den Anflug von Traurigkeit in ihrer Brust.

Rosa wartet bestimmt schon mit dem Essen, und die Sonne wird ihr auch zu viel, ihr Gesicht brennt schon. Carla orientiert sich mit einem schnellen Rundblick und folgt dem Spürsinn ihrer unfehlbaren Pfadfindernase zurück zum rosafarbenen Haus.

Die Kühle des Wohnraums mit seinem gekachelten Fußboden und eine heiße Gemüsesuppe in der Begleitung von Rosa, Inez und Antonio empfangen Carla.

Die drei wollen ein Foto von ihrem Sohn sehen und fragen sie interessiert nach der Geschichte ihrer Ehe aus. Zwei Teller Gemüsesuppe und einen Kaffee später wissen Rosa und Inez fast alles. Don Antonio hat sich bei Beginn der Fragestunde eilig verdrückt, diese Frauengeschichten langweilen ihn außerordentlich, da hört er lieber hin, was ihm der San-Pedro-Sud im Hof erzählt.

Die Frauen räumen den Tisch ab. »Komm, Carlita, wir gehen auch in den Hof und setzen uns zum Kaktus. Wenn ich ihn sehe, kann ich besser von ihm erzählen.«

Inez und Rosa ziehen sich Stühle an die nun schattige Hauswand und setzen sich zur San-Pedro-Familie. Rosa kommt, bringt ihnen eine Schale mit blauen Weintrauben, einen Krug Wasser und Gläser.

»Ich mache eine kleine *siesta*, zum Reden braucht ihr meine Hilfe ja nicht, oder?« Lachend geht sie zurück ins Haus.

Don Antonio sitzt unter dem Baum, gießt den abgekühlten Sud aus dem schwarzen Kochtopf durch einen Trichter in eine Glasflasche.

»Antonio!« Inez dreht sich zum Alten um: »Wieviel vom Kaktus hast du genommen?«

»Ich habe vier dünne Kakteen gekocht, jedes Stück war fast einen Meter lang. Die dünnen Kaktussäulen haben mehr Kraft als die dicken.«

»Hast du noch ein frisches Stück übrig, damit ich es Carla zeigen kann?«

Don Antonio stochert mit seiner Machete in dem Haufen Grün herum, der unter dem Baum liegt, hebt etwas daraus auf. Er reicht Carla ein Stück vom Kaktus. Er ist sehr glatt, hat kleine Stacheln, sieht im Querschnitt aus wie ein vierzackiger Stern. »Dieser hier, der Stacheln hat, ist ein weiblicher Kaktus, er hat eine stärkere Wirkung als der San Pedro ohne Stacheln. Die meisten San-Pedro-Kakteen haben fünf Rippen, aber der San Pedro mit vier Rippen hat die stärksten Kräfte, wir nennen ihn den ‚Kaktus der vier Winde‘.«

Inez fällt ihm ins Wort: «Deshalb nennen die Leute hier Don Antonio auch den ‚Meister der vier Winde‘.«

»Inez, du hast wie immer recht: Ich bin hier der Meister! Deshalb werde ich jetzt auch eine *siesta* halten und du erzählst weiter!«

Don Antonios Augen blitzen verschmitzt, ächzend er steht auf und geht in sein Zimmer im Anbau, lässt die Tür zum Hof aber offen stehen.

»Antonio, mach die Tür zu.« Inez Stimme schallt durch den Hof. »Sonst bekomme ich hinterher von dir zu hören, was ich alles vergessen habe zu erzählen!«

Die Tür wird von innen zugestoßen.

»Weißt du, Carla, es ist für mich gar nicht so einfach, vom San-Pedro-Ritual zu erzählen, denn mich hat noch nie jemand danach gefragt. Wir machen es, das ist unsere Art von Wissen. Wir fragen nicht, was im Ritual geschieht und warum es geschieht, wir vertrauen dem Geist und der Heilkraft der Pflanzen und dem Geist und der Heilkraft des *curandero*. Wenn sein Geist sich mit dem Geist der Pflanzen verbindet, dann ist die heilende Kraft da. Diese Verbindung kann man aber nicht erzwingen. Man kann sie suchen, aber das ist keine Garantie dafür, dass der Geist der Pflanze sich finden lässt. Das Wissen sucht sich seine Schüler aus, nicht umgekehrt, so ist das.

Aber dein Geist ist in einer anderen Welt zu Hause, deshalb erzähle ich dir etwas: Der San-Pedro-Kaktus ist huaca, er ist eine heilige Kraft. Er ist auch ein Wächter, er bewacht das Haus. Wenn ein Fremder nachts in das Haus eindringen will, dann erscheint ihm San Pedro als ein in Weiß gekleideter Mann mit einem Hut. Dieser Mann vertreibt alle, die schlechte Absichten haben. Wenn San Pedro ein Wächter ist, dann pfeift er auch manchmal in so einer Art, dass jeder, der nicht zum Haus gehört, große Angst bekommt und davon rennt.«

»Inez, ist San Pedro eine Droge? Bekommt man davon Halluzinationen?«

»Ach, Carlita! Das fragen nur die, die San Pedro nicht kennen – und die Wissenschaftler. Die Pflanze sieht, was in unserem Körper geschieht, sie gibt uns eine klare Sicht, daran merken wir, dass sie in uns wirkt. Eine klare Sicht ist doch das Gegenteil von einer Halluzination, oder? Aber die Wissenschaftler in den Laboratorien sagen, der Kaktus enthält Meskalin und ist deshalb eine schädliche Droge. Junge Menschen aus weißen Kulturen benutzen unsere Kräuter und werden abhängig von der Wirkung. Haben die Pflanzen Schuld, wenn die Schwäche der Menschen zur Sucht wird und so stark ist, dass sie nicht mehr die heilende Kraft der Pflanze erkennen?

Wenn ein *curandero* den gekochten San Pedro trinkt, dann verleiht er ihm die Kraft, in der Nacht zu sehen und die Krankheiten und ihre Ursachen zu erkennen. Wenn der Patient ihn trinkt, dann reinigt er den Körper und den Geist des Patienten und weckt die eigenen Heilkräfte auf. San Pedro zu trinken ist jedes Mal, wie ein neues Leben zu beginnen. Der alte Mensch wird gereinigt und erneuert. Um Mitternacht, die Zeit, in der die weißen Blüten des Kaktus erblühen, hat auch die Zeremonie ihren Höhepunkt. Nach dem Dunkel des nächtlichen Kampfes gegen die Geister der Krankheit oder der Verwünschungen wird mit dem Licht des neuen Morgens auch der neue Mensch geboren. Der *curandero* hat viele Helfer, die ihm beim Heilritual helfen, das sind vor allem Tiere, Pflanzen und die Kräfte der vier Himmelsrichtungen. Diese Kräfte ruft der *curandero* zu Hilfe, wenn er das Ritual beginnt, er ruft sie auch, wenn er das Ritual beendet.

Heute Nacht wirst du auch die *mesa* von Don Antonio sehen, das ist so etwas wie sein sichtbarer geistiger Werkzeugkasten, da sind alle Objekte versammelt, die für seine Heilarbeit und den Umgang mit den Geistern wichtig sind. Aber das soll er dir selber erklären, das kann er besser als ich – das stimmt doch, Antonio?«

Inez dreht ihren Kopf in Richtung seines Zimmers. Prompt schallt es zurück: «Si, si, ich kann das besser als du!«

Carla muss lachen und kann es sich nicht verkneifen, Inez zu fragen, ob ihre Beziehung zu Don Antonio mehr ist als nur eine Freundschaft.

»Ich sehe, du verstehst etwas von den feinen Schwingungen zwischen Frauen und Männern! Ich kenne Antonio Ségura Coaguila, seitdem meine Mutter mit mir hier ins Dorf gekommen ist, da war ich ungefähr zehn Jahre alt, Antonio ist neun Jahre älter als ich. Wir waren damals Nachbarn, sonst hätte mich der junge Mann sicher gar nicht beachtet. Antonio arbeitete damals als Fischer und Kunsthandwerker, sein Vater hatte eine Werkstatt für Keramik. Antonio war sehr vielseitig, er hat damals auch bei den Ausgrabungen in Chan-Chan gearbeitet, bestimmt hat Ulysses seine Liebe zur Archäologie von ihm geerbt! Am liebsten wäre Antonio Arzt geworden, aber dafür war die Familie zu arm. So hat er sich schon als junger Mann auch sehr für alles interessiert, was mit Heilmethoden und Heilpflanzen zu tun hatte. Im Dorf lebte damals eine alte curandera, die auch verborgene und weit entfernte Dinge sehen konnte. Sie war berühmt, sogar aus Lima kamen Leute zu ihr, reiche Leute. Bei ihr hat Antonio gelernt, er war viele Jahre ihr Assistent. Sie ist auch mit ihm hoch in die Berge gegangen, an die heiligen Seen Las Huaringas.

In diesen Seen erhalten die *curanderos* und curanderas ihre

Initiation, das ist heute auch noch so. Mittags badet man im See, das ist ein besonderes Ritual, bei dem man seine Seele mit dem Wasser dort verbindet, so bleibt etwas von der Seele im heiligen See und man nimmt etwas vom heiligen See in sich auf. Wenn man dieses Ritual vollzogen hat, dann ist man in der Lage, die Kräuter zu hören, die einen rufen. Nur wenn man eine enge, innere Beziehung zu den Kräutern hat, kann man mit ihnen heilen, dann ist man ein *curandero*. Wenn ein Mensch gut ist, dann rufen ihn die guten Kräuter und zeigen sich ihm, aber wenn ein Mensch böse ist, dann kommen die schlechten Kräuter zu ihm, dann wird er ein *brujo*.

Später, als ich schon Kinder hatte, haben mich die Kräuter gerufen, da wurde ich Antonios Schülerin. Er hat mich auch zu den heiligen Seen im Norden gebracht, zum Shimbe, dem weißen See. Nun bin ich schon seit über zwanzig Jahren eine curandera. Meine Mutter hat mir erzählt, dass der Vater meines Vaters ein Schamane war, im Dschungel in Tushmo. Ich kann mich noch gut an ihn erinnern, wie er nachts bei den Ritualen gesungen hat. Manchmal, wenn ich nachts aufgewacht bin, sang er immer noch, das war ein sehr beschützendes Gefühl. Er ist auch oft lange Zeit ganz alleine in den Dschungel gegangen, da hatte ich immer Angst, dass ihn der Jaguar oder die Anakonda fressen würden. Als meine Mutter und ich das Dorf verließen, hat er uns bis nach Pucallpa zum Bus begleitet. Ich wollte nicht weggehen, aber meine Mutter wollte ohne meinen Vater nicht mehr in Tushmo leben. Vielleicht habe ich ja von ihm meine Begabung zum Heilen!«

»Warum ist deine Mutter von dort weggegangen und wo ist dein Vater?«

»Ach, Carlita, das ist eine traurige Geschichte. Meine Mutter ist hier von der Küste, aus einer Mestizenfamilie, und mein Vater war aus dem Dschungel, vom Volk der Shipibo. Sie haben sich in Lima kennen gelernt, als sie beide sehr jung waren und dachten, in Lima könne man leichter Geld verdienen als in ihren Heimatdörfern. Ja, wenn man in Lima Arbeit findet, die gut bezahlt wird, dann kann man dort auch mehr Geld verdienen als hier im Dorf oder als im Dschungel, *claro*. Wenn! Für beide war das Leben in der Stadt unerträglich, obwohl mein Vater Arbeit bei einer weißen Familie hatte, er hat ihren Garten in Ordnung gehalten. Meine Mutter hat nachts in zwei verschiedenen Restaurants sauber gemacht und tagsüber Schokolade auf der Straße verkauft. Es war ein hartes Leben. Sie hatten zwar etwas Geld, aber sie fingen an, ihre Freude am Leben zu verlieren. Da hat mein Vater meine Mutter mit in sein Dorf genommen, nach Tushmo. Sie haben sich sehr geliebt. Das Leben im Dorf war nicht leicht für meine Mutter, sie ist nie richtig in die Gemeinschaft aufgenommen worden. Weißt du, damals war es fast undenkbar, dass jemand vom Volk der Shipibo jemanden aus einem anderen Volk heiratet. Ich weiß nicht, ob das heute anders ist. Für die Shipibos sind die Familie und die Gemeinschaft im Dorf, wo alle irgendwie miteinander verwandt sind, sehr wichtig. Zwölf Jahre hat meine Mutter in Tushmo mit meinem Vater und mit mir gelebt, aber sie hat sich immer fremd gefühlt, obwohl meine Eltern sich geliebt haben. Ich war ihr einziges Kind, das war auch nicht leicht für meine Mutter in einer Umgebung, in der Kinder Reichtum bedeuten und jede Familie mindestens fünf bis acht Kinder hat. Die Leute haben über sie geredet, sie haben geglaubt, dass auf meiner Mutter ein Fluch liegt. Großvater konnte wohl auch nicht helfen, obwohl er Schamane war. Aber für mich war das Dorf und die Großfamilie mein Zuhause, ich wollte nicht weggehen, als mein Vater starb. Er wurde beim Holzfällen von einem Baum erschlagen. Meine Mutter hat immer gesagt, jemand hätte einen Schadenszauber gegen ihn gewirkt.«

Hat Inez wirklich »Shipibo« gesagt? Soviel Zufall kann es doch gar nicht geben! Carla unterbricht aufgeregt Inez Erzählfluss. »Inez, ist das wahr, hast du gesagt, dein Vater war vom Volk der Shipibo?«

Verwundert blickt Inez sie an. »Was weißt du von den Shipibos?«

»Ich bin nach Peru gekommen, um einen Mann zu finden, der vom Volk der Shipibo ist.«

Inez ist fassungslos. »Das glaube ich nicht! Und wenn das wahr ist, dann bist du nicht zufällig hier, dann haben dich die Geister der Shipibos geführt.«

»Nicht die Geister, Inez, ein Geist! Ich folge dem Weg des Jaguars, das hat Don Antonio mir jedenfalls so gesagt. Ich habe oben im Zimmer einen gestickten Beutel und eine kleine Knochenflöte, ich zeige sie dir nachher. Aber jetzt will ich erst einmal deine

Geschichte zu Ende hören, deine Shipibo-Geschichte! Warum hat sich deine Mutter dort nicht wohl gefühlt, dein Vater hat sie doch geliebt. Warum hat die Familie deines Vaters sie nicht richtig in die Gemeinschaft aufgenommen?«

«Weißt du, diese Shipibo sind ein sehr stolzes Volk, sie haben eine eigene Sprache und eine eigene Kultur, anders als wir hier an der Küste. Mein Vater war der erste im Dorf, der eine Mestizin geheiratet hat, damit hat er ein Gesetz ihrer Gemeinschaft gebrochen und wurde zum Außenseiter. So war das, Carlita. Mein Vater starb an einer schlimmen Grippe. Deshalb ist meine Mutter mit mir wieder zurück zu ihrer Familie gegangen, hierher nach San Rafael.«

»Und du bist nie wieder zurück in dein Dorf gefahren?«

»Nein, Carla, nie wieder. Erst in den letzten Jahren habe ich manchmal daran gedacht, nach Tushmo zu fahren. Heute, als alte Frau, fühle ich mich stark genug, die Familie meines Vaters zu besuchen.« Inez schweigt. Ihr Blick verändert sich, bekommt erst einen konzentrierten Ausdruck, dann wird er starr und leer. Die Augen sind weit geöffnet, kein Flackern des Lids, keine Bewegung der Pupillen. Inez reagiert nicht als Carla, beunruhigt durch diesen Blick, sie anspricht. Auch Inez' Körperhaltung hat sich verändert. Wie aus Stein gemeißelt sitzt sie auf dem Stuhl. Ihr Kopf ist leicht zur linken Schulter hin geneigt, so als würde sie auf etwas lauschen.

Inez lauscht dem Lied der Frauen. Sie stehen vor ihr, hier im Hof. Zwei Frauen stehen sich gegenüber, zwischen sich ein riesiges Tongefäß, dass sie mit filigranen geometrischen Mustern bemalen. Sie singen das Lied vom Schmetterling. Sie malen das Muster des Schmetterlings. Inez ist ein Schmetterling, mit leichtem Flügelschlag umschwebt sie die Frauen. Sie tanzt das Schmetterlingslied, sie tanzt die Linien des Musters. Jeder Flügelschlag lässt neue Muster auf dem Tongefäß entstehen, denen die flinken Hände der malenden Frauen folgen. Inez lauscht den Bewegungen ihrer Flügel nach.

Carla bekommt Angst, was ist nur los mit Inez, was soll sie machen?

Ein leichtes Schnarchen bringt die rettende Idee: Don Antonio! Carla läuft die wenigen Schritte zu seinem kleinen Anbau, klopft heftig an die Tür.

»Don Antonio! Don Antonio, Komm schnell! Irgendetwas stimmt nicht mit Inez!"

Don Antonio lässt ein ungnädiges Brummen hören. »Ja, ja, ich komme schon. Was soll mit Inez nicht stimmen? Mit ihr stimmt alles!«

Endlich wird die Tür aufgeschoben, Antonio blinzelt in die schon tief stehende Nachmittagssonne, seine wenigen, nicht im Pferdeschwanz gebändigten Haare stehen ihm wie ein zarter Heiligenschein vom Kopf ab, das Hemd hängt halb aus der Hose. »Also, weshalb bist du so aufgeregt?«

Carla zeigt mit ausgestrecktem Arm auf Inez.

»Schau sie dir an, sie sieht so komisch aus!«

Don Antonio schlurft hinüber zu Inez, blickt ihr kurz ins Gesicht, winkt Carla heran, die ihm aus Scheu nicht gefolgt ist. »Es ist alles in Ordnung, Carla. Hab ich dir doch gesagt, mit Inez stimmt immer alles. Sie wandert nur gerade in einer anderen Welt herum, das ist alles. Am besten ist, wir lassen sie in Ruhe, sie kommt immer von alleine wieder zurück. Ich bleibe hier bei ihr. Du könntest mir doch einen Kaffee bringen, oder?«

Carla kann. Lieber spielt sie Hausfrau als dass sie jetzt neben Inez sitzt!

Don Antonio hat sich einen Stuhl in den Schatten der Hauswand gezogen. Liebevoll umfängt sein Blick die Gestalt der Frau in dem leuchtend roten Kleid. Inez – seine Schülerin, eine Meisterin der Pflanzen, eine große Heilerin der Seelen verlassener Kinder. Inez – seine Blume, deren Duft ihn in den langen Jahren seiner durchaus glücklichen Ehe immer wieder aufgeweckt und erinnert hat an die Kraft, die in ihm ist. Nicht nur an seine körperliche männliche Kraft, sondern vor allem auch an seine geistige Kraft. Inez – mit einem besonderen Geschenk von den Geistern bedacht: Sie hat »den Blick«. Sie kann weit entfernte Dinge sehen, auch ohne San Pedro zu trinken. Er kann das nicht.

Jetzt, im Alter, wird sie mehr und mehr zu seiner Meisterin.

Don Antonio seufzt tief auf. Einundsiebzig Jahre – es ist schön, so alt geworden zu sein, aber es ist auch schwer, die eigenen Schritte kleiner werden zu sehen.

Er kramt aus der Tasche seiner weiten, bullrigen Hose eine zerdrückte *mapacho* hervor, steckt sie an. Der Falkentabak ist für ihn das beste Mittel, die das Herz eng machenden Traurigkeitsgedanken wieder hell und weit werden zu lassen, so dass sie mit dem Falken hoch zur Sonne fliegen können.

Er betrachtet Inez. Der Rauch des schwarzen Tabaks kräuselt um ihre Nase – und die Nase kräuselt sich mit dem eindringenden Rauch. Die Augenlider zucken, die Starre weicht aus dem Körper. Der Kopf hebt sich von der Schulter, der Blick wird weich, Inez blickt ihn an. »Hab ich doch richtig gerochen! Schön, dass du ausgeschlafen hast!« Sie steht vom Stuhl auf, streckt sich.

»Und wohin bist du dieses Mal gewandert?«

Noch ehe Inez auf seine Frage antworten kann, klappert es geräuschvoll und Carla kommt mit einem Tablett voller Tassen aus dem Haus, Rosa folgt ihr mit einer dampfenden Kaffeekanne.

»Ich habe gehört, du machst seltsame Dinge?« Rosa drückt Inez eine Tasse in die Hand. »Kaffee und Tabak, die besten Mittel um Weltenwanderer wie dich wieder zurück in den Heimathafen zu holen.«

Carla platzt vor Neugierde. »Inez, was war los mit Dir? Hast du Don Antonio schon erzählt, dass dein Vater vom Volk der Shipibo war? Ich hole jetzt den gestickten Beutel, warte!« Carla stellt die Kaffeetasse neben sich auf die Erde, macht Anstalten, aufzuspringen und ins Haus zu laufen.

Inez hält sie fest. »Ich warte, und du wartest auch. Jetzt trinken wir erst einmal den Kaffee. Antonio weiß natürlich, dass ich eine halbe Shipibofrau bin, was glaubst du denn!« Carla schaut Don Antonio vorwurfsvoll an: «Warum hast du mir in Lima nicht gesagt, dass du jemanden kennst, die eine Shipibofrau ist.«

»Was hätte das geändert, du bist doch hier!« Seelenruhig trinkt Don Antonio seinen Kaffee, tritt mit seinem nackten Fuß den Zigarettenstummel auf der Erde aus. Er versteht Carlas Aufregung nicht. »Inez, erzähl uns nun endlich, wo du gewesen bist!« Rosa ist neugierig, ihr sind Inez »Ausflüge« vertraut.

»Ich bin zu Hause gewesen, in Tushmo.«

Verständnislos blickt Carla sie an. »Wie meinst du das, du bist da gewesen? Hast du geträumt?« Ihre Frage scheint die drei Alten sehr zu belustigen. »Nein, Carla, ich habe nicht geschlafen, dann kann ich doch auch nicht geträumt haben!« Inez schüttelt lebhaft ihren Kopf. »Seit meinem zwölften Lebensjahr geschieht es immer wieder, dass ich in einen Zustand komme, in dem mein Körper erstarrt und mein Geist an andere, manchmal weit entfernte Orte wandert. Ich bin dann wirklich dort, ich rieche und höre und sehe und fühle alles, was an dem Ort ist. Ich kann nur nicht mit den Menschen dort sprechen, denn sie sehen mich nicht.«

»Wie machst du das, in diesen Zustand zu kommen?«

»Ich mache gar nichts, das geschieht mit mir, so als ob jemand anderes das mit mir macht.«

»Hast du gar keine Angst, dass du vielleicht einmal nicht mehr aus diesem Zustand in die wirkliche Welt zurückkommst?«

»Nein, Carla, ich habe keine Angst. Der Zustand, in dem ich dann bin und die Welten, die ich dann sehe, die sind doch auch wirklich, sonst könnte ich sie nicht mit all meinen Sinnen erfahren. Ich habe schon lange aufgehört danach zu fragen, was Wirklichkeit ist und was nicht. Mein Maßstab ist: Was ich erfahren kann, das ist auch wirklich.« Diese Erklärung ist Carla zu einfach, aber sie erinnert sich an den Vorsatz, bei solchen Themen ihren besserwisserischen Kritikblick in die Verbannung zu schicken – und schweigt. »Jetzt hole ich aber endlich den Beutel, du musst ihn dir unbedingt ansehen.« Carla läuft in ihr Zimmer, zieht den bestickten Beutel unter dem Kopfkissen hervor. Auf dem kleinen Holztisch unter dem Fenster liegen Reiseführer, Wörterbuch und das chinesische Sprüchebuch. Sie denkt an ihre Schwester und stellt sich deren ungläubiges Staunen vor, wenn sie von ihren Erlebnissen hier erzählen wird! So viele seltsame Zufälle! Auch wenn sie es nur als ein Spiel des Zufalls betrachtet, so ähnlich wie das Wochenhoroskop in der Fernsehzeitung, ist sie doch neugierig darauf, worauf die alten Chinesen sie für die nächste Zeit hinweisen wollen. Der letzte Hinweis »das Erschüttern« war ja ziemlich treffend gewesen, wenn sie unter diesem Aspekt an die Nacht in der Mondpyramide denkt. Mit dem Daumen streicht sie über die Schnittkante der Blätter, lässt sich die Blätter entfalten, hält mit dem Finger eine Seite fest: »Nr. 61 – Innere Wahrheit«. Auch wieder so eine Allerweltsweisheit. In Carla taucht kurz das Bild ihrer Yogalehrerin in der Reha-Klinik auf. Innere Wahrheit – das würde ihr gefallen!

7

Innere Wahrheit

»DAS ZEICHEN DES JAGUAR!« Inez betrachtet mit Ehrfurcht die Stickerei auf dem kleinen Beutel in ihrer Hand. »Seitdem ich aus Tushmo weggegangen bin, habe ich dieses Muster nicht mehr gesehen. Ihr Gesicht spiegelt ihre innere Berührtheit wieder. »Ich habe immer gedacht, ich könnte mich nicht mehr an die Welt der geometrischen Muster erinnern, aber ich erinnere mich! Die alten Frauen haben mit Stöcken Zeichen in den Sand gemalt, und wir kleinen Mädchen mussten sie nachzeichnen. Die Zeichen haben Namen gehabt, die wir auch lernen mussten. Die Großmütter haben Geschichten zu den Zeichen erzählt, in denen erklärt wurde, wie die Zeichen zu den Shipibo kamen und was sie bedeuten. Die älteren Mädchen haben mit den Zeichen ihre Röcke bestickt, aber ich war ja erst zehn Jahre alt, als ich das Dorf verlassen musste.«

Sehnsucht schwingt in Inez' Stimme mit. »Ich durfte mit den anderen kleinen Mädchen die Zeichen mit einem dünnen Stöckchen und flüssiger Tonerde auf braun gefärbte Stoffreste malen. Ich habe es geliebt, alles mit geometrischen Mustern zu verzieren. Einmal durfte ich die Paddel meines Vaters bemalen, da war ich so stolz!« Sie blickt Don Antonio an: »Antonio, hörst du, was ich erzähle? Ich erinnere mich! Ich erinnere mich an das Zeichen des Jaguars, das Zeichen der Anakonda und das Zeichen des Schmetterlings!«

Inez hockt sich auf den sandigen Boden des Innenhofs, den die letzten Strahlen der schon tief über dem Meer stehenden Sonne in ein orange-gelbes Licht getaucht haben. Mit dem Kaffeelöffel zeichnet sie Muster in den Sand, erst etwas zögernd und nachdenklich, dann immer sicherer. »Seht her, das ist das Muster des Schmetterlings!«

Stolz lächelnd steht sie auf, betrachtet ihre Zeichnung.

»Jetzt sieht sie aus wie ein kleines Mädchen«, denkt Carla gerührt.

Inez legt den Löffel zur Tasse zurück, ihr Gesicht wird ernst, sie wendet sich Carla zu: »Danke, dass du diesen Beutel hierher gebracht hast. Antonio hat Recht, der Geist des Jaguars führt deinen Weg.«

Inez zieht einige *mapachos* aus ihrem Umhängebeutel, verteilt sie an Rosa und Antonio. »Was für ein aufregender Nachmittag, Antonio. Dabei bin ich doch nur gekommen, um Carla etwas vom San Pedro zu erzählen, und nun bin ich im Dschungel gelandet. Im Dschungel gibt es aber keinen San Pedro!«

Antonio greift zur Glasflasche mit dem San-Pedro-Sud, die hinter ihm neben den Kakteen steht. »Keine Sorge, Inez, hier gibt es San Pedro. Er wartet schon auf dich, und vielleicht lässt er sich von dir heute Nacht dein Dorf und die Muster zeigen.«

Carla wird unruhig, sie hat gar nicht mehr an das Ritual gedacht! »Wann fängt es denn an, Don Antonio, und wo findet es statt?«

»Es fängt um zehn Uhr an, hier auf dem Hof. Am besten, du ruhst dich bis dahin aus, denn die Nacht wird lang werden. Von jetzt an darfst du auch nichts mehr essen, nur noch Wasser oder Tee trinken, aber ohne Zucker.«

Es ist dämmrig geworden. Rosa räumt die Tassen zusammen, Inez ist schnell wie ein roter Blitz durch die Hintertür des Hofes verschwunden, Don Antonio nimmt die Flasche mit dem San-Pedro-Sud und geht wieder in seinen Raum.

Carla duscht kurz und legt sich auf ihr Bett, um durch die äußere Ruhe eine innere Ruhe zu bewirken – und schläft ein.

Laute Stimmen und Gelächter wecken sie einige Stunden später. Im Wohnraum haben sich mehrere Menschen versammelt, Ulysses steht mit dem Rücken zu ihr und erzählt mit theatralischen Gesten von seinem ersten Tag als Assistent bei Professor Rodriguez. Hingerissen hören ihm alle zu. Carla bleibt dem Treppenabsatz stehen, um Ulysses' Vorführung nicht zu stören. Doch er dreht sich um und lacht sie an. »Hab ich mir doch gedacht, dass du es bist, die mich mit ihren Blicken durchbohrt!« Carla spürt, wie ihr Gesicht rot anläuft. Es ist ihr unangenehm, dass Ulysses den Eindruck erweckt, sie wäre mehr als nur eine Freundin. Rosa rettet sie. »Schön, dass du ausgeschlafen hast, wir haben auf dich gewartet, jetzt sind wir vollzählig. Rafael kennst du ja schon, und das ist seine Frau Sonia. Diese beiden *Señor*es sind Pedro, unser Nachbar und Eugenio, sein Bruder. Kommt, lasst uns jetzt zu Don Antonio gehen!«

Carla wird innerlich zunehmend nervös beim Gedanken an das bevorstehende Ritual. »Ulysses, setzt du dich bitte beim Ritual neben mich? Dann kannst du mir helfen, wenn ich etwas nicht verstehe.«

»Aber *claro, princesa*, ich werde gut auf dich aufpassen!«

»Du sollst nicht auf mich aufpassen, du sollst nur meine Fragen beantworten, falls ich welche habe!«

»*Claro*, ich werde nicht auf dich aufpassen, sondern nur auf deine ausdrückliche Bitte hin Fragen beantworten, ich habe verstanden, Frau General!« Ulysses stöhnt theatralisch auf. »Verdad, Frauen sind schwierig!«

Rosa verlässt als letzte das Haus, nachdem sie alle Lichter gelöscht hat.

In der Mitte des Hofes hocken im Schein einer Kerze drei Personen auf dem Boden: Don Antonio in der Mitte, links von ihm sitzt Enrique, rechts Inez. Bis auf den Kerzenschein ist es dunkel im Hof, die Mondsichel ist noch nicht über die Berge geklettert. Die Patienten setzen sich im Halbkreis den drei Heilern gegenüber.

»Darf ich eigentlich auch etwas sagen, ohne dass du mich gefragt hast?« Ulysses hat sich dicht neben Carla gesetzt, Rosa sitzt an ihrer anderen Seite.

Nun stöhnt Carla auf. »Ulysses, mach mich bitte nicht verrückt! Sag mir lieber, ob ich brechen muss, wenn ich San Pedro trinke. Ich habe vorhin meine Tablette eingenommen, die darf ich auf keinen Fall wieder ausbrechen.«

»Ich sage es Antonio, dann kann er darauf achten.«

Ulysses geht zu Don Antonio, erklärt ihm die Notwendigkeit von Carlas Tabletteneinnahme. Inez kommt zu Carla, nimmt ihre Hand und tastet nach dem Puls. »Carlita, es gibt keinen Grund, Angst zu haben! Ich werde heute Nacht immer auf dich achten, es wird dir nichts geschehen, was nicht gut für dich ist. Sag, hast du den kleinen Beutel mitgebracht?«

Carla zieht den Beutel aus einer ihrer vielen Hosentaschen.

»Würdest du mir für heute Nacht den Beutel und die Flöte

geben?« »Aber natürlich, Inez.«

Carla ist irgendwie erleichtert, diese Schicksal beladenen Objekte in ihrer ersten Ritualnacht nicht bei sich haben zu müssen. »Inez, ich weiß gar nicht, was ich tun muss.«

»Gar nichts musst du tun! Konzentriere dich auf das, was für dich wichtig ist. Nachher wird dich Antonio zu sich rufen, um dich zu reinigen. Du musst nichts anderes tun, als dich vor ihn hinzustellen. Später, aber erst um Mitternacht, wird er dir etwas San Pedro zu trinken geben, nicht viel, keine Sorge! Alles, was in diesem Ritual geschieht, geschieht in einem geschützten Kreis, in den kein böser Geist eindringen kann. Du wirst gleich sehen, wie Don Antonio einen Schutzkreis um uns zieht und auch die Kräfte der vier Himmelsrichtungen bitten wird, uns zu schützen. Erinnere dich daran, wenn dich deine Angst erschrecken will!«

Inez geht zurück zu Don Antonio und Enrique. Carla sieht erst jetzt im flackernden Kerzenlicht, dass vor den drei Heilern eine Ansammlung von Gegenständen aufgebaut ist. Neugierig beugt sie sich weiter nach vorne, um etwas erkennen zu können.

»Du kannst ruhig herkommen und dir alles ansehen, Carla!« Don Antonio zieht sich einen hellen, gestreiften Poncho über den Kopf und macht mit der Hand eine einladende Bewegung.

Er hat wohl seine Augen überall, denkt sie und hockt sich vor den Gegenständen nieder. Auf einem sehr alt aussehenden, gewebten Tuch sind die Objekte so aufgestellt, dass Carla dahinter eine bestimmte Ordnung vermutet. Vor dem Tuch stecken in der Erde zwei Schwerter und mehrere Holzstäbe. Ihre Enden sind geschnitzt, aber Carla kann im spärlichen Licht der Kerze nicht erkennen, was die Schnitzereien darstellen. Auch von den anderen Objekten kann sie nur einige dem, was sie kennt, zuordnen: unterschiedlich geformte Steine, große und kleine Muscheln, eine Art Springseil und etliche Objekte, die sie gar nicht zuordnen kann. Neben dem Tuch stehen einige seguros, wenigstens die sind ihr schon vertraut!

»Wenn es dich interessiert, zeige ich dir vor dem nächsten Ritual alles, was auf meiner *mesa* liegt.«

»Danke, Don Antonio, gerne!«

Gerne! Na, da habe ich mein Übungsprogramm ,Zurückhaltung' ja wirklich gut befolgt, lobt sich Carla. Aber ich habe eigentlich nicht vor, mich noch intensiver auf dieses magisch-okkulte Zeug einzulassen. Mit Pflanzen heilen – das machen ja auch studierte Mediziner bei uns zu Hause, also muss wohl etwas an der Methode dran sein. Ich schau mir jetzt mal an, was so passiert, und dann werde ich weitersehen.

Zufrieden darüber, mit diesen Überlegungen die kommende Situation im Griff zu haben, entspannt sich Carla. Sie schließt die Augen und konzentriert sich auf das, was für sie so wichtig ist, dass sie es mit der Bitte um Heilung in das Ritual einbringen möchte. Als erstes denkt sie an ihre überwundene Krankheit. Soll ich darum bitten, dass keine kranken Krebszellen mehr in meinem Körper sind? Aber was ist, wenn mich stattdessen eine andere Krankheit überfällt? Soll ich sicherheitshalber generell um Gesundheit bitten? Nein, das geht nicht! Heilen kann man ja nur etwas, was jetzt da ist, nicht irgendwann in der Zukunft!

Mit Carlas Konzentration ist es vorbei, angestrengt denkt sie darüber nach, was sie geheilt haben möchte. Ob Don Antonio auch heilen kann, dass ich mich mein ganzes Leben hindurch nicht wirklich geliebt gefühlt habe, auch nicht von meinen Eltern? Oder wäre es wichtiger zu heilen, dass ich immer Angst habe, nicht gut genug zu sein so, wie ich bin? Es wäre doch auch Heilung, wenn ich endlich meine Kraft leben könnte oder mich nicht mehr so schnell ärgere.

Don Antonios Stimme reißt Carla aus ihren Überlegungen und nimmt ihr so die endgültige Entscheidung ab. Bevor sie sich mit all ihrer Aufmerksamkeit ganz darauf einlässt, was der *curandero* sagt, fällt Carla doch noch eine weise Entscheidung: Wenn er wirklich sehen kann, was in meinem Körper und in meinem Geist nicht gesund ist, dann wird er auch wissen, was als Erstes geheilt werden muss.

Jetzt ist es völlig dunkel im Hof, die Kerze brennt nicht mehr. Eine dunkle Gestalt steht vor den sitzenden Patienten und deklamiert etwas, was sich wie Kirchengebete anhört. Es ist Don Antonio. Carla versteht Teile des Vaterunsers – und augenblicklich regt sich ihr Widerspruchsgeist. Ulysses spürt ihre Unruhe, drückt sanft ihren Arm. »Vergiss nicht, wenn meine Ahnen ihre alte Kultur nicht so klug mit dem Christentum vermischt hätten, hätte gar nichts von unserem alten Wissen überlebt.«

Don Antonio hat angefangen zu pfeifen und dazu rhythmisch zu rasseln. Er umschreitet langsam die *mesa* und die Patienten, bleibt viermal stehen, rasselt und pfeift. Immer klarer kann Clara seine im Poncho etwas gedrungen wirkende Gestalt erkennen, die sich gegen die Schwärze der Nacht im Hof abzeichnet. Don Antonio zieht einen Schutzkreis.

Er steht wieder im Kreis vor der *mesa*, rasselt und pfeift. Das Pfeifen hört auf, Clara vernimmt neben dem rhythmischen Rasseln einen leisen Gesang, der immer lauter wird. Don Antonio ruft in die Nacht hinein. Er ruft die lebenden und die toten *curanderos*, er ruft die heiligen Berge und die heiligen Seen, er ruft die alten heiligen Ritualplätze, damit ihr Geist diese Heilzeremonie unterstützt.

Carla ist von dem melodischen, rhythmischen Singsang der Anrufung berührt. Gebannt ist ihr Blick auf den alten *curandero* gerichtet. Enrique und Inez stehen jetzt neben ihm, Inez hält etwas Helles in der Hand, dass sie Don Antonio reicht.

Carla kann nicht erkennen, was es ist, aber sie sieht, dass der *curandero* seine Hand zum Gesicht hebt und hört kurz darauf ein heftiges Schnäuzen. Carla dreht ihren Kopf zu Ulysses und flüstert: »Was macht der da?«

»Er saugt den *curandero* tabaco aus einer Muschel durch die Nase ein.« »Ist der Tabak etwa flüssig?«

»Ja, er ist in San-Pedro-Saft und Zuckerrohrschnaps eingelegt, dazu Zucker, Limonensaft und *agua florida*.«

»Also das trinke ich ganz bestimmt nicht!« Carla graust es bei dieser Zusammenstellung.

»Wir werden sehen.« Carla kann Ulysses Lächeln zwar nicht sehen, aber hören. Auch Inez und Enrique geben laute Schnäuzgeräusche von sich.

Es ist etwas heller geworden im Hof, die dünne Mondbarke steht jetzt genau über dem Haus.

Don Antonio singt wieder. Carla achtet nicht mehr auf die Bedeutung der Worte, sie hat die Augen geschlossen und lauscht. Die Stimme des *curandero* ist ohne Alter, sie wandelt sich in immer neue Stimmen, dann verstummt sie.

Ein geräuschvolles Prusten lässt Carla wieder ihre Augen öffnen, Don Antonio hat einen Schwall einer gut riechenden Essenz über die *mesa* gesprüht.

Wieder rasselt und pfeift er, rattert sehr schnell Worte herunter, die sich wie Zahlen anhören. Schon wieder dieses niesende Prusten! Enrique und Inez haben erneut *curandero* tabaco hochgezogen. Don Antonio singt weiter, nun ist es ein Sprechgesang, bei dem er sich immer wieder zur *mesa* herunterbeugt. Carla versucht, mehr zu erkennen. Es sieht so aus, als ob der *curandero* die Schwerter und Stäbe besingt.

»Er ruft die Ahnen und alle Kräfte der Natur. Er singt für die Stäbe, damit sie lebendig werden«, flüstern Ulysses' Lippen dicht an ihrem Ohr. Sein warmer Atem löst in Carla ein zärtliches Gefühl aus. Oder ist es der Gesang, der dieses Gefühl in ihr weckt? Singt der *curandero* vielleicht nicht nur die Stäbe lebendig, sondern auch die Menschen?

Sie konzentriert sich wieder auf Don Antonio. Er singt nicht mehr. Sie kann Inez' rundliche Gestalt erkennen, die sich vor ihm bückt, und langsam wieder aufrichtet, während einer ihrer Arme an Don Antonios Körper entlangfährt.

»Ulysses, was macht sie jetzt?« Carla wartet mehr auf den warmen Atem in ihrem Ohr als auf die Antwort.

Sie spürt seinen Atem, bevor sie seine Worte hört. »La limpia, sie reinigt ihn mit seinem seguro.«

Carla ahnt mehr als das sie sieht, wie Inez den seguro wieder an Don Antonio zurückgibt. Es muss aber so sein, denn nun sieht sie deutlich, wie der *curandero* die Glaskaraffe an den Mund setzt, und hört das Prusten, mit dem er die *mesa* besprüht.

Carla schließt wieder die Augen in Erwartung neuer Gesänge. Sie schreckt zusammen, als anstelle eines Gesangs Enriques Stimme »Alberto« ruft. Alberto? Fängt jetzt etwa die Heilung an? Carla sieht, wie Alberto, gestützt von seiner Freundin Vilma, zu den *curanderos* geht. Enrique reicht ihm etwas, Carla hört kurz darauf das ihr mittlerweile vertraute Schnäuzen. Kurz darauf folgt noch ein Schnäuzen – auch Vilma hat den Tabaksaft in die Nase gezogen. Die beiden gehen zurück zu ihrem Platz.

»Eugenio!«

Beunruhigt sieht Carla, wie Eugenio dem Ruf folgt und zu Enrique geht. Heißt das, dass sie auch gleich aufgerufen wird?

»Ulysses, muss ich auch diesen Tabaksaft hochziehen?«

Jetzt achtet sie nicht mehr auf den warmen, kitzelnden Atem an ihrem Ohr, nur noch auf die Worte. »*Claro*, das gehört zur Heilzeremonie dazu.«

»Das kann ich nicht!«

Ulysses sucht nach ihrer Hand, nimmt sie und hält sie fest. »Natürlich kannst du das! Du bist stark, erinnere dich an den Geist in der Mondpyramide!«

Daran will sich Carla jetzt auf keinen Fall erinnern. Sie entzieht Ulysses ihre Hand, sie will jetzt nicht festgehalten werden. Wieso hat ihr das keiner vorher gesagt, sie hat doch Don Antonio extra gefragt, ob sie irgendetwas während der Zeremonie machen muss! Sie lässt sich zu nichts zwingen, sie ist schließlich freiwillig hier! Carla ist ärgerlich und ängstlich zugleich. Hinter Ärger und Angst regen sich ihre Kraft und das Vertrauen in die Richtigkeit der Ereignisse.

Sie denkt an Manuel, an die vielen guten Fügungen auf ihrem bisherigen Weg zu ihm.

»Carla!« Inez ruft sie. Carla steht auf und geht zu ihr. Inez drückt ihr vorsichtig die mit Tabaksud gefüllte Hälfte des Gehäuses einer großen Muschel in die Hand und nimmt Carlas Hand. »Hier, fühl einmal diese lange, dünne Nase der Muschel. Lege deinen Kopf weit in den Nacken, setze dieses lange Stück in dein Nasenloch, und dann zieh kräftig hoch.«

Carlas Hand zittert leicht, als sie das dünne Ende der Muschel an eines ihrer Nasenlöcher setzt. Sie schließt die Augen – zieht den Sud hoch.

Ihr Gehirn explodiert. In ihrer Stirn entfaltet sich ein Feuerwerk, es kracht und blitzt. Dann ist alles vorbei. Etwas Sud läuft aus der Nase. Sie schnäuzt sich, reicht Inez die Muschel zurück und setzt sich wieder auf ihren Platz.

»Alles in Ordnung?« Ulysses beugt sich zu ihr. Carla nickt, die

Explosion in ihrem Gehirn hat ihr die Sprache verschlagen.

Behutsam versucht sie, das Geschehene zu sortieren. Irgendetwas hat sich verändert, sie fühlt sich in ihrem Kopf außerordentlich klar und hell, als hätte jemand eine Lampe da oben angezündet. Sie sieht sich um, sieht die drei Heiler, die *mesa*, die anderen Patienten. Sie hat den Eindruck, alles viel deutlicher zu sehen als vorher. Erstaunt registriert sie, wie gut es ihr geht!

Ein tiefer Seufzer löst sich aus ihrer Brust. »Armes Herz, so unnötig hast du dich aufgeregt.« Liebevoll streicht sie sich mehrmals über die Brust.

Don Antonio pfeift und rasselt. Als er damit aufhört, tritt Enrique zu ihm und reicht ihm einen Tasse. Clara sieht alles ganz klar, trotz der Dunkelheit. Don Antonio trinkt, reibt mit der leeren Tasse auf seinem Kopf herum, bläst dreimal in die Tasse. Enrique und Inez machen es genauso wie er.

»Sie trinken den San Pedro«, flüstert ihr Ulysses zu.

»Trinken wir den jetzt auch?«

»Ja. Wir machen es genauso wie sie.«

Carla hat keine Einwände mehr und keine Angst.

Als Inez sie ruft, ist sie voller Ruhe und geht langsam auf Inez zu.

»Geh fest auf dem Boden, Carla, und schaue nicht zurück, denn dein Blick führt deine Schritte. Weißt du, warum du auf den Boden schaust, wenn du gehst? Dort in Mutter Erde sind deine Ahnen anwesend, deren Blut in dir fließt. Du gehst und zählst die Schritte, und daher weiß ich, dass du denkst.«

Inez reicht ihr die Tasse. Carla trinkt den bitter schmeckenden Sud mit einem Zug aus, reibt die leere Tasse auf ihrem Kopf, bläst dreimal hinein. Sie denkt an nichts, auch an keine Heilungsabsicht und reicht die Tasse zurück an Inez.

»Du gehst jetzt auf eine innere Reise. Sei aufmerksam. Versuche nicht, mit dem Gesang der Stille in Wettbewerb zu treten.«

Carla setzt sich wieder auf ihren Platz, konzentriert sich auf ihren Körper und wartet darauf, dass San Pedro anfängt, an ihr zu arbeiten, sie mit auf seine Reise nimmt.

Sie atmet einige Male tief aus und ein. Ihr ist etwas schwindelig. Sie hört, wie Don Antonio Alberto ruft, aber sie bleibt mit der

Aufmerksamkeit bei sich, öffnet nicht die Augen.

So sieht sie nicht, wie der *curandero* wieder die *mesa* mit Blütenwasser besprüht und das große Schwert aus dem Boden zieht. Alberto wird von Enrique gestützt, während Don Antonio wild das Schwert über Alberto schwingt und mit schnellen Bewegungen über den Körper des alten Mannes streicht. Alberto ist zu schwach zum Stehen, Enrique hilft ihm, sich hinzusetzen. Don Antonio spricht mit Alberto, zieht dann einen der Stäbe, die vor der *Mesa* stehen, aus dem Boden, drückt ihn Alberto in die Hand. Don Antonio befragt den Alten, immer wieder beugt er sich zu ihm hinunter. Der *curandero* singt, hält das Schwert über Albertos Kopf. Enrique hat die Tabakmuschel in der Hand, reibt damit die Brust des Alten ab. Als Enrique mit der Tabakmuschel den Rücken abreibt, zuckt Alberto zusammen und erbricht einen Schwall von Flüssigkeit.

Don Antonio nimmt dem Alten den Stab aus der Hand, stellt ihn auf Albertos Kopf, nimmt einen Schluck aus seinem *seguro* und sprüht eine feine Wolke über Albertos Kopf. Dann greift er von hinten unter seine Arme, zieht den alten Mann hoch, so dass er einen Moment lang vor Don Antonio mit den Füßen über der Erde schwebt. Mit einem festen Ruck zieht ihn der *curandero* zu sich heran, so dass der Körper des Alten auf dem Oberkörper des *curandero* liegt. So hält er ihn einen Augenblick lang, lässt ihn dann behutsam wieder herunter. Enrique fängt ihn auf und führt Alberto mit langsamen Schritten zurück zu Vilma, die Alberto in eine Decke einhüllt. Pedro setzt sich hinter ihn, hält ihn in seinen Armen fest.

Don Antonio ruft Rafael und Sonia zu sich, aber von all dem Geschehen bleibt Carla unberührt, sie ist ganz versunken in dem, was ihr geschieht. Es wird hell hinter ihren geschlossenen Augen, es ist die Helligkeit eines beginnenden Morgens ohne Sonnenlicht. Die Helligkeit bewegt sich wie Strudel im Wasser, immer schneller, immer schneller. Die Helligkeit wird bunt. Kaskaden von Farben, Zeichen und Formen ergießen sich vor Carla wie aus einem nicht versiegendem Brunnen heraus, wirbeln in der Luft, fließen in Wellen davon, gefolgt von neuen, farbigen Wellen. Bilder formen sich. Die Wellen werden zu realistischen Schlangen. Gleichzeitig zieht die Skyline von Frankfurt vorbei, wie für einen Zeichentrickfilm gemalt. Gesichter tauchen vor ihr auf und verschwinden.

Carla wird es wieder schwindelig, unruhig rutscht sie auf dem sandigen Boden hin und her.

Inez hockt dicht neben ihr auf der Erde. »Carla, öffne nicht die Augen, bleibe ruhig, ganz, ganz ruhig! Nimm es an, dass der mächtige Kaktus dich führt, durch Räume und Felder, die du nicht kennst. Er reinigt die Wege in deinem Körper, schüttelt das Pulver der Bequemlichkeit von dir ab und gibt all deinen Sinnen eine Klarheit. Alles ordnet die achuma, der San-Pedro-Sud. Seine Aufgabe ist es, uns in die Ewigkeit mitzunehmen und durch das Labyrinth der Zeiten wieder zurückzuführen.«

Der Schwindelanfall verfliegt, Inez Stimme beruhigt Carla.

Sie lässt die Augen geschlossen. Ein kleines Mädchen streckt ihr eine gläserne Schale mit Wasser entgegen. »Reinige mich«, formen lautlos ihre Lippen. Das Wasser färbt sich tiefrot, das Mädchen lässt die Schale fallen. Aus tausenden von kleinen Splittern entfalten sich winzige, bunte Vögel. Das Mädchen wird immer dünner und länger, wird zu einem bunten Seil, das sich wie ein Springseil dreht. Ein Mann hüpft über das Seil, es ist ihr Vater. Er breitet seine Arme weit aus und läuft ihr entgegen, sein Gesicht ist voller Angst. Ein großes Schiff durchquert den Raum vor ihr, es ist ganz leer. Auf dem Schiffsdeck steht das Ferienhaus, das sie mit Thomas in der Toskana gekauft hatte. Muster, immer neue Muster entstehen vor ihren Augen. Es ist, als ob sie durch das Kaleidoskop mit den kleinen bunten Glassteinen blicken würde, das bei ihr zu Hause im Badezimmer steht.

Dreiecke entfalten sich endlos aus anderen Dreiecken heraus, werden zu Rechtecken, die Rechtecke werden zu Schachteln, zu endlos vielen ineinander gesteckten Schachteln. Die Schachteln öffnen sich, in jeder Schachtel liegt ein lebendiger, kleiner Mensch. Es sind ihr fremde Menschen. Aber wenn sie sie genau ansieht, verändern sie sich und werden zu Menschen, die sie kennt. Die Bilder wechseln schnell, Carla kann sie nicht festhalten, sie entziehen sich ihr. Ein Gesicht kommt auf sie zu, wird immer größer, reißt den Mund auf und brüllt lautlos, aber in Carlas Ohren surren hohe, schrille Töne. Das Gesicht weint. Die Tränen werden immer größer, Carla schnappt nach Luft, sie hat Angst zu ertrinken.

Immer noch sitzt Inez neben ihr, sie sieht, was Carla sieht. »Hab keine Angst. Du hast die Kraft, den geschändeten Körper und die geschändete Seele und ihre Krankheiten zu heilen und neu aufzubauen. Erbitte dir von der Pflanze die Stärke, zu blühen und den Mut, zu lieben.«

Carla atmet ruhiger. Runde Formen und weich fließende Linien tanzen vor ihr. Aus den Formen entfalten sich Blumen, die wie japanischen Papierblumen aussehen. Ziemlich kitschig, denkt Carla und ist sich plötzlich bewusst, dass dieser Gedanke der erste seit dem Erscheinen der Bilder ist.

Die Farben der sich unendlich entfaltenden Blütenkelche werden blasser. Schwarz-weiße, rechteckige Papiere tanzen vor Carla. Irgendetwas steht auf ihnen geschrieben. Carla bemüht sich, die Papierstücke mit ihrem Blick festzuhalten, die Schrift zu erkennen. Aber es ist keine Schrift, es sind Fotos, schwarz-weiß und etwas unscharf. Auf allen Fotos sind Paare abgelichtet, ein Mann und eine Frau, ein Mann und ein Kind, eine Frau und ein Kind. Alte Paare, junge Paare. Die Fotos ordnen sich zu einer endlosen, sich drehenden Spirale. Auf einmal werden alle Fotos wie von unsichtbaren Händen zerrissen, Frauen und Männer werden getrennt, Kinder und Eltern werden getrennt. Blasser und blasser werden die Konturen der Formen, bis nur noch ein graues, weiches Licht vor Carlas Augen wabert, dunkler und dunkler wird.

Carla öffnet ihre Augen. Antonio singt, seine Rassel klingt, als würde sie losgelöst von ihm einen eigenen Rhythmus tanzen.

Ulysses nimmt von Enrique gerade den Becher mit San Pedro entgegen.

Carla stutzt: Trinkt er schon wieder eine neue Portion oder steht er da noch seit vorhin, bevor meine Bilder kamen?

Ulysses geht zurück zu seinem Platz neben Carla, rülpst laut auf. Nun ist es Carla, die fragt, ob es ihm gut geht. »Si, si, alles ist gut.« Kaum hat er das gesagt, springt er auf, geht einige Schritte ins Dunkel. Carla hört Geräusche des Würgens und Erbrechens.

Als er wieder neben ihr sitzt, die Arme schützend und sich wärmend vor seinen Oberkörper gelegt, fragt Carla nicht mehr, ob es ihm gut geht. Sie zieht ihre Jacke aus und hängt sie ihm um.

Ulysses reagiert nur mit einem leichten Nicken, verkriecht sich in der Jacke. Er friert.

Anscheinend trinken alle eine zweite Portion, denn jetzt sieht Carla, wie Enrique die Tasse an Rosa reicht. Nein, entscheidet sie, ich werde kein zweites Mal trinken. Noch mehr Eindrücke verkrafte ich heute nicht.

Niemand ruft ihren Namen, sie entspannt sich. Doch wo ist Inez? Carla blickt um sich, kann sie aber nirgends sehen, obwohl ihr Blick immer noch ungewöhnlich scharf ist. Rosa sitzt in sich zusammengesunken rechts von Carla, sie ist eingeschlafen. Neben Rosa sitzen Rafael und Sonia zusammen unter einer Decke. Carla beugt sich weiter nach vorne, bemüht, in der Dunkelheit zu sehen, wo der alte Alberto ist. Dieses Ritual sollte doch vor allem für seine Heilung sein! Neben Ulysses sitzt Albertos Freund Eugenio, links von ihm kann sie Vilma erkennen. Neben Vilma sitzt niemand mehr. Aber da, auf dem Boden vor ihr, da liegt ein dunkles Bündel! Das muss Alberto sein, und das sackförmige Gebilde neben dem Bündel, das ist sicherlich Inez. Wenn Inez bei ihm ist, wird für sein Wohlergehen gut gesorgt sein.

Beruhigt setzt sich Carla wieder bequem hin, schließt die Augen und sinnt den Bildsequenzen nach, die sie gesehen hat. Eine Weile denkt sie darüber nach, wie sie unterscheiden soll ob etwas, was sie mit geschlossenen Augen sieht, die Vorstellung von etwas ist oder eine Erinnerung an etwas zuvor Gesehenes oder die chemische Wirkung des Meskalin – oder etwas, was mit dem Geist von San Pedro zu tun hat. Sie weiß es nicht. Wenn ich es durch Denken nicht herausfinden kann, dann kann ich diese Art von Denken auch sein lassen, beschließt Carla und ist stolz auf ihre Einsicht. Noch vor zwei Wochen hätte sie sich solange mit Denken zermürbt, bis sie eine vor anderen vertretbare, vernünftige Lösung aus ihrem Denkvermögen herausgepresst hätte. Jetzt dagegen richtet sie ihre ganze Aufmerksamkeit wieder auf den Moment, in dem sie ist: Umgeben von Gesängen, geborgen in Dunkelheit, als Teil einer kleinen Gemeinschaft von Menschen, deren gemeinsames Vorhaben eine wie auch immer geartete Form von Heilung ist, basierend auf dem Vertrauen zu Don Antonio, Inez und Enrique.

Carla öffnet wieder ihre Augen, lässt den nächtlichen Innenhof, das Rauschen des Meeres und die Gemeinschaft der Menschen auf sich wirken. Sehr heilsames Setting, würde mein Therapeut bestimmt sagen. Sie zieht diesen Gedanken aus ihrem Kopf heraus und leitet ihn durch jede ihrer Zellen, so wie sie es in der Reha-Klinik gelernt hat. Eine süße Helligkeit breitet sich in ihr aus. So schmeckt die Zuversicht, denkt sie, ich weiß, dass ich auf dem richtigen Weg bin, auf dem Weg zu mir.

Rosa schnarcht, Don Antonio rasselt und pfeift. Hin und wieder begleiten Geräusche des Erbrechens den Rhythmus der kleinen Rassel.

Carla legt den Kopf auf die hochgezogenen Knie, nickt ein. Sie schreckt hoch, es regnet, ihr Haar ist schon nass! Das kann aber nicht sein, denn ihr Körper und der Boden sind trocken. Na klar, wieder einmal ein heilsamer Sprühregen aus dem Munde des *curandero*, das hätte sie sich doch gleich denken können. Es riecht gut, süß und nach Limonen. Enrique steht vor ihr, reicht ihr eine Tasse. »Trink, das erfrischt und ist gut für den Magen.«

Im Vertrauen darauf, dass es kein San Pedro ist, trinkt Carla. Es schmeckt gut, wie süßer Zitronentee.

»Na, wie geht es meiner *princesa*, hast du mit San Pedro getanzt?«

Ulysses ist wieder ganz und gar in dieser Wirklichkeit angekommen. Er legt die Jacke um Carla, über die Jacke seinen Arm und rückt dicht an sie heran. Carla ist das recht, nicht nur wegen des wärmenden Effekts!

»Oh ja, er ist ein guter Tänzer«, entgegnet Carla und lehnt sich an Ulysses an.

Das erste Grau des Morgens verdrängt schon das Dunkel der Nacht, als Don Antonio nach vielen weiteren Gesängen, Anrufungen, und Nasentabak-Ritualen die Objekte seiner *mesa* zusammenräumt. Sie gehören der Nacht, kein Sonnenstrahl darf sie berühren. Mit seinem Ritualdolch ritzt er drei Kreuze in den Boden, dorthin, wo das Tuch der *mesa* den Boden bedeckt hatte. Die drei Kreuze werden dreimal mit Blütenessenz besprüht. Ohne großes Aufheben und ohne viel Gerede verlassen die nächtlichen Gäste den Hof. »Denkt daran - bis zum Mittag keine Gewürze, kein Schweinefleisch, kein tierisches Fett und keine Bohnen essen«, ruft ihnen Enrique hinterher.

Rosa ist schnell im Haus verschwunden, sie will weiterschlafen. Inez ist mit Antonio in sein Zimmer gegangen, Carla hört sie miteinander reden. Ulysses und sie stehen unentschlossen herum.

Carla fühlt sich frisch und klar, ihr ist nicht nach Schlaf zumute. »Hast du nicht auch Lust, ans Meer zugehen und zu sehen, wie die Sonne aufgeht?«

»Das ist eine gute Idee! Ich muss ja sowieso bald los zu meiner Arbeit, da lohnt es nicht, sich noch hinzulegen.«

Die beiden laufen die wenigen Meter zum Meer um die Wette, wie ausgelassene Kinder nach Schulschluss. Über dem Meer hängt noch die dunkle Schwere der Nacht, aber auf die kleinen weißen Schaumkronen der tanzenden Wellen fällt schon das erste graue Morgenlicht. »Komm, zieh deine Schuhe aus.« Carla zieht die Schuhe aus, Ulysses ist schon aus seinen Latschen geschlüpft, nimmt Carlas Hand und sie laufen, laufen auf der Trennungslinie zwischen Nacht und Tag den Strand hoch Richtung Norden.

»Warte, Ulysses, ich kann nicht so schnell laufen wie du.« Carla ist außer Atem, ihr Herz klopft zum zerbersten, die Brust sticht. Sie lässt seine Hand los, verschnauft und wartet, bis ihr Herz sich wieder beruhigt hat. Das Dorf ist hinter ihnen im Grau des Morgens mit dem Grau des Wassers verschmolzen.

»Carla, schau, die Sonne!« Sie wendet ihren Blick vom Meer ab, zu den steil aufragenden Küstenbergen im Osten hin. Die Sonne schiebt sich langsam über die spitzen Gipfel, lässt goldene Lichtströme an den Bergen hinunter in die Ebene fließen.

Nach dem Sehen in dieser Nacht nimmt Carla zum ersten Mal in ihrem Leben die Sonne als eine Lebenskraft wahr. Nicht im Sinn von physikalischer Wärme, sondern als eine lebendige Qualität, die etwas anderes beinhaltet als die chemische Zusammensetzung eines glühenden Flüssiggaskörpers. Carla beginnt, die sich entfaltende Sonnenkraft einzuatmen.

»Wenn es so ist, wie es neulich in der Zeitung stand, dass unsere Zellen eigene Klänge haben, dann singen meine Zellen jetzt alle das Sonnenlied.« Carla streckt ihre Arme der Sonne entgegen, ihre Brust wird weit, sie stellt sich vor, dass ihre Brüste das Sonnenlicht trinken. Sie, Carla, wird gefüttert. Dieses Gefühl überwältigt sie, wann hat sie zuletzt das Gefühl gehabt, gefüttert zu werden?

Manuel, er hat sie mit Lebensfreude gefüttert.

Ulysses hat sein Gesicht und die Handflächen der Sonne entgegengestreckt, er murmelt etwas vor sich hin. Carla betrachtet ihn. Er steht da, als wäre er untrennbar mit der Erde und der Sonne verbunden. Er sieht unglaublich schön und vollendet aus in dieser Einheit. Wie gut, dass Ulysses diesen Zauberbann bricht, wer weiß, was Carla unter diesem Bann nicht nur noch gedacht, sondern auch getan hätte!

»Du weißt ja, *princesa*, unsere Sonne ist ein Mann und erwartet ihm entsprechende Opfergaben, am liebsten hat er Jungfrauen!« Ulysses wirbelt herum packt Carla um die Taille, zieht sie an sich und küsst sie. Es ist kein brüderlicher Kuss, der würde dem Sonnenmann als Opfer auch nicht gefallen! Es ist ein Kuss, der Carlas Knie weich werden lässt. Um den großen Sonnengott nicht zu verärgern und das Opfer zu vollenden, erwidert sie ihn.

Sonnenjahre später finden sie sich eng aneinander geschmiegt auf dem noch nachtfeuchten Sand wieder. Vater Sonne hat sich längst hoch über die Berggipfel erhoben.

»Ich muss zur Arbeit!« Besorgt blickt Ulysses auf den Stand der Sonne. »Komm, *princesa*, ich muss mich beeilen!« Er ist aufgesprungen, zieht Carla zu sich hoch.

»Lauf, Ulysses! Ich werde langsam zurückgehen, ich möchte gerne noch etwas alleine sein.«

Noch einmal zieht er sie ungestüm an sich, drückt ihr einen Kuss auf den Mund – und läuft davon.

Carla klopft sich den Sand aus ihren Sachen und wandert langsam auf dem leeren Strand entlang, dem Dorf zu. Sie denkt nicht an die Ereignisse der Nacht, denkt nicht an das, was gerade geschehen ist. Sie genießt es, sich geliebt, weich und süß zu fühlen, ohne Gedanken an Moral, Verpflichtungen und Konsequenzen. Sie genießt die Sonne, die ihren erhitzten Körper weiter mit Hitze füttert, sie genießt das kühle Wasser, das ihre Füße umspült. Sie registriert ihre Gefühle mit Staunen – nirgends eine Spur von schlechtem Gewissen. Wenn das nicht ein gewaltiger Heilerfolg ist!

Rosa kommt aus der Küche gestürzt, als Carla das Haus betritt. »*Buenos* días, Carlita! Ich habe gehört, du hast schon eine große

Wanderung gemacht. Ich sehe, es geht dir gut! Das wird Antonio freuen, er hat schon nach dir gefragt. Komm, ich mache uns Tortilla, und dann frühstücken wir zusammen.«

Carla ist eigentlich eine dieser viel geschmähten Warmduscherinnen, aber heute genießt sie das kalte Wasser auf ihrer Haut.

Von Antonio ist nichts zu sehen, und so frühstücken die beiden Frauen zusammen, erzählen sich gegenseitig ihre San-Pedro-Erlebnisse.

»Wo ist Don Antonio?«

»Alberto hat nach ihm gerufen, Vilma war hier.«

»Geht es ihm denn schlechter?«

»Es geht ihm einerseits gut und andererseits schlecht.«

»Wirklich, eine sibyllinische Antwort«, denkt Carla, fragt aber nicht weiter nach.

Der Vormittag plätschert in entspanntem Nichtstun dahin, Carla macht es sich im Hof unter dem Johannisbrotbaum bequem, studiert in ihrem Wörterbuch. Es ist gar nicht so einfach, die Erfahrungen der Nacht in Spanisch auszudrücken.

Antonio ist noch nicht wieder aufgetaucht. Rosa nimmt Fische aus, salzt sie ein und legt sie in die Sonne. »Eine kleine Frage werde ich bestimmt stellen können, auch wenn Don Antonio noch nicht da ist«, überlegt sich Carla, die mit vielen Fragen auf ihn wartet. »Rosa, warum hat Don Antonio Kreuze in den Sand geritzt, nachdem er die *mesa* abgebaut hatte? Hat das etwas mit dem Kreuz der Kirche zu tun?«

»Das Kreuz ist ein Zeichen, das schon unsere alten Kulturen in Peru gekannt haben, lange vor der Kirche. Es war immer das Zeichen für den Schnittpunkt von Lebenswegen, es ist eine Wegkreuzung als Zeichen der Entscheidung und der Veränderung. Außerdem ist es das Zeichen für die Vier Winde, die Himmelsrichtungen. Und wenn man so will, dann ist ja auch das Kreuz Christi ein Zeichen für Entscheidung und Veränderung.«

Eine einleuchtende Erklärung, findet Carla und versucht sich zu erinnern, wann sie auf ihrem Lebensweg an so einer Wegkreuzung der Entscheidung und Veränderung gestanden hat.

Mittags bringt Rosa eine Schale mit Obst nach draußen unter den Baum. Der fehlende Nachtschlaf macht sich bemerkbar, Carla gähnt, Rosa gähnt ...

»Komm, Rosa, wir halten jetzt eine ausgiebige *siesta*.«

»Kluges Mädchen«, murmelt Rosa und die beiden trotten ins kühle Haus.

Als sie auf dem Bett liegt, tastet Carla unter dem Kopfkissen nach ihrem Beutel.

Ach ja, Inez hat ihn noch. Wozu wollte sie ihn nachts haben? Der Schlaf lässt Carla keinen Raum für mögliche Antworten, er beschenkt sie mit Traumlosigkeit, ohne Fragen, ohne Antworten.

Stunden später, bei starkem Kaffee und trockenen Plätzchen aus Maismehl, ist Zeit für Fragen und Antworten. Inez ist gekommen, und auch Antonio ist zurück von seiner Visite bei Alberto.

Carlas erste Frage gilt dem Alten. Don Antonio kneift die Augen zusammen, blinzelt hoch in die Sonne, als ob er von dort eine Antwort zu erhoffen hätte.

Inez steckt eine schwarze Zigarette an, reicht sie ihm, sie kennt ihn gut.

»Du musst wissen, Carla, Alberto hat ein schweres Leben hinter sich. Er ist im Dschungel geboren, irgendwo in der Nähe des Flusses Algodón, im Grenzgebiet zu Kolumbien. Er weiß weder, zu welchem Volk er gehörte, noch ob er Verwandte hat, noch wie sein richtiger Name ist. Er war ungefähr fünf Jahre alt, da haben ihn herumziehende katholische Missionare seinen Eltern weggenommen. Sie haben Alberto später gesagt, seine Eltern hätten ihn vor dem Haus eines alten Ehepaares zurückgelassen, als sie auf Suche nach Arbeit durch das Dorf kamen.

Die Missionare haben ihn mitgenommen, nach Pevas, in ihre Missionsschule. Alberto weiß nicht, ob es wahr ist, was sie ihm erzählt haben. In der Missionsschule waren noch mehr Kinder, denen es so gegangen war wie ihm. Sie alle haben ihre Familien nie wieder gesehen. Wer will sagen, was wirklich geschehen ist! Die katholische Kirche arbeitet eng mit dem Staat zusammen, sie ist sicher noch einflussreicher als die Regierung. Diese Kinder sind etwurzelte *indiginas*, verlorene Kinder, in keiner Welt zu Hause.

Alberto ist sein ganzes Leben lang herumgezogen, er blieb nie lange an einem Ort. Sogar in Brasilien, Kolumbien und Bolivien ist er gewesen. Vor fünf Jahren kam Alberto in unser Dorf.«

»Armer Alberto.«

»Ja, Carla, wenn man keine Wurzeln hat, dann ist man ein armer Mensch.«

»Aber welche Krankheit hat er denn?«

»Er hat die Krankheit der geraubten Seele. Diese Krankheit ist sehr schwer, denn wenn jemand mit einer geraubten Seele leben muss, verliert er immer mehr seine Lebenskraft und sein Geist wird verwirrt. Alberto hat immer wieder versucht, mit Hilfe von Pflanzen zu sehen, wohin er gehört, wo seine Wurzeln sind. Er hat mir erzählt, dass er bei vielen mächtigen Schamanen im Dschungel war. Mächtige Schamanen haben auch mächtige Geister um sich. Kurz bevor er in unser Dorf kam, hat er oben am Urubamba in einem Dorf der *Ashaninca* gelebt, die hatten einen mächtigen Schamanen, mit dem hat er *ayahuasca* getrunken. Er hat dann Streit mit dem Schamanen bekommen, wegen Geld. Alberto sagt, dieser Schamane hat einen Fluch auf ihn gelegt, denn seitdem geht es ihm schlecht. Manchmal fällt er um, dann wird er ganz steif und Schaum kommt aus seinem Mund!«

Was für eine gruslige Geschichte! Carla ist entsetzt, dass Schamanen, die nach ihren Informationen doch Heiler sind, jemanden krank machen. Katharina hat ihr manchmal von Schamanen erzählt, die sie auf Kongressen erlebt hat. Aber davon, dass sie Menschen mit Flüchen belegen und sie krank machen können, davon war auf diesen Kongressen wohl nie die Rede.

»Antonio, ich glaube, du machst Carla Angst!« Rosa hat Carlas Mienenspiel gut beobachtet.

»Angst? Ich will sie nur wach machen, nicht ängstigen. Alle Heiler dieser Erde sind in erster Linie Menschen. Deshalb muss man lernen, wach zu sein. Weder blind zu vertrauen noch blind andere Sichtweisen und Wirklichkeiten zu verneinen. Und man muss lernen, die eigene Seele zu kennen und ihr Freund zu werden, dann kann sie niemand rauben, kein Missionar, kein Geist und kein Schamane.«

»Ja, Antonio, das stimmt.« Inez nickt ihm ernst zu. »Aber jetzt erzähl Carla auch, dass es Alberto seit gestern Nacht wieder gut geht. Erzähl, was du gemacht hast!«

»Rosa, ich glaube, jetzt brauche ich einen trago. Ich habe schon befürchtet, dass Kaffeetrinken mit drei Frauen anstrengend werden kann!« Antonio verdreht übertrieben seine Augen und lacht. »Also, Carla, es war eine lange Nacht, dass hast du ja gemerkt. Die Arbeit der Heilung dauert lange, aber die Heilung selbst ist schnell. San Pedro hat mir den Fluch gezeigt, wie er aussieht und wo er in Albertos Körper sitzt. Es war nicht leicht, ihn aus Albertos Körper herauszuziehen, aber San Pedro und der Falkentabak und die Geister der Berge und des Meeres und meine *curandero*-Ahnen haben mir dabei geholfen. Der Fluch hat keine Kraft mehr über Alberto, seine Seele ist wieder frei. Jetzt ist er noch etwas erschöpft, aber er ist gesund.«

Eine zweite Runde *aguardiente* wird auf Albertos Wohl getrunken. Carla nippt nur an ihrem Glas, so viel Alkohol mögen ihre Tabletten nicht.

»Don Antonio, hast du bei mir auch etwas gesehen?«

»Ich habe heute schon lange mit Inez über dich gesprochen, Carla. Wir beide denken dass es besser für dich ist, wenn Inez mit dir arbeitet. Für deine Heilung brauchst du eine Frau, eine curandera. Was aber nicht heißen soll, dass die Begegnung mit einem Mann nicht auch gut für deine Heilung ist!« Antonio zwinkert ihr zu. Carla ist mit der Entscheidung sehr einverstanden. Sie hat großen Respekt vor Don Antonio und seinem Wissen, aber es fällt ihr viel leichter, sich Inez mitzuteilen und anzuvertrauen.

»Was hältst du davon, mich morgen früh bei mir zu Hause zu besuchen, Carla? Eine meiner Töchter wird sich in den Laden stellen, dann habe ich Zeit für dich.«

»Ich komme gerne, Inez! Aber kannst du mir nicht jetzt schon etwas sagen von dem, was du gesehen hast?«

»Geduld, Carla, Geduld. Wenn man einen Samen in die Erde gelegt hat, schaut man ja auch nicht nach wenigen Minuten nach, ob er schon keimt. Beobachte die Pflanzen, Carla, sie lehren uns viel. Die Pflanzen tragen in sich die Zeitlosigkeit. San Pedro wirkt drei Tage in dir. Nutze die Zeit bis morgen früh, um mit dir alleine zu sein und dich zu konzentrieren, damit du merken kannst, dass er in dir arbeitet.« Inez steht auf. »Ich muss jetzt gehen, ich will noch bei Rafael und Sonia vorbei und nach ihrem Sohn sehen. Antonio, treffen wir uns heute Abend bei Alberto?«

»*Claro*, Inez, *hasta luego*!«

Antonio gähnt herzhaft und steuert mit müden Schritten auf sein Zimmer zu.

Carla nimmt sich die alte Decke, die noch von gestern Nacht zusammengerollt an der Hauswand liegt, und setzt sich unter den alten Baum. Sie will jetzt den geschützten Innenhof nicht verlassen, etwas von der Magie des Nachtrituals schwebt immer noch zwischen seinen Mauern.

Der anschließende, lange Spaziergang am Meer – diesmal Richtung Süden – lässt sie am frühen Abend mit hungrigem Magen erwartungsvoll am Esstisch sitzen.

Rosa tritt ein, in köstliche Gerüche gehüllt: gebratenes Hühnchen, rote Bohnen, Mais, Reis. Es spricht für Ulysses' feine Nase, dass er genau in diesem Augenblick nach Hause kommt. Ohne viele Worte setzt er sich an den Tisch und konzentriert sich, wie die anderen auch, ausschließlich auf das Essen.

Essen und ein San-Pedro-Ritual sind wohl die einzigen Situationen, in denen es ruhig ist, obwohl mehrere Menschen zusammen sind, kommentiert Carla für sich die ungewohnte Stille. Dafür herrscht kurze Zeit später wieder das übliche, chaotische Sprachgewirr, jeder hat wichtige, neue Geschichten zu erzählen. Das Gerede rauscht an Carla vorbei, ohne dass sie zuhört, sie ist müde. Sie zwingt sich, aus dem bequemen Sessel aufzustehen und geht ins Bad. »*Buenas noches*« ruft sie in die Runde, als sie kurz darauf zu ihrem Zimmer hochsteigt. »*Buenas noches*, Carla«, schallt es vielstimmig zurück. Ein kurzer Blick zu Ulysses zeigt ihr seinen fragenden Blick. Sie schüttelt verneinend den Kopf. Sie will wirklich schlafen, weiter nichts.

Als sie sich das Kopfkissen zurechtrückt, fällt ihr ein, dass Inez immer noch den gestickten Beutel hat!

Carla wacht vor Sonnenaufgang aus einem unruhigen Schlaf und anstrengenden Träumen auf. Im Traum ging sie mit ihrem Vater am Meer entlang, verzweifelt stellte er ihr immer wieder die gleiche Frage: Warum hast du mich verlassen? Dann wieder war es

Thomas, der neben ihr ging und diese Frage stellte. Sie hörte und verstand die Frage, aber sie konnte nicht antworten, sie konnte ihren Mund nicht öffnen.

Sie trinkt etwas Wasser und stellt sich ans Fenster. Das Meer hat einen leichten Wellengang, die zunehmende Mondsichel gießt einen breiten Streifen ihres Silberlichts auf das dunkle Wasser. Dieser friedliche, romantische Anblick wirkt besänftigend auf Carlas Traumgestalten – sie verblassen. Aber die Frage verblasst nicht. Gut, dass ich nachher zu Inez gehen kann. Diese Aussicht nimmt der Frage etwas von ihrer Bedrohung, aber sie arbeitet in Carla weiter. Hat San Pedro mir diesen Traum geschickt, ist das seine Art zu arbeiten? Carla fängt an zu frösteln, obwohl es im Zimmer nicht kalt ist. Da fällt ihr Blick wieder auf das mondhelle Wasser – irgendetwas Dunkles bewegt sich dort, nicht weit vom Ufer entfernt. Schwimmt da etwa jemand? Oder gibt es hier so große Fische? Deutlich kann Carla jetzt einen großen, schwarzen, glänzenden Körper erkennen, der untertaucht und wieder auftaucht. Vielleicht ertrinkt dort gerade jemand! Sie muss Ulysses wecken, der wird wissen, was zu tun ist.

Vorsichtig öffnet sie die Tür zu seinem Raum, auch wenn die Situation Eile verlangt, fühlt sie sich doch etwas unsicher, so in die Intimität seines Schlafes einzudringen. Ulysses liegt breit ausgestreckt und entspannt schlafend auf seinem Bett, teilweise von einem Laken bedeckt. Die notdürftige Bedeckung lässt keine Zweifel aufkommen: Ulysses schläft nackt.

Carla tritt ans Bett. »Ulysses, wach auf, ich muss dir etwas zeigen!« Er reagiert nicht, er scheint wirklich fest zu schlafen. Carla fasst seinen Arm, schüttelt ihn etwas. »Wach auf, es ist wichtig!«

Blitzschnell schießt sein Arm hoch, umfasst ihren Oberkörper und zieht sie zu sich herunter. »Oh ja, es ist wichtig!«

Carla zappelt, reißt sich los. »Ulysses, lass das, es ist wirklich wichtig. Komm, sieh dir das an!« Sie geht an das Fenster, das auch in seinem Zimmer auf das Meer hinausgeht, und zeigt auf das Wasser. Der große schwarze Körper schaukelt immer noch in den sanften Wellen. Ulysses hat sich das Laken um die Taille gewickelt und sich hinter sie gestellt, folgt ihrem Blick. »Ulysses, ist das ein

Mensch da draußen, ist er ertrunken?«

Ulysses beugt sich weit nach vorne, um besser sehen zu können. »Nein, das ist kein Mensch, das ist ein Seelöwe!«

»Ein Seelöwe? So nahe am Ufer? Ich dachte, die leben weiter südlich auf kleinen Felseninseln vor der Küste, dort, wo keine Menschen sind.«

»Das stimmt. Dieser da ist eindeutig extra gekommen, damit du ihn siehst. Vielleicht hat ja San Pedro diesen Seelöwen geschickt, schau ihn dir genau an, vielleicht will er dir etwas erzählen. Seelöwen waren für die alten Völker hier an der Küste sehr wichtige Tiere, sie sind auch auf vielen der alten Mochekeramiken dargestellt.«

Carla ist sich nicht sicher, ob Ulysses scherzt. Sie versucht trotzdem angestrengt, mehr vom Seelöwen zu erkennen. Ab und zu hebt er seinen Kopf aus dem Wasser heraus, einmal meint sie sogar, deutlich seine schwarzen Augen zu erkennen. Schwarze Augen? Die großen runden Seelöwenaugen sind nicht schwarz, sie leuchten gelbgrün aus dem dunklen Wasser zu ihr hoch.

»Ulysses – die Augen! Schau dir seine Augen an!«

»Ja, Carla, ich sehe sie. Seine Augen sind Katzenaugen, gelbgrüne Katzenaugen.«

Noch einmal hebt der Seelöwe seinen Kopf, leuchtend gelbgrüne Augen blicken sie an. Dann taucht er ab und ist in der Bewegung der dunklen Wellen nicht mehr zu erkennen.

Schweigend hält Ulysses Carla umschlungen. Eng aneinander geschmiegt liegen sie kurz darauf unter seinem Laken, verharren schweigend in dem Raum der Stille, in den der Seelöwe sie geführt hat. Als Carla einige Stunden später aus einem tiefen, ruhigen Schlaf aufwacht, liegt sie allein in Ulysses' Bett.

Das Haus ist leer, auf dem Herd steht eine Kanne mit Kaffee. Carla setzt sich mit ihrer Tasse zu den Kakteen in den Hof, streckt sich wie sie der warmen Morgensonne entgegen.

»*Buenos días*, Carla! Ich sehe, du hast den Kaffee gefunden. Ich habe dir ein Brot geholt, sonst bekommst du noch die Tortilla-Krankheit!« Rosa streckt ihr ein Weißbrot entgegen. »Don Antonio ist schon sehr früh zu Alberto gerufen worden, es geht ihm nicht gut.«

Als Carla nach dem Frühstück mit Inez im kleinen Garten hinter ihrem Laden sitzt und ihre Seelöwen-Geschichte erzählt, sagt Inez am Ende von Carlas Bericht nur: »Verdad, eine interessante Geschichte.«

Carla ist enttäuscht, sie hat von Inez eine Erklärung erwartet, aber Inez geht gar nicht weiter auf den Seelöwen ein. Sie sagt überhaupt nichts, sondern betrachtet ihren Garten. Ein kleines, duftendes Blütenmeer umgibt die beiden Frauen. Gewürzpflanzen, Heilkräuter, Blumen und ein Limonenbaum machen aus diesem kleinen Fleck magerer Erde eine Idylle. Die Zeit vergeht, Carla wird unruhig. »Du wolltest mir doch erzählen, was du in der Zeremonie bei mir gesehen hast.« Zögernd unterbricht Carla mit diesem Satz das Schweigen.

»Ja, das habe ich gesagt. Aber sag mir, Carla, warum willst du das überhaupt wissen?«

Verblüfft schaut Carla sie an. »Ich denke, ihr wollt mich heilen, Don Antonio und du, von meiner Angst, meinem Unwertgefühl, dem Verlassenheitsgefühl, von meiner Wut.«

»Carla, wir heilen nicht!«

Carla sieht Inez fassungslos an. Haben Don Antonio und sie nicht immer von Heilung gesprochen und dass sie *curanderos* seien? Ist sie einem Bluff aufgesessen, hat das blau-gelbe Wörterbuch doch recht mit der Übersetzung von *curandero* als »Scharlatan«? Ärger steigt in Carla hoch, und steht abrupt auf. »Carla!«, ruft Inez streng. »Setz dich! Du benimmst dich wie ein Kind, das nicht seinen Willen bekommt. Du bist eine Intellektuelle, die denkt, alles ließe sich durch das Prinzip von Ursache und Wirkung erklären. Alles willst du erklärt haben – als ob du es dadurch auch verstehen würdest. Innerer Hochmut und mangelndes Selbstwertgefühl sind Schwestern, Wut wächst aus Neid, Einsamkeit aus Selbstsucht. Ja, Carla, Don Antonio und ich sind *curanderos*. Die Essenz des Lebens ist schmerzhaft und heilig, wir geben mit unserer Arbeit nur eine sorgsame Hilfe zum Erkennen und Begehen eines Heilungswegs. Wenn der Patient nicht aktiv an seiner Heilung teilnimmt und nicht Verantwortung für sein Leiden übernimmt, dann kann kein *curandero* der Welt Heilung bewirken. Wir behandeln unsere

Patienten nicht als passive Opfer, die von unserer Heilkraft abhängig sind. Heilung geschieht nicht dadurch, dass ein Heiler einen unsichtbaren Feind besiegt. Wir begleiten mit unserem Wissen den Heilungsweg des Patienten, damit er sich über zwei wichtige Voraussetzungen zur Heilung bewusst werden kann: Die Umstände des eigenen Lebens annehmen und in ein Gleichgewicht mit den Kräften des Universums kommen. Wir können die Schläge des Lebens besänftigen und versuchen, das Schicksal auf einen guten Weg zu leiten – das ist alles.

Heute Morgen ist der alte Alberto gestorben. Er ist als geheilter Mensch gestorben, in Frieden mit seinem Leben, in Harmonie mit den Kräften des Lebens. Durch seinen eigenen Willen und Don Antonios Hilfe in den letzten Jahren ist er gesund geworden von der Krankheit der Seele, trotzdem ist er gestorben – das ist kein Widerspruch. Manchmal ist der Tod die Vollendung der Heilung.«

Inez steckt sich eine der schwarzen Zigaretten an, steht auf, geht ein paar Schritte durch ihren blühenden Garten und blickt abwesend in die Ferne.

Carla ist aufgewühlt und fassungslos. Inez Worte und die Nachricht von Albertos Tod erschüttern sie tief.

Ist es so, bin ich wirklich so ein forderndes, gieriges, selbstsüchtiges Kind, ohne Bereitschaft, Verantwortung für mein Leben zu übernehmen?, fragt sie sich. Sie fühlt sich vollkommen falsch gesehen: Sie hat Verantwortung in ihrer Beziehung mit Thomas getragen, Verantwortung für ihr Kind übernommen, Verantwortung für ihre Firma und ihre Angestellten – immer hat sie sich um andere gekümmert. Natürlich hat sie auch Verantwortung für ihre Heilung übernommen, sonst wäre sie nicht nach Peru gefahren!

Ärger auf Inez steigt in ihr hoch. Sie kennt mich doch gar nicht, wie kann sie so über mich reden!

Carlas zornige Gedanken haben Inez erreicht, sie dreht sich um, blickt Carla ernst an. »Wie willst du dich heilen, junge Frau, wie willst du wieder aufstehen?«

Tränen schießen Carla in die Augen, sie kann nichts dagegen tun. Inez geht zu ihr, nimmt sie in ihre warmen, weichen Arme, wiegt sie leicht hin und her.

»Hilf mir, Inez.« Carlas ganzer Körper weint. Jede ihrer Zellen scheint mit Tränen gefüllt zu sein, die seit Jahren darauf gewartet haben, geweint zu werden. Carla schluchzt und bebt. Sie weint über das traurige Leben des alten Alberto, sie weint über ihren verlorenen Vater, ihre verlorene Liebe, ihre verlorene Ehe, ihr verlorenes Vertrauen in das Leben, ihre verlorene Liebe zu sich selbst.

Inez lässt Carla behutsam los, bückt sich und breitet auf der Erde eine alte Decke aus. »Komm, Carla, leg dich hin.«

Carla legt sich auf die Decke, rollt sich zusammen wie ein Fötus. Inez hüllt sie in einen Schwall von fein verstäubter Blütenessenz ein. Sie zieht Carlas Shirt hoch, reibt mit kreisenden Bewegungen ihren Rücken mit agua florida ein. Sie dreht Carla auf den Rücken, massiert ihr mit den Fingerspitzen das Blütenwasser in die Brust ein, streicht Arme und Beine mit sanften, aber energischen Bewegungen aus. Ein leiser Gesang begleitet die Bewegungen.

Carla entspannt sich, der Tränenfluss versiegt, ein tiefer Seufzer löst sich aus ihrer Brust. Inez singt und streicht weiter sanft über Carlas Körper.

Ein feines hohes Pfeifen ertönt dicht neben ihrem Kopf. Sie öffnet die Augen – Inez bläst die kleine Knochenflöte, dicht über Carlas Stirn.

Ein weiterer tiefer Aufseufzer, und Carla gibt sich ganz dem Lied der Flöte hin. Sie haucht, zischt, erzählt, tanzt und streichelt Carla mit ihren Tönen, so wie es Inez' Hände getan haben. Aber dann verändert sich der Klang. Die Jaguarflöte lockt, sie ruft, Carla fühlt sich gefordert, etwas zu tun. Sie schlägt ihre Augen auf, schaut in Inez dunkle, strahlenden Augen und setzt sich auf.

Inez lässt noch einen langen Ton erklingen, dann legt sie die Flöte zurück in den Beutel, der neben ihr liegt, reicht ihn Carla.

Carla fühlt sich so klar und leicht, als hätte jemand in ihren Zellen Frühjahrsputz gehalten. Der Ärger über Inez' Worte, ihre Lust auf Widerspruch und die Verzweiflung ihrer Tränen sind mit den Flötenklängen vom Sonnenwind zerstreut worden. Sie will jetzt nach nichts mehr fragen, kein »Wieso« und »Warum« hat in diesem Moment Platz in ihr, anderes ist wichtig.

»Inez, wann wird Alberto beerdigt? Kann ich noch irgendetwas tun?«

»Morgen früh werden wir ihn beerdigen, bis dahin halten die

Nachbarn und Freunde die Totenwache für ihn. Es gibt ein Problem: Alberto war sehr arm, es ist kein Geld da, seine Beerdigung zu bezahlen. Vilma hat auch nicht viel, aber Alberto hat nie Miete bei ihr zahlen müssen. Jetzt sammelt sie bei den Freunden und Nachbarn, damit Alberto nicht wie ein Hund unter der Erde verscharrt wird. Es ist der letzte Respekt, dem wir ihm geben können. Wenn du auch etwas Geld gibst, wäre das schön. Das ist das, was du tun kannst.«

»Ich gebe gerne etwas. Ich hole das Geld schnell.«

»Ich komme mit. Ich habe noch einiges mit Antonio und Rosa zu besprechen, wir wollen morgen nach der Beerdigung Albertos Freunde zum Essen einladen.«

Auf dem Weg unterhalten sie sich über alltägliche Dinge, aber zwischen ihnen hat sich etwas verändert, ein anderer Klang schwingt in ihren Stimmen mit.

Im Hof sitzen Rosa, Antonio, Vilma und einige Nachbarn, auch die kleine Liz und ihre Mutter sind da. Sie reden über Alberto und seine Beerdigung. Carla geht in ihr Zimmer. Sie hat nicht mehr viel Bargeld, stellt sie fest, als sie es zählt. Rosa und Antonio bekommen noch Geld für das Zimmer, Essen und das Ritual. Carla muss dringend zu einer Bank mit einem Geldautomaten. Ob ein Bus nach Trujillo fährt, ob sie jemand begleitet?

Sie nimmt einen Hundert *Soles*-Schein und drückt ihn im Hof Vilma in die Hand.

»Danke, Carla.« Vilma lächelt sie traurig an. »Ich hab ihn gern gehabt, er war ein guter Mensch.«

Rosa hat nebenbei ihre für schwierige Lebenslagen berühmte Hühnersuppe gekocht und drückt jedem im Hof einen Teller voll davon in die Hand. »Wie selbstverständlich und ohne großes Aufsehen hier jeder für den andern sorgt, obwohl sie doch alle mehr oder weniger arm sind. Vielleicht gerade deshalb.« Carla beschließt, das Essen für Albertos Beerdigung zu zahlen.

»Rosa, ich muss heute noch nach Trujillo zu einer Bank. Gibt es einen Bus?«

»Ja, zweimal am Tag fährt ein Bus nach Trujillo, morgens und um zwei Uhr nachmittags. Aber du kennst dich doch gar nicht aus in der Stadt, jemand muss mit dir mitfahren.« Rosa blickt sich in der Runde der Suppenesser im Hof um.

»Liz«, ruft sie, »komm doch bitte mal her! Hast du Lust, mit Carla nach Trujillo zu fahren und ihr die großen Banken im Zentrum zu zeigen?«

»Oh ja, gerne!« Liz strahlt Carla an, die leise Zweifel daran hegt, ob dieses Kind schon einmal eine Bank von innen gesehen hat.

»Du weißt wirklich, wo die großen Banken sind?«

»*Claro*, wenn mein Vater da ist, begleite ich ihn immer zur banco de la nación. Die Fischgesellschaft, für die er arbeitet, zahlt ihm seinen Lohn auf diese Bank. Aber ich weiß auch, wo die anderen Banken sind.« Liz ist eifrig bemüht, Carlas Zweifel an ihrer Eignung als Stadtführerin zu zerstreuen.

Eine Stunde später stehen Carla und Liz schon auf der landesüblichen *plaza de armas*, bewundern die alten, prächtigen Häuser und die Kutschen mit den weißen Pferden, in denen sich Touristen durch die Altstadt fahren lassen können. Diese Kutschen haben es Liz angetan. Sehnsüchtig blickt sie ihnen hinterher. »Einmal fahre ich auch mit so einer Kutsche.«

»Weißt du was, wenn wir bei der Bank waren, fahren wir zusammen in so einer Kutsche!« Liz strahlt und zieht Carla an der Hand hinter sich her durch das Gewimmel der Hauptstraße als gelte es, einen Geschwindigkeitsrekord aufzustellen. Nachdem Carla Geld aus dem Automaten gezogen hat, ruft Liz: »So, jetzt können wir uns eine Kutsche suchen!« Liz hat genaue Vorstellungen davon, mit welcher Kutsche sie fahren will. Carla lässt sich von Liz' Freude anstecken, und so traben die weißen Pferde mit ihnen bis zur Abfahrt des Abendbusses durch die Straßen der Stadt.

Rosa ist allein im Haus, als die beiden Weltenbummlerinnen wieder zurück in San Rafael sind. »Sie sind alle zu Vilma gegangen. Alberto ist jetzt in ihrem Haus aufgebahrt, nun fängt die Totenwache an.«

Carla zieht ihren Geldbeutel hervor. »Rosa, ich würde dir gerne Geld für Essen und das Zimmer geben, sonst schmeckt mir deine Tortilla nicht mehr!« Erfreut steckt Rosa die Scheine in ihren Ausschnitt, ein bewährter Platz zur Aufbewahrung von Geld. »Du wirst alleine zu Abend essen müssen, denn ich gehe jetzt auch zur Totenwache, ich habe nur auf dich gewartet. Du wirst dich doch nicht fürchten, alleine im Haus zu bleiben? Am besten, du gehst nicht ans Fenster und nicht ans Meer, dann siehst du auch keine seltsamen Tiere.« Rosa zwinkert ihr zu, bindet ihre Schürze ab.

»Ist Ulysses noch nicht nach Hause gekommen? Er weiß doch noch gar nichts von Albertos Tod.«

»Doch, Enrique ist heute Morgen mit seinem Motorrad zur Huaca de la luna gefahren und hat ihn informiert. Deshalb hat er auch früher als sonst mit der Arbeit aufgehört und ist schon nachmittags zu Alberto gegangen.« Rosa umarmt Carla und geht.

Die aufgewärmte Tortilla, einsam im dämmrigen Hof gegessen, schmeckt bei weitem nicht so gut wie in Gesellschaft ... Auch der so gesunde Tee hat auf einmal einen schalen Beigeschmack. Carla geht hoch in ihre kleine Kammer, vielleicht ist ein langer Schlaf noch gesünder als der gute Tee! Da fällt ihr

das morgige Beerdigungsessen ein. Sie nimmt hundert *Soles*, reißt ein Blatt aus ihrem Notizbuch heraus, schreibt »Für Albertos Beerdigungsessen«, legt es mit dem Geldschein auf den Esstisch.

Entgegen Rosas Warnung setzt sie sich in ihrer Kammer vor das weit geöffnete Fenster und versinkt in der Betrachtung des Meeres – *Mama Qocha*. Die Vorstellung, dass dieses Meer mit seinen geheimnisvollen Tiefen und seinen unberechenbaren Kräften so zahlreiche Lebensarten mütterlich ernährt und versorgt, berührt sie. Leben, das in diesem Fruchtwasserbauch der Erde entsteht und wieder in diesen nassen Schoß versinkt, wenn es seinen Lebenskreis vollendet hat. Doch solange Carla zurückdenken kann, fürchtet sie sich vor der kalten, dunklen Tiefe des Meeres. So gerne sie auch diverse Sportarten betreibt, getaucht hat sie nie, es war ihr immer unheimlich. Das Bild ihrer alten Mutter taucht vor ihr auf, Carla denkt nicht oft und auch nicht gerne an sie. Für Carla war sie immer unergründlich, unberührbar, kein wärmender Schoß, keine tröstenden Hände. Ob meine Mutter und mein Vater sich geliebt haben? Ist sie so hart geworden, weil er so früh gestorben ist?

Carla erinnerst sich nicht mehr an ihren Vater, er starb bei einem Verkehrsunfall, als sie drei Jahre alt war. Über diesen Unfall wurde in der Familie nie gesprochen, Ihre Mutter ist eine selbstgerechte Patriarchin, auch jetzt noch, mit siebenundachtzig Jahren in ihrem Rollstuhl im Pflegeheim. Carla hat ihr nicht erzählt, dass sie nach Peru fährt, sie hätte sich ja doch nur wieder einen verletzenden Kommentar anhören müssen.

Ihre Brust zieht sich zusammen, als sie daran denkt, wie ihre Mutter die Nachricht von der Krebserkrankung aufgenommen hat: Mit unbewegter Mine und der Bemerkung »Du hast immer nur an dich gedacht, deinen Mann verlassen und dein Kind vernachlässigt, es wundert mich nicht, das du krank geworden bist.« Mütterliche Liebe!

Gleichmäßig rollen die dunklen Wellen, unberührt vom Leid des Lebens, das sich sicher auch im großen Meeresbauch abspielt. Leiden nur wir Menschen oder gibt es auch ein Leiden für Tiere und Pflanzen? Leiden, das ihnen nicht die Menschen antun sondern die Arten sich selber, gegeneinander und unter*einan*der? Wird das von ihnen auch als Leid empfunden?

Carla seufzt. Mensch zu sein ist sehr anstrengend, so viele mögliche Entscheidungen, Lebensmodelle, Hoffnungen, Erwartungen und Illusionen. »Ob sich irgendein Tier jemals gewünscht hat, ein anderes Tier zu sein? Vielleicht ist unsere hoch gepriesene Überlegenheit allen anderen Lebewesen gegenüber ja eine Strafe, keine Auszeichnung. Vielleicht gibt es ja doch eine wahrhaft intelligente Schöpferkraft hinter allen Erscheinungen der Natur, die so intelligent ist, das sie nicht eingegriffen hat, als der Hochmut und die Gier der Gattung Mensch zur selbst erschaffenen Falle wurden?«

Je länger Carla auf die Bewegung der Wellen achtet, desto ruhiger fühlt sie sich. Die bitteren Gedanken an ihre Mutter verfließen mit der Bewegung des Meeres. *Mama Qocha* lässt ihre Reinigungskräfte wirken, kommentiert Carla die Veränderung ihres Gemütszustandes.

»Junge Frau, wie willst du dich heilen?« Inez Frage ist wie eine dunkle Wolke am Sternen übersäten Nachthimmel herauf gezogen, bedeckt den immer höher steigenden Mond.

Mit aufrechtem Rücken beginnt Carla eine tiefe Atmung, bei der sie sich mit ihrer Aufmerksamkeit auf die Bewegung der Wellen konzentriert. Mit jedem Ausatmen schickt sie etwas von ihrer Wut auf die Mutter und etwas von ihren verletzten Gefühlen hinunter auf die Wellen, lässt es von ihnen in den großen, alles verdauenden und erneuernden Meeresbauch tragen – *Mama Qocha*, Mutter Meer. Mit jedem Einatmen nimmt sie etwas von dem reinigenden Meerwasser in sich auf, das sich mit dem Wasser in ihrem Körper vermischt.

Nach einiger Zeit fühlt sich Carla so wach und frisch, dass sie sich jetzt unbedingt bewegen will. Sie tritt aus dem Haus auf die Dorfstraße, es ist still im Dorf, fast alle Häuser sind dunkel.

Sie wandert durch die kleinen Straßen, kommt zur *plaza*. Über Inez' Laden brennt noch Licht in einem Fenster. Carla geht weiter, in Richtung Meer. Irgendetwas hechelt hinter ihr. Erschrocken dreht sich Carla um – ein weißer Straßenhund folgt ihr, bleibt stehen, als sie stehen bleibt. Carla ist zwar keine Hundefreundin, aber wenigstens hat der hier keine gelbgrünen Augen.

Leise Gesänge tönen durch die Stille, sie lauscht einen Moment lang und folgt der Spur des Gesangs bis vor einem kleinen Haus, das sich Schutz suchend an ein großes Haus lehnt. Die Tür steht offen, ermöglicht den Blick in einen von Kerzenschein erleuchteten Raum. Es ist Vilmas Haus, in diesem Raum ist Alberto aufgebahrt. Die offene Tür lädt jeden Vorbeikommenden ein, hereinzukommen und dem Alten die letzte Ehre zu erweisen. Carla verharrt im schützenden Schatten der Nachbarhäuser, starrt gebannt zur offenen Tür. Sie hat noch nie einen Toten gesehen.

Der weiße Hund ist mit zusammengekniffenem Schwanz hinter ihr stehen geblieben. Vielleicht hat er den alten Alberto gekannt und erweist ihm auf seine Art die letzte Ehre.

Carla sieht an einer Seite des offenen Sargs Rosa und Vilma auf Stühlen sitzen und singen, die andere Seite kann sie nicht sehen, dazu müsste sie dichter an die offene Tür herangehen.

Carla kann diese Tür nicht durchschreiten.

Sie dreht sich um und geht den Weg zum rosa Haus zurück, der Hund folgt ihr.

Als sie im Bett liegt und sich vom gleichmäßigen Rollen der Wellen in den Schlaf wiegen lässt, dankt sie – wem immer auch – für ihr neu geschenktes Leben, das Leben nach dem Krebs. Sie denkt an den alten Alberto und wünscht ihm eine gute Reise dorthin, wo seine Seele zu Hause ist.

Die Sonne hat das Meer noch nicht mit ihrem Glanz überzogen, da ist Carla schon wieder wach. Trotz der frühen Stunde klappen seine Türen auf und zu, scharren Füße und Stuhlbeine über seine Fußböden. Als sie nach unten kommt, stehen Antonio, Ulysses und vier Männer, die ihr fremd sind, mit dampfenden Kaffeetassen in der Wohndiele herum. Etwas befangen grüßt Carla die Männer, die in ihren dunklen Anzügen den bedrückenden Geruch der bevorstehenden Beerdigung mit sich tragen, eilt über den Hof ins Bad. Auf ihrem Weg zurück hört sie Rosa in der Küche mit jemandem reden, Carla streckt neugierig ihren Kopf durch die Küchentür.

»*Buenos* días, Rosa!«

»*Buenos* días, Carla. Komm herein, dann kannst du meine Tochter Lucia kennen lernen, sie ist gestern Nacht gekommen.«

Eine junge Frau ist damit beschäftigt, Kartoffeln zu schälen. Sie wischt sich ihre Hände an der Schürze trocken und streckt sie Carla entgegen. »*Encantada*, Carla. Meine Mutter hat schon so viel von dir erzählt!«

»Ich freue mich auch, dich kennen zu lernen, Lucia. Danke, dass ich in deinem Zimmer wohnen darf.«

»Kein Problem, ich schlafe gerne bei meiner Mutter, das ist dann wie früher, als ich klein war.« Lucia strahlt ihre Mutter an. Diese kleine Szene lässt einen Stich durch Carlas Herz gehen, nicht einmal als Kind hat sie bei ihrer Mutter im Bett schlafen dürfen.

»Kommst du mit zu Albertos Beerdigung?« Rosa sieht Carla fragend an. »Nein, Rosa, ich möchte lieber hier bleiben, wenn das nicht unhöflich ist.«

»Das ist schon in Ordnung, Carla. Du kannst Lucia bei der Essensvorbereitung helfen, das wäre eine große Hilfe – und ich glaube, Alberto würde sich sehr freuen, wenn seine Gäste ein gutes Essen bekommen! Danke auch für das Geld, nun können wir wirklich ein großes Essen für alle machen.«

Carla setzt sich mit ihrem Frühstück nach draußen, an die Hauswand zur San-Pedro-Familie, die von der Morgensonne gewärmt wird.

»Was ist los, *princesa*, ich bekomme dich ja gar nicht mehr zu sehen, hast du Angst vor mir bekommen?« Ulysses steht in der Tür zum Hof. »Was soll ich auf so eine dumme Frage antworten!«

Ulysses nimmt sich einen der im Hof herumstehenden Stühle

und setzt sich Carla gegenüber. Behutsam streicht er ihr eine Haarsträhne aus dem Gesicht. »Ich wollte dich doch nur etwas aufmuntern. Vielleicht muten wir alle dir hier etwas zu viel zu, eine fremde Kultur, fremde Menschen, seltsame Rituale, die Liebe und der Tod – das ist viel Leben für diese kurze Zeit.« Nachdenklich sieht er sie an. »Inez ist eine sehr weise curandera, aber auch streng. Lass dich von nichts erschrecken, was sie sagt oder tut, sie hat dich sehr gerne, sie nimmt dich ernst.«

»Ich weiß, Ulysses. Du hast Recht, ich werde hier mit sehr vielen Themen konfrontiert, die schwer für mich sind.«

Jemand von den Männern ruft nach Ulysses. »Ich muss jetzt gehen, ich werde mit den anderen seinen Sarg tragen.« Er beugt sich zu ihr, gibt ihr einen sanften Kuss auf den Mund. »Ich habe dich sehr gerne, Carla. Lass uns den Tod achten und das Leben lieben, das wäre ganz in Albertos Sinn – und in meinem auch.«

Als Carla wenig später in die Küche kommt, ist nur noch Lucia da. Die beiden Frauen verstehen sich gut, und Carla lässt sich in die Geheimnisse der peruanischen Küstenküche einweisen.

Drei Stunden später, als Albertos Freunde von der Beerdigung zurückkommen, ist im Hof schon eine beeindruckende Essenstafel aufgebaut, und immer noch brutzelt es in Pfannen und Töpfen. Einige Nachbarn haben noch Stühle und Teller mitgebracht, und bald summt es im Hof wie in einem fröhlichen Bienenstock, der Tod wird geehrt. Besonders *chicha*, von Pedro selbstgebrautes Weizenbier, scheint das geeignete Mittel zu sein, die Toten zu achten. Carla versorgt mit Lucia die durstigen und hungrigen Mäuler, zu ihrem eigenen Erstaunen gefällt ihr diese Arbeit.

Als es zu heiß wird im Hof, verlagert sich die Gesellschaft in die kühle Wohndiele. Ein paar der alten Männer sind draußen auf ihren Stühlen eingeschlafen, die schwarzen Hüte tief in ihr Gesicht gezogen. Carla hört viele seltsame Geschichten vom Tod an diesem Nachmittag. Immer wieder taucht in den Geschichten die Gestalt eines Skeletts auf, das den Liebenden zum Tanz aufspielt oder an ihrem Bett erscheint, wenn sie sich das erste Mal miteinander vereinen. Ulysses erklärt ihr, dass immer noch, trotz des Fernsehens, ein hohes Ansehen damit verbunden ist, wenn jemand gute Geschichten erzählen kann.

Es ist schon dunkel, als die letzten Beerdigungsgäste zumeist etwas wankend das rosa Haus am Meer verlassen. Nur Antonio und Albertos engster Freund Eugenio sitzen noch unter dem alten Baum im Hof.

Als Carla vor die Haustür tritt, um etwas Luft zu schnappen und die alten Männer im Hof nicht zu stören, stolpert sie über den weißen Hund, der sich an die Treppenstufe gekauert hat. Sie denkt an Alberto, geht in die Küche und kratzt einige Essensreste aus den Töpfen, legt sie in ein Stück Papier.

»Hast du noch Hunger?« Verwundert starrt Rosa auf die Essensabfälle in Carlas Hand. »Da draußen sitzt ein Hund, er ist mir schon gestern gefolgt!«

Daraufhin folgt Rosa Carla vor die Tür. »Wirklich, das ist der Hund, der Alberto immer auf seinen Gängen durchs Dorf begleitet hat. Aber er gehörte nicht Alberto, er gehört niemandem. Seltsam, dass er ausgerechnet zu dir Vertrauen gefasst hat, diese herumstreunenden Hunde haben normalerweise vor Fremden noch mehr Angst als vor uns Einheimischen.«

Carla denkt an den Hund, den Ulysses überfahren hat und betrachtet aufmerksam das gierig schlingende Tier. Nein, er hat keine grün funkelnden Augen.

Später, als Carla im Bett liegt und der Ruhe in sich nachspürt, öffnet sich leise die Tür – und andere Gefühle als die der Ruhe erfüllen Carla. Ulysses kriecht zu ihr unter die Decke. »Wir haben den Tod geachtet, jetzt müssen wir das Leben ehren«, flüstert er in ihr Ohr.

Am Samstag muss Ulysses nicht mit Professor Rodriguez die Geheimnisse von *Mama Quilla* erforschen. Leider muss Lucia aber mit dem Vormittagsbus nach Trujillo fahren, und von dort aus weiter zu ihrer Arbeitsstelle im nah gelegenen Badeort Huanchaco. »Ulysses, warum begleiten Carla und du mich nicht nach Trujillo, dann könnten wir dort noch zusammen einen Kaffee auf der *plaza* trinken, und danach zeigst du Carla das Tankstellenmuseum!«

Carla blickt Lucia entgeistert an, ein Tankstellenmuseum? Das soll doch wohl ein Witz sein! Es scheint kein Witz zu sein, denn

Ulysses findet ihren Vorschlag gut und bespricht mit Lucia einige Einzelheiten.

»Es wird dir bestimmt gefallen, glaub mir! Unter einer Tankstelle betreiben drei alte Männer ein kleines Privatmuseum, in dem sie eine hervorragende Sammlung alter Mochekeramik zusammengetragen haben: Heiler mit Patienten, Schamanen mit Jaguaren, Mensch-Tierwesen, sogar eine Frau mit einem San-Pedro-Kaktus, Männer, die Coca kauen, Krüppel und Keramikgefäße, auf denen man pfeifen kann. Wirklich, es lohnt sich das anzusehen!«

»Mir ist überhaupt nicht danach, alte Keramiken in einem Keller unter einer Tankstelle anzusehen. Ich würde gerne einmal einen ganz normalen, einfachen Tag erleben. Lucia, warum können wir nicht mit dir nach Huanchaco fahren? In meinem Reiseführer steht, dass es ein sehr schöner Ferienort sein soll. Wenn Ulysses dazu keine Lust hat, fahre ich alleine mit dir mit und setze mich in jedes Café in Huanchaco!«

Ulysses zieht ein langes Gesicht, er hasst es, in Ferienorten im Café herumzusitzen!

So kommt es, dass Lucia und Carla bald ohne Ulysses vergnügt mit dem Bus nach Huanchaco gondeln. Lucia zeigt ihr kurz das kleine Familienhotel an der Uferstraße, in dem sie arbeitet, und sie verabreden sich zu einem Imbiss am späten Nachmittag.

Carla genießt den Tag, sonnt sich am Strand, beobachtet die Versuche der Touristen, auf den *totoros* die Wellen zu bezwingen, bummelt durch den kleinen, alten Badeort und lädt Lucia am Nachmittag zum Essen ein. Ein Tag ganz ohne Geister und Erscheinungen, ohne schmerzende Erinnerung, ohne ernüchternde Selbstreflexionen. »Was für ein heilsamer Tag«, freut sich Carla, als sie von Trujillo mit dem Abendbus wieder nach San Rafael fährt. Als sie an der *plaza* aussteigt, fällt ihr Blick auf die Telefonsäule. Eine gute Tageszeit, um Philip anzurufen! Er ist gleich selber am Telefon und freut sich sehr, die Stimme seiner Mutter zu hören. Es geht ihm gut, es geht ihr gut – zufrieden und mit dem Gefühl, auch über tausende von Kilometern hinweg geliebt zu werden, legen beide die Hörer nach einigen Minuten auf.

Der weiße Hund und Rosa stehen vor der Haustür, als Carla nach Hause kommt. »Komm, wir setzen uns in den Hof. Die Männer sind nicht da, so haben wir endlich Zeit und Ruhe zum Reden.«

Ausführlich muss Carla von ihrem Tag erzählen, ihr Gesicht glüht von der Sonne, ihre Worte sind leicht und fröhlich. Sie hat für Rosa eine Flasche süßen Wein und Kekse aus einem Café in Huanchaco mitgebracht. Beides wird schwesterlich geteilt und genossen. Rosa erzählt von ihrem Mann, der sie vor Jahren wegen einer jüngeren Frau verlassen hat und jetzt in einer Stadt in den Anden lebt. Sie erzählt davon, wie sie es nach dieser für sie sehr schmerzhaften Trennung geschafft hat, wieder ein erfülltes Leben zu leben. »Ohne die Hilfe von San Pedro und ohne die Kräuter von Inez würde ich heute nicht so vor dir sitzen: es geht mir gut und ich lebe gerne! Komm, Carla, lass uns einen Dank geben an *pachamama*, unsere große Mutter, aus der alles entsteht und die für uns sorgt, wenn wir sie beachten.« Rosa taucht ihre Fingerspitzen in das Glas mit Wein, sprenkelt einige Tropfen auf die Erde. »*Gracias a la vida*!« Carla macht es wie sie. Ihrer leiblichen Mutter gegenüber wäre dieser Dank nie über ihre Lippen gekommen.

»Ich gehe schlafen, Carla, es war ein schöner Abend mit dir!«

Bevor Carla hoch in ihr Zimmer geht, öffnet sie die Tür zur Straße und wirft dem weißen Hund, der sich wieder in den Sand an die Treppenstufe geschmiegt hat, den letzten Keks zu.

Heute bedenkt Carla das Wellen-Ballett nur mit einem kurzen Blick, vergewissert sich, dass der gestickte Beutel unter ihrem Kopfkissen liegt und schläft schnell ein.

8

Das Eindringliche, der Wind

ES RIECHT nach gebratenen Eiern! Carla wacht mit einem Riesenhunger auf.

Beim Anziehen fällt ihr Blick auf das braune chinesische Sprüchebuch, das schon seit Tagen von ihr unbeachtet auf dem Fußboden neben ihrem Rucksack liegt.

Innere Wahrheiten habe ich nun wirklich genügend erfahren, mal sehen, auf welchen Weg mich die alten chinesischen Schlauberger nun hinweisen. Carla blättert im Buch und schlägt es ohne hinzusehen auf: »Nr. 57 – Das Eindringliche, der Wind.« Was immer das auch bedeuten soll, sie bedenkt diese lapidaren Worte nicht mehr mit spöttischen Kommentaren. Sie merkt sie sich, und ist neugierig darauf, wie sie sich erfüllen werden.

Als sie in die Wohndiele kommt, bietet sich ihr ein unerwarteter Anblick:

sieben Frauen sitzen plaudernd am reich gedeckten Frühstückstisch.

»*Buenos* días, Carla«, die Frauen halten im Plaudern und Essen inne und begrüßen sie freundlich.

»*Buenos* días. Hat hier jemand Geburtstag?«

Rosa kommt in diesem Augenblick mit einem Berg Pfannkuchen aus der Küche. »Wir treffen uns an jedem Sonntagmorgen bei einer anderen Frau und frühstücken zusammen, das ist noch besser als Geburtstag, weil es öfter stattfindet.«

Ein Schnellwaschgang, und Carla setzt sich zu den Frauen.

Zwei Spiegeleier und drei Pfannkuchen später poltert Ulysses die Treppe herunter. Sein Gesichtsausdruck lässt Rückschlüsse auf Verlauf des Männerabends in Rafaels Kneipe zu – er hat Kopfschmerzen.

»Da musst du zum *curandero* gehen«, witzelt Inez. Ulysses zieht sich mit einem schiefen Lächeln in die Küche zurück, versucht mit starkem Kaffee und zwei Ibuprofen die Kopfschmerzen zu vertreiben. Es ist schon fast Mittagszeit, als sich die Frauen eine nach der anderen verabschieden. Ulysses hat sich im Hof auf eine Decke in den Schatten des alten Baumes gelegt, er schläft. Antonio kommt von der Straße herein.

»Wir können fahren, Rafael bringt gleich das Auto! Wo ist Ulysses?«

Carla sieht erstaunt und fragend Rosa an, die gerade die letzten Tassen vom Tisch räumt. »Wohin sollen wir fahren, ich weiß von gar nichts.«

»Das war Ulysses' Idee, und Antonio fand sie auch gut. Sie wollen mit Inez und dir zur Huaca del *brujo* fahren. Heute ist Sonntag, da braucht Rafael das Auto nicht.«

Ulysses' Idee - wieso bekommt sie immer mehr den Eindruck, das sich die Männer hier noch mehr über das Fällen einsamer Entscheidungen definieren als zu Hause in Deutschland?

Antonio hat mittlerweile seinen verschlafenen Enkel unter die Dusche gescheucht, mit nassem Haar und klarem Blick kommt er in die Wohndiele.

»*Buenos días, princesa*, strahlt er Carla an. »Wie findest du meine Idee?«

»*Buenas tardes*, Ulysses. Ich weiß noch zu wenig von deiner Idee, um sie gut zu finden.«

»Si, si, ich habe bereits bemerkt, dass du deine eigene Vorstellung von guten Ideen hast!«

Aha, dem Herrn hat meine Entscheidung gestern nicht gefallen! Leicht belustigt registriert Carla seine Reaktion. »Sag mir endlich, was ist das für eine Idee, und was ist die Huaca del *brujo*?«

»Seid ihr fertig? Rafael hat das Auto gebracht.« Inez steht in der Tür, beladen mit zwei zugedeckten Körben.

Ohne zu wissen, worauf sie sich einlässt und wohin sie fährt, sitzt Carla kurze Zeit darauf neben Ulysses in Rafaels Toyota. Rosa winkt ihnen nach. »Für mich ist das nichts, ich fürchte mich zu leicht«, war ihre Antwort, als Carla sie gefragt hat, warum sie nicht mitfährt. Eine sehr beruhigende Antwort!

Unterwegs erfährt sie endlich, wohin sie fahren.

Jeder ihrer drei Freunde weiß etwas anderes zu ihrem Zielort zu erzählen, aber nach einer Weile hat Carla aus diesem Durcheinander von Informationen das Wichtigste herausgefiltert: Sie fahren zur Pyramide des Zauberers, die etwa zwei Stunden entfernt im Norden am Meer liegt, bei Cartavio, und die erst seit einigen Jahren archäologisch bekannt ist. Diese Pyramide ist wegen der laufenden Ausgrabungsarbeiten für Publikumsverkehr gesperrt. Heute, am Sonntag, arbeiten die Archäologen nicht, nur ein Wächter ist da. Dieser Wächter ist ein Freund von Ulysses, deshalb können sie sich ungestört in der Pyramide bewegen. Inez und Antonio wollen dort ein Ritual machen, aber ohne San Pedro.

Das hört sich alles nicht sehr bedrohlich an. Rosa hätte ruhig mitkommen können, ist das Ergebnis von Carlas Überlegungen. Sie fahren durch eine öde, grausandige Küstenlandschaft, auch der Himmel ist grau und diesig. In einer kleinen Ortschaft biegen sie von der befahrenen Hauptstraße nach links ab. Wassergräben, Felder mit hohem Zuckerrohr und frisch bepflanzte Äcker wechseln sich ab, auf einer Schutthalde grasen Esel. Sie fahren in ein Dorf, das Carla an Wüstendörfer in Nordafrika erinnert. Die dünnen Bäume seitlich der Dorfstraße sind zum Meer hin gebeugt. Von den Häusern ist nicht viel zu sehen, sie liegen hinter Lehmmauern verborgen. An der in hellem Türkis gestrichenen Dorfkneipe hält Ulysses an. Er verschwindet im Inneren der Kneipe, seine drei Mitfahrer setzen sich an die Holztische unter dem Schilfmattendach vor der Kneipe. Ulysses kommt, beladen mit zwei großen Flaschen Bier und vier Gläsern. Dieses Mal protestiert Carla nicht, auch ihre Kehle ist nach der Fahrt in der sandigen Hitze ausgedörrt. »Arturo kommt gleich mit uns mit, er isst noch.« »Ist das der Wächter der Pyramide, dein Freund?«

Ulysses nickt, und lässt schon das zweite Glas Bier in seiner Kehle verschwinden. »Aber wenn er der Wächter ist, wieso ist er dann hier und nicht bei der Pyramide?« »Carla, er muss doch auch mal essen!«

Auf dieses einleuchtende Argument hin hält Carla den Mund und trinkt.

Nach zwei weiteren Flaschen Bier ist Arturo mit dem Essen fertig. In der Plastiktüte, die er zum Auto trägt, klirrt es verdächtig.

Carla zahlt für alle, und Arturo zeigt ihnen den Weg durch die Felder zum Strand. Die Landschaft ist hier ganz flach, man kann schon das Meer sehen. Vor dem Meer erheben sich zwei graue Sandhügel, ungefähr achthundert Meter voneinander entfernt. Arturo dirigiert Ulysses in Richtung des linken Sandberges. »Das da« - er zeigt auf den anderen Hügel - »ist auch eine Pyramide, aber die ist fast noch gar nicht ausgegraben, das Geld ist ausgegangen, der Sponsor von der Banco Wiese ist leider gestorben.«

Auf dem Parkplatz an einem Containergebäude halten sie an. Mit einladender Geste zeigt Arturo auf den Sandhügel vor ihnen: Huaca del *brujo*!

»Es gilt aus archäologischer Sicht als sicher, dass sich in dieser huaca auch nach dem Untergang der Moche- und Chimukulturen bis in unsere Zeit immer wieder Schamanen, Kräuterheiler, *brujos* und *curanderos* versammelt haben, um Rituale zu machen. Initiationsrituale, Beschwörungen, Heilung – na ja, die ganze Palette der schamanischen Praktiken. Hinter dem Rücken der Archäologen werden hier heute auch immer wieder Rituale abgehalten – von Leuten wie uns.« Lachend blinzelt Ulysses seinem Großvater zu. Der raucht schon wieder und sieht sehr zufrieden aus.

»Ein *brujo* ist doch jemand, der so Sachen wie Schadenzauber macht, mehr ein Hexer als ein Heiler. Warum heißt die Pyramide so?« »Das ist die übliche traurige Geschichte, Carla. Sie heißt so, seitdem die Spanier sie so genannt haben. Für die eifrigen Katholiken war alles Teufelswerk, Hexerei und Götzenkult, was sie hier in den Pyramiden vorgefunden haben. Die Heiler, egal wie sie damals genannt wurden, waren für sie auch Hexer und wurden dementsprechend verfolgt und bestraft. Wie die Erbauer der huaca diesen Ort genannt haben, wissen wir nicht. Die Wissenschaftler benennen sie seit ihrer Entdeckung in den neunziger Jahren mit dem neutralen Namen Huaca Cao Viejo.«

Während Ulysses Erklärungen sind sie alle Arturo gefolgt, der vor ihnen einen schmalen Weg vorausgeht. Der Weg führt über Stufen hoch zur Spitze des Hügels. Von da oben hat man eine herrliche Aussicht – bis weit ins Land hinein und weit aufs Meer hinaus. Erstaunlich, wie hier der Wind fegt, höchstens dreißig Meter über der Ebene! Unter ihnen, zum Meer hin, sind schon die freigelegten stufenförmigen Ebenen der Pyramide zu erkennen. Ein kleines weißes Meer aus Segeltüchern ist über die Ausgrabungen unter ihnen gespannt. Eine Mauer aus Lehmziegeln steht seitlich der abgespannten Flächen freigelegt, Haufen von Lehmziegeln liegen herum. »Kommt, lasst uns endlich zu den Tänzern gehen.« Antonio ist sichtlich gelangweilt von Erklärungen und alten Lehmziegeln. »Man kann doch die Vergangenheit nicht aus Steinen erklären, das habe ich dir schon immer erklärt.«

»Ich weiß, abuelo, aber Steine können auch Geschichten erzählen, die uns die Vergangenheit verstehen lassen.« Ulysses scheint diesen Disput mit seinem Großvater schon öfter gehabt zu haben.

»Ulysses, manchmal mache ich mir Sorgen um dich. Ich glaube, die Art von Lernen, das sie dir in deiner Universität beigebracht haben, lässt den Geist abstumpfen. Vergangenheit! Du redest, als ob man die Zeit in Scheiben zerschneiden könnte! Deshalb machen wir die wirklich wichtigen Rituale immer nachts, möglichst in absoluter Finsternis, denn das Licht der Sonne ist das Heute, nicht die Vergangenheit, nicht die Gegenwart, nicht die Zukunft. In der Finsternis führen uns die Rituale in einen anderen Raum der Erkenntnis, außerhalb unserer Zeit.«

Ulysses antwortet mit Schweigen, er kann seinem Großvater nicht widersprechen, weil er auch so denkt. Aber er ist auch Archäologe. Der kleine Trupp steigt hinter Arturo einige Leitern hinunter, vorbei an blassen, halbplastischen Ornamentfriesen und menschlichen Gestalten, die teilweise freigelegt sind. In einigen ausgehobenen Gruben leuchten weiße Knochen, auf einem Stück Plastikfolie stehen zerbrochene Keramiken.

Sie steigen die ehemals sieben Stockwerke der Pyramide hinab, bis sie auf der untersten Plattform stehen – einem rechteckigen Zeremonienplatz, nach Norden ausgerichtet, zum Meer hin ist der kleine Platz offen.

Carla sieht sich staunend um, legt ihren Kopf leicht in den Nacken: über ihr sind die Reste einer Wand geschmückt mit lebensgroßen, halbplastischen Lehmfiguren, die sich an den Händen fassen. Sie tragen Tunikas, die bis zu den Knien reichen und an Händen und Füßen schwarze, rituelle Bemalung. Die Farbreste sind noch gut zu erkennen, die Gewänder sind rot und gelb, auf dem Kopf tragen die Gestalten einen Kopfschmuck, in die Ohren sind große runde Scheiben gesteckt. Die Wandreste auf der Ebene, auf der sie steht, werden beherrscht von einer großen Schlange, die mehrere Männer miteinander verbindet. Sie schlingt sich von Hals zu Hals, die letzte Figur hält den Schwanz der Schlange in der Hand. Carla tritt näher an den Fries heran, sie ist sich plötzlich nicht mehr sicher, dass es eine Schlange ist, vielleicht ist es ja auch ein Strick, der die Männer verbindet. Ob es Gefangene sind? Auch sie haben schwarze Bemalungen, aber zusätzlich sieht man bei ihnen Schnitte in Armen, Beinen und Genitalien.

Im Dunkeln möchte ich hier nicht alleine sein ... Auf Carla machen die Gestalten einen abwehrenden Eindruck. Sie kommt sich wie ein Eindringling vor, die aufgerissenen Gruben, Löcher, die herumliegenden Lehmziegel und die Reste der farbigen Wandbemalungen wirken auf sie wie die inneren Wunden eines riesigen Körpers. Sie fröstelt und sieht sich nach den anderen um.

Das kann doch wohl nicht wahr sein, die sind ja wirklich abgebrüht! Fassungslos sieht Carla zu, wie Inez und Ulysses auf einem Tuch ein verspätetes Mittagessen ausbreiten: gebratene Hühnerteile, gefüllte Teigtaschen, kleine salzige Würstchen, harte Eier. Arturo zieht einige Flaschen Bier aus seiner Plastiktüte. Die historische, fragile Umgebung und die drohenden Blicke der Figuren scheint außer ihr niemanden zu stören.

Antonio steht dicht vor den Männern mit den Schnittverletzungen, betrachtet sie eingehend und höchst interessiert.

»Was meinst du, abuelo«, ruft ihm Ulysses kauend zu, »sind das Krieger oder Gefangene?«

»Ich denke, nichts von beidem. Ich weiß, ihr Archäologen sagt, das sind Gefangene, die hier grausam verstümmelt und dann ermordet wurden. Aber das sind keine Verstümmelungen oder Verletzungen. Die Schnitte sind nur ein Symbol dafür, auf die fleischlichen Gelüste zu verzichten, um in einem ekstatischen Zustand die Erkenntnis der Fruchtbarkeit zu erlangen, nicht fleischliche Fruchtbarkeit. Sieh dich um, Ulysses, das hier war ein Platz, an dem Initiationen stattfanden und sicher auch rituelle Tänze, die zur Ekstase geführt haben. Ich weiß auch, das ihr Archäologen immer nur von den blutigen Opferpraktiken der Moche redet, aber in unseren alten Geschichten werden von anderen Dingen erzählt, von der Ehrung der göttlichen Lebenskräfte, damit sie das Leben immer wieder erneuern. Zu dieser Ehrung gehörte auch Blut, das stimmt. Ich weiß von einigen Männern, die sich hier einmal im Jahr heimlich zu einem alten Tanz treffen, niemand darf dabei zusehen, der nicht zu ihnen gehört. Auch dabei spielt Blut eine Rolle, aber niemand muss sterben.«

Carla erinnert sich, das Katharina in einer der zwischen ihnen so oft geführten Diskussionen um Naturrituale und dazugehörige Opfergaben ihr den Begriff des Opfers erklärt hat. Er entstammt dem alten Kirchenlatein und hat zu tun mit »operieren« in der Bedeutung von arbeiten, wirken, bewirken. Mit dieser Erklärung im Hinterkopf fällt es Carla leichter, die Opferpraktiken der Moche zu verstehen.

»Hast du schon einmal diesen Tanz gesehen, Don Antonio?« Carla hat sich zu Antonio gestellt und sich wie er die Schnitte genau angesehen.

Antonio schweigt, dreht sich von den Wandbildern weg und setzt sich an das ausgebreitete »Tischlein-deck-dich«. »Komm, Carla, iss etwas. So dünn wie du bist, fällst du uns bestimmt um, wenn einer dieser Männer dort aus der Wand herauskommt! Man braucht einen starken Körper, ein starkes Herz und einen starken Geist, um diesen Kräften hier zu begegnen.« Antonio winkt sie zu sich.

Carla ärgert sich, sie ist stolz darauf, so dünn zu sein. Verdrossen kaut Carla auf einem Hühnerbein.

Inez beobachtet sie aufmerksam. »Gefällt es dir hier nicht, Carla?« fragt sie freundlich.

»Es ist sehr interessant, aber auch etwas unheimlich. Warum sind wir hier?«

Ulysses nimmt wieder seine Schauspielerrolle ein. »Warum wir hier sind? Da scheut man keine Mühe, leiht sich ein Auto, fährt stundenlang durch Hitze und Staub, besticht einen Wächter und das alles, um einer gebildeten Europäerin exklusiv unter Leitung zweier Archäologen eines der interessantesten Kulturdenkmäler Perus zu zeigen!« Ulysses strengt sich sehr an, entrüstet auszusehen. Alle lachen, auch Carla kann sich seinem treffenden Witz nicht entziehen und lacht mit. »Lass uns erst das Essen wieder einpacken, dann erzähle ich dir, was wir vorhaben.«

Arturo nimmt den Korb mit den Essensresten und bringt sie

zurück zum Auto. Nur die zwei Körbe, die Inez mitgebracht hat, bleiben in der Mitte des alten Ritualplatzes stehen, sorgsam zugedeckt. Arturo kommt zurück. »Ich setze mich jetzt raus und passe auf, falls jemand kommt. Ich werde niemandem gestatten das Gelände zu betreten, schließlich bin ich ja der staatlich bezahlte Wächter hier!« Breit grinsend geht er und setzt sich draußen so hin, dass er den Weg vom Dorf gut im Blick hat.

Inez nimmt einen in Stoff eingewickelten Gegenstand aus einem der Körbe heraus, wickelt ihn behutsam aus, stellt ihn vor Carla hin. Sie betrachtet das seltsame Keramikgefäß, das aus zwei Formen besteht: Eine männliche Figur sitzt im Schneidersitz, auf seinem Rücken hängt ein gefleckter Jaguar, dessen Kopf auf der linken Schulter des Mannes liegt und nach vorn schaut – sie direkt anschaut. Die zweite, runde Form sieht aus wie eine Blumenvase und ist mit der ersten durch einen Steg aus Ton verbunden. Inez packt weiter aus, bis vier dieser eigenartigen, doppelförmigen Gefäßen im Kreis stehen. Jedes der Gefäße zeigt eine andere Figur: Ein Fuchs, der aufrecht sitzt und vor sich eine kleine Trommel hält – eine Frau mit dem Gesicht einer Eule – ein Rochen mit Menschengesicht und der Mann mit dem geschulterten Jaguar.

Antonio und Ulysses haben sich zu den beiden Frauen gesetzt. Der alte *curandero* kramt in seiner Hosentasche, zieht ein Stofftaschentuch heraus, in das etwas eingewickelt ist. Antonio öffnet das Taschentuch, nimmt den darin enthaltenen Gegenstand heraus und stellt ihn in die Mitte zwischen die Keramiken: ein klarer, großer Bergkristall.

Inez hat einen kleinen seguro aus dem Korb hervorgeholt, sprüht die Essenz magischer Kräuter über die vier Keramikfiguren, steht auf und sprüht auch Carla und den Männern einen feinen Regen über ihre Köpfe.

Dann reicht sie den beiden Männern Schwarztabak-Zigaretten, steckt sich auch eine an und wendet sich wie ein Dampfschiff qualmend Carla zu. »Wir sind hier hergekommen, Carla, weil diese huaca von allen Plätzen, die Antonio und ich kennen, die stärkste Energie hat. Hierher kommen seit fast zweitausend Jahren spirituelle Lehrer und Heiler, um sich mit den geistigen Kräften der nicht sichtbaren Welten zu verbinden: dem Geist der Ahnen, dem Geist der Berge, des Meeres und der Seen, dem Geist der Winde und des Feuers, dem Geist der Tiere und der Pflanzen. Wie unsere *curandero*-Ahnen vor uns sind wir heute hierher gekommen, um uns mit diesen Kräften zu verbinden, uns zu stärken für unsere spirituelle und heilende Arbeit und um durch unsere Anwesenheit etwas von unsere Lebensenergie als Dank an die lebenserhaltenden Kräfte zurückzugeben.

Wir bekommen viel von diesen Kräften, sie lehren und schützen uns; sie schenken uns die Gabe, Leid zu lindern, Verborgenes zu sehen und den Geruch von Krankheiten zu erkennen. Wie oft bitten wir um etwas und geben nichts wieder.

Der Geist des Lebens braucht nichts von uns, er ist stark ohne uns, aber wir sollten ihm Respekt entgegenbringen. Deshalb sind wir hier. Wir sind nicht um deinetwillen hier, Carla, wir sind hier, um uns selbst wieder in den Gleichklang mit dem Gesang des großen Lebensgeistes zu bringen. Alles Leben hat seinen eigenen Gesang. Du kannst ihn hören, wenn du den Geist einer Lebensform erkennst, ihn anrufst und ihm lauschst – die Berge, der Blitz, der Donner, der Regen, die Flüsse, die Tiere, die Pflanzen und auch wir Menschen – sie alle hören dich, helfen dir, schützen dich. Wir sind nie alleine, wenn wir anfangen, uns dem Gesang des Lebens zu öffnen. Auch du bist ein Teil dieses Gesangs, Carla.«

Inez nimmt das Gefäß mit der Eulenfrau hoch. »Mit diesen Pfeifen haben die Moche die Kräfte der vier Winde gerufen, damit sie kommen um alte, starre und verrottete Strukturen zu verwirbeln, damit sich aus den Wirbeln neue Formen bilden können, neue Strukturen des Lebens.«

Carla betrachtet die Eulenfrau mit der »Blumenvase« hinter sich und kann sich nicht vorstellen, wie man damit Töne erzeugen kann. Inez hebt die Keramik hoch, setzt den Hals der »Vase« so an den Mund, dass die Lippen die Halsöffnung umschließen, holt tief Luft – und ein durchdringender, langer und fast unerträglich hoher Ton attackiert Carlas Ohren. Reflexartig legt sie sich die Hände auf die Ohren.

»Der Ton schmerzt mir in den Ohren«, beschwert sie sich, als Inez die Eulenfrau wieder abgesetzt hat.

»Wenn du willst, dass eine neue Lebendigkeit in dir wächst,

dann musst du auch bereit sein, neue Klänge aufzunehmen. Wenn du dich entscheidest, nicht mit uns die alten Pfeifen zu blasen, dann ist das auch in Ordnung, aber dann setz dich bitte raus zu Arturo. Bei einem Ritual kann man nicht passiv dabeisitzen und es sich ansehen wie in einem Kino. Das schwächt die Energien derjenigen, die am Ritual teilnehmen. Zuschauen macht nicht, dass man etwas versteht.«

Carla muss lächeln, denn bei Inez Worten fallen ihr die von Manuel am liebsten zitierten Worte des »großen Vorsitzenden« Mao Zedong ein: Willst du den Geschmack einer Birne kennen lernen, musst du hineinbeißen!

»Alle drei haben sie Recht«, beschließt Carla, »Inez, Manuel und Mao. Inez, ich will mit euch die vier Winde rufen. Zeig mir, wie ich blasen muss.«

Inez reicht ihr die Keramik mit dem Mann, der so eigenartig verzückt lächelt und dem der Jaguar wie ein Kuscheltier auf dem Rücken liegt. Sie stülpt ihre Lippen über den Hals und bläst zaghaft hinein. Ein dünnes Fiepen kommt heraus.

»Du musst stärker blasen, Carla. Konzentriere dich auf deinen Atem und lass ihn wie einen großen Fluss in das Gefäß strömen.«

Carla versucht es noch einmal, und ein hoher, kraftvoller Ton erfüllt den Raum.

»So ist es richtig, Carla. Wir werden jetzt zusammen blasen. Schließe dabei deine Augen und konzentriere dich nur auf deinen gleichmäßigen Atem und auf den Ton. Es ist besser, im Stehen zu blasen, aber wenn du nicht mehr stehen kannst, setzt du dich hin. Wir werden lange pfeifen, bis es dunkel ist. Wenn du Dinge siehst, hab keine Angst, sieh sie dir einfach an. Wenn sie dir nicht gefallen, kannst du jede Erscheinung mit der Kraft deines Willens wegschicken. Was immer auch geschieht, du bist nicht allein und du bist kein Opfer irgendwelcher Kräfte. Du bist Carla, die sich entscheidet, den Kräften zu begegnen!«

Nach diesen Worten ist Carla nicht zuversichtlicher, sondern unsicherer. Was meint Inez damit, dass ich vielleicht ,Dinge' sehen werde, etwa so wie in der Mondpyramide?

Antonio hält die Fuchskeramik in beiden Händen, Ulysses die schwarze Keramik mit dem Rochenmenschen. Antonio bläst als

Erster, kurz darauf fängt Inez an, dann Ulysses und zum Schluss setzt Carla ihren Jaguarmann an die Lippen.

Sie konzentriert sich darauf, ihren Atem gebündelt und gleichmäßig in das Gefäß zu geben. Zuerst empfindet sie die sich aneinander reibenden Töne der vier Pfeifen schrill und knapp an der Schmerzgrenze, aber dann verändern sie die Töne. Sie verweben sich zu einem zwirbelnden, brausendem Klang, der wie ein heulender, singender Wind durch ihren Kopf und den ganzen Körper saust. Ihre Ohren hören nicht mehr, das Schwirren der Töne ist in ihr, wirbelt durch jede Zelle. Sie hat das Gefühl, ihren eigenen Ton nicht mehr zu hören. Bläst sie überhaupt noch? Wenn einer der anderen Atem holt, hört sich das für sie an wie ein knisternder Sturm, so laut.

Vor ihren geschlossenen Augen entfaltet sich eine helle, sandfarbene, weite Landschaft. Ganz still liegt sie vor ihr, ohne Bäume, ohne Tiere, ohne Menschen – nur Helligkeit und Luft, die sich bewegt, Wind. Farbkugeln wirbeln über die Sandflächen, lösen sich in Spiralen auf, werden wieder zu Kugeln. Carla sieht das vor sich, aber gleichzeitig wirbeln diese farbigen Spiralkugeln auch in ihr und durch sie hindurch. Am liebsten würde Carla kichern, diese Kugeln lösen ein Kitzelgefühl in ihr aus. Aber wenn sie kichert, kann sie nicht blasen. Und wenn ihr Ton nicht mit den anderen Tönen zusammenkommt, dann wird der Klangwirbel dünn, als ob er gleich in sich zusammenfallen würde. Mein Ton ist wichtig, stellt Carla erstaunt fest, als sie einmal einen längeren Moment zum Atmen braucht und dabei auf den Klang der anderen Pfeifen lauscht.

Sie schaukelt mit ihrem Körper beim Blasen vor und zurück, sie tanzt mit den bunten Farbkugeln. Die Landschaft vor ihr verdunkelt sich, wird tiefschwarz, aber die Spiralen und Kugeln tanzen weiter. Eine rote Kugel löst sich aus dem Tanz, wird größer und dreht sich in rasendem Tempo auf Carla zu. Mir kann nichts geschehen, erinnert sich Carla an Inez' Worte, und wenn es mit unheimlich wird, höre ich einfach auf zu blasen, dann wird alles, was ich jetzt sehe, verschwinden.

Kurz vor Carla bleibt die Feuerkugel stehen, als hätte sie Carlas Drohung, das Pfeifen zu stoppen, gehört. Die Kugel bewegt sich, zieht sich in die Länge, bekommt längliche Auswüchse wie Arme – Carla stockt der Atem, ihr Pfeifton wird für einen Moment ganz dünn. Die Feuerkugel verändert sich zu einem menschlichen Körper. Fast menschlich, denn sie kann genau sehen, wie aus den Füßen und den Händen dieses Feuerwesens lange Tierkrallen wachsen. Auch der Kopf bildet sich jetzt immer mehr heraus: Aus dem geöffneten Mund blitzen hunderte von spitzen Zähnen, die ganz eng aneinander gestellt sind, eine blattförmige grüne Zunge hängt weit aus dem Maul heraus, die Augen sind groß und schräg bis in die Stirn gezogen, auf dem Kopf ringeln sich zwei Schlangen. Das Wesen verändert seine starre Haltung, stellt sich breitbeinig hin, zieht die Arme seitlich am Körper so an, dass Carla keine Zweifel hat: Es geht in Angriffsstellung. Oder ist das eine Verteidigungshaltung?

Carla konzentriert sich einen Moment lang ganz auf ihren Atem mit der Absicht, einen starken, sie tragenden Ton zu erzeugen. Währenddessen steht die grimmige Mensch-Tier-Gestalt weiterhin unbeweglich vor ihr. Anders als in der Mondpyramide macht diese Erscheinung Carla keine Angst, sie ist eher neugierig darauf zu erfahren, was sie sieht und warum sie es sieht. Ob die anderen das Gleiche sehen wie sie?

Sie öffnet die Augen und stellt erstaunt fest, dass es schon dunkel geworden ist, sie kann kann nur noch die Silhouetten der anderen wahrnehmen. Sie senkt den Kopf, um wieder tief einzuatmen. Ihre Augen sind immer noch geöffnet, so kann sie jetzt sehen, dass vor ihr auf der Erde ein leuchtender Gegenstand steht. Seltsamerweise leuchtet er nur in sich, gibt kein Licht an seine Umgebung ab. Carla beugt sich noch einmal vor. Das kann nur Antonios Bergkristall sein. Aber wieso leuchtet er, obwohl hier kein Lichteinfall ist? Carla schließt wieder die Augen, der Krallenmensch steht noch immer da, seine Augen funkeln wie lodernde Flammen, er sieht sie an. Sie atmet ein und lässt das Gefäß beim Ausatmen pfeifen, atmet wieder ein – der Jaguarmann auf ihrer Keramik pfeift.

Carla will wissen, ob sie wirklich mit so einer Erscheinung wie dem Tiermenschen in Kontakt treten kann oder ob er nicht nur eine Kreation ihres eigenen Geistes ist. Sie atmet, es pfeift. Während sie ihren Atem durch den Hals der Keramik streichen lässt, konzentriert sie sich auf ihre innerliche Frage: Was willst du von mir? Mit geschlossenen Augen fixiert sie den vor ihr stehenden, grimmigen Tiermenschen. Auf seiner Brust funkelt ein Geschmeide aus grünen Steinen. Ist er ein Gott der alten Moche oder ein Dämon?

Ein tiefes Grollen, das sich zu Worten formt, übertönt den schwirrenden Klangteppich der vier Keramikpfeifen: »Ich bin der Geist des Jaguar, ich bin Kay Pacha, die Macht und die Kraft der physischen Welt. Du hast mich gerufen.«

Carla vergisst fast wieder, lang auszuatmen um den Ton möglichst stabil zu halten. »Ich soll ihn gerufen haben? Da kann ich mir aber wirklich nettere Gestalten denken, die ich herbeirufen würde. Am besten, ich schicke ihn wieder fort!

Sie konzentriert sich auf diese Absicht. Geh fort, ich brauche dich nicht! Sie bläst immer noch in das Keramikgefäß, aber sie hört nun überhaupt keine Töne mehr, nur die Stimme der Gestalt vor ihr. Deren Farbe hat sich mittlerweile von Rot in ein Smaragdgrün gewandelt, passend zu seinem Halsschmuck.

»Niemand ruft mich ohne Grund und niemand schickt mich fort ohne Grund. Du hast mich gerufen.«

Ein hartnäckiger Kerl, denkt Carla. Sie nimmt ihre Vision nicht ernst, ganz anders als das, was sie in der Mondpyramide gesehen hat. Die Gestalt vor ihr gleicht einfach zu sehr vielen der alten Mochefiguren, die sie bis jetzt gesehen hat, sie berührt Carla nicht.

Ich gebe ihm und mir eine letzte Chance. Sie wundert sich selbst etwas über ihre Kaltblütigkeit. Sie achtet nicht mehr auf die mittlerweile grün schimmernde Gestalt, konzentriert sich nur noch auf ihren Atem und lässt den sausenden Windklang durch ihren Kopf fegen.

Vor ihren Augen wächst aus der Dunkelheit wieder die weite, sandhelle Landschaft, wie zu Beginn ihres Sehens. Etwas hat sich verändert in diesem Bild: Der Jaguar-Mensch steht in dieser Weite, er hat seine Hände an die Ohren gelegt, als ob er lauschen würde. Sie sieht, wie der Wind den feinen Sand über die Ebene fegt und hört, wie der leise Wind den Sand bewegt, das Reiben der Sandkörner hat einen feinen, sirrenden Klang. Carla staunt und ist ergriffen. Inez hat Recht, alle Erscheinungen in der Natur haben einen eigenen

Klang. Vielleicht ist es auch gut, dass wir Menschen diesen Klang nicht immer hören können, vielleicht würden wir sonst verrückt werden, fährt es ihr durch den Sinn, während sie pfeift und der sirrende Klang des Sandes durch sie hindurchtanzt. Der Jaguar-Mensch hat einen Arm hochgehoben, zeigt auf einen großen Vogel, der über ihm mit ruhigem Flügelschlag fliegt. »Sieh dir den Vogel an«, grollt seine kehlige Stimme, »auch er ist kein normales Tier, er ist aus deinem Geist entsprungen. Sein Erscheinen sagt dir, du fliegst durch die Luft, du bist in der Leere. Wer bist du, dass du es wagst, die Erscheinungen deines Geistes nicht zu achten? Welcher Wurm bist du, dass du die materielle Welt und ihre materiellen Erscheinungen ernster nimmst als die Erscheinungen aus der geistigen Welt? Du fliegst in der Leere. Wo willst du ankommen? Sieh mich an, ich bin gekommen, dir eine Brücke zu sein, eine Brücke der Transformation. Sieh mich an!«

Carla pfeift weiter, aber ihr Ton zittert, weil sie zittert. Sie sieht den Jaguar-Menschen an. Er wird zu einem langen, grünen Ranke, seine Krallen wachsen in die sandige Erde, werden zu langen Wurzeln. Sein Kopf wird ein weißer Blütenkelch, in den sich der Vogel hineinleiten lässt. Ungläubig starrt Carla auf das, was sie sieht. Sie hat aufgehört zu pfeifen, ihr ist übel, sie zittert – aber sie kann den Blick nicht von der grünen Ranke wenden. Sie spürt, dass jemand hinter ihr steht, etwas Warmes – ein Mensch. Sie öffnet ihre Augen und schreit erstickt vor Angst. Mit offenen Augen sieht sie das Gleiche wie mit geschlossenen Augen: In der Dunkelheit des Zeremonienplatzes steht die grüne Ranke, ragt hoch hinauf bis zu dem Fries mit den tanzenden Männern, die sich an der Hand halten. Carla kann nicht nur die Ranke deutlich sehen, sie sieht auch die Männer in ihren roten Tuniken, sie bewegen sich seitlich, in kleinen Schritten. Doch die Ranke des Jaguarmannes ist ihr wichtiger. Gebannt verfolgt sie die Bewegung, die durch die Ranke läuft – als würde sie langsam etwas herunterschlucken – den Vogel, sie selbst. Das, was die Ranke verschlungen hat, fließt aus ihr durch die Wurzeln heraus, fließt in die Erde als tiefrotes Blut. Sie weiß, es ist ihr Blut. Die Ranke wird immer dünner, löst sich auf.

Der Jaguarmann steht wieder da, er sieht aus als sei er aus gelb-grün leuchtender Flüssigkeit. Er lächelt sie an, hunderte von spitzen

Zähnen lächeln! »Ich gehe jetzt, ich habe meine Arbeit getan. Ich bin deine Brücke zwischen den Wirklichkeiten. Vergiss es nicht.« Carla starrt in die Dunkelheit – und da ist nicht als Dunkelheit, keine Farbe, keine Form, kein Schatten.

Ihr Körper schüttelt sich, ihr ist eiskalt. Carla würgt und erbricht den gebratenen Hühnerschenkel. Sie hört Inez' Stimme, die sie von hinten mit ihren warmen Armen umfasst und hält. »Vater Wind hat seine Boten geschickt, nichts kann in deiner Nähe verweilen, was dir schadet, du bist geschützt. Hör auf das Singen des Windes, atme!« Carla hat Mühe, ihren Atem zu beruhigen, ihr ist immer noch übel.

Es ist still in der Pyramide, auch die Männer haben aufgehört zu pfeifen. Sie hört, dass jemand mit tastenden Schritten zu ihr kommt, starker Tabakgeruch steigt ihr in die empfindliche Nase – es ist Don Antonio. Mit schnellen, sicheren Bewegungen reibt er ihre Stirn mit Blütenessenz ein, beugt ihren Kopf etwas nach vorne und sprüht über ihren Scheitel. Sie richtet sich auf, atmet tief den belebenden Geruch ein. Die Essenz bewirkt sehr schnell, dass die Übelkeit verfliegt, Carla spürt wieder den Boden unter ihren Füßen. Inez lauscht – sie hört Inez' Atem dicht hinter sich, hört Don Antonios leises Schnaufen, Ulysses Atemzüge hört sie dagegen kaum. Dann nimmt sie es wahr – das Singen des Windes! Es ist erst ganz fein, so wie das Singen des Sandes in ihrer Vision, dann spürt sie den Atem des Windes um sie herum streichen. Wirklich, der Wind singt! Kleine Melodiefolgen umwehen sie, sie hören sich an wie vergessene Lieder aus ihren Kindertagen. Carla hebt ihren Kopf, um besser hören zu können. Sie kennt die Melodien, sie öffnet den Mund und hat die Empfindung, dass der Wind diese vertrauten Melodien in sie hineinweht.

Inez' sanfter Druck auf ihren Schultern lässt den Windgesang in ihr verstummen.

»Komm, Carla, setz dich.« Ulysses hat eine Kerze angezündet. Carla setzt sich und staunt, wie freundlich die Wandmalereien im warmen Licht dieser einen Kerze aussehen.

Inez reicht ihr eine Flasche mit Wasser, setzt sich vor Carla und massiert ihr die Füße. Carla fühlt sich umsorgt und geborgen, sie entspannt sich.

Don Antonio steht auf, nimmt einen Schluck aus dem kleinem seguro und besprüht jede der Pfeifenkeramiken. Er murmelt einige Worte, die Carla nicht versteht, und sagt laut »*gracias*«.

Er setzt sich wieder hin, reicht Inez und Ulysses eine *mapacho*, und jeder bläst einen Schwall von Rauch über die Figur, die er geblasen hat.

Inez reicht Carla ihre Zigarette, fordert sie stumm auf, es ihr gleichzutun. Carla - als lebenslange Nichtraucherin - zieht unbeholfen an der Zigarette, und schafft es trotz Hustenreiz eine kleine Rauchwolke über ihren Jaguarmann zu blasen.

Ulysses und Antonio rauchen und unterhalten sich mit gedämpften Stimmen. Ulysses steht auf, geht in die Dunkelheit und lässt viermal einen kurzen Pfiff ertönen, kurz darauf sitzt Arturo bei ihnen. Antonio zieht eine kleine Flasche *aguardiente* aus den unergründlichen Tiefen seiner Hosentasche, reicht sie Arturo, der einen verfrorenen Eindruck macht. Der Nachtwind am Meer ist kühl, auch im Sommer.

Alle reden durcheinander, erzählen was sie gehört und gesehen haben. Carlas Bericht findet schweigende und aufmerksame Zuhörer. Als sie vom Jaguarmann erzählt, nickt Don Antonio zustimmend. »So sieht er aus, ich habe ihn auch gesehen.« Gerade will Carla den Mund aufmachen, um zu fragen, wie es möglich sein kann, dass Don Antonio und sie das Gleiche gesehen haben, wo es doch eine Erscheinung aus ihrem Geist heraus war, da macht sie den Mund auch schon wieder zu. Sie denkt an das, was der Jaguarmann ihr gesagt hat und erzählt weiter. Als sie von der Ranke erzählt, die den Vogel verschlungen hat, sind alle ganz aufgeregt.

»Carla, das war ein klassischer Initiationsablauf«, kommentiert Ulysses als wissenschaftlicher Schamanismusexperte. Arturo sieht das als Ethnologie-Student genauso.

»Du hast eine Transformation erlebt, der Geist der Pflanze hat deine schlechten Säfte verdaut und dich neu verbunden mit der Lebenskraft von *pachamama*«, so sieht Inez das, was geschehen ist.

Don Antonio sagt lange nichts. Ulysses, Arturo und Inez diskutieren über die Geschichte der rituellen Tänzer im Fries über ihnen, da unterbricht Antonio ihre Unterhaltung. »Carla, hör mir zu. Ich habe auch die Ranke gesehen, die den Vogel verschlungen hat. Es war nicht einfach irgendeine Ranke, es war eine ganz besondere Liane, die nur im Dschungel wächst. Wir nennen sie die ‚Liane der Seele' oder auch die ‚Liane des Todes'. Sie ist noch mächtiger als San Pedro, die Schamanen im Dschungel arbeiten mit ihr. Inez und ich, wir können dir jetzt nicht weiterhelfen. Der Jaguarmann hat klar gezeigt, dass du zu der Liane in den Dschungel gehen musst, das ist dein Weg.«

Bestürztes Schweigen breitet sich in der kleinen Gruppe aus. Sie alle wissen, dass es stimmt, was Don Antonio gesagt hat. Auch Carla weiß es, sie muss ihren Weg gehen. »Ich muss ja nicht gleich morgen gehen, ich habe doch Zeit«, tröstet sie die anderen. Aber sie selbst findet keinen Trost, der Schreck sitzt tief in den Gliedern. Sie sieht Ulysses an, er starrt mit unbeweglicher Miene vor sich hin, scheint den Kristall zu fixieren, der immer noch zwischen den vier Keramikpfeifen steht. »Don Antonio, was hat es eigentlich mit dem Kristall da auf sich? Es ist ein sehr klarer Kristall, er ist doch sicher sehr wertvoll.«

»So, du findest, er sieht wertvoll aus?« Mit einem leicht spöttischen Lächeln blickt Don Antonio sie an. »Ja, in Deutschland haben viele Leute, die etwas mit Heilen oder Schamanismus zu tun haben, einen Bergkristall. Bei uns gibt es Läden, die nur Kristalle und Heilsteine verkaufen.«

»Wie will man mit der Hilfe von Steinen heilen, die gekauft sind?« fragt Antonio. So etwas Seltsames habe ich noch nie gehört. Heilsteine kann man nicht kaufen. Ich werde dir morgen Abend, wenn es dunkel ist, meine Heilsteine zeigen und erklären, wenn du wirklich wissen willst, was es mit diesem Kristall und anderen Steinen auf sich hat.« Prüfend schaut Antonio sie an. »Dieser schlaue Fuchs hat mich durchschaut«, denkt Carla und muss lächeln. »*Con mucho gusto*, Don Antonio!«

Der ist dabei, die Keramik mit dem trommelnden Fuchs wieder in Stoff einzuwickeln.

»Sind diese Keramiken wirklich alte Stücke? Woher habt ihr sie?« Carla versucht nun, Ulysses aus seinem Rückzug herauszulocken.

Auch er ist damit beschäftigt, sein Pfeifengefäß einzupacken. Er schaut Carla nicht an, als er ihr antwortet. »Ja, es sind alte

Stücke, präkolumbianisch. Diesen Rochen-Menschen hier habe ich selber vor Jahren zufällig gefunden, bei nicht ganz legalen Ausgrabungen. Den Fuchs hat Antonio wirklich zufällig gefunden, als er als junger Mann nicht weit von hier als Landarbeiter gearbeitet hat, beim Ausheben eines Brunnens. Inez' Eulenfrau hat eine andere Geschichte, sie hat sie von der alten curandera bekommen, bei der sie gelernt hat. Antonio hat von ihr seinen Eulenstab bekommen, als sie im Alter zu schwach zum Arbeiten wurde.« Ulysses sieht Carla jetzt an, seine Augen sind traurig, er reicht ihr ein Stück Stoff zum Einwickeln ihrer Keramik. »Dein Jaguarmann, der hat auch eine besondere Geschichte, vielleicht erzählt sie dir Inez einmal.«

Carla wickelt behutsam ihr Pfeifengefäß ein. Der Jaguar auf der Schulter des Mannes grinst sie fröhlich an. Der Mann hat nur ein sehendes Auge, es ist das linke, auf dem rechten ist er blind. Ihr Blick fällt auf seine flach ausgestreckten Hände, die zwischen den Handflächen eine Muschel halten. Carla hebt die Keramik noch einmal hoch und sieht sich die Hände genau an: Die linke Hand ist die eines Skeletts, die rechte die eines lebendigen Menschen. Die von Ulysses und Inez benutzten Begriffe Initiation und Transformation fallen ihr ein. »Inez, erzählst du mir die Geschichte von diesem Pfeifengefäß?«

»Später, Carla. Wir müssen jetzt fahren, Rafael wird sicher schon Angst um sein Auto haben.«

Arturo bleibt im Container der Ausgrabungsleitung zurück, er ist ja schließlich der Wächter der Pyramide. Auf Ulysses Bitte hin steckt Carla Arturo zwanzig *Soles* zu, eine Anerkennung seiner fachkundigen Begleitung ...

Die Rückfahrt zieht sich endlos dahin, in der Dunkelheit kommt ihnen der Weg doppelt so weit vor. Es ist schon ein Uhr morgens, als sie endlich vor Rafaels Haus halten. Es brennt noch Licht in der Kneipe, Rafael ist sehr erleichtert, sein Auto wohlbehalten zurück zu haben. Inez ist mit ihren Körben schon an der *plaza* ausgestiegen, so trottet Carla mit den beiden Männern müde durch das schlafende Dorf nach Hause. Das Haus ist wie immer offen, Rosa schläft – wenn man den Schnarchlauten aus ihrem Zimmer trauen kann. Antonio verschwindet sofort in seinem Anbau, Carla und

Ulysses stehen beide etwas verlegen in der Küche herum, jeder von ihnen scheint noch nach etwas Essbarem Ausschau zu halten. Carla bricht den Bann. »Hast du auch Hunger? Ich könnte uns schnell Rührei machen.«

»Was, du kannst kochen?« Ulysses hat schon wieder etwas von seiner Schlagfertigkeit zurück gewonnen. Carla ist beruhigt.

»Oh, ich habe noch viele verborgene Qualitäten!« Sie zerschlägt Eier, verrührt und würzt sie.

»Vermutlich werde ich die wohl auch nie kennen lernen.« Ulysses sagt das mehr zu sich als zu ihr, er kramt unter dem Küchentisch und zieht eine Flasche Rotwein hervor.

Sie setzen sich mit den Tellern und dem Rotwein draußen unter den alten Baum.

»Wenn deine verborgenen Qualitäten auch so gut sind wie dieses Rührei, würde ich sie wirklich gerne kennen lernen.« Ulysses wischt mit einem Stück Brot seinen Teller aus.

Carla seufzt. Sie ist diejenige, die gehen wird, sie muss reden.

Der Rotwein hilft ihnen dabei, dass sich ein weiches, gefühlvolles, offenes Gespräch zwischen ihnen entwickeln kann. Wie verletzbar und empfindlich man doch wird, wenn eine bestimmte Grenze im Umgang miteinander überschritten ist, denkt Carla in einer kleinen Redepause, obwohl wir beide von Anfang an wussten, dass unsere Begegnung nur für eine kurze Zeit sein wird, dass ich weitergehen werde, bis ich Manuel oder eine Spur von ihm gefunden habe.

Sie erzählen sich von ihrer Sehnsucht nach Nähe und einer erfüllten Beziehung, von ihren Ängsten und Schutzmechanismen, die bei jedem von ihnen andere Formen, aber sehr ähnliche Ursprünge hat. Das Reden miteinander schafft noch mehr Nähe und Vertrautheit.

»Habt ihr denn kein Bett?« dröhnt plötzlich Antonios Stimme durch die Nacht. Er muss einen sehr leichten Schlaf haben!

Carla und Ulysses kichern leise, der Alte hat Recht.

Die widerstreitenden Gefühle von Trennungsschmerz und Verliebtheit verlassen sie nicht in dieser Nacht.

Carla schläft erst richtig ein, als Ulysses schon wieder aufsteht.

Wie gut, dass Schlaf ganz oben auf der Heilmittelliste steht! Rosa schnippelt schon Gemüse für die Mittagssuppe, als Carla zu ihr in die Küche kommt. »*Buenos días*, Carlita! Ich weiß schon alles, Antonio hat es mir erzählt. Dabei hatte ich geträumt, du wirst eine curandera und bleibst bei uns!« Mit betrübter Miene reicht sie Carla eine Tasse *uña de gato*, erst dann bekommt sie Kaffee. Rosa hält eisern an ihrer erprobten Gesundheitsregel fest.

»Wer weiß, Rosa, wer weiß, was noch alles geschieht! Ich verspreche dir, zurückkommen, ich weiß nur noch nicht, wann.«

Ein langer Spaziergang am Strand hilft ihr, das Frühstück und die Tatsache der bevorstehenden Abreise zu verdauen. Jetzt erst realisiert sie, wie viele ungeklärte Fragen mit ihrer Weiterfahrt verbunden sind: Wohin soll sie von hier aus fahren? Wie soll sie fahren? Ist es nicht leichtsinnig, als Frau alleine zu fahren? Je länger sie über die vor ihr liegende Zeit nachdenkt, desto unsicherer wird sie in ihrem Entschluss. Hier hat sie bei den aufwühlenden Erfahrungen der fremden Heilrituale immer den Schutz der ihr wohl gesonnenen Familie hinter sich. Dort kennt sie niemanden. Und Manuel - läuft sie doch nur einem Traumbild hinterher? Sie mag Ulysses, soll sie wirklich fahren?

Carlas Schritte werden schneller, bald verfällt sie in einen leichten Trab und läuft. Wenn sie läuft, hört sie auf zu denken – damit hat sie sich vor ihrer Krankheit oft zur Ruhe bringen können, wenn ihr die Anforderungen von außen zu viel wurden. Was hat Don Antonio gesagt: »Das Licht der Sonne ist das Heute, nicht die Vergangenheit, nicht die Gegenwart, nicht die Zukunft.« Sie blinzelt in die Sonne, die sich immer wieder im Dunst über dem Meer versteckt. Heute. Sie stoppt ihren Lauf, legt sich in den warmen Sand und verschnauft. In kurzer Zeit hat die Sonne ihren Schweiß getrocknet. Erst badet sie ihren Körper in der Hitze von Vater Sonne, dann in den Wellen von Mutter Meer. Wenn man wirklich in diesem Bewusstsein leben könnte, das man ein Teil dieser kosmischen Großfamilie ist, dann müsste man sich nirgends fremd oder einsam fühlen – man wäre ja immer geborgen im Schoß dieser »Welten-weiten Familie«, sinniert Carla und lässt sich von den Wellen tragen. Wenn ... Ausgerechnet in diesem entspannten Moment taucht das Bild ihrer Mutter im Rollstuhl vor Carla auf. »Danke für diesen zarten Hinweis, *Mama Qocha*«, ruft sie laut über das Meer, »ich habe verstanden, ich werde sie heute noch anrufen!«

Das Bad hat ihren Körper erfrischt und das Laufen hat ihren wirren Kopf geklärt –Vater Sonne überzieht ihr Gesicht mit seinem glühenden Abendfeuer, als sie die Uferstraße im Dorf erreicht.

Sie verlangsamt ihre Schritte und steuert die *plaza* an, die blau-gelbe Telefonsäule steht bereit, Carlas Welten miteinander zu verbinden.

Es dauert, bis sie die Dame in der Telefonzentrale im Kronberger Stift davon überzeugen kann, dass sie jetzt, zur Mittagessenszeit, ihre Mutter sprechen muss – nicht erst später! Als sich die Mutter endlich am Telefon meldet, sind Carlas Münzen schon sehr zusammengeschrumpft, aber das Geld reicht aus, um das zu sagen, was sie sich vorgenommen hat zu sagen: »Ich danke Dir für alles, was Du für mich getan hast. Ich habe dich lieb, Mama.«

»Kind, was ist los mit dir, bist du krank?« Mit Besorgung reagiert die Mutter auf diese aus Carlas Mund noch nie vernommenen Sätze.

»Es geht mir sehr gut, Mama, und ich hoffe, dir geht es auch gut! Ich rufe dich bald wieder an.«

Carla legt schnell auf, sie will sich weder erklären müssen noch ihre Berührung zeigen.

Ihr Herz pocht schnell, sie hat einen Anfang gemacht, sie hat ihren ersten Schritt auf die Transformations-Brücke des Jaguars gesetzt. Sie hat gehandelt, heute. Sie hat begonnen, das selbst errichtete Gefängnis ihrer fordernden Kindrolle und der als Erwachsene so vollendet gespielten Richterrolle zu verlassen.

Sie lässt ihren Blick über den Dorfplatz wandern, auf dem jetzt, am frühen Abend, ein reges Treiben herrscht. Anders als noch vor zehn Tagen folgen ihr heute nicht mehr so viele neugierige Blicke, man weiß, dass sie zu Antonios Familie gehört. Carla bekommt den Impuls, eine Kleinigkeit für Rosa mitzubringen, sie isst so gerne Süßes. Erst Mutter Meer, dann meine Mutter und nun Rosa – das ist wohl heute mein privater Mütterlichkeitstag. Schmunzelnd steuert Carla Inez' Laden an. Wie fast immer, ist Inez in ein Beratungsgespräch vertieft, dieses Mal ist es eine junge Frau. Inez nickt Carla zu, konzentriert sich wieder auf die junge Frau. Carla setzt sich auf einen Stuhl, bestaunt aufs Neue die Wunderwelt in diesem Laden. Mit halbem Ohr hört sie dem Gespräch zu: Eifersucht, andere Frau, Heirat, Zweifel sind Wörter, die sie mehrfach hört. Eine eifersüchtige Frau, deren Mann sich vor der Hochzeit anderen Frau zuwendet, sie hat Zweifel daran, ob sie ihn heiraten soll, diagnostiziert Carla. Später erfährt sie von Inez, dass alles ganz anders ist: die Heirat der jungen Frau wird von einer eifersüchtigen Mutter verhindert, die junge Frau hat Zweifel, ob sie stark genug ist, mit dieser Frau in einem Haus zu leben.

Später, auf dem Weg nach Hause, schießt Carla beim Nachsinnen über das Konstruieren von Wirklichkeiten ein närrischer Reim von André Heller durch den Kopf: »Die Wirklichkeit, die Wirklichkeit trägt wirklich ein Forellenkleid. Und dreht sich stumm und dreht sich stumm nach andern Wirklichkeiten um.«

Rosa ist entzückt über die angenehme Wirklichkeit der Tüten voll weicher, sahniger Toffee-Bonbons und ein Café-Creme-Likör!

Später, nach dem Abendessen, setzen sie sich unter den Johannisbrotbaum, Don Antonio hat die Ritual-Steine in das weiße, alte Leinentuch gewickelt, auf dem er sonst seine *mesa* errichtet. Wie versprochen, will er Carla einen Einblick geben in die magischen Eigenschaften der Steine, mit denen er in seinen Heilritualen arbeitet. Er öffnet das Bündel, legt sorgsam Stein für Stein an einen bestimmten Platz auf das weiße Tuch, so, wie sie auf seiner *mesa* liegen.

Sie setzen sich alle auf die Erde, um die *mesa* herum.

»*Hijo*«, Antonio sieht seinen Enkel an, »erzähl doch Carla etwas von unseren heiligen Steinen hier in Peru. Du hast auf der Universität gelernt, über solche Sachen zu reden, du kannst das besser als ich.«

»Abuelo, du weißt viel mehr als ich. Was ich von dir gelernt habe, kann man auf keiner Universität lernen.«

»Genau. Und deshalb sollst du jetzt erzählen.«

»Also gut, aber nur ganz kurz! Wichtiger ist, dass du Carla deine Steine vorstellst.«

Inez und Antonio stecken sich eine *mapacho* an, Rosa versorgt sich mit einem Toffee-Bonbon, Carla trinkt einen verspäteten *uña de gato*-Tee, alle Aufmerksamkeit ist auf Ulysses gerichtet.

»Die ältesten Zeugnisse von religiösen Praktiken bei uns hier in Peru sind Steine. Unsere Vorfahren haben in den Steinen die Erdmutter *pachamama* und die Ahnen verehrt. Besonders Kristalle wurden als die Wohnstätten der Ahnen angesehen und über viele Generationen in den Familien vererbt. Jeder Ort hatte früher eine huanca, die als Ahnenstein der Volksgruppe, zu der das Dorf gehörte, verehrt wurde. Diese huanca stand entweder im Ort oder außerhalb an einer landschaftlich prägnanten Stelle. Sie war aber nicht nur ein großer Stein, sondern eine Gruppe von drei Steinen: dem großen Stein, der männlich war, einem Stein der weiblich war und einem Kindstein. Diese Steingruppe hatte die Kraft, das Dorf zu schützen. Vielleicht stellte man deshalb anfangs auch Grabsteine auf den christlichen Friedhöfen bei uns auf, weil so die Seelen unser Ahnen in den Steinen wohnen können, uns nahe sind und uns schützen.

In den Anden gibt es heute immer noch ein von den Viehhirten und Bauern gehütetes Wissen über die Kraft besonderer Steine. Das sind Steine in der Form von Haustieren, die als Schutz für das Vieh und zur Förderung der Fruchtbarkeit rituell verwendet wurden und werden. Die Steine, die wie bestimmte Haustiere aussehen, werden in der Kirche gesegnet und erhalten dadurch besondere Fähigkeiten: Sie wehren Tierkrankheiten ab, heilen sie, schützen vor bösen Geistern. Diese Steine werden in geweihten Bündeln aufbewahrt, zusammen mit Cocablättern.

Am 1. August gehen die Hochlandbewohner in die Berge, um nach solchen besonderen Steinen zu suchen. Dieser Tag heißt bei ihnen ‚Der Tag, an dem die Erde lebt‘. Der an diesem Tag gefundene Stein kann auch ein Schicksalsstein sein. Will man den Weg wissen, der einem bestimmt ist, dann wird der Schicksalsstein durch seine Form die Bestimmung zeigen.

Steine, die eine Bedeutung und eine starke Kraft haben, müssen heute wie früher von denen selbst gefunden werden, die nach Bedeutung und Kraft suchen. Diese Ritualsteine können auch vererbt oder verschenkt werden, aber man kann sie nicht kaufen. Steine, die für den Verkauf gesucht wurden, verschließen ihre Kraft. Die alten Götter haben den Menschen die Steine hinterlassen, damit wir uns an sie erinnern, so wird es gesagt. Steine wurden bei uns immer gesehen als Zeichen für die Anwesenheit der schöpferischen Kräfte des Universums, deren Wirken nicht auf unsere Erde beschränkt ist. Wir leben in einer Tradition der heiligen Steine, und diese Tradition ist auch im modernen Peru immer noch sehr lebendig. Wie du hier gleich sehen wirst, Carla!« Ulysses zwinkert seinem Großvater zu: »Bist du zufrieden mit dem, was ich erzählt habe, *maestro*?«

»Ich wäre gerne dein Meister geworden, Ulysses. Es ist ein Jammer, dass du nicht *curandero* wirst.«

»Wer weiß, abuelo, wer weiß. Vielleicht habe ich ja nur Archäologie studiert, um unsere Traditionen und ihre geistigen Welten besser verstehen zu können und mit diesem Verständnis auch für solche Denkmenschen wie Carla ein guter *curandero* zu werden. Vielleicht habe ich aber auch einen ganz anderen Schicksalsstein.«

Rosa schüttelt energisch ihren Kopf und unterbricht ihn. »Was erzählst du da, du bist noch nie am 1. August in die Berge gegangen, deinen Stein zu suchen.«

Ulysses lacht. »Als gut, Don Antonio, dann fang bitte mit dem Unterricht für werdende *curanderos* an, ich werde dein aufmerksamer Schüler sein!«

»Du weißt es doch besser, Ulysses, warum redest du so dummes Zeug! Nachher glaubt Carla es noch. *Curanderos* werden als *curanderos* geboren, dass kann man nicht durch Lernen werden. Man muss zwar viel üben und Erfahrungen sammeln, aber die Begabung zum Heilen ist ein Geschenk der Götter.«

Nun endlich stehen die Steine im Mittelpunkt der Aufmerksamkeit.

»Schau her, Carla. Du hast ja im Ritual gesehen, dass viele verschiedene Gegenstände auf meiner *mesa* liegen. Ich werde nur die Bedeutung von einigen Steinen erzählen, aber nicht die ganze *mesa* erklären, das würde viele Stunden dauern! Nur das Grundprinzip erkläre ich dir kurz: In den Dingen auf der *mesa* sind alle Kräfte des Universums vertreten, die negativen und die positiven und die, die ausgleichend wirken. Diese Kräfte wirken in uns, in der ganzen Natur. Deshalb kann ein *curandero* mit den diesen Kräften zugeordneten Objekten immer wieder die Balance zwischen diesen Kräften ausgleichen, wenn sie aus der Ordnung gekommen ist – so wie bei Krankheit oder Neid. Manche der Objekte sind den vier Winden, den Himmelsrichtungen, zugeordnet. Jeder Wind geht einen anderen Weg: der Westen geht den Weg des Todes, der Osten den Weg der ewigen Wiedergeburt, der Norden den Weg der Macht und der Süden den Weg der Tat. Jeder Wind und jedes Objekt hat ein eigenes Lied. Das singe ich, wenn ich im Ritual damit arbeite.

Sieh dir diesen Stein an, Carla!« Er reicht ihr einen kleinen Stein, der wie ein Herz geformt ist. »Dieser Stein gehört zum Westwind, zum Weg des Todes. Wenn dem Herzen eines Menschen geschadet wurde, egal durch welchen *daño*, dann heile ich den bösen Zauber mit diesem Stein. Ich habe ihn in der Huaca del *brujo* gefunden. Das hier gehört auch zum Westwind.« Don Antonio reicht ihr einen runden Stein mit einer schwach erkennbaren Spiralzeichnung und zwei dunklen Punkten. »Das ist der doppeläugige Strudelstein. Wenn jemand ein Augenleiden hat, das auf einen *daño* zurückgeht, dann rufe ich mit diesem Stein die alten Geister, die helfen mir bei dieser Art von Heilung. Bei Heilungen, in denen ich die Kraft des Ostwinds rufe, arbeite ich hauptsächlich mit Kristallen. Kristalle können noch besser als andere Steine Prozesse der Erneuerung bewirken, für einen neuen Anfang öffnen. Wenn ich mit Kristallen arbeite, kann ich die Ursachen für Krankheiten besonders klar sehen. Der Bergkristall, den du in der Huaca del *brujo* gesehen hast, ist für meine persönliche Verteidigung gegen die bösen Absichten von Menschen und Geistern. Er verteidigt und schützt mich, deshalb nehme ich ihn immer mit an Orte, die eine mächtige Energie haben. Dort, wo eine mächtige Energie ist, sind nicht nur starke Energien zum Heilen, sondern auch genauso starke Energien für Schaden und Zerstörung. Ich habe ihn von meinem Meister geschenkt bekommen, und der bekam ihn von seinem Meister. Der Stein kann seine Kraft nur entfalten in den Händen von Menschen, die selber Kraft haben. Sonst ist auch der älteste und schönste Stein nichts weiter als ein Stein. Der Stein zeigt uns schon in seiner Form, wofür seine Kraft besonders helfen kann. Wenn man sich nicht sicher ist, für welche Arbeit ein Stein gut ist, was für ein Geist in diesem Stein ist, dann muss man ihn mit in ein Ritual nehmen. San Pedro macht, dass man den Geist des Steines erkennt.«

Don Antonio greift zu einem unscheinbaren, grauen Stein. »Schau, Carla, dieser Stein sieht nicht bedeutend aus, aber er hat eine starke Macht, deshalb gehört er auch zum Nordwind. Mit ihm kann ich alles sehen, was im Meer oder am Strand verloren gegangen ist, egal ob es Menschen oder Dinge sind. Ich nenne ihn den ‚Stein der Meere‘, ich habe ihn in einer Huaca dicht am Meer gefunden, deshalb hat er diese besondere Macht des Sehens.«

Don Antonio raucht, blickt sinnend über die Steine. »Don Antonio, hast du keine Steine, die zum Südwind gehören?« Carla ist fasziniert von der Einstellung, die Don Antonio zu den Steinen hat, von seinen Zuordnungen.

»Wenn ich mit der Kraft des Südwinds arbeite, brauche ich keine Steine. Da arbeite ich mit der Rassel, dem Geisterseil, mit Muscheln und Tabak und noch einigen anderen Sachen, aber nicht mit Steinen.«

Carla brennt es auf der Zunge, weiter zu fragen, warum er beim Südwind nicht mit Steinen arbeitet, aber sie schluckt sie hinunter. Sie würde von Don Antonios Heilerarbeit auch nicht mehr verstehen, wenn er ihr diese Frage beantworten würde. Sie hat keine Erfahrung mit dem Geist eines Steines, der Kraft die sich durch ihn verwirklicht. Bei aller Faszination für Don Antonios Erklärungen ist für sie jeder Stein nicht mehr als ein Stein. Sie achtet den *curandero* und seine heilerische Arbeit sehr, aber die geistige Welt hinter dieser Arbeit ist ihr fremd. Vielleicht ist es ja auch schon ein kleiner Schritt auf der Wandlungsbrücke des Jaguars, eine ihr fremde geistige Welt zu achten, nicht mehr und nicht weniger.

»Don Antonio, ich bin sehr beeindruckt von deinen Steinen, deinem Wissen und deiner Arbeit. Ich werde jetzt die Steine, die mir begegnen, mit anderen Augen ansehen und versuchen, ihre Gesänge zu hören. Danke!«

Don Antonio lächelt und packt seine Steine wieder in das Leinentuch.

Der Mond steht jetzt genau über ihnen, in wenigen Tagen wird er sich in seiner vollen, runden Pracht zeigen. Ulysses blickt hoch zu *Mama Quilla*: »Ich glaube, die alte Dame verlangt wieder nach einem Blutopfer! Rosa, habe ich das vorhin richtig gesehen, steht da nicht noch eine Flasche Rotwein unter dem Küchentisch?«

»Hab ich dir nicht immer gesagt, Brüderchen, das unser *halcón* die Gabe des Scharfblicks besitzt? Warte nur ab, der wird noch einmal ein großer *curandero*!« Rosa strahlt Antonio an, geht mit Ulysses ins Haus und beide kommen mit Gläsern und der gesichteten Rotweinflasche zurück.

Die Gespräche drehen sich bald um sehr alltägliche Dinge, Carla lehnt sich an den noch sonnenwarmen Stamm des Baumes und genießt diese Gemeinschaft der Menschen: Ein Liebhaber, ein Heilmeister, zwei Frauen, die Mütter und Freundinnen zugleich sind – welch ein reicher Augenblick!

Ein schmerzender Gedanke durchschneidet diesen nahezu perfekten Moment: sie wird diese Menschen sehr bald verlassen. Ihr Herz zieht sich zusammen. So vieles ist noch zu bedenken und zu organisieren für ihre Weiterfahrt, sie weiß nicht einmal, wie sie über die Anden in den Dschungel kommen soll. Morgen, denkt sie, ich werde mich morgen darum kümmern. Schließlich funktioniert die Übung, bewusst im Heute zu sein auch nur deshalb, weil wir wissen, dass es noch eine andere Zeit als das Heute gibt. Zufrieden über die Genialität dieser Erkenntnis widmet sie ihre ganze Aufmerksamkeit den Freunden und ihren Gesprächen.

Später, als sie aus der Dusche hoch in ihr Zimmer geht, ist das Heute aber wieder sehr präsent und verlangt Beachtung.

Carla beachtet es und geht mit ihrem *halcón* auf Nachtflug.

Am Frühstückstisch sitzt Rosa ihr fein herausgeputzt gegenüber, ein leuchtend blaues Kleid mit weitem Ausschnitt und kurzen Puffärmeln lässt sie sehr stattlich aussehen. Carla staunt sie an. »Was hast du denn vor, hast du eine Verabredung?«

»Ich fahre gleich mit dem Bus nach Trujillo, ich will Besorgungen machen und dann treffe ich mich mittags auf dem Markt mit Carlos, einem alten Freund.«

«Ich fahre mit dir mit, Rosa. Ich muss wieder zur Bank und dann möchte ich mich auch nach Bussen erkundigen, die nach Pucallpa fahren.« Carla wartet gar nicht erst Rosas Reaktion ab, läuft hoch in ihr Zimmer, steckt sich alle nötigen Dokumente in eine der bewährten Hosentaschen und ist wie der Blitz wieder unten.

Erst als sie beide im Bus sitzen, fragt Rosa sie betrübt, ob Carla wirklich schon ans Wegfahren denkt.

»Rosa, es fällt mir sehr schwer, euch zu verlassen. Aber Don Antonio hat es gesehen und ich weiß es auch, ich kann nicht viel länger hier bleiben. Andere haben einen Schicksalsstein, dessen Weg sie folgen. Ich habe den Beutel und den Gesang der Jaguarflöte, dem ich folgen muss. Aber ich verspreche dir, wenn du heiratest, dann komme ich, egal wo auf dieser Welt ich dann bin!«

Rosa hat feuchte Augen, aber sie lacht und drückt Carla fest an sich.

Sie verabreden sich für den späten Mittag in einem Café an der *plaza*. Eine Stunde später sitzt Carla vollkommen entnervt alleine vor einer gasiosa in einem Eiscafé. Der Angestellte hat sie mit seinen Auskünften an den Rand eines Nervenzusammenbruchs gebracht. Es gibt keinen direkten Bus von Trujillo nach Pucallpa, aber sie kann entweder über Huamachuco hoch nach Patar fahren und von dort nach Huánuco und dann über Tingo Maria nach Pucallpa, oder über Chimbote und Huaraz und von dort aus nach Huánuco fahren, oder, oder... Carla hat nur entsetzt auf der Landkarte in der Busagentur die winzigen, geschlängelten Straßen verfolgt, die ihr der Angestellte erklärend gezeigt hat. Die angegebenen Höhenmaße haben ihr den nächsten Schock versetzt -viertausend bis viertausendfünfhundert Meter! Ihr armes Herz, und ihr noch ärmerer Kreislauf! Sie muss in San Rafael gleich im Reiseführer nachschlagen, was es mit der Höhenkrankheit auf sich hat. Die Höhe des Feldberg im Taunus ist ihr eigentlich gerade recht – so um 890 Meter. Sie hat bislang gar nicht realisiert, dass hier in den Anden der höchste Berg Amerikas liegt, über sechstausend Meter hoch, gar nicht so weit von der vom freundlichen Angestellten empfohlenen Umsteigestation Huaraz entfernt. Ganz gleich, für welche der verwirrenden Routen mit mehrfachem Umsteigen sie sich entscheidet – auf kurvenreichen, nicht immer asphaltierten Bergstraßen wird die Fahrt mindestens dreißig Stunden betragen, etwaige Übernachtungen in Umsteigestationen nicht mitgerechnet.

Beim Gedanken daran wird Carla sofort leicht schwindelig. Sie könnte auch mit dem Bus zurück nach Lima fahren und von dort aus über die Anden nach Pucallpa fliegen, das fühlt sich schon einfacher an. Oder sie könnte auch von Trujillo nach Lima fliegen, und von Lima nach Pucallpa.

Sie holt einen Stift aus der Tasche heraus und fängt an zu rechnen: Fliegen ist die einfachste, angenehmste - und teuerste Lösung.

Sie muss sich überlegen, wie das Verhältnis von aufgewendeter Körper- und Nervenkraft zum Geld ist. Als ihr dieser Lösungsansatz klar wird, ist ihre Entscheidung getroffen. Sie wird fliegen, von Trujillo nach Lima und weiter nach Pucallpa. Ihre Körperkraft ist ein fragiles und nicht ersetzbares Kapital, mit dem sie sorgsam umgehen will. Geld ist ein Kapital, das sich durch Arbeit immer wieder erneuern lässt, wenn sie gesund ist.

Zudem hat sie nicht den Ehrgeiz, absichtlich äußerliche Abenteuer zu suchen, ihr reichen die bislang durchstandenen inneren Abenteuer.

Erleichtert und zufrieden mit ihrem Entschluss streunt Carla durch die Straßen der Altstadt, bis es Zeit ist, Rosa im Café zu treffen. Als Carla über die *plaza* auf das kleine Café zugeht, sieht sie schon von weitem Rosa in ihrem leuchtend blauen Kleid an einem der Tische draußen sitzen. Neben ihr sitzt ein Mann, er dreht Carla den Rücken zu. Neugierig nähert sie sich dem Tisch.

»Ah, Carla, da bist du ja, ich habe José gerade von dir erzählt! Carla, das ist mein alter Freund José Pinedo Silvano.« José strahlt Carla an, Carla strahlt zurück.

Auf der Heimfahrt im Nachmittagsbus ist José das einzige Gesprächsthema der beiden Frauen, gewürzt mit viel Gekicher, zweideutigen Anmerkungen und Zukunftsprognosen. »Sie macht es richtig, diese Freude über eine sich anbahnende Liebe ist sicher nicht nur mit zweiundsechzig Jahren gut für die Seele und das Immunsystem, geht es Carla durch den Kopf. Sie denkt an Manuel und an Ulysses und lehnt sich entspannt zurück.

»Rosa, Carla, kommt!« Inez steht in der Ladentür und winkt sie energisch zu sich, als die beiden in San Rafael an der *plaza* aus dem Bus steigen.

Im Laden ist keine Kundschaft, so dass die drei Frauen in Ruhe über Rosas Begegnung mit José reden können. Über ihre Recherche in der Busagentur und ihren Entschluss sagt Carla nichts, sie will sich erst in Ruhe darüber klar werden, wann sie weiterreist. »Heute ist Dienstag, zwei bis drei Tage möchte ich schon noch bleiben, ich brauche noch Zeit mit Ulysses. Dienstag – ob heute Nacht wieder ein San-Pedro-Ritual ist?« Carla spricht diese Frage laut aus. »Ja, Antonio hat heute Nacht wieder zwei Patienten. Aber ich habe etwas anderes vor, das wollte ich dir sowieso gleich erzählen.«

Rosa ist bei Inez' letzten Worten aufgestanden, streicht sorgfältig den Rock ihres Ausgehkleides glatt. »Inez, erzähl du Carla von heute Nacht, ich brauche dringend einen kleinen Nachmittagsschlaf.«

Unternehmungslustig schaukelt die Einkaufstasche an ihrer Hüfte, als sie über die *plaza* nach Hause geht.

»Was ist los heute Nacht, was meint Rosa damit?« Neugierig wartet Carla auf die Antwort.

»Immer, wenn Vollmond ist, treffen sich einige Frauen aus dem Dorf zu einem Ritual auf der Huaca de la luna. Wir tanzen und singen zu Ehren von *Mama Quilla*, die für uns ein Aspekt der Großen Mutter ist. Du wirst uns bald verlassen, deshalb laden die Frauen dich ein. Du wirst nicht nur uns Menschen hier verlassen, du verlässt auch unsere geistige Welt, unsere Art der Verbindung zu den alten Göttern, den Naturkräften und der Ordnung des Kosmos. Du bist unser Gast, in allen unseren Welten. Deshalb musst du dich nicht nur von uns Menschen, sondern auch von den nicht sichtbaren Welten verabschieden. Unsere Geister haben dich beschenkt, sie haben sich dir gezeigt. Wohin du auch gehst, trägst du dieses Geschenk in dir. Wenn du willst, kann es ein Teil deiner Kraft werden. Jede geistige Welt hat einen eigenen Klang, auch unsere hier. Du hast das Lied des San Pedro gehört, den Gesang des Windes, den Gesang des Jaguarmannes. Von allen wird sich etwas in deinen eigenen Klang einweben. Du musst lauschen, deinem eigenen Klang lauschen.«

Inez hat ihren Blick auf Carla gerichtet, die in sich versunken mit geschlossenen Augen auf dem Stuhl sitzt. Von der *plaza* dringen die Rufe spielender Kinder in die Stille des Ladens. Tönende Bilder durchziehen in rasantem Tempo Carlas Kopf: mit hohen, schrillen Töne jagt ihr Krankenhauszimmer vorbei – rasendes

Trommeln begleitet Philips angstvolles Gesicht – aus dem Maul der Jaguarmaske fließen gurgelnde, zischende Laute – endlose Reihen grüner Augen singen einen fröhlichen Kanon – Manuels Gesicht wird begleitet von einem Sinfonieorchester – der Jaguarmann klingt wie Wagner – Ulysses zieht vorbei mit einem ruhigen, sehnsuchtsvollen Vogelgesang – der San-Pedro-Kaktus wiegt sich vor ihr zu einem Song der Stones: In another land...

Inez' Worte wandern durch Carlas Körper, richten es sich in ihrem Herz wohnlich ein. Ja, sie ist hier von Menschen und Geistern und Kräften reich beschenkt worden! Sie beginnt zu verstehen, was Inez mit ihren häufigen Hinweisen auf den eigenen Klang meint. Welches ist mein eigener Klang, wie kann ich ihn hören? Carla öffnet die Augen und sieht Inez an »Wann gehen wir heute Abend los?«

Als Carla wenig später aus dem Laden tritt, steht der weiße Hund da, blickt sie erwartungsvoll an. »Na, dann komm!«, ruft sie ihm aufmunternd zu, und er folgt ihr mit etwas Abstand zum rosafarbenen Haus. In der Spüle entdeckt Carla drei Fischköpfe und drei Fischschwänze, die Fischleiber liegen in große Blätter eingewickelt auf dem Küchentisch. Noch ein Stück vom trockenen Weißbrot, und der weiße Hund hat eine Mahlzeit. Carla sieht ihm zu, wie er mit wenigen Schlucken alles verschlungen hat.

Als sie auf ihrem Bett liegt, greift sie unter ihr Kopfkissen, nimmt den Beutel in die Hand und denkt an Manuel. Sie denkt an ihn, aber sie fühlt ihn nicht. Vielmehr ist ihr, als ob sich die verbindenden Fäden, die sie bis vor kurzem immer gespürt hat, aufgelöst hätten. Erschrocken sieht sie bei diesem Gedanken auf das gestickte Muster – es werden sich im Muster doch keine Fäden gelöst haben?

Carla dreht und wendet den Beutel und atmet auf, selbst nach über 22 Jahren hat sich noch kein Faden aus der Stickerei gelöst!

Sie öffnet den Beutel und holt die Knochenpfeife heraus. Sie ist nur etwas größer als der Durchmesser ihrer Handfläche. Der elfenbeingelbe, schmale Knochen sieht zart und weich aus, fast wie ein lebendiger Finger. Es graust ihr nicht mehr vor diesem Stück Knochen, sie verspürt zum ersten Mal Lust, auf der Flöte zu spielen.

Ich werde sie mitnehmen zum Mondritual, da werde ich sie spielen, denkt sie und freut sich auf die Nacht mit den Frauen. Diese Freude begleitet sie in ihren leichten Schlaf.

Antonios polternde Stimme weckt sie. »Zwei Frauen im Haus und nichts zum Abendessen, nur tote Fische!«

Sie hört Rosa ruhig sagen: »Die Zeit der Sklaverei ist auch in Peru schon etwas länger vorbei.«

Betont langsam und mit hoch erhobenem Kopf und gleichmütiger Miene stolzieren die Frauen wortlos an Antonio vorbei, der grummelnd am Tisch in der Wohndiele sitzt. »Wenn Männer alt werden, benehmen sie sich manchmal wie Kinder«, lässt es Rosa im Plauderton laut aus der Küche schallen, »selbst die mächtigsten *curanderos* sind oft nicht in der Lage, den Fisch ins Feuer zu legen.« Die beiden Frauen kichern, als Antonio in den Hof geht, den Grillrost über die Glut des heruntergebrannten Feuers legt.

Als Ulysses kommt, ist der Reis fertig und die Fische über der Glut duften köstlich. Carla ist gerade dabei, den Tisch draußen zu decken. »Welch erfreulicher Anblick für einen armen Mann, der müde von der Arbeit nach Hause kommt: Seine Frau wartet mit dem Essen auf ihn!« In erprobter Theatralik streckt Ulysses die Arme nach Carla aus.

»Nimm dich in Acht«, droht sie ihm lachend mit einem Messer, »mit solchen präkolumbianischen männlichen Verhaltensweisen hat sich hier heute schon jemand unbeliebt gemacht! Wenn dir dein Essen lieb ist, schweig und hol die Stühle an den Tisch.«

»Interessant, interessant. Die Intellektuelle aus Deutschland hat bereits von den peruanischen Frauen gelernt, wirklich interessant.«

Carla wirft ihm einen Putzlappen hinterher.

Der köstliche Fisch wird auf die Teller verteilt und bringt Ruhe und Frieden in die Männer- und Frauengemüter.

Schließlich steht Don Antonio vom Tisch auf. »Ulysses, kannst du mir heute assistieren? Inez und die Frauen werden heute mal wieder *Mama Quilla* aus ihrer Ruhe bringen!«

Ulysses blickt hoch zum Mond. »Stimmt, es ist Vollmond! Ich assistiere dir gerne, auch wenn ich Inez nicht ersetzen kann!« Er dreht sich zu ihr um und setzt sein unwiderstehlichstes Lächeln auf. »Und du traust dich, mit diesen Frauen zur Pyramide zu gehen? Ist es nicht sicherer, wenn ich mitkomme? Vielleicht sind es ja Hexen? Vielleicht locken sie ja die Geister der Toten aus dem Gräberfeld an der Pyramide hervor?« Er tanzt wie ein Kobold um Carlas Stuhl herum, verzieht sein Gesicht zu schrecklichen Grimassen.

»Pass auf, dass ich dir nicht einen blutrünstigen Totengeist in deine Visionen schicke!« Carla lacht und fasst in seinen dicken Haarschopf, hält ihn daran fest. Schnell nimmt sie einen Schluck Wasser, hält ihn im Mund und sprüht einen feinen Schwall über Ulysses' Kopf. »So, jetzt bist du gegen Hexen geschützt.« Sie lässt ihn los.

Die Frauen können nicht aufhören zu lachen. »Du hast Begabung, Carla! Du solltest bei mir in die Lehre gehen.«

Die Frauen räumen das Essen in die Küche und Carla rettet schnell noch etwas Reis und kleine Fischreste für den weißen Hund, der wartend vor der Türe liegt.

»Mach dich fertig, wir gehen bald los«, ruft ihr Rosa zu, die mit nassem Haar und wohlriechend aus der Dusche über den Hof ins Haus geht.

Carla holt sich schnell saubere Sachen aus ihrem Zimmer und verschwindet auch in der Dusche.

»Willst du so mit uns zum Ritual gehen?« Inez betrachtet kopfschüttelnd Carlas Dauer-Outfit: helle Trekkinghosen und Shirt. »Carla, wir tanzen zu Ehren von *Mama Quilla*, und unsere Kleidung drückt unsere Achtung ihr gegenüber aus. Zum Geburtstag deiner Mutter oder einer Freundin würdest du dich doch auch etwas fein machen, oder?«

Carla ist etwas beschämt, sie hat nicht darüber nachgedacht, dass dieses monatliche Mondritual etwas Besonderes für die Frauen ist und von daher besondere Beachtung ihrerseits verdient hätte. Mit wenigen Sprüngen ist sie in ihrem Zimmer, zieht sich das einzige Kleid an, das sie mitgenommen hat. Fast hätte sie die Knochenpfeife vergessen! Sie steckt den gestickten Beutel in ihren Tagesrucksack und läuft wieder nach unten.

Zufriedene Blicke empfangen sie.

»Gehen wir zu Fuß zur Pyramide?« Carla erinnert sich an die mindestens halbstündige Fahrzeit mit dem Motorrad, hoffentlich müssen sie nicht den ganzen Weg zu Fuß gehen!

»Nein, das ist zu weit. Isabel hat das Auto von ihrem Vater bekommen, sie hat einen Führerschein, sie ist jung. Sie wohnt unten an der Uferstraße.«

Auf der Uferstraße steht ein offener Pritschenwagen, ein altes amerikanisches Modell. Er ist umringt von mindestens zwölf Frauen aller Altersstufen und einigen sehr jungen Mädchen. Neben dem Pickup steht ein Korb mit weißen Blumen, zwei zugedeckte Körbe, ein Stapel Decken, eine Kiste mit Wasserflaschen. Inez und Rosa werden freudig und mit vielen Wangenküssen und Umarmungen begrüßt. Carla bekommt freundliche Blicke und Wangenküsse. Der einzige Mann in dieser Ansammlung ist Isabels Vater, der seiner Tochter die letzten Fahranweisungen gibt und darauf achtet, dass alle Frauen auf der Ladefläche sicher verstaut sind. Isabel ist eine junge Frau Anfang Zwanzig, die hinter dem Rücken ihres alles regelnden Vaters Grimassen der Verzweiflung schneidet. Inez, Rosa und Carla dürfen in der Kabine neben Isabel sitzen. Den Erwartungen ihres Vaters entsprechend würgt Isabel beim ersten Startversuch den Motor ab, dann setzt sich der Pickup mit seiner kostbaren Fracht ohne weitere Störungen in Bewegung.

Als sie den Parkplatz an der Huaca de la luna erreichen, steht die strahlende, bleiche Königin dieser Nacht schon hoch über dem Weißen Berg, dem Wächter der Pyramide.

Die Frauen verteilen still und mit flinken Bewegungen die mitgebrachten Körbe und Decken untereinander, stellen sich hintereinander und gehen schweigend den Weg zur obersten Plattform der Pyramide. Dem fließenden Ablauf ist anzumerken, dass er allen Frauen vertraut ist, auch den vier jungen Mädchen, die den Zug der Frauen anführen. Inez geht als Letzte, sie ist die weise Frau in diesem Kreis. Nur sie beherrscht die Kunst, die Frauen vor den störenden Kräften zu schützen, die sich gerne in der Nacht an die Fersen von Wanderern zwischen den Welten heften. Deshalb geht sie als Letzte, trägt einen unsichtbaren Schutzschild für Alle auf ihrem Rücken. Carla geht vor ihr und hört sie summen, eine kleine, sich immer wiederholende, rhythmische Melodie.

»Was singst du da«, fragt sie leise.

»Ich singe das Lied des Weges, der aus der Ebene vom Meer hoch zu dem Gipfel des Mondberges führt. Ich singe das Lied zu Ehren dieses alten Weges, den vor mir schon viele gegangen sind. Dieses Lied vom Weg schützt die, die ihn gehen.«

Auf der obersten, freien Plattform werden wortlos die Vorbereitungen der für das Ritual getroffen: Ein silberfarbenes Tuch wird ausgelegt und mit weißen Blüten bestreut, in der Mitte des Tuches wird eine silbrig glänzende Schale gestellt, in die Wasser gegossen wird, Decken werden in einem großen Kreis um die Mitte herum gelegt. Die jungen Mädchen, die Carla auf dreizehn bis vierzehn Jahre schätzt, gruppieren sich außerhalb des Kreises so, dass sie den Weißen Berg im Rücken haben. Die Vollmondnacht ist wie ein heller Tag, über den ein tiefblauer Filter gelegt wurde, Menschen und Gegenstände sind klar zu erkennen.

Carla wird sich bewusst, wie anders sie die Pyramide und vor allem sich selber an diesem Ort wahrnimmt im Vergleich zu ihrem ersten Besuch mit Ulysses. Sie empfindet großen Respekt vor diesem alten Ort der Verehrung der lebenserhaltenden Mondkraft, dem Nachtgesicht der Großen Mutter. Heute kann sie die Lebendigkeit dieser huaca spüren. Es ist eine lebendige Energie, weil sie seit ihrer Errichtung von Menschen neu aufgeladen wird, die mit einer geistigen Absicht hierher kommen, so wie heute die Frauen.

Ich habe Katharina nie ernst genommen, wenn sie von ihren Erfahrungen an »heiligen Orten der Kraft« geredet hat, geht es Carla bei diesen Empfindungen durch den Sinn. Ich kann zwar mit dem Begriff heilig immer noch nichts anfangen, aber sie hat Recht: Es gibt diese besonderen Orte, wo eine nicht materielle Kraft spürbar ist Das ging mir in der Huaca del *brujo* so und hier auch. Sie blickt sich nach Inez um und entdeckt sie bei den jungen Mädchen.

Carla geht zu ihnen und wird von einem kleinen Konzert empfangen. Drei der Mädchen haben jeweils zwei kleine Rasseln in der Hand, die vierte schlägt eine kleine Handtrommel. »Oh, das ist ja schön! Ich wusste gar nicht, dass wir Live-Musik haben werden.« Die Mädchen kichern und Carla fragt, ob sie sich die Rasseln ansehen darf. Jede Rassel ist mit einem anderen Motiv verziert, das in die Kürbisfrucht eingeritzt wurde: Monde, Sonnen, Wellen und Spiralen. »Inez, kann eigentlich jede Frau am Mondtanz teilnehmen?«

»Sobald ein junges Mädchen seine monatliche Blutung bekommen hat, kann sie mit uns *Mama Quilla* ehren.«

»Seid ihr nicht alle katholisch? Widerspricht sich das nicht – ein heidnischer Mondtanz und die Kirche?«

»Seit fünfhundert Jahren arrangieren wir uns mit der katholischen Kirche, hinter vielen ihrer Heiligen verbergen sich unsere alten Gottheiten und personifizierten Naturkräfte. Was meinst Du wohl, warum besonders die weiblichen Heiligen wie die Jungfrau Maria oder die Jungfrau del Carmen, Rosa von Lima oder die Jungfrau del Candelaria und noch einige mehr so beliebt sind? Sie alle sind Verkörperungen von *pachamama*. Der Pfarrer im Dorf muss ja nicht alles wissen, was wir tun. Und so, wie ich Gott verstehe, interessieren ihn Mitgliedsausweise nicht. Ich glaube, er macht keinen Unterschied zwischen Katholiken oder so genannten Heiden. Als Schöpfer dieser Erde hat er selber ja diese vielen verschiedenen Menschen in ihren so verschiedenen Glaubensformen entstehen lassen, oder?«

Dieser Logik kann sich Carla nicht entziehen und der Gedanke gefällt ihr: ein transreligiöser Gott!

»Komm, es ist alles vorbereitet, wir fangen an.«

»Aber ich weiß doch gar nicht, was ihr macht und was ich tun soll.«

»Du brauchst nichts zu wissen, Carla. Du wirst es wissen, wenn du es tust. Mach einfach das, was alle machen. Und wenn du etwas anders machst als alle, so ist das auch richtig. Wer will vorschreiben, wie man seine Verehrung, seinen Dank und seine Achtung für die Schöpferkraft ausdrückt? Wichtig ist nur, dass du innerlich ganz wahrhaftig bist in dem, was du machst. Und wenn du etwas unbedingt fragen musst, Rosa wird neben dir sein. So, nun komm aber, sie warten auf uns.«

Doch Carla muss noch eine Frage loswerden. »Inez, ich habe die Knochenpfeife bei mir und würde sie gerne im Ritual spielen, aber ich habe noch nie auf ihr gespielt. Wann ist der beste Moment dafür?«

»Du wirst es wissen, wenn er da ist.«

Inez lässt eine verunsicherte Carla stehen. Sie aus dem Rucksack den gestickten Beutel heraus und legt ihn unter ihre Decke.

Links von ihr steht Rosa, rechts eine junge Frau, die sich zu Carla umdreht: »Ich bin Hilda, ich bin auch das erste Mal hier.«

Dreizehn Frauen stehen im Kreis. Inez tritt in die Mitte. Außerhalb des Kreises stehen die vier jungen Mädchen. Ihr verhaltenes, gleichmäßiges Rasseln verweht mit dem Nachtwind in alle Richtungen. Sie beginnen, mit langsamen Schritten und rasselnd den Kreis zu umschreiten. Viermal gehen sie gegen den Uhrzeigersinn um die Frauen.

Inez hebt ihre Arme in den klaren Nachthimmel, in den Händen hält sie weiße Blüten. Sie fängt an, sich langsam mit kleinen Schritten um sich selber zu

drehen, intoniert mit klarer, tiefer Stimme Silben: »Ma ma qui lla ma ma qui lla.«

Weiße Blüten fliegen hoch in den Himmel, fallen herunter zur Erde, werden von den vier Winden in vier Richtungen davongetragen. Inez' Drehtanz wird schneller, die Frauen im Kreis fallen in die Intonierung des Namens von *Mama Quilla* mit ein, fangen auch an, sich zum eigenen Klang und zum schnellen Rhythmus der Rasseln und der Handtrommel zu drehen.

Die Silben tönen hoch und hell aus Carlas Mund, sie hört sich und ist erstaunt, wie hoch sie singen kann. Sie dreht sich mit den anderen Frauen, fliegt mit kleinen, schnellen Schritten um sich herum durch den Mondhimmel. Es ist wie früher, als ich klein war und mich mit Katharina zusammen gedreht habe, »die Windmühle drehen«, haben wir es genannt, denkt Carla.

Die Frauen werden langsamer, stehen still, verbeugen sich tief zur Erde und hoch zum Mond. Sie setzen sich auf ihre Decken und richten die Blicke auf Inez, die hoch aufgerichtet in der Mitte steht. Wie schön sie ist, durchfährt es Carla, sie strahlt Würde und Wissen aus, sie steht hier vor zweitausend Jahren und sie steht hier in zweitausend Jahren. Etwas an ihr ist unabhängig vom Lauf der Zeiten.

Inez erhebt ihre Stimme und lässt die Worte in rhythmischem Gleichklang fließen. Worte, die erzählen von dem Anfang der Welt, als die Große Weltenmutter Blut in die Erde, das Wasser, die Sterne und den Mond ergossen hat. Es sind alte Worte, durch unzählige Generationen von Frauen immer wieder zu neuen Worten erweckt. Carla versteht viele der alten Worte nicht in ihrer sprachlichen Bedeutung, aber sie versteht ihren Sinn.

Inez' Geschichte ist zu Ende, sie bückt sich, nimmt die silberne Schale aus der Mitte, hält sie mit beiden Händen vor sich. Die Frauen kennen den Ablauf des Rituals, sie beginnen gemeinsam ein Lied zu singen. Carla beugt sich zu Rosa, die selbstvergessen singt. »Rosa, was ist das für ein Lied?«

Wie aus einem Traum aufgeschreckt blickt Rosa sie verstört an, bis sie den Sinn von Carlas Frage begreift. »Das ist das Lied von der alten Mondmutter.«

Carla schließt die Augen, um sich besser auf die Melodie konzentrieren zu können. Leise tastet sie sich an den Lauf der Töne heran, findet ihre eigenen Worte dazu.

Entweder hat das Lied unendlich viele Strophen oder es wird unaufhörlich wiederholt. Carla kommt es bald so vor, als würde sie seit Stunden hier zu sitzen und mit den Frauen zu singen – ein schönes Gefühl.

Auf ein für Carla nicht erkennbares Zeichen hin wird der Gesang der Frauen leiser, geht in ein Summen über. Eine der Frauen steht, sie scheint die Älteste im Kreis zu sein. Sie geht zu Inez, hebt eine dunkle Blüte hoch zum Mond, legt sie in die silberne Schale. Eine nach der anderen tritt in die Mitte, vollzieht das gleiche Ritual. Carla beobachtet, dass die älteren Frauen eine dunkle Blüte in die Schale legen, die jüngeren ein weißes Tuch in ihrer Hand halten, dass sie einmal in das Wasser tauchen und es dann wieder an sich nehmen. Gleich ist sie an der Reihe, aber ihr ist nicht klar, was die anderen Frauen da tun.

»Rosa! Was machen die da?«

»Sie bringen ein Opfer, einen Tropfen ihres Monatsbluts auf dem Tuch, zu *Mama Quilla* und erbitten Fruchtbarkeit. Die älteren Frauen, die nicht mehr monatlich bluten, geben eine rote Blüte mit ihrer Bitte um Fruchtbarkeit. Fruchtbarkeit heißt nicht nur, Kinder zu gebären, Fruchtbarkeit bedeutet auch, geistigen Samen in die Welt zu tragen.«

»Und was kann ich geben?«

»Hast du irgendetwas Rotes bei dir?«

Carla denkt schnell nach, wühlt in ihrem Rucksack. Nur noch eine Frau ist vor ihr, dann ist sie an der Reihe. Sie ergreift das kleine Reise-Nähetui, zieht einen dunklen Faden heraus, von dem sie hofft, dass er rot ist. Als sie vor Inez steht, hebt sie den Faden hoch zu Mutter Mond und bittet darum, dass sie die Kraft hat, die geistigen Samen zum Wachsen zu bringen, die Menschen und Geister ihr ins Herz gelegt haben.

Sie legt den Faden in die Schale, zu Blüten und Blut.

Zurück an ihrem Platz, lässt sie den Blick von Frau zu Frau wandern. Das summende Klingen erfüllt den Raum über der Pyramide, fließt in die dunklen Kammern unter ihnen. Tiefer Frieden überströmt Carla, sie fühlt sich bedingungslos angenommen und im Schoß der Frauen aufgehoben, im Schoß von *Mama Quilla*.

Als die letzte Frau ihr Opfer in die Schale gelegt hat, schreitet Inez mit der über ihren Kopf erhobenen Schale einmal im Kreis herum, geht dann wieder in die Mitte.

Die Frauen stehen auf, fassen sich an die Hände, gehen tanzend in einer für Carla verzwickten Schrittfolge viermal im Kreis herum. Rosa zieht die stolpernde Carla gnadenlos mit sich mit, Carla wiederum zieht Hilda hinter sich her, die aber im Gegensatz zu Carla schon bei der zweiten Runde die Schrittfolge beherrscht.

Die Frauen stehen still, halten sich weiter an den Händen. Inez fängt an zu singen und sich wieder langsam um die eigene Achse zu drehen, so wie am Anfang. Dabei taucht sie ihre linke Hand in die Schale, schöpft Blüten und Blutwasser heraus, schleudert es hoch in die Luft. Dann reiht sie sich wieder in den Kreis ein.

Die Mädchen treten in den Kreis, in die Mitte. Sie beginnen zu rasseln und zu trommeln, singen mit ihren klaren, hohen Stimmen dazu. Die Frauen gehen Schritt für Schritt im Rhythmus des Liedes auf die Mädchen zu, bis sie einen dichten Kreis um sie bilden, wie eine feste, undurchdringliche Mauer. Das Lied der Mädchen verstummt, die Frauen strecken ihre Arme hoch über die Köpfe, halten sich immer noch an den Händen. Nun singen die Frauen ein Lied, begleiten es mit stampfenden Schritten. Eng aneinander gepresst bewegen sie sich so um die Mädchen herum. Wieder kann Carla die Worte kaum verstehen, aber sie spürt im Rhythmus und in den Schritten eine kämpferische Kraft, es ist ein gutes Gefühl, in diese Kraft mit eingeschlossen zu sein.

Die Arme sinken nach unten, die Hände lösen sich voneinander, Schritt für Schritt gehen die Frauen rückwärts zu ihren Plätzen.

Die Frauen haben sich hingesetzt, die Stille im Kreis ist kraftvoll und friedlich. Unvorstellbar, dass Angst, Neid, Eifersucht oder mangelndes Selbstwertgefühl diesen Bannkreis überschreiten können, denkt Carla berührt.

Einer plötzlichen Eingebung folgend, ergreift sie ihren gestickten Beutel, steht auf und geht in die Mitte des Kreises. Sie setzt sich im Schneidersitz in die Mitte, öffnet den Beutel und zieht die Knochenflöte heraus. Sie ist ganz ruhig, hat ihre ganze Aufmerksamkeit auf die Flöte in ihrer Hand gerichtet. Es ist egal, dass sie noch nie auf ihr gespielt hat. Sie weiß, sie wird sich von ihr spielen lassen, es ist der richtige Ort und der richtige Augenblick. Sie führt sie an die Lippen und legt sie so an, wie sie es bei Manuel und Inez gesehen hat. Vorsichtig lässt sie ihren Atem durch den Jaguarknochen streichen und lauscht dem feinen, hohen Ton nach, der in der Luft stehen zu bleiben scheint. Sie erkundet jeden Ton, der sich aus dem Verschließen und Öffnen der fünf Löcher entfaltet. Sie nimmt sich Zeit, jedem Ton nachzulauschen. Dann spielt sie. Doch eigentlich ist es die Flöte selber, die spielt. Carla folgt mit ihren Fingern dem Lied, das sie in sich hört, bevor es ihre Ohren hören. Flink tanzen ihre Finger über die Löcher, als hätten sie nie etwas anderes getan.

Als sie die Knochenflöte von ihren Lippen nimmt, ist ihr, als höre sie ihr Lied weit oben im Weißen Berg und weit hinten über dem Meer noch tönen.

Inez steht auf, geht zu Carla, beugt sich zu ihr herunter und nimmt sie in den Arm. »*Gracias*, Carla, für dein Geschenk an uns.« Eine nach der anderen steht auf, umarmt Carla stumm.

Rosa kommt als letzte, mit ihr geht Carla wieder zurück auf ihren Platz im Kreis.

Auf ein Zeichen von Inez hin bringen die Mädchen die Körbe zu ihr. Sie zaubert kleine weiße Kuchen aus einem der Körbe hervor, gefüllte *tamales*, gekochte, grobkörnige Maiskolben und ein Glas *salsa* aus dem anderen. Die Mädchen reichen die Leckereien herum, und sogleich verwandelt sich die konzentrierte Stille in einen schwatzenden, lachenden Bienenkorb. Diese Art, ein Ritual zu beenden, gefällt Carla gut!

Das Dorf liegt dunkel und schlafend ans Meer geschmiegt, als Isabel die lärmende Fracht auf der *plaza* von der Ladefläche scheucht. Ein vielfaches »*Buenas noches*« und »*Gracias*« schwirrt noch durch die Nachtluft, bevor sich der Nachtfrieden wieder einstellt.

Inez verabschiedet sich ohne viele Worte von Rosa und Carla, die still und müde die dunklen Straßen nach Hause gehen. Vor ihrer Haustür wartet der weiße Hund, hebt hoffnungsvoll seinen Kopf den Frauen entgegen. Carla nimmt aus der Außentasche ihres Rucksacks einen zerquetschten weißen Kuchen, der blitzschnell im Maul des glücklichen Hundes verschwindet.

»Gute Nacht, Carla, es war ein ganz besonderes Ritual heute mit dir.«

»Gute Nacht, Rosa. Danke, dass ich mitkommen durfte. Ich gehe mich noch schnell duschen, ich glaube, ich bin voll von Mondstaub.« Lächelnd geht Carla über den dunklen Hof in das kleine Außenbad. Ja, denkt sie, es ist eine ganz besondere Nacht. Ich habe mein Lied gehört.

Voller Glücksgefühl, ohne Trennungsschmerz, schmiegt sie sich kurz darauf an einen wohlig grunzenden Ulysses, der seine Falkenflügel über ihr ausbreitet und sie mit sich nimmt auf seinem Flug hoch in den dunklen Nachthimmel.

Ulysses liegt immer noch neben ihr, als sie morgens aufwacht. Sie versucht, ihn wachzurütteln. »Ulysses, du musst aufstehen, der Professor wartet!«

Träge dreht sich Ulysses zu ihr um. »Auf mich wartet kein Professor und keine Mondfrau, nur die Verlobte des Jaguars!« Wie ein Raubtier grollend fängt er an, an ihr herumzubeißen. »Ich werde nicht arbeiten gehen, solange du noch hier bist.«

Als die beiden in der Küche nach verwertbaren Frühstückszutaten suchen, ist es fast schon Mittag.

Ulysses stellt seine Fähigkeit als meisterlicher Restekoch unter Beweis und trägt stolz die brutzelnde Pfanne hinaus auf den Tisch im Hof. Es riecht nicht nur gut, es schmeckt auch gut. Mondtänze und Nachtflüge machen hungrig!

Der Duft des Essens muss bis in Antonios Zimmer gedrungen sein, denn noch bevor die Pfanne ganz leer gekratzt ist, hat er sich mit an den Tisch gesetzt. Carla wirft einen Blick auf die Stelle, an der die *mesa* aufgebaut war, im Sand sind noch die drei Kreuze zu erkennen.

Rosa kommt von der Straße in den Hof. »Ich wollte nur sagen, ich fahre mit dem Nachmittagsbus in die Stadt, mir fehlen in der Küche Sachen, die ich nicht bei Inez im Laden bekomme.« Die Männer nehmen ihre Mitteilung uninteressiert auf, aber Carla lächelt Rosa wissend an.

Rosa errötet. »Antonio, ich habe dir noch gar nicht erzählt, wie es gestern Nacht bei uns gewesen ist, und du weißt auch noch nicht, dass Carla auf der Knochenpfeife gespielt hat!« Geschickt lenkt sie die Aufmerksamkeit von sich ab.

»Rosa, du lernst es wohl nie! Ich bin nicht nur dein großer Bruder, ich bin auch ein großer Seher! Selbstverständlich weiß ich, was bei euch gestern Nacht los war. Das Lied der Jaguarpfeife hat man bis ins Dorf gehört!« Er zwinkert Carla schelmisch zu.

»So, du weißt mal wieder alles«, empört sich Rosa, »und von wem, wenn ich fragen darf?«

»Von Inez, von wem sonst?«

»Ich habe gar nicht gesehen, dass sie heute Morgen schon hier war.« »Sie kam, als du schliefst und sie ging, als du immer noch schliefst.« Antonio genießt die verblüfften Gesichter um ihn herum. Er grinst sie an: »Glaubt ihr etwa, Liebe sei nur etwas für junge Leute? Was meinst du, Rosa?«

»Ich mache uns einen frischen Orangensaft«, ist ihr einziger Kommentar. Als sie die Gläser mit dem frisch gepressten Saft auf dem Tisch stellt, verabschiedet sie sich. »Der Bus fährt gleich.«

»Rosa, warte kurz, ich habe eine gute Idee: was hältst du davon, wenn ich euch alle heute Abend zum Essen einlade, in Rafaels Restaurant? Und du bringst den netten José mit!« Rosa ziert sich etwas, aber dann strahlt sie und sagt zu.

»So, so, José heißt er«, brummelt Antonio als Rosa gegangen ist, »hoffentlich kommt der jetzt nicht immer hierher, man hat ja keine Ruhe mehr in diesem Haus.« Er schlurft zur Hoftür. »Ich sehe nach, was Rafaels Frau heute Abend kocht.«

»Komm, Ulysses, ich habe auch Lust, mich zu bewegen. Lass uns ans Meer gehen!« Sie nehmen Badezeug und Handtücher mit und verbringen einen faulen Feriennachmittag am Meer.

Als sie bei Sonnenuntergang zurückkommen, erwarten Antonio und Inez sie schon draußen im Hof, für einen abendlichen Ausgang herausgeputzt. Antonio trägt sogar ein blütenweißes Hemd, ordentliche Hosen und geputzte Schuhe. Ohne seine Bollerhose sieht er gar nicht so schlecht aus, denkt Carla, und bestimmt kennt er als *curandero* etliche Mittel, seine Manneskraft zu stärken. Inez wird schon wissen, warum sie mit ihm die Nacht verbringt...

Carla geht in ihr Zimmer und bemüht sich, aus ihrem mageren Kleidungsvorrat eine Ausgeh-Kombination zusammenzustellen, was gar nicht so einfach ist. Ein kurzer, enger Jeansrock, ein weißes Shirt, dazu die knappe Jeansweste, etwas Wimperntusche und Lippenstift. Sie erntet anerkennende Pfiffe, als sie in diesem Aufzug wieder im Hof erscheint.

»Wir könnten doch an die Bushaltestelle gehen und dort auf Rosa und José warten«, schlägt Carla vor. Carla kommt sich etwas komisch vor, wie in einer Szene aus einem 50iger-Jahre-Film, als sie so fein gemacht paarweise hinter*einan*der die Dorfstraße entlang spazieren. In gebührender Entfernung folgt ihnen der weiße Hund.

Sie müssen nicht lange warten. Ächzend und rumpelnd biegt der Bus um die Ecke. José steigt als erster aus, streckt dann Rosa hilfreich seine Hand hin. Er ist etwas befangen, steif begrüßt er das Empfangskomitee, bei Carlas Anblick lächelt er. »*Encantado*, Carla, schön, dich wieder zu sehen!« Rosa ist mindestens so verlegen wie er, aber als der Zug der Paare Rafaels kleines Restaurant erreicht, plaudert José schon angeregt mit Inez und Rosa streitet sich mit Antonio – alles ist gut.

Die Wirtsleute haben draußen einen großen Tisch mit weißem Tischtuch für sie gedeckt. Sie sind die einzigen Gäste, die Versammlung alter und arbeitsloser Männer, die ihren Tag mit einem Bier bei Rafael verbringen, löst sich abends auf.

»Was hast du Gutes für uns gekocht, Sonia?« Neugierig schaut Rosa die Wirtin an und bemerkt nicht das verhaltene Grinsen ihres Bruders.

Sonia mustert ihn. »Antonio, hast du ihnen etwa nichts gesagt?« Der schüttelt, immer noch grinsend, den Kopf.

Nun wird Carla neugierig, was soll dieses Hin und Her? »Erzähl, Sonia, was gibt es Gutes?«

»Na, was ich Antonio heute Mittag schon gesagt habe, etwas wirklich Gutes:

»Als erstes gibt es chupe de camarones.«

»Das ist eine leckere Suppe mit Krabben«, flüstert Rosa Carla zu.

»Dann gibt es picante de cuy, Meerschweinchen mit Kartoffeln, gut gewürzt.«

Carla blickt sie entgeistert an. »Das ist nicht dein Ernst, das esse ich nicht!« Nun fallen die anderen entgeistert über Carlas Reaktion über sie her.

»Das ist das beste Essen, ein Nationalgericht.«

»Du hast es doch noch nie gegessen, probier es doch erst einmal.« »Meerschweinchen sind doch nicht schlechter als Kaninchen, und die esst ihr in Europa doch auch.«

Carla sucht Hilfe bei Ulysses, der hat studiert, der wird sie verstehen.

Und Ulysses versteht sie. »Seid mal still«, brüllt er in die aufgeregte Runde. »Rafael, bring uns doch erst einmal was zu trinken, am besten einen *pisco sour* und zwei Flaschen Wein, dann sehen wir weiter.«

»Habe ich nicht einen klugen Enkel?« bemerkt Antonio zu Inez gewandt.

Der gute Traubenschnaps kommt, und Ulysses erhebt das Glas auf Carlas Wohl, der sie diese Einladung verdanken. Er trinkt ihr zu, setzt das Glas ab und beginnt die Verständigungsrede. »Carla, ich habe es dir ja schon beim Ritual erzählt, Meerschweinchen sind weder vom Aussterben bedroht, noch haben wir irgendeine emotionale Beziehung zu ihnen so wie es bei euch in Europa ist. Ob man nun Kaninchen, Hasen oder Meerschweinchen isst, macht keinen Unterschied, Meerschweinchen sind auch Nagetiere. Klar, wenn ich zu Hause im Hof mir ein Meerschweinchen als Spielgefährten für meinen Sohn halten würde, würde ich es auch nicht essen. Hast du schon mal ein Meerschweinchen hier gesehen? Sie sind viel größer als eure armen lebendigen Spielzeug-Meerschweinchen, sie leben frei und wild. Vielleicht ist es ja eine größere Verachtung des Lebens, diese Tiere in Zimmern und Kisten und Käfigen einzusperren, als sie frei leben zu lassen und ab und zu eines zu töten und zu essen. Oder bist du Vegetarierin, das wäre etwas anderes.«

Carla schüttelt den Kopf. Ulysses hat Recht, denkt sie, und eigentlich wollte ich ja üben, meine Blickwinkel zu verändern. Wenn ich es ernst damit meine, muss ich diese Übung auch auf Essgewohnheiten anwenden. Wer weiß, was im Dschungel auf mich noch an Essensabenteuern wartet, da fange ich lieber gleich an, die Überwindung von Abneigungen zu üben. »Schon gut, Ulysses, hör auf! Ich will jetzt endlich dieses berühmte Nationalgericht essen!«

Sie erntet Beifall von allen und einen Kuss von Ulysses. Sonia atmet in ihrer Eigenschaft als Köchin auf und verschwindet in der Küche. Die cremige Suppe, die sie ihnen serviert, ist köstlich. Carla blickt von ihrem Platz aus auf das Meer, in dem sich schon das Licht von *Mama Quilla* spiegelt. *Mama Quilla*... Sie hebt ihr Weinglas, schlägt mit dem Löffel an ihren Teller, das Gerede am Tisch verstummt. »Ich möchte auf *Mama Quilla* trinken, die mir gestern Nacht so viel geschenkt hat. Sie hat mir etwas von ihrer Unerschütterlichkeit geschenkt. Sie hat mich die stärkende Liebe einer Gemeinschaft erfahren lassen, sie hat mich spüren lassen, dass ich nicht alleine bin, nirgends auf dieser Welt. Und sie hat mich den Gesang hören lassen, der zu mir gehört, der ich bin. *Gracias a Mama Quilla*!«

»*Gracias a Mama Quilla*«, erklingt es vielfach, die Gläser werden zur runden Mondscheibe erhoben.

»Ich habe auch einen Dank an *Mama Quilla* auszusprechen.« Inez ist aufgestanden. »Gestern Nacht, in dieser besonderen Nacht als du, Carla, die Knochenflöte gespielt hat, da hat *Mama Quilla* mir die Einsicht gegeben, dass ich dich, Carla, ein weiteres Stück deines Weges begleiten muss. Ich werde mit dir in den Dschungel fahren, und zwar noch in dieser Woche. Ich werde mit dir nach

Tushmo fahren, in mein Dorf. *Gracias* a ti, *Mama Quilla!*«

Inez erhebt ihr Glas und trinkt der Mondfrau zu. Alle am Tisch starren sie ungläubig an, nur Antonio nicht, sie hat es ihm in der Nacht gesagt.

Die Reaktionen reichen von fassungslos bis zu begeistert: Sie weiß doch gar nicht, wie es dort jetzt ist, ob noch jemand aus ihrer Verwandtschaft lebt – außerdem ist es gefährlich im Dschungel. Inez lacht nur über diese Einwände – gefährlich ist das Leben schließlich immer und überall, und Carla ist ja noch fremder dort als sie!

Carla ist uneingeschränkt begeistert und glücklich über die Aussicht, nicht alleine fahren zu müssen, und dann noch mit so einer großartigen Frau! Sie steht auf und umarmt Inez stürmisch. »Ich freue mich so!«

Ulysses ist bedrückt, ihm ist klar, dass Carla mit Inez als Begleiterin die Reise in den Dschungel viel schneller antreten wird, als sie es alleine getan hätte.

Auch Antonio sieht nicht begeistert aus. »Wenn du versuchst, die Kraft einer Frau festzubinden, dann wird unter den Fesseln ein großer, zerstörerischer Sturm wachsen«, raunt er mit wissender Miene seinem Enkel zu. »Halt sie nicht fest, dann kann sie wiederkommen.« Ulysses nickt stumm, das alles weiß er theoretisch auch.

Der Auftritt des gebackenen Meerschweinchens lässt die große Neuigkeit in den Hintergrund treten. Aller Augen sind auf die riesige Porzellanplatte gerichtet, die Rafael in die Mitte des Tisches stellt: Sechs gebratene Fleischstücke liegen auf Kartoffeln, die von einer dickflüssigen, hellbraunen Soße bedeckt sind.

Carla kann keine Ähnlichkeit der Fleischstücke mit einem Meerschweinchen feststellen.

»Bitte sehr, picante de cuy, drei Meerschweinchen, gebraten und in einer *Salsa*-Sauce mit Erdnüssen, Knoblauch, Tabasco angerichtet. *Buen provecho!*«

Sonia stellt noch eine Schüssel mit Salat auf den Tisch – nun kann der Festschmaus beginnen!

Zaghaft schneidet sie ein kleines Stück Fleisch ab, will es gerade in den Mund schieben, als sie irritiert die Stille um sich herum bemerkt. Sie blickt auf – und sieht fünf Augenpaare neugierig auf sich gerichtet.

»Was ist?« fragt sie betont gelangweilt und lässt das Fleisch langsam von der Gabel in den Mund gleiten. Sie kaut – und findet den Geschmack, der sich entwickelt, sehr ansprechend, etwa so wie wildes Kaninchen, nur anders gewürzt. Es schmeckt weder nach Schwein noch nach Meer und auch nicht wie geschlachtetes Kinderspielzeug – es schmeckt wie gut gebratenes, zartes Fleisch. Dazu etwas von der pikanten *Salsa*-Sauce, und der Geschmack ist perfekt! Carla schluckt den Bissen herunter und lächelt breit in die Runde. »Ihr könnt anfangen zu essen, es schmeckt wirklich gut!«

Es wird ein langes, vergnügtes Mahl. Einmal, als Carla zur Seite schaut, sieht sie den weißen Hund eng an die Hauswand gedrückt im Schatten liegen. Als Carla kurz darauf das *baño* aufsucht, geht sie so an ihm vorbei, dass sie unauffällig ein Stück vom guten Meerschweinchen fallen lassen kann.

Nach einer gebührenden Verdauungspause kündigt Sonia den Nachtisch an: »*Mazamorra morada*!« Ein bewunderndes »Ah« und »Oh« ertönt, als Sonia jedem einen kleinen Teller mit dieser besonderen Nachspeise hinstellt: Eine aus violettem Mais hergestellte Süßspeise, gekühlt und mit vielen verschiedenen Früchten dekoriert. Carla stöhnt, sie ist pappsatt, aber die Nachspeise kann sie nicht stehen lassen, damit würde sie garantiert so etliche Geister verärgern!

Zum schwarzen, süßen Kaffee lässt José kleine Zigarren herumgehen, ganz Mann von Welt! Rosa sieht sehr stolz und glücklich aus, und Antonio betrachtet nach einer Zigarrenrunde seinen zukünftigen Schwager zunehmend freundlicher. Doch hauptsächlich betrachtet er Inez, die ihm mit ihren leuchtenden Augen, den anmutigen Bewegungen und ihren witzigen Reden wie eine sprudelnde Quelle vorkommt, seine sprudelnde Quelle. Noch nie ist sie mehr als drei Tage weg gewesen. Er sorgt sich, er hat unglaubliche Geschichten von den Schamanen im Dschungel gehört - was, wenn sie Inez verzaubern und sie nicht zu ihm zurückkommt?

Inez ahnt, was in ihm vorgeht. »Mach dir keine falschen Hoffnungen« - sie stößt ihm sanft in die mageren Rippen - ich werde dich hier keiner jüngeren Frau überlassen, ich komme zurück!« Da gibt ihr der *curandero*, der Gefühlsäußerungen in der

Öffentlichkeit stets vermeidet, einen Kuss!

Sonia räumt den Tisch ab, und Rafael stellt einen Kassettenrecorder auf. Die Stühle und der Tisch werden zur Seite geschoben, und zu herzerweichenden Liebesgesängen wiegen sich die Paare im trüben Schein der Glühbirnenkette und im hellen Silberlicht von *Mama Quilla*.

Carla schmilzt in Ulysses Armen zu dieser unsagbar schmalzigen Musik dahin. Zuhause würde ich mir so etwas nie anhören, denkt sie zwischen zwei Stücken. Aber es ist wunderschön, dass muss ich Katharina erzählen, die wird mich verstehen. Meine Yoga-Yvonne würde mich auch verstehen, wegen der fließenden Energie und so. Und der Therapeut aus der Reha-Klinik, der würde bestimmt mittanzen! Carla muss kichern bei diesen Gedanken, Ulysses nimmt das als Aufforderung, sie noch dichter an sich zu drücken. Sie tanzt mit jedem, sogar mit Don Antonio. Rafael und Sonia haben schon längst die Küchenarbeit liegen gelassen und tanzen mit.

Am nächsten Morgen kann sich Carla weder klar an den Heimweg noch an die Nacht mit Ulysses erinnern, sie hat die dunkle Ahnung, dass sie alle laut singend durchs Dorf gegangen sind und dass Ulysses wie ein Stein neben ihr ins Bett gefallen ist.

Was für eine Frühstücksgesellschaft! Drei Paare, alle etwas schräg aus verquollenen Augen blickend. Fast wie früher in der Wohngemeinschaft, denkt Carla. Ein kleiner, süßer Stich zieht durch ihr Herz. Manuel. Sie wird ihn finden, sie weiß es seit der Nacht auf der Mondpyramide. Dieses Wissen fühlt sich an, als hätte Manuel in den letzten zwei Wochen in ihrem Bewusstsein geruht und würde jetzt langsam wieder aufwachen. Mein Lied hat ihn geweckt, er hat es gehört«, dessen ist sie sich sicher. Doch noch ist sie hier, und im Bewusstsein um die bevorstehende Abreise genießt sie die Frühstücksrunde.

Nach dem Essen nimmt Inez sie zur Seite. »Lass uns ein wenig spazieren gehen, ich muss mit dir reden.« Die beiden schlüpfen schnell aus der Hintertür des Hofes, um den neugierigen Fragen der anderen zu entgehen. Sie gehen den schmalen Sandweg, der aus dem Dorf heraus in die Felder führt. »Carla, ich habe gesagt, dass ich mit dir in den Dschungel fahren werde, zu den Shipibo. Ich habe dir aber nicht gesagt, dass damit ein großes Problem für mich verbunden ist.« Erschrocken sieht Carla sie an, hoffentlich geht es nicht um Geister oder so etwas. »Was für ein Problem?«

»Ich habe nicht genug Geld für die Fahrt. Du weißt, mit meinem kleinen Laden und den Heilbehandlungen verdiene ich nicht viel, von meinem Verdienst lebt auch die Familie meiner Tochter Vilma mit den drei Kindern. Vilmas Mann ist Fischer auf einer Hochseeflotte, aber er hat schon seit Monaten keine Arbeit mehr. So ist das. Kannst du für mich die Busfahrt zahlen? Ich werde es dir nicht zurückgeben können, aber ich werde dir bei der Suche nach Manuel helfen, so gut ich kann. Ich bin von seinem Volk, das wird die Suche bestimmt erleichtern.«

Sie sind stehen geblieben, Inez sieht Carla nicht an, sie blickt in Richtung der Berge, die im grauen Küstendunst nur schemenhaft zu erkennen sind. Hinter diesen Bergen liegt der Dschungel, fließt der große Fluss, an dem ihr Volk lebt.

Carla braucht einen Moment, um zu verdauen, was Inez gesagt hat. Über Geld hat sie nicht nachgedacht, als Inez sie mit der freudigen Nachricht über ihre Mitreise überrascht hat. Typisch für mich, ärgert sie sich, ich habe keinen Gedanken daran verschwendet, ob Inez die Fahrt bezahlen kann, ich habe nur gedacht, wie schön es für mich ist, wenn sie mitkommt. Geld hin, Geld her – auf keinen Fall fahre ich mit dem Bus! Und auf jeden Fall will ich, dass Inez mitkommt! »Ich bezahle die Reise selbstverständlich für dich! Wenn du mir nicht hilfst, muss ich einen Führer bezahlen, der sich in den Dörfern dort auskennt.«

Inez strahlt, sie muss nicht um das Geld betteln, sie wird für eine Arbeit bezahlt, das fühlt sich richtig an. »Sollen wir noch heute Nachmittag nach Trujillo fahren um unsere Fahrkarten zu kaufen?

»Oh nein, wir werden keine Fahrkarten für den Bus kaufen.« Verdutzt sieht Inez sie an und Carla lacht. »Wir fahren heute Nachmittag nach Trujillo und wir kaufen auch Karten für unsere Fahrt – aber es werden Karten für den Flug nach Pucallpa über Lima sein.«

Jetzt sieht Inez nicht mehr verdutzt, sondern entgeistert aus, ihr Mund steht offen. »Carla, ich bin noch nie geflogen! Weißt du, wie teuer das ist? Irgendjemand muss dir den Verstand geraubt haben, sicherlich Ulysses!«

Carla umarmt sie, und die beiden Frauen führen einen kurzen Feldwegtanz auf.

»Komm jetzt, Inez, wir müssen den Nachmittagsbus erwischen.«

Kurz vor dem Dorf zupft Inez an Carlas Hose. »Ich habe eine Bitte, sag den anderen nicht, dass wir fliegen. Damit will ich sie überraschen!«

Als sie in den Hof treten, empfängt sie ein nicht sehr fein aufeinander abgestimmtes Schnarchkonzert. Ulysses liegt in einer Hängematte. Antonios Schnarchen kommt aus dem weit geöffneten Fenster seines Zimmers. Das Klappern von Geschirr zieht die beiden Frauen zur Küche, Rosa und José waschen gemeinsam ab.

»Wir fahren in die Stadt, die Fahrkarten kaufen. Bleibst du noch hier, José, oder kommst du mit?«

Rosa antwortet entschieden: »Er bleibt noch hier.«

Erst als Inez und Carla im Bus sitzen, fällt ihnen auf, dass sie noch gar nicht darüber gesprochen haben, wann sie fahren wollen. »Was denkst du, Inez? Von uns beiden bist schließlich du eine weise Frau, nicht ich.«

Inez muss darüber nicht lange nachdenken, denn das hat sie schon getan, bevor sie Carla ihre Reisepläne mitgeteilt hat. »Lass uns morgen fahren. Wenn man sich entschlossen hat zu gehen, dann sollte man gehen.«

Morgen schon, so schnell. Carla erschrickt, nur noch so wenig Zeit, um Abschied zu nehmen. Nur noch so wenig Zeit mit Ulysses. Sie atmet einige Male tief ein und aus. Einen Abschied herauszuzögern geht oft zu Lasten dessen der zurückbleibt.

Zu gehen ist leichter als zurück zu bleiben, dass hat Carla zur Genüge erfahren.

Sie besorgen die Flugtickets und machen anschließend einen kleinen Einkaufsbummel. Zurück im Dorf, verabreden sie sich für den späten Abend - jetzt muss gepackt werden! Aufgeregt stürzt Carla in den Hof, als sie wieder im rosafarbenen Haus ist. »Ulysses, Rosa, wir fahren schon morgen!«

Am Tisch sitzt die Hausmannschaft vereint beim Kartenspiel, doch nach Carlas Ruf bleiben die Karten unbeachtet auf dem

Tisch liegen. Rosa beweist wieder einmal ihren bodenständigen Klarblick. »José, komm! Wir besorgen Fisch und Gemüse zum Abendessen, die arme Carla hat heute ja nicht einmal ein ordentliches Mittagessen bekommen. Ulysses, schäl schon mal die Kartoffeln, wir machen *papas fritas* dazu!« Ulysses kann es nicht fassen, weder Carlas morgige Abfahrt noch den Auftrag zum Kartoffelschälen. Nur Antonio bleibt äußerlich ruhig und zündet sich eine Zigarre an, ein Geschenk von José.

»Carla, warum hast du mir nicht eher gesagt, dass du schon morgen fährst?«

Als Ulysses sie so klagend ansieht, findet Carla, dass sein Blick und die Nase wirklich wie die eines Falken sind. »Weil ich es erst seit einigen Stunden weiß, Ulysses. Mach uns den Abschied nicht noch schwerer, halcón. Während du die Kartoffeln schälst, packe ich meine Sachen zusammen, dann haben wir noch den ganzen Abend und die ganze Nacht für uns.« Sie gibt ihm einen weichen, lockenden Kuss auf den Mund. »Wenn du fertig bist, komm zu mir, du kannst mir dann bestimmt noch beim Packen helfen.« Ihr Lächeln verspricht Ulysses, das sie sehr langsam ihre Sachen packen wird.

»*Hijo*, spricht Antonio seinen Enkel an, als dieser mit einem großen Topf voller ungeschälter Kartoffeln wieder neben ihm am Tisch sitzt. »*Hijo*, ich kenne die Pflanzen und die Tiere und die Männer auch. Aber Frauen, *hijo*, Frauen sind so eine starke Medizin, die habe ich bis heute nicht wirklich verstanden.« Vereint in dieser Einsicht hilft der alte Heiler seinem Enkel beim Kartoffelschälen.

So dauert es nicht lange, bis Ulysses in großen Schritten die Treppe hoch stürzt, um Carla beim Packen zu helfen. Die Hilfe ist sehr speziell und hat zur Folge, dass der Rucksack fast zwei Stunden später, als Rosa zum Essen ruft, nur zur Hälfte gepackt neben dem Stuhl steht.

Rosa will mit ihrem Abschiedsessen nicht hinter dem in Rafaels Restaurant zurückstehen. Auch sie hat den Tisch draußen gedeckt, mit einer weißen Tischdecke, Weingläsern und sogar Kerzen. Ihre Arbeit erntet die gebührende Bewunderung. José bleibt lächelnd in der Tür zum Hof stehen, er bewundert Rosa – nicht den Tisch.

Kaltes Gemüse mit Avocadoscheiben, Seebarsch vom Grill, dazu die von Ulysses und Antonio so meisterhaft geschnittenen Fritten, zum Abschluss Karamelpudding, Kaffee und Traubenschnaps – bei diesem guten Essen verfliegt die anfängliche nachdenkliche Stille am Tisch Bissen um Bissen.

Viele Gläser werden erhoben, bis jeder seinen Dank ausgesprochen hat. Carla dankt für die Gastfreundschaft, für die Rituale, für die heilsamen Erfahrungen und Erkenntnisse, für die Geduld aller mit ihr, und sie dankt Menschen und Geistern und Göttern und Naturkräften. Ein langer Dank, aber Carla hat in der Zeit hier gemerkt, wie heilsam es ist, zu danken. Sie schickt noch einen stillen Dank an Mutter, Schwester und Sohn, auch an ihren Ex-Mann, und sprenkelt für sie Tropfen des Weins auf die Erde.

Als alle erschöpft von diesem Dankesreigen endlich in Ruhe ihren Wein trinken, fällt Carla noch jemand ein. Sie steht auf, öffnet die Hoftür nach draußen und pfeift nach dem weißen Hund – und er kommt. Zögernd schiebt er sich Stück für Stück durch die für ihn geöffnete Tür.

Clara legt ihm einige gute Essensbrocken unter den Baum, stellt Wasser dazu, kehrt an den Tisch zurück und erhebt aufs Neue ihr Glas. »Auf Alberto, damit es ihm da, wo er jetzt ist, gut geht.«

»Auf Alberto!«

Don Antonio kramt in den Taschen seiner Bollerhose, zieht eine Handvoll selbstgedrehter Zigaretten hervor, verteilt sie an jeden. »Alberto hat so gerne geraucht, und auch die Ahnengeister lieben den Tabakrauch. Lasst uns auf das Wohl seiner Seele rauchen.«

Auch Carla steckt sich den schwarzen Tabak an, riecht am Rauch, schwenkt die glimmende Zigarette mehrmals vor sich hin und her. Mit dem so entstehenden Rauch werden Geister und Alberto sicher auch zufrieden sein!

Sie sitzen lange draußen, als es vom Meer her kühl wird, holen sich alle Jacken. Keiner mag schlafen gehen, jeder zögert das Ende ihres Zusammenseins hinaus.

Lange lauschen sie Inez, die von Tushmo, dem Dorf ihrer Kindheit, erzählt, von ihrem Vater, vom Großvater, der Schamane war, von der Großmutter, die ihr die Muster gezeigt hat. »Immer habe ich mir gewünscht, einmal wieder nach Tushmo zu fahren. Und nun werde ich morgen fahren.« Sie macht eine Pause, lächelt verschmitzt und fährt fort. »Aber ich werde nicht fahren, ich werde fliegen!« Am Tisch bricht ein kleiner Tumult aus, Carla kann nicht verstehen, warum Inez' Mitteilung so eine Wirkung hat. Doch sie versteht es schnell: Fliegen ist ein Privileg der Wohlhabenden. Ein Inlandsflug kostet einhundertsiebzig bis zweihundert *Soles*. Der durchschnittliche Tagesverdienst liegt für die so genannten einfachen Leute zwischen zehn bis zwanzig *Soles* am Tag. Niemand von den Freunden ist jemals geflogen.

Die Aufregung am Tisch ist daher verständlich, und Inez strahlt wie eine Königin. Carla beobachtet die Gesichter der anderen, bei niemandem kann sie Neid entdecken, sie freuen sich alle für Inez. Jetzt werden die Gläser auf das Wohl von Carla erhoben, der Inez ihr bevorstehendes Flugabenteuer verdankt. Carlas Glas ist schon seit längerem immer mit Wasser gefüllt, eine kluge Entscheidung angesichts der vielen Toastsprüche und des morgigen Reisetages.

Gegen zwei Uhr morgens siegt bei allen die Müdigkeit über den Wunsch, sich nicht voneinander zu trennen. Unter dem alten Johannisbrotbaum liegt ein weißes Knäuel, niemand verjagt es.

Carla und Ulysses schlafen nicht in dieser Nacht.

Als das Morgenlicht immer heller wird, verlassen die beiden das Haus und warten am Meer auf den Aufgang von Mutter Sonne. Ulysses ist sehr ernst, als sich die goldene Scheibe aus ferner Tiefe über die Gipfel der alten, sorgenfaltigen, kargen Berge erhebt. Er breitet seine Arme aus und begrüßt sie mit den alten Worten, die Don Antonio ihn gelehrt hat.

Carla ist tief berührt, sie spürt, dass Ulysses in diesem Moment ganz eins ist mit dem, was er sagt und macht. Kurz tauchen alte Felszeichnungen aus Nordeuropa vor ihr auf, die von der Verehrung der Sonne zeugen. Wie wenig sie sich in ihrem Leben über die Kräfte und Elemente Gedanken gemacht hat, die das Leben auf der Erde erhalten. Und wenn, dann nur unter ökologischen Gesichtspunkten, nie unter einem weitergehenden geistigen Aspekt. Ihre Arme breiten sich wie von selbst auch weit aus. Sie ist bereit, sich von der wärmenden, das Leben erhaltenden Kraft berühren zu lassen, einer Kraft, von der sie ahnt, dass sie mehr ist als nur ein glühender Gasball. »Danke, Große Mutter allen Lebens, in welchem Gewand du auch erscheinen magst, schütze und segne mich und meinen Weg.«

Ein leichtes, weites Gefühl der Liebe durchströmt sie. Eine Liebe, die an niemanden gebunden ist und doch alle einschließt. Alle, auch ihre Mutter und ihren Vater. Carla lauscht erstaunt ihren Worten nach, die laut über ihre Lippen geflossen sind. Noch nie hat sie solche Worte gesprochen, sie hat sie sich nicht ausgedacht oder überlegt, sie waren in ihr und sind einfach aus ihr heraus spaziert! Sie lässt sich erst von der Sonne und dann von Ulysses Armen wärmen.

Im Haus herrscht geschäftige Unruhe, und diese Unruhe lässt keinen Platz mehr für überströmende Gefühle. Ulysses geht mit Carla in ihr Zimmer, sie verschnürt den Rucksack. Dann sehen sie sich still an, umarmen sich und geben sich wieder frei. Ohne beschwörende Liebesworte, ohne einen letzten Kuss. Sie wissen beide, dass sie miteinander durch etwas verbunden sind, das tiefer geht und stärker ist als eine Liebesaffäre. Sie werden sich irgendwann wieder sehen. Wie und mit wem sie dann leben werden, wird die Art ihrer Liebe nicht berühren, das wissen beide.

Carla streichelt den weißen Hund, der sich, verschüchtert von der Aufregung im Haus, an den Baumstamm drückt. Sie streichelt ihn und verschwendet keinen Gedanken mehr daran, ob er voller Ungeziefer ist oder nicht.

Rafael leiht ihnen das Auto, die Fahrt zum kleinen Flugplatz von Trujillo vergeht schnell in bedrücktem Schweigen.

Das Warten auf den Flug ist für Carla unerträglich. Ihr wäre lieber, niemand von den Freunden wäre da, es schmerzt sie so sehr, sie zu verlassen.

Endlich wird ihr Flug aufgerufen. Tränen fließen, und Ulysses will sie gar nicht aus seinen Armen lassen. »Halcón, du kannst doch fliegen, besuch mich auf deinen Flügen, du wirst mich immer finden«, sagt Carla. Er drückt ihr etwas Kleines, Hartes in die Hand, einen Stein. »Es ist ein Stein, der bei Angelegenheiten des Herzens hilft und heilt. Ich habe ihn bei den Ausgrabungen in unserer Mondpyramide gefunden.« Don Antonio schiebt Ulysses zur Seite, nun ist er mit dem Verabschieden dran. Carla umarmt seinen mageren, knochigen Körper. »Danke, Don Antonio, danke für Alles.« »Ich werde mit San Pedro immer mal sehen gehen, wo du bist und wie es dir geht. Sorge dich nicht, du bist geschützt.« Er zieht aus seiner Hosentasche einen in ein Taschentuch gewickelten Gegenstand heraus, drückt ihn Carla in die Hand. »Ich habe gehört, du bist die Verlobte des Windklangs«, grinst er. »Das ist eine Okarina, ich habe sie in einem alten Grab gefunden, kurz hinter unserem Dorf. Ulysses hat mir gesagt, diese Pfeife ist aus der Zeit, bevor die Spanier kamen. Ich habe sie im Ritual benutzt, mit ihr kannst du die Geister aus der alten Zeit rufen, sie helfen sehr gut bei Ängsten!« Gut, dass Inez jetzt Carla am Arm nimmt und mit sich zieht, sie interessiert im Moment das Fliegen mehr als die alten Freunde, die sie ja bald wieder sehen wird. So bleiben Carla nur noch letzte tränenfeuchte Blicke auf Ulysses, Don Antonio, Rosa und José. Im Warteraum verschwindet Carla in den Waschraum, um das Gesicht mit kaltem Wasser wieder in einen für die Öffentlichkeit tauglichen Zustand zu bringen.

Inez ist sehr aufgeregt, will alles wissen und erklärt bekommen, was mit dem Flug zusammenhängt, sie lässt Carla keine Zeit für trübe Gedanken. Während des kurzen Flugs nach Lima, der über dem Meer entlang der Küste geht, ist Inez keinen Moment still. Auf dem Flughafen Jorge Chavéz haben sie drei Stunden Wartezeit bis zum Weiterflug am Nachmittag nach Pucallpa. Sie setzen sich in eines der kleinen Cafés. Inez ist wie hypnotisiert vom Flughafenbetrieb und den vielen Menschen. Carla zieht aus ihrer Umhängetasche das I Ging-Buch heraus, schlägt es auf mit der innerlichen Frage, was auf sie zukommen wird. »Nr. 21 - Das Durchbeißen.« Schöne Aussichten, denkt sie, als ob nicht mein ganzer Peruaufenthalt ein dauerndes Durchbeißen wäre!

9

Das Durchbeißen

BEIM EINSTIEG in die Maschine nach Pucallpa gebärdet sich Inez schon fast wie eine Vielfliegerin. Carla muss mehrmals ein Lächeln unterdrücken. Klare Sicht macht auch für Carla den Flug über das Andenmassiv zu einem Erlebnis, sie fliegen dicht über die Schnee bedeckten Bergkuppen, manchmal leuchten kleine Bergseen tiefblau in der ansonsten kargen, braunfelsigen Gebirgskette.

Inez sitzt am Fenster und presst ihr Gesicht dicht an die Scheiben, als das erste Grün des Bergdschungels zu sehen ist. »Carla, schau!«

Mit dicht aneinander gedrückten Köpfen verfolgen die beiden Frauen fasziniert den Wandel der unter ihnen liegenden Landschaft: Blaue Flussbänder ziehen sich in Windungen und Schleifen durch das geschlossene Grün des Dschungels. Als der Pilot den Anflug auf Pucallpa durchsagt, hat sich der Dschungel unter ihnen gelichtet, helle Weideflächen und Rodungen sind zu erkennen, mehr und mehr bestimmen Hütten die grünen, gerodeten Flächen, die von Wegen durchzogen sind.

Inez ist ganz still geworden. Was muss das für ein Gefühl sein, nach sechsundvierzig Jahren zurück in den Dschungel zurückzukommen, denkt Carla. Sie hofft, dass diese Rückkehr für Inez keine Enttäuschung wird. Als das Flugzeug auf der Rollbahn aufsetzt, halten sich die beiden Frauen fest an den Händen. Nicht aus Angst vor der Landung, sondern weil ihnen beiden flau im Magen ist bei dem Gedanken an die fremde Welt, die noch nicht weiß, dass sie auf sie wartet.

Sie gehen mit dem Handgepäck über die Rollbahn auf das neue Gebäude des kleinen Flughafens zu, ihre Maschine ist die einzige auf dem Rollfeld und wird gleich nach Iquitos weiterfliegen. Feuchtheiß ist die Luft, ein grauer Himmel drückt den späten Nachmittag tief auf die Stadt herab. Carla stehen nach den wenigen Metern bis zur Ankunftshalle schon Schweißtropfen auf der Stirn.

Am Absperrgitter vor der Tür nach draußen drängeln sich

Abholer und Taxifahrer, winken und rufen durch die offene Tür. Als Inez und Carla mit ihrem Gepäck beladen nach draußen drängen, werden sie von den Rufen der Taxifahrer und ihren beschwörenden Gesten so überschüttet, dass Carla den Eindruck hat, es müssten mindesten zwanzig Autos dort stehen. Dabei stehen genau fünf Autos, die auf dem offiziellen Parkplatz, die von ihren Fahrern als Taxis bezeichnet werden. Neben diesen nicht sehr vertrauenswürdig aussehenden Gefährten befinden sich zwei dreirädrige Freiluftfahrzeuge, eine Art überdachte Rikschas, von Mopeds gezogen.

»Komm, Inez, ich möchte gerne mit dem da fahren!« Carla entreißt Inez einem redegewandten Taxifahrer, der ihnen enttäuscht nachsieht, als sie auf ein *motocar* zusteuern. Der junge Fahrer beeilt sich zuvorkommend, ihr Gepäck auf dem Gefährt zu verschnüren, damit ihm keiner mehr seine Passagiere abspenstig machen kann. »Hotel Komby, *por favor.*« Carla hat das Hotel während des Flugs aus ihrem Reiseführer herausgesucht hat. Sie haben beschlossen, erst morgen weiter nach Tushmo zu fahren.

Als das *motocar* in einer Seitenstraße nahe der *plaza de armas* vor dem zweistöckigen, alten Hotel anhält, steht Carlas Eindruck von Pucallpa fest: Eine chaotische Ansammlung von gesichtslosen und provisorisch anmutenden Gebäuden, die eine große Hand planlos auf die Erde fallen gelassen hat. Nicht schön, aber voller quirliger Geschäftigkeit in den Straßen. Geduldig steht der freundliche Chauffeur neben seinem Gefährt und wartet, bis die Frauen sich und ihr Gepäck sortiert haben. Dann ergreift er das Gepäck und geht vor ihnen die Stufen zum Eingang hoch.

Hinter einem riesigen Holztresen stehen zwei junge Männer, ein ebenso riesiger Deckenventilator dreht sich langsam und verteilt einen modrigen Geruch, der unterlegt ist mit dem eines scharfen Putzmittels. Die Männer hinter dem Tresen haben nur Augen für Carla und überschlagen sich in ihrem Bemühen, besonders charmant zu sein. Doch Inez nimmt energisch die Verhandlungen über ein Doppelzimmer mit Bad in die Hand. Carla kramt nach Kleingeld, um den *motorista* zu bezahlen. Ein Fünf-*Soles*-Stück wandert in seine Hand.

»*Gracias!* Ich heiße Joel, wenn du willst, kann ich euch die Stadt zeigen oder die Lagune Yarina Cocha, es ist sehr schön dort!« Inez dreht sich zu ihm um. »Die Stadt zeigen? Nein danke. Aber du könntest uns morgen früh zum Hafen bringen, dorthin wo die Boote nach Tushmo abfahren. Weißt du, wo das ist?«

»*Claro.* Wann soll ich kommen?«

»Wo erfahren wir, wann ein Boot geht?«

»Am Hafen natürlich. Wenn ihr wollt kann ich euch gleich hinfahren, dann könnt ihr nachfragen.«

»Inez, ich habe keine Lust, jetzt schon wieder gleich loszufahren, ich würde mich gerne etwas ausruhen, es war eine kurze Nacht und ein langer Tag.«

Die beiden jungen Männer hinter dem Anmeldetresen lauschen neugierig ihrer Unterhaltung. Einer von ihnen stellt die in seinen Augen entscheidende Frage an Carla: »Bist du verheiratet?«

Carla lächelt charmant zurück und antwortet nicht.

Inez hat mittlerweile mit Joel eine Vereinbarung getroffen.

»Du fährst jetzt zum Hafen, erkundigst dich nach einem Boot nach Tushmo und kommst hierher zurück. Dann bekommst du noch mal fünf *Soles*.«

Joel versucht zu protestieren, das sei zu wenig, doch da hat er Inez falsch eingeschätzt. »Pass auf, *hijo*, ich bin keine Touristin, ich bin aus Tushmo. Außerdem bin ich eine curandera. Wage nicht, mich zu betrügen und nicht wiederzukommen, ich kenne mächtige Flüche.« Sie stemmt die Hände in die Hüften und sieht ihn mit funkelnden Augen an.

Der arme Joel geht eingeschüchtert einen Schritt zurück. »Ich verspreche es, *Señora*, ich komme gleich wieder zurück.«

Die Beiden vom Empfang sehen sich bedeutungsvoll an: eine curandera!

Während sie die Anmeldepapiere ausfüllen, flüstert Inez Carla zu: »Schreib, dass du verheiratet bist, sonst wirst du die beiden heute nicht los.«

Sie bekommen ein Zimmer im ersten Stock zur Straße hinaus. Inez überprüft zuerst die Dusche – das Wasser tröpfelt. Carla setzt sich auf ein Bett, die Matratze ist dünn, das Laken zerschlissen, die Überdecke aus Plastik. Immerhin, über dem Doppelbett hängt ein echtes Gemälde: ein glühender Sonnenuntergang am Fluss, im

Vordergrund Palmen. Es ist unerträglich schwül, der Straßenlärm dringt durch die geschlossenen Fenster, als würden sie unten auf der Straße sitzen. In der Ecke am Fenster steht ein Ventilator, nach einigen Versuchen fängt er an, sich zu drehen.

»Wackelkontakt«, ist Inez' fachkundiger Kommentar. »Wir bleiben ja nur eine Nacht hier, die werden wir schon irgendwie überstehen.« Carla nickt, sie überfällt die Sehnsucht nach dem rosa Haus, nach ihrem kleinen Zimmer mit Meerblick, nach Ulysses.

Es klopft an der Tür. Carla und Inez schrecken hoch, sie haben sich aufs Bett gelegt und sind eingedämmert.

»Ich bin es, Joel.«

Inez öffnet die Tür und sieht ihn erwartungsvoll an.

»*Señora*, morgen fahren zwei Boote nach Tushmo, eines fährt um acht Uhr morgens und das andere um ein Uhr mittags.«

»Gut. Dann hol uns morgen um sieben Uhr ab.« Inez gibt ihm die versprochenen fünf *Soles*, und Joel zieht erleichtert davon. Die curandera hat ihm nichts angetan!

Inez lacht, als sie die Tür hinter ihm wieder verriegelt. »Hast du gesehen, Carlita, der hat richtig Angst vor mir gehabt!«

»Aber wieso denn, er kennt dich doch gar nicht!« Jetzt lacht Carla und zwinkert Inez zu.

»Aber ich bin eine curandera, wenn ich wollte, könnte ich anstelle zu heilen auch Schaden bringen, das wissen die Leute. Bei uns an der Küste wissen wir zwar auch, dass es Geister gibt und dass man mit Schadenszauber Leute krank machen kann, aber wir sind ja immer noch zivilisiert und haben Kultur. Hier im Dschungel gibt es viel mehr Geister und viel mehr *brujos*, hier muss man sich wirklich in Acht nehmen, dass man nicht den Ärger eines Schamanen auf sich zieht, er könnte ja ein *brujo* sein – oder eine bruja!«

»Und was fangen wir jetzt mit dem Abend an? Sollen wir noch mehr junge Männer erschrecken?« Inez scheint Gefallen an diesem Gedanken zu haben. Ich würde lieber wissen, ob hier in der Nähe ein Internetladen ist.«

Keiner der beiden schönen jungen Männer ist unten an der Rezeption zu sehen, so fragen sie in einem Laden mit Haushaltswaren nach. Der junge Angestellte ist sehr hilfsbereit und erklärt ihnen den Weg zu einem Internetladen, nur zwei

Straßenecken weiter. Es ist mittlerweile dunkel geworden, aber die feuchte Hitze scheint keinen Unterschied zwischen Dunkelheit und Tag zu machen.

Kurz vor dem Internetladen stürzt ein nur minutenlanger, aber sehr heftiger Regen herunter, immerhin ist auch er warm.

Inez wartet geduldig, bis Carla ihre langen Briefe an Philip und Katharina geschrieben hat. Alle Kabinen des Internetladens sind besetzt, hauptsächlich von Schülern, auch von Mädchen.

Auf dem Weg zurück ins Hotel kommen sie an einem kleinen chinesischen Restaurant vorbei. Bei Carla meldet sich der Hunger, und Inez kann sowieso jederzeit essen. Sie löffeln ihre Suppe, da öffnet sich die Tür. Drei Frauen bleiben schüchtern in der offenen Tür stehen. Inez sitzt mit dem Blick zur Tür und lässt beim Anblick der drei Frauen ihren gerade erhobenen Löffel sinken. Carla weiß nicht, was in ihrem Rücken geschieht, sieht nur die plötzliche Veränderung in Inez' Gesicht. Der Besitzer kommt mit schnellen Schritten aus der Küche und macht mit verärgerter Miene abweisende Handbewegungen. Sie drehen um und sind schon fast wieder draußen, da ruft Inez laut: »Halt, wartet!«

Carla dreht sich um, sieht nur den Rücken des dicken Chinesen. »Was ist eigentlich los, Inez?«

Inez beachtet Carla nicht, sie steht auf und schiebt den Dicken zur Seite. »Entschuldigung, aber das sind meine Freundinnen«, erklärt sie bestimmt. Brummig dreht er sich um und verschwindet wieder in der Küche. Jetzt sieht Carla auch die drei Frauen, die immer noch in der Türe stehen. Sie sind klein, haben glattes, langes, pechschwarzes Haar, einen tief in der Stirn gerade geschnittenen Pony, tragen kurze, schwarze Röcke, die über und über mit geometrischen Mustern bestickt sind, dazu grellfarbene bunte Blusen und haben Unmengen von Ketten über ihre Arme gehängt, sie gehen barfuß. Carla traut ihren Augen nicht. »Shipibo, Inez, ich glaube, das sind Shipibofrauen!«

»Ich weiß.« Inez geht zu den Frauen und spricht mit ihnen, sie folgen ihr zögernd zum Tisch. Inez macht eine einladende Handbewegung, die drei setzen sich. Die Frauen heben die behängten Arme hoch, halten sie Carla hin. »Möchtest du nichts kaufen, gefällt dir etwas davon? Hier, Zähne vom Krokodil, oder diese

Kette mit dem Gebiss vom Piranha – oder vielleicht eine Kette mit roten Samen für gutes Glück!«

Inez schiebt freundlich die ausgestreckten Arme zurück und redet. Carla hebt erstaunt den Kopf – sie versteht nichts, nicht ein Wort. Ein angeregtes Gespräch entwickelt sich zwischen den Frauen, die Carla gar nicht mehr beachten.

Einmal nur sagt Inez zu ihr: »Entschuldige, Carla, aber ich werde dir nachher alles erzählen, was sie sagen.«

»Du sprichst die Sprache der Shipibo?«

»Natürlich, ich war doch schon zwölf, als ich das Dorf verließ, da vergisst man doch nie mehr im Leben die eigene Sprache, mit zwölf ist man fast eine junge Frau.«

Der Wirt kommt an den Tisch, räumt mit einem unwilligen Blick auf die Shipibofrauen die Suppenschüsseln ab.

»Einen Moment bitte.« Carla ärgert das unfreundliche Benehmen des Mannes. »Meine Freundinnen wollen auch etwas essen.«

»Ihre Freundinnen?« Spöttisch sieht der Chinese sie an. »Das sind doch Shipibo, und Sie sind eine gringa!«

»*Señor*, erstens bin ich keine gringa sondern Europäerin und zweitens wüsste ich gerne von Ihnen, warum die Shipibofrauen nicht meine Freundinnen sein können.«

»*Señora*, das sind doch Wilde, sehen Sie doch mal, wie die rumlaufen, die kommen aus dem Dschungel!«

»*Señor*, ich bin erstaunt, wie ein kultivierter Chinese so schlechte Manieren haben kann wie Sie! Wir alle am Tisch sind zahlende Gäste, entweder Sie behandeln uns mit Respekt, oder wir gehen auf der Stelle.« Carla macht Anstalten, sich zu erheben, der Wirt hebt beschwörend seine Hände. »Entschuldigen Sie bitte, *Señora*. Ich werde Ihnen allen gleich ein Getränk auf Kosten des Hauses bringen!« So kommt es, dass sehr schnell fünf Inka-Cola auf dem Tisch stehen, der »Geschmack der Nation«. Carla fordert die Shipibofrauen auf, sich etwas zu Essen zu bestellen. Sie beraten sich untereinander und bestellen dann, ohne in die Karte zu sehen, alle das Gleiche: gebratenes Hähnchen mit Reis. Inez unterhält sich hauptsächlich mit der ältesten der Frauen, die ungefähr in ihrem Alter ist. Nachdem sie gegessen haben, stellen die Frauen sich vor, auf Spanisch. »Ich bin Exilda«, lächelt sie die Älteste an.

»Ich heiße Marta, ich bin die Tochter von Exilda.«

»Ich bin auch die Tochter von Exilda, ich heiße Victoria!«

Carla muss sich nicht vorstellen, das hat Inez schon getan, auf Shipibo.

Allgemeines, etwas unsicheres Lächeln. Die Shipibo-Frauen blicken sich an und beginnen, aus ihren Kettenbündeln jeweils eine Kette herauszuziehen. Exilda streift ihr eine wunderschöne Kette aus knallroten Samen über den Kopf, Marta knüpft ihr ein Armband aus schwarzen Samen um das Handgelenk, Victoria hängt ihr eine Kette aus schwarzen Samen mit einem gewaltigen Krokodilzahn um, der Zahn ist mit schwarzen geometrischen Linien bemalt. Carla bewundert jedes Stück und bedankt sich herzlich. Unvermittelt stehen die Frauen auf, ziehen eine Plastiktüte aus einer ihrer Taschen hervor, kippen die Essensreste von den Tellern in die Tüte und gehen zur Tür. »Bis morgen, Inez! Danke für das Essen, Carla.«

»Inez, was meint Exilda mit: bis morgen? Wir fahren doch schon sehr früh los!«

Inez blickt abwesend vor sich hin, sie hat Carlas Frage gar nicht gehört.

Carla winkt den Wirt zu sich, lässt sich die Rechnung zeigen und bezahlt, ohne Trinkgeld zu geben.

»Komm, Carlita, lass uns gehen. Ich erzähle dir alles, wenn wir im Hotel sind.«

Erst als sie im dunklen Zimmer auf ihrem Bett liegen und jede eine Weile schweigend ihren Gedanken nachgehangen hat, begleitet vom Lärm der Straße und dem Gejammer des Ventilators, erst da beginnt Inez zu reden.

»Wir hätten heute Abend an so viele Orte gehen können, aber wir sind in das Restaurant gegangen, in das die Shipiba gekommen sind, es war das letzte auf ihrer Verkaufstour. Weißt du, Carla, das ist kein Zufall. Das ist ein Zusammentreffen von Ereignissen, die wir nicht in der Hand haben. Sie geschehen genau so und nicht anders, weil die, die zur gleichen geistigen Familie gehören, in einem bestimmten Muster miteinander verknüpft sind. Man erkennt sich und man findet sich. Das kann man nicht steuern, das geschieht, wenn der Moment des Geschehens da ist. Ich habe in den letzten Jahrzehnten immer wieder einmal Shipibo gesehen, wenn ich in Lima bei Teolinda war. Sie kommen auch nach Lima, um dort ihre Kunst zu verkaufen. Mit einigen von ihnen habe ich gesprochen, einige sind Freunde geworden, aber seitdem ich das Dorf als Kind verlassen habe, habe ich mich nie wieder als Shipiba gefühlt – erst heute Abend. Da hat sich ein Muster vollendet. Exilda ist meine Cousine, die Tochter des Bruders meines Vaters. Sie wird morgen früh mit uns nach Tushmo fahren, nach Hause.«

Carla dreht sich zu Inez um, umarmt sie. Inez fängt an, leise zu weinen. »Ich freue mich so, Carla, und ich habe auch Angst.«

»Ich freue mich auch, Inez, und ich habe auch Angst«, flüstert Carla.

Trotz Krach und Hitze schlafen sie schnell ein, Carla mit dem gestickten Beutel unter dem klumpigen Kopfkissen. Die Knochenpfeife hat Gesellschaft bekommen, Ulysses' Herzstein liegt neben ihr.

Lange bevor ihr Reisewecker klingelt, ist Carla wach. Sie hört Inez in der Dusche fluchen, sie versucht, das Wasser aufzudrehen.

Beide sind sie so aufgeregt in Hinblick auf den vor ihnen liegenden Tag, dass sie schon eine halbe Stunde vor der vereinbarten Zeit mit dem Gepäck unten auf Joel warten. Er kommt pünktlich, die Fahrt zur Anlegestelle der Boote zur Fahrt in die Dörfer am Ucayali ist kurz. Staunend sieht Carla zum ersten Mal den großen Fluss, der so viele verschiedene Namen trägt, bis er als Amazonas in den Atlantik mündet. Inez geht alleine los, um das Boot ausfindig zu machen, bevor sie mit dem Gepäck hin- und herlaufen. Sie hat Joel weitere fünf *Soles* versprochen, wenn er bei Carla und dem Gepäck bleibt, bis sie wiederkommt.

»Das mache ich auch ohne Geld«, sagt er strahlend.

Joel scheint fast jeden hier im kleinen Hafen zu kennen, er wird freundlich von allen Seiten gegrüßt. Carla fällt die Freundlichkeit und Hilfsbereitschaft der Menschen unter*einan*der auf, als sie eine Weile das geschäftige Treiben des Ein- und Ausladens von Waren und Gepäck betrachtet. Vier große Boote liegen links von ihnen, wie Ameisen laufen schwer beladene Träger die Planken von den Schiffen ans Ufer hoch und runter. Eigentlich ist das gar kein richtiger Hafen, mehr ein hohes Ufer, an dem die großen und kleinen Schiffe anlegen. Joel bemerkt ihren Blick zu den großen Schiffen hin. »Das sind *lancias*, die fahren alle runter nach Iquitos. Das dauert jetzt, bei hohem Wasser, ungefähr drei Nächte und vier Tage. Hunderte von Menschen fahren mit so einem großen Schiff, sie schlafen in Hängematten. Das da«, er zeigt auf ein Boot mit dem Namen Henry III, »wurde letzte Woche von Flussräubern überfallen, sie haben ein Kind und einen Mann erschossen. Aber mit Henry V kannst du ruhig fahren, da fährt eine bewaffnete Wachmannschaft mit.«

»Beruhigend Aussichten«, Carla denkt an die fünf Stunden Bootsfahrt, die vor ihnen liegen. »Und die kleinen Boote, werden die auch überfallen?«

»Eigentlich nicht, mit den *colectivos* fahren doch nur arme Leute, da lohnt sich ein Überfall nicht.«

»Wie beruhigend«, denkt Carla sarkastisch. Sie hat sich auf Rosas Anraten hin ihren Sport-BH mit einem Stück Stoff so verstärkt, das eine kleine Tasche entstanden ist. Darin stecken jetzt die Kreditkarte und der Großteil ihrer Barschaft.

»Auf den *lancias* fahren immer Diebe mit, die rauben die Leute aus, wenn sie schlafen oder zu lange ihr Gepäck alleine lassen. Manchmal fahren auch gringos mit, auf die haben es die Diebe besonders abgesehen. Aber es ist eine sehr schöne Fahrt nach Iquitos, ich fahre gerne mit dem lancia, da lernt man immer viel Leute kennen.« Joel betrachtet sehnsüchtig die großen Boote.

Inez kommt zurück, in jeder Hand eine Plastiktüte. »Ich habe Wasser für unterwegs gekauft, und Toilettenpapier, *galletas* und *muqichis*. Jetzt muss ich noch *mapacho*s und eine Flasche *aguardiente* kaufen, vielleicht auch noch einen Beutel *caramelos*, wir müssen doch Geschenke haben!« Inez lässt die Tüten zu Carlas Füßen stehen und eilt davon wie das sprichwörtliche aufgeregte Huhn. Als sie kurz darauf zurückkommt, ist sie nicht allein, Exilda geht in ihrem gestickten Rock und der bunten Bluse in stolzer Haltung neben ihr. »Kommt, jetzt wird es aber wirklich Zeit, zum Boot zu gehen, sonst finden wir keinen guten Platz mehr.« Inez schnappt sich entschlossen die Plastiktüten, Joel trägt ihre Reisetasche und Carlas Rucksack, Exilda hat nur eine große, blau-weiß karierte

Plastiktasche bei sich. Sie laufen ein Stück des von Verkaufsständen umsäumten Uferwegs entlang, dann einen kleinen, steilen und glitschigen Abhang zum Fluss hinunter. Überall am Ufer sitzen große schwarze Vögel mit grauen, gekrausten Köpfen, sie sehen aus wie englische Richter mit Perücken.

»Geier, die beste Gesundheitspolizei die wir haben«, lacht hinter ihr Exilda, die Carlas Blicke beobachtet hat.

Auf dem milchig-braunen Wasser schaukeln dicht an dicht zehn bis fünfzehn Meter lange Holzboote mit Holzsitzbänken an den Seiten und Überdachungen aus Holz. Viele der Boote sind auf dem Dach schon mit allem, was sich transportieren lässt, beladen: Fahrräder, Plastikwannen, Holzkisten und etliche für Carla nicht zuordenbare, eingewickelte Teile. Hinter der ersten Reihe der Boote liegen weitere Boote. Schmale Holzplanken führen vom Ufer zu den Booten.

Zielsicher steuert Inez eines der Boote an, balanciert mit leichtem Schritt über die Planke und springt in das Boot. Carla ist bemüht, Inez in ihrer Bewegungseleganz nicht nachzustehen, aber schon das kurze Stück auf der wackligen Planke bringt sie aus dem Gleichgewicht, wie ein Sack plumpst sie ungeschickt in das Boot. Im Boot stolpert Carla über zusammengebundene Hühner, Taschen, Kisten, Autobatterien und Füße. Sie muss den Kopf einziehen, auf ihre Füße achten und darauf, wohin Inez geht. Carla vermeidet es, in die Gesichter der Passagiere zu sehen, sie kommt sich sehr tölpelhaft vor. Inez setzt sich nirgends hin. Als sie das Boot schon fast in der Länge durchquert haben, steigt sie auf die seitliche, schmale Bank, bückt sich und steigt durch die seitliche Öffnung zwischen zwei Streben hindurch auf das hinter diesem Boot liegende Boot. Irgendwie quetscht sich Carla durch die gleiche Öffnung und wundert sich, wie viel geschickter die rundliche Inez im Verhältnis zu ihr doch ist. Nun setzt sich Inez endlich hin, es ist das richtige Boot, die Pablo 2. Joel reicht ihr Gepäck durch und freut sich über ein reichliches Trinkgeld von Carla.

Das Boot ist nur halb besetzt, also wird die Abfahrt so lange verschoben, bis es mit Menschen, Tieren und Waren gefüllt ist. Eine Flut von fliegenden Händlern krabbelt von Boot zu Boot: Zahnbürsten, einzelne Schmerztabletten, in kleine Plastikbeuteln abgefüllte süße Erfrischungsgetränke, Rasierzeug, Kuchen, Äpfel – es ist, als ob ein Gemischtwarenladen in seine Einzelteile zerlegt vorbeimarschieren würde. Carla ist fasziniert.

Winzige Kanus legen seitlich des Bootes an, bieten in Blätter eingewickelten gekochten Reis mit kleinen Fleischstückchen an. »Das sind juane«, erklärt ihr Inez.

Carla sieht sich unter den Mitreisenden um, alle Altersgruppen sind vertreten – und alle sind irgendwie mit Essen oder Trinken beschäftigt. Sie beugt sich zu Inez und flüstert: »Gibt es hier denn auch ein *baño*?« Inez schüttelt den Kopf. »Nein, aber wir halten ja einige Male an, dann kann man schnell an Land hinter einen Busch gehen.«

Nach dieser Auskunft trinkt Carla nicht mehr. Die Vorstellung, durch das Boot zu jonglieren, ans Ufer zu springen und sich in Sichtweite aller Leute irgendwo hinzuhocken, gefällt ihr wenig.

Endlich wirft Pablo der Zweite den Motor an, schwarze Qualmwolken durchziehen das Boot. Gelassen halten sich die Leute Teile ihre Kleidung vor Mund und Nase.

Carla sieht hoch zum Himmel, er ist bewölkt, es ist trotz der Morgenstunde schon wieder feuchtheiß.

»Im Winter regnet es immer viel, jetzt haben wir Winter«, kommentiert Exilda das Wetter. Der Fluss hat jetzt so viel Wasser, weil in den Anden der Schnee taut.« Carla kann das fast nicht glauben. Das werde ich im Internet recherchieren, nimmt sie sich vor.

»Schau, Carla, das ist der Ucayali!« Sie biegen auf einen breiten Fluss mit starker Strömung, er fließt schnell. Sie fahren flussabwärts, kleine Pflanzeninseln schwimmen an ihnen vorbei, ausgerissene Bäume und Büsche treiben im Fluss, gurgelnde Strudel tauchen auf und verschwinden wieder.

Carla stützt ihren Kopf auf den Bootsrand und betrachtet die vorüberziehende Uferlandschaft. Die Vegetation sieht nicht so aus, wie sie sich den Dschungel vorgestellt hat, sie kann keine hohen Bäume entdecken, kein undurchdringliches Dickicht, keine Papageien, keine Affen. Enttäuscht unterbricht sie die Unterhaltung zwischen Inez und Exilda mit ihrer Frage: »Wo ist denn hier der Dschungel?«

Die beiden sehen sich verdutzt an und lachen. »Der richtige Dschungel ist nicht mehr am Fluss, so wie früher. Er ist gewandert, aber nicht freiwillig. Siedler und Holzfäller haben das hinterlassen, was du jetzt siehst. Wenn du den richtigen, wilden Dschungel erleben willst, dann muss man mindestens zwei oder drei Tage mit dem Boot einen Seitenfluss hochfahren, in Richtung Bergdschungel. Wenn du willst, können wir meinen Bruder fragen, der fährt manchmal mit den anderen Männern zum Jagen in den richtigen Dschungel.«

Exildas Auskunft hat Carla mit der vorbeiziehenden Uferlandschaft versöhnt. Der Fluss ist jetzt, zur Zeit seines hohen Wasserstandes, sicherlich einige Kilometer breit, schätzt sie. Der Proviant ist bald verbraucht, die gute Flussluft und die Langeweile machen Hunger!

Das gleichmäßige Knattern des Motors wirkt einschläfernd, irgendwann wirkt es sogar auch auf den Redefluss von Exilda und Inez - sie schlafen im Sitzen ein.

Immer wieder hält das Boot irgendwo am Ufer an. Nur selten sind Hütten zu sehen, meistens stehen ein paar Menschen am Ufer und heben den Arm, wenn sie mitfahren wollen. Bei einem Halt steigt eine Frau zu, die den Mitreisenden ihre selbst zubereiteten juane anbietet, Inez schaut Carla bittend an und schon hat die Frau drei ihrer mit Binsengras zusammengebundenen Blätterbündel verkauft. Carla stopft sich wie die anderen den Reis mit den Fingern in den Mund, vermeidet es aber, wie die anderen ihre Hände im braunen Flusswasser zu waschen. Sie denkt an die Reiseführer-Warnungen vom Flusswasser, an ihr angeschlagenes Immunsystem und gießt etwas Trinkwasser aus der Flasche über ihre Hände. Hoffentlich funktioniert der flüssige Wasserentkeimer auch, den sie für ihren Dschungelaufenthalt mit hat! Nach fast fünf Stunden wird Exilda unruhig. »Wir sind gleich da.«

Inez dagegen wird ganz ruhig. »Erkennst du irgendetwas wieder«, fragt Carla sie neugierig. Inez schüttelt stumm den Kopf und starrt auf das immer näher kommende Ufer, an dem einige Menschen stehen.

Das Boot legt an, eine Planke wird vom Boot an die verschlammte Uferböschung gelegt. Hilfreiche Hände strecken sich nach ihnen und ihrem Gepäck aus, sie versinken knöcheltief im Schlamm. Ein Mann und ein etwa zwölfjähriger Junge scheinen zu Exilda zu gehören, denn der Junge nimmt ihr nach einem kurzen Zunicken wortlos die Tasche aus der Hand und verschwindet auf einen kleinen Trampelpfad durch das hohe Gras. Inez und Carla bleiben abwartend hinter Exilda stehen.

»Lucio, ich habe Besuch mitgebracht.« Sie zeigt auf Inez und Carla.

»Weißt du wer das ist?« Sie zieht Inez an ihrem Arm, stellt sie wie eine Puppe vor Lucio auf. »Schau sie dir genau an, das ist deine Cousine Inez!« »Inez, das ist dein Cousin Lucio, mein Bruder.«

Die beiden starren sich neugierig an. »Inez? Bist du die, die mit ihrer Mutter an die Küste gegangen ist, die Tochter von Jorge?« Inez nickt und starrt ihn weiter an. Sie versucht, Bilder zu seinen Worten entstehen zu lassen, Bilder aus einer anderen Zeit. »Ich erinnere mich sogar noch an deinen Shipibo-Namen, du bist Ronin Bensho«, Lucio sieht Inez prüfend von oben bis unten an, schüttelt ungläubig den Kopf. »Ronin Bensho, wie kann man nur so schnell so alt werden!«

Jetzt lacht Inez, es ist ein befreiendes Lachen. »Das frage ich mich auch, wenn ich dich sehe, Wasan Coshi!« Sie lacht und Tränen steigen ihr in die Augen. Wie lange hat sie ihren wahren Namen nicht gehört, den Namen der sie als Angehörige des Volks der wahren Menschen identifiziert: Ronin Bensho.

Carla betrachtet diese Familienzusammenführung mit Rührung. Ich würde meine Cousine nach über vierzig Jahren nicht mehr wieder erkennen, überlegt sie.

Exilda zerrt jetzt an ihrem Arm. »Und das ist Carla, sie ist Inez' Freundin und kommt aus Deutschland.« Stolz zeigt sie auf Carla, wie auf eine Jagdtrophäe.

Die kleine Karawane setzt sich in Bewegung, Lucio nimmt Carlas Rucksack und Inez Tasche und trägt beides, als hätte es kein Gewicht. Noch bevor sie das Dorf erblicken, kommt ihnen ein Pulk Kinder entgegen, angeführt von dem Jungen, der bei Lucio an der Anlegestelle war. Kichernd kommen sie neugierig näher, verstecken sich hinter dem älteren Jungen. »Na, Donaldo, bringst du uns ein Begrüßungskomitee?« Exilda breitet ihre Arme aus und die Kinder rennen kreischend davon, zurück zum Dorf.

Tushmo - Fünfundzwanzig mit Palmblättern gedeckte Hütten

auf Pfählen, kleine Leitern, die hoch zu den Hütten führen, in Sichtweite ein flacher Seitenarm des Ucayali, ein flaches, gemauertes Schulgebäude mit zwei Klassenräumen, ein überdachter Brunnen, einige blühende Büsche vor den Häusern Hunde, Hühner und Enten auf der ockerfarbenen Dorfstraße, einige Menschen vor den Hütten, die ihnen entgegensehen, aber nicht entgegenkommen.

Carla spürt die Anspannung, die von den Menschen ausgeht und ihnen wie eine Welle entgegenrollt. An Gruppe der Kinder zerbricht diese Woge. Neugierig nähern sie sich mit einigen Metern Abstand den Ankommenden.

Donaldo löst sich aus der kleinen Bande und geht zu Exilda, seiner Großmutter.

»*Abuela*, wird der Besuch bei dir wohnen oder kommen sie zu uns? Unser Haus ist größer als deines!« Er betrachtet sehr interessiert, aber immer noch mit gebührendem Abstand, Carla und Inez, vor allem aber Carla. »Woher kommt die gringa«, fragt er seine Großmutter.

Inez antwortet schnell, bevor Exilda den Mund aufmachen kann. »Sie heißt Carla und ist keine gringa, sie kommt aus Deutschland in Europa, nicht aus den USA. Bist du ein Indio oder ein Shipibo?«

Stolz antwortet er: »Ich bin ein Shipibo.«

»Siehst du«, sagt Inez, »und gringa ist für Carla genau so ein Schimpfwort wie Indio für dich. Sag das deinen Freunden, damit sie nicht auch so unhöflich sind wie du!« Etwas betreten dreht sich Donaldo um und geht zu seinen Freunden, um dort gleich mit belehrenden Worten sein neues Wissen weiterzugeben und zu drohen, dass ja niemand dieses Schimpfwort zu Carla sagt.

Sie gehen weiter. Aus der nächsten Hütte ruft ein Mann: »*Hola*, Exilda, wie war's in der Stadt? Hast du gute Geschäfte gemacht?« Er springt aus der Hütte herunter und geht auf sie zu. Exilda kann ihm gar nicht antworten, denn jetzt kommt aus der gegenüberliegenden Hütte eine junge Frau, wohl ermutigt durch das forsche Vorgehen ihres Nachbarn.

Alle Aufmerksamkeit ist auf Exilda gerichtet, Inez wird nur mit kurzen Blicken gemustert, an Carla gleiten die Blicke vorbei, als ob sie nicht anwesend sei. Immer größer wird der Kreis, der sich um die drei Frauen bildet, doch niemand fragt Exilda nach ihren

Besucherinnen. Carla fühlt sich zunehmend unwohler. Sie flüstert Inez leise zu: »Meinst du, jemand hat einen Unsichtbarkeitszauber mit uns gemacht?«

»Keine Angst, Carlita, die Shipibos haben eine sehr zurückhaltende Art Fremden gegenüber, besonders Weißen. Selbst ich bin eine Fremde für sie, aber bestimmt nicht mehr lange.«

Lucio ist mit ihrem Gepäck in einer der Hütten verschwunden. Aus der Nachbarhütte läuft eine Frau hinter ihm her, überholt ihn, durchbricht den Kreis der neugierigen Frager und stürzt sich auf Inez, umarmt sie weinend. »Du bist zurückgekommen, Inez, du bist wirklich zurückgekommen!«

Sie hält Inez auf Armesbreite von sich, sieht sie an, umarmt sie wieder. »Chabuca, lass Inez los, du erdrückst sie ja!« »Chabuca, wie oft habe ich an dich gedacht. Ich bin so froh, dass du noch lebst, ich hatte immer Angst, dich nie wieder zu sehen!«

Carla versteht gar nicht, was da vor sich geht. Die umstehenden Menschen hören sich jetzt an wie ein unverständlicher Sprachtopf, der auf dem Feuer brodelt. Einige rufen etwas zu den Hütten hinüber, immer mehr Menschen versammeln sich auf der Dorfstraße. Sie reden und reden, miteinander, durcheinander, über*einan*der. Sie sprechen Shipibo, wieder versteht Carla nichts und wird auch nicht beachtet, nicht einmal von Inez. Die steht im Mittelpunkt allen Interesses, Hand in Hand mit Chabuca, sie strahlt und redet, beantwortet viele Fragen.

Carla drückt sich durch den Menschenkreis, setzt sich an den Wegesrand in den Schatten eines Mangobaums. Es ist früher Nachmittag, die Sonne sticht, sie schwitzt entsetzlich. Einige Fliegen setzen sich auf ihren unbedeckten Unterarm, Carla schlägt zu. Sie sieht genauer hin – es sind keine Fliegen, es sind riesige Mücken. »Mist«, schimpft sie leise und betrachtet die roten Einstichstellen. Malaria und Denguefieber flackern als rote Warnleuchten vor ihrem geistigen Auge auf. Sie hat das beste Schweizer Insektenabwehrmittel dabei, das sie im Internet recherchieren konnte. Leider ist die rettende rote Plastikflasche in ihrem Rucksack. Den Rucksack hat Lucio, und der steht neben der Besucherattraktion im Kreis. Carla steht auf, in Bewegung bietet sie vielleicht nicht so ein gutes Angriffsziel für die Mücken. Sie sieht Donaldo, der Junge beobachtet sie.

»Komm«, winkt sie ihn heran. »Kannst du mir helfen?«
Donaldo nickt eifrig. »Ich brauche etwas aus meinem Rucksack,
weißt du, wo er ist?«

»Ja, bei *abuela* Exilda. Komm!«

Carla folgt ihm, er geht stolz neben ihr her und vergewissert sich
mehrmals, dass die anderen Kinder auch sehen, dass er die Frau aus
Deutschland begleitet.

Sie klettern die Leiter hoch in Exildas Hütte, niemand ist da, alle
sind auf der Dorfstraße. Die Hütte ist von drei Seiten mit Wänden
aus Brettern versehen, nach hinten hin ist sie offen. Carla schaut
sich neugierig um, es gibt nicht ein einziges Möbelstück, nur zwei
Hängematten. Wo bewahren sie ihre Kleidungsstücke und per-
sönlichen Sachen auf, überlegt sie. Ihr Blick bleibt am Holzgebälk
hängen, das die Dachkonstruktion trägt. Zwischen den Balken
sind Stoffbündel und Plastiktüten verstaut. Ihr Rucksack steht
mit Inez' Tasche an eine Wand gelehnt. Hochinteressiert verfolgt
Donaldo, wie Carla alle freien Körperstellen mit Anti-Brumm ein-
sprüht, auch die Hose und das Shirt. Aus einer Seitentasche zieht sie
eine Schirmmütze, setzt sie auf.

Donaldo betrachtet kritisch die Baseballkappe. »Das ist ein
Männerhut, den tragen nur Männer«, bemerkt er vorwurfsvoll.

»Bei uns tragen den auch Frauen«, erklärt sie und steigt die
Leiter wieder hinab. Da fällt ihr etwas sehr Lebenswichtiges
ein. »Donaldo, gibt es ein *baño*?« Diese Gelegenheit, sich ohne
Publikum zu erleichtern, muss sie unbedingt und dringend nützen!

»Si.« Er führt sie um die Hütte herum. Hinter der Hütte steht
eine kleine ebenerdige Hütte, in der ein offenes Feuer brennt. Auch
an dieser Küchenhütte führt er sie vorbei, dahinter ist eine Art
Garten. »Da!« Donaldos ausgestreckter Arm zeigt auf ein knall-
blaues Holzhäuschen, das etwas versteckt im Buschwerk steht.

Carla steuert den besagten blauen Ort an und lässt sich nicht an-
merken, wie viel Überwindung es sie kostet, vor den beobachtenden
Augen des Jungen hinter der Tür des Häuschens zu verschwinden.
Die Tür lässt sich nur schwer öffnen und nicht richtig zuziehen.
Im Boden des Häuschens ist ein Loch, es stinkt. Eine Kolonne
sehr kleiner Ameisen kommt aus dem Loch und verschwindet

unter der Tür nach draußen. »Hoffentlich sind das nicht welche, die beißen!« Äußerst vorsichtig hockt Carla sich nieder und versucht, weder mit ihren Händen noch mit der Hose Kontakt zum belebten Boden zu haben. Die Innenwände des *baños* scheinen ein sehr beliebter Aufenthaltsort für kleine Spinnen und verschiedene Käfer zu sein. Carla schließt die Augen, ihr ist wohler, wenn sie das Gewimmel um sich herum gar nicht sieht.

»Die *baños* hat die Regierung uns gegeben, aber von uns benutzt sie kaum jemand, sie stinken, wir gehen einfach in die Büsche«, erklärt ihr Donaldo später. Er löchert sie mit Fragen, keine Spur mehr von scheuer Zurückhaltung. »Hast du Kinder, hast du ein Auto, kannst du Englisch?« Sein größtes Interesse gilt der englischen Sprache, Carla muss ihm ein paar Worte vorsprechen, er wiederholt sie mit ernster Miene.

»Wenn du willst, kann ich dir etwas Englisch beibringen.« Carlas Angebot lässt ihn unvermittelt losrasen. Belustigt sieht Carla, wie sich augenblicklich ein Kreis von Kindern um ihn scharrt, die ihm gebannt zuhören und dann alle zu Carla sehen. Exilda hat sie erblickt. »Carla, komm«, ruft sie ihr zu.

Der Zuschauerkreis hat sich gelichtet, Inez und Chabuca reden miteinander, haben ihre Umgebung und die Zuhörer vergessen.

Exilda weckt die beiden aus ihrer Versenkung und ordnet in bestimmtem Ton an: »Wir gehen jetzt zu mir, da haben wir Ruhe.«

Oben in Exildas Hütte hocken sich die Frauen auf den Fußboden, Carla bekommt eine der Hängematten zugewiesen. »Ruh dich aus, *princesa*«, Inez streicht ihr über das Haar. »Ich erzähle dir später alles.«

Eine junge Frau kommt die Leiter hoch in die Hütte, es ist Romelia, Donaldos Mutter und eine von Exildas vier Töchtern. Sie bringt einen Kochtopf mit, aus dem heraus es noch dampft. Jede der Frauen erhält eine Tonschale voll *chapo de madura*, ein flüssiger Brei aus zerkochten gelben Kochbananen. Die Tonschale ist außen mit geometrischen Mustern bemalt, Carla ist etwas aufgeregt. Alles hier fühlt sich nach Manuels Nähe an, das Aussehen der Männer, die gestickten Muster auf den Röcken der Frauen und nun auch noch diese bemalten Keramikschalen!

Die süße Breiflüssigkeit scheint eine beruhigende Wirkung auf die Nerven zu haben. Carla stellt die leere Schale auf den Boden, rollt sich in der Hängematte zusammen und überlässt sich dem leisen Sprachgezwitscher der Frauen und dem sanften Schaukeln der Hängematte. Schließlich schläft sie ein.

Kleinkind-Gebrabbel weckt sie auf. Sie hebt den Kopf über den Rand der Hängematte und blickt auf eine filmreife Idylle: Auf dem aus schmalen, glatten Hölzern zusammengesetzten Schwingfußboden tanzt ein Streifenmuster aus Sonnenlicht, das durch die Ritzen der Bretterwand fällt. In den tanzenden Sonnenstreifen krabbelt ein nacktes, kleines Kind um seine Mutter herum. Die junge Frau im gestickten Wickelrock ist versunken in ihre Arbeit, sie stickt schwarze Muster auf einen weißen Stoff. Das Kind zieht sich am Rock der Mutter hoch, bis es ihre nackte Brust erreicht und trinkt. Carla erkennt die Frau, es ist Romelia. Sie spricht sie an. »*Hola*, Romelia. Wo sind die anderen Frauen?«

Romelia legt das weiße Tuch zur Seite und steht auf. Das Kind klammert sich an ihrem Bein fest, sie nimmt es hoch und geht zu Carla. »Sie sind zur *abuela* Lucha gegangen. Ich sollte hier warten, bis du aufgewacht bist und dann mit dir nachkommen.«

»Danke, Romelia, das ist sehr freundlich von dir.« Carla klettert aus der Hängematte, will dem Kind auf Romelias Arm eine der für Erwachsenen üblichen Babyansprachen halten, da blickt das kleine Mädchen sie an und brüllt entsetzlich los. Carla weicht zurück, sie hat das Kind nicht angesprochen und es nicht berührt, was kann es so erschreckt haben? Romelia versucht es zu beruhigen, wendet Carla den Rücken zu.

»Ich glaube, sie hat vor deinen hellen Augen Angst, sie kennt nur dunkle Augen, so helle Augen haben nur die Fische. Am besten, du guckst sie nicht direkt an, bis sie dich kennt.«

Fischaugen! Carla schluckt und versucht mit Höflichkeit die unangenehme Situation zu verändern, noch nie hat ein Kind bei ihrem Anblick gebrüllt, das rührt an ihrer Mutterehre. »Wie heißt dein Kind?«

»Sie heißt Daisy.« Deutlich ist der Stolz in ihrer Stimme zu hören.

Donaldo und Daisy – es kann doch wohl nicht sein, dass die Mickey-Maus-Hefte bis hierher vorgedrungen sind?, denkt Carla.

Sie findet es seltsam, hier im abgeschiedenen Dschungeldorf auf so viele amerikanische Namen zu stoßen.

»Warum hat Daisy keinen Shipibo-Namen?«

»Doch, sie hat einen Shipibo Namen, aber der ist nicht für die Öffentlichkeit. Wir haben alle zwei Namen, einen offiziellen für die Schule und die Behörden, und einen Namen in Shipibo, unseren wahren Namen, der eine Bedeutung hat. Daisys wahrer Name ist Mea Rate.«

Romelia wickelt die angefangene Stickarbeit zusammen, legt sie hoch in das Gebälk. Carla zieht sich ein langärmliges Hemd an, nimmt ihr dünnes Baumwolltuch mit und stellt sich tapfer dem Mückenland.

Sie gehen zu *abuela* Lucha, der letzten lebenden Schwester von Inez' Vater.

Auf der Dorfstraße fällt Carla auf, dass Romelia stolz ihren Blick immer geradeaus hält, nicht zu den Hütten blickt, an denen sie vorbeikommen. Carla bemüht sich, nicht in Daisys Blickfeld zu gelangen. Sie kommen an einem großen Rasenstück vorbei, dem Fußballplatz des Dorfes, daneben liegt die kleine Schule.

Sie sind schon fast wieder aus dem Dorf heraus, da biegt Romelia nach links ab, zum Seitenarm hin, der jetzt in der Regenzeit zu einem See geworden ist. Dicht am Ufer des Sees steht eine einzelne offene Hütte. Daran, wie sehr ihr jetzt die aus der Hütte dringenden Stimmen auffallen, merkt Carla, wie still es im Dorf ist, kein Geschrei, kaum Arbeitsgeräusche. Unter der auf hohen Stelzen stehenden Hütte grunzen ihnen drei bunt gescheckte Schweine entgegen, neben der Hütte liegt im Sand ein brauner, kleiner Hund, der träge den Kopf hebt, als sie näher kommen. Friedliche Hunde weisen auf friedliche Menschen hin, Carla hofft, dass ihre Beobachtung auch hier gilt.

Die Menschen in der Hütte haben sie schon bemerkt. Fünf Frauen hocken im Schneidersitz am Boden, etwas entfernt von ihnen hocken zwei rauchende Männer. »Komm, Carla.« Exilda winkt sie heran. Die *abuela* will dich sehen.«

Carla hockt sich vor der alten Frau hin, die sie sehr ernst mustert. Carla blickt sie an, gleichfalls ernst. Das Gesicht der *abuela* erinnert sie an das einer alten Schildkröte, es ist herzförmig, klein, durchzogen von einem Faltenlabyrinth. Sie hat pechschwarzes Haar, was Carla angesichts ihres hohen Alters verwundert. Eine gerade geschnittene Ponyfrisur bedeckt die ungewöhnlich hohe Stirn. Kluge, schwarz funkelnde Augen blicken sie an. Die *abuela* dreht sich zu Inez um, fragt sie etwas in Shipibo.

»Lucha fragt, warum du hierher gekommen bist.« Inez wartet auf Carlas Antwort.

»Sag ihr, ich bin gekommen, weil ich vor langen Jahren etwas vom Volk der Shipibo geschenkt bekommen habe, und nun suche ich den, der es mir gegeben hat.«

Inez Übersetzung ist wesentlich länger als das, was Carla gesagt hat. Bestimmt erzählt sie nun meine ganze Lebensgeschichte, denkt sich Carla. Schade, dass sie kein Spanisch versteht, ich würde ihr gerne alles selber erzählen.

Nun spricht die *abuela* wieder, ohne ihren Blick von Carla zu wenden. »Du sollst ihr das zeigen, was du geschenkt bekommen hast«, übersetzt Exilda.

»Jetzt gleich?«

»Ja, jetzt gleich. Romelia wird dich begleiten.«

Sie sind schnell wieder zurück, gefolgt von Donaldo, der sich in den Sand zum kleinen Hund setzt und mit etwas Kleinem, Lebendigen spielt, das er aus seiner Hosentasche herausgezogen hat.

Carla hockt sich wieder vor die alte Frau, reicht ihr den kleinen, gestickten Beutel. Exilda und Chabuca sind beim Anblick des Beutels dicht an die alte Lucha herangerückt. Carlas blick fällt auf die kleinen, breiten Füße der Alten, deren Zehen weit auseinander stehen. Diese Füße sehen aus wie braune, häufig getragene Lederschuhe. Wie die Frauen hier noch im Alter so aufrecht und mit untergeschlagenen Beinen sitzen, ist erstaunlich, wie Yogis. Das würde meiner Yoga-Yvonne sicher gut gefallen und die Königsteiner Yoga-Hausfrauen vor Neid erblassen lassen, geht es Carla beim Anblick dieser Füße durch den Sinn.

Sie hat viel Zeit für weitere Betrachtungen, denn die Frauen sind in ein konzentriertes Gespräch vertieft, wenden den Beutel hin und her. Lucha befühlt das, was in dem Beutel ist.

»Sie fragt, ob sie sehen kann, was im Beutel ist«, vermittelt

Exilda.

»Ja, natürlich. Inez, du kennst doch den Beutel und die Knochenflöte und die ganze Geschichte mit Manuel. Du kannst ruhig alles erzählen.«

Inez fängt an zu erzählen, Carla kann hören, wie ihr die Worte in Shipibo manchmal stockend und suchend über die Lippen kommen, es hört sich anders an, als wenn die Shipibo reden. Sie muss aber sehr interessant sein, denn die beiden Männer haben sich auch zu den Frauen gesetzt, drehen die Knochenpfeife in ihren Händen hin und her. Die *abuela* nimmt sie dem jüngeren Mann aus der Hand, legt sie auf den Beutel in der Mitte. Der jüngere Mann starrt Carla an, ohne dass sich ein Muskel in seinem Gesicht regt.

Ernste Miene gehört hier wohl zur gesellschaftlich adäquaten Umgangsform, kommentiert Carla innerlich diese scheinbare Unberührtheit, die von all den ernsten Gesichtern ausgeht, die sie hier im Dorf bislang angeblickt haben.

Inez muss viele Fragen beantworten, Carla wird im Moment nicht beachtet. Sie beugt sich über den Rand des Fußbodens und versucht zu sehen, womit Donaldo spielt. Ein winziges Äffchen sitzt auf seinem Arm, klammert sich an sein Hemd. Carla klettert zu ihm herunter, noch nie hat sie einen kleinen Affen in der Hand gehabt, sie muss ihn unbedingt sehen.

»Kann ich ihn mal haben?«

Donaldo reicht ihn ihr, behutsam setzt ihn Carla in ihre Hand, hält sie dicht an ihre Brust. Das Äffchen zittert. »Wie alt ist er, woher hast du ihn?«

»Er ist noch ein Baby, höchstens zwei Wochen alt, sagt mein Vater. Er hat ihn gestern von der Jagd mitgebracht. Er wusste nicht, dass der Affe ein Kind hat, sonst hätte er nicht geschossen.«

»Er hat die Mutter erschossen?« Carla ist entsetzt.

Donaldo geht nicht auf ihre Reaktion ein. »Meine Mutter gibt ihm immer etwas von ihrer Milch, das mag er. Ich nenne ihn Tarzan.« Carla streicht ganze vorsichtig mit einem Finger über das Fell des Kleinen, der dabei seine Augen schließt.

»Carla!« ruft Inez. Carla gibt Donaldo den kleinen Affen zurück. »Du musst gut für ihn sorgen, er ist wirklich noch ein Baby«, ermahnt sie ihn, als Tarzan wieder in die Hosentasche gesteckt wird. »*Claro*. Heute Abend essen wir den großen Affen, du kannst auch kommen.« Carla dreht sich wortlos um, sie will dem Jungen ihren Ekel nicht zeigen. Immerhin hat er sie ja freundlich zum Essen eingeladen. Ich glaube, denkt sie, meine Vorhaben, nicht immer gleich zu werten und zu richten und nicht immer alles besser zu wissen, wird hier auf eine harte Probe gestellt werden.

Sie geht wieder in die Hütte. Hinter dem See steht eine dunkle Wand von Bäumen, einige ragen sehr hoch über die anderen hinaus – der Dschungel. Der Himmel über dem Dschungel ist in Orange und Rosa getaucht, verfärbt sich vor Carlas Augen in dunkle Rot- und Violetttöne. Wie Scherenschnitte stehen die Silhouetten der hohen Bäume vor diesem Farbspektakel.

Jemand hat eine Kerosinlampe entzündet. Mit der Dämmerung wächst der Ansturm der Mücken, gleichmütig schlagen sich die versammelten Freunde und Verwandte immer wieder einmal auf ihre bloßen Körperstellen. Carla muss besonders süßes Blut haben, sie wird regelrecht attackiert, trotz langer Ärmel finden die angreifenden Kompanien immer noch eine Einstichfläche. Sie zieht das Tuch über Kopf und Schulter und setzt sich so vermummt zu den Frauen. Exilda gibt dem jüngeren Mann einen kurzen Befehl, er geht in die Kochhütte und kommt mit einer qualmenden Blechschüssel wieder, stellt sie vor Carla hin. Sie erstickt fast am aufsteigenden Qualm, aber er riecht unerwartet gut, süß und aromatisch. Doch der wichtigste Effekt der brennenden und qualmenden Hölzer ist: die Mücken fliehen! »Das ist *palo santo*«, erklärt ihr Exilda.

»Der junge Mann da ist mein Sohn Caesar.« Caesar lächelt Carla an, und in seinem Lächeln erkennt sie Manuels Lächeln. Verwirrt blickt sie zu Boden. »Vielleicht erzeugt der Rauch der Hölzer Visionen«, versucht sie sich diesen Moment der Erinnerung zu erklären. Sie sieht Caesar noch einmal an, er muss in dem Alter sein, in dem Manuel war, als sie ihn traf, ungefähr fünfundzwanzig, er ist vier Jahre älter als sie.

»Und das ist mein Bruder Ricardo«, Exilda zeigt auf den älteren Mann, der zu Carla geht und ihr ausgiebig die Hand schüttelt.

Chabuca steht auf. »Ich werde langsam müde von den vielen Geschichten und der Aufregung. Ich koche uns einen *té de mate de Coca*, der wird uns wieder frisch machen.« Sie geht hinunter in die Kochhütte.

Carla wartet darauf, dass die alte Lucha etwas zu ihrem Beutel und der Knochenpfeife sagt, aber sie schweigt, ihr Blick sieht niemanden an, sie ist ganz in sich versunken.

»Inez, was sagt die *abuela* zu meinem Beutel?«

»Carla, das Leben hier ist ein anderes Leben als bei uns an der Küste, und die Zeit ist eine andere Zeit. Die Schwester meines Vaters ist nicht einfach nur eine alte Frau, sie ist die Schamanin von Tushmo.« Fast erschrocken blickt Carla zur alten Frau, die immer noch bewegungslos sitzt, den Beutel und die Knochenflöte in der Hand.

»Ich wusste das auch nicht, Carla. Als ich ein Kind war, war sie noch keine Schamanin, da war ihr Vater der Schamane im Dorf, mein Großvater. Es kommt sehr selten bei uns vor, dass eine Frau Schamanin wird. Exilda hat mir erzählt, dass der Großvater sie unterrichtet hat, weil sie zum Heilen sehr begabt ist und mit den Geistern reden kann, auch wenn sie keine *ayahuasca* trinkt. Wenn man so eine Gabe hat, dann muss man Schamane werden, auch wenn man eine Frau ist, sonst wird man krank.«

Mit Scheu betrachte Carla das Gesicht der alten Schamanin, sie strahlt eine Präsenz aus trotz ihrer Versunkenheit. Carla spürt, dass die alte Frau ein großes Wissen in sich hat, das sie in diesem Wissen lebt, das sie ihr Wissen ist.

Diese Frau hat nichts mit dem zu tun, was Katharina mir an Flyern mit Ankündigungen von Seminar-Schamanen angeschleppt hat, als ich so krank war und sie mir immer zu schamanischen Heilmethoden geraten hat. Schade, dass Katharina nicht hier ist. Zum ersten Mal seit ihrer Kindheit sehnt sich Carla nach ihrer Schwester.

»Du wirst alles von meiner Tante erfahren, was mit deinem Beutel zusammenhängt, aber nicht heute. Frag nicht weiter, warte.« Inez ist aufgestanden und nimmt Chabuca, die ihren Kopf zum Fußboden gebeugt hat, die Tassen ab. Chabuca steigt mit einem verbeulten Aluminiumkessel in der Hand in die Hütte, füllt die Tassen mit einem grünlichen Tee. Carla beobachtet immer noch die unbeweglich sitzende alte Schamanin. Da sieht sie, wie Lucha eine Bewegung mit den Fingern der rechten Hand macht, Caesar springt auf und kommt mit einer selbstgedrehten, dicken Zigarette wieder, zündet sie an und steckt sie Lucha zwischen die Finger. Tief atmet die Alte den Rauch des schwarzen Dschungeltabaks ein, stößt ihn heftig über dem Beutel und der Knochenflöte aus, dreimal. Wie Don Antonio, denkt Carla. Lucha steckt die Knochenflöte zurück in den Beutel, zieht ihn zu und steckt ihn sich unter ihre Bluse. Carla ist irritiert, das ist doch schließlich ihr Beutel!

Sie ergibt sich in ihr Schicksal und trinkt Tee. Er schmeckt ihr gut, etwas erdig und auch nach frischem Grün.

»Chabuca, hast du den Tee aus Cocablättern gekocht?«

»Aber natürlich, Lucha hat einen Cocastrauch in ihrem Garten mit den medizinischen Kräutern. Ich kann ihn dir morgen zeigen.« Carla nickt und schlürft den Tee, der so gar nichts mit dem Beuteltee im Hotel El Sol gemeinsam hat. Auch die alte Schamanin trinkt jetzt den Tee, nachdem sie mindesten drei Löffel Zucker in ihre Tasse getan hat. Sie unterhält sich mit den beiden Männern.

Vielleicht sind ihr Sohn und ihr Enkel so etwas wie ihre Assistenten, mutmaßt Carla. Caesar ist auf jeden Fall ein aufmerksamer junger Mann, denn er legt neues heiliges Holz auf die Glut in der Blechschüssel. Carla lächelt ihm dankbar zu.

Inez dreht sich zu Carla. »Ich glaube, wir sollten jetzt gehen, die *abuela* geht immer früh zu Bett, hat mein Cousin Ricardo gesagt.«

Inez genießt es sichtlich, bei jeder sich bietenden Gelegenheit darauf hinzuweisen, dass sie ein Teil dieser Familie ist. Sie sieht glücklich und stolz aus. »Weißt du, Carla, in San Rafael habe ich meine Kinder und Antonio, aber hier bin ich Teil einer großen Familie, wie ein Kind, nicht nur wie eine Erwachsene. Ich habe gar nicht gewusst, wie sehr ich mit meiner Seele hier zu Hause bin, immer noch.«

»Gute Nacht, *abuela*!«

Die alte Schamanin nickt ihnen freundlich zu, sie lächelt sogar. »Gute Nacht, meine Kinder.«

Mit dem Einbruch der Dunkelheit hat ein lautes Konzert eingesetzt. Frösche, Kröten, Grillen, Nachtvögel und die kleinen Affen geben höchst seltsame Rufe von sich. Carla staunt, dass die Nacht in der Natur so viel lauter ist als der Tag.

Caesar begleitet die Frauen zurück, Ricardo bleibt noch bei seiner Mutter, lässt das Moskitonetz für sie von den Balken herunter und legt eine Decke in das so entstandene rechteckige Zelt aus weißem, blickdichtem Baumwollgewebe. Auf dem Rückweg bleibt Caesar vor einer der Hütten stehen. »Kommt, lasst uns Romelia und ihrem Mann noch guten Abend sagen.«

Sie folgen ihm hinter die Hütte, wo neben der Kochhütte ein großes Eisengestell steht, unter dem Holz glüht.

»Guten Abend Guillermo, seid ihr schon mit dem Essen fertig oder habt ihr noch etwas für uns«, ruft Caesar dem Mann zu, der an dem von der Glut beleuchtetem Eisengestell steht. Romelia, Donaldo und ein etwa vierjähriger Junge sitzen auf dem sandigen Boden, die kleine Daisy liegt daneben, in eine Decke gewickelt und schläft.

Carla geht auf das Eisengestell zu, sie will wissen, was da gebraten wird. Inez macht einen schnellen Schritt und zieht Carla am Ärmel. »Komm, wir müssen gehen, Exilda will auch noch etwas für uns kochen.«

Zu spät, Carla hat gesehen, was dort auf dem Rost gegrillt wird. Die Affenmutter. Sie sieht gar nicht mehr aus wie ein Affe, ihr Fell wurde abgezogen, sie sieht aus wie ein kleiner Mensch, genau so wie ein Mensch!

Carla dreht sich um und übergibt sich.

Inez hält sie, Exilda bringt einen heißen Tee. »Trink, Carla, der ist gut für den Magen.« Chabuca hat sich vor den Grill gestellt, damit Carla nicht zufällig noch einmal den gegrillten Affen sehen muss.

Als Carla den Tee ausgetrunken hat, gehen die Frauen, Caesar bleibt mit schlechtem Gewissen zurück, er wollte Carla wirklich nicht so erschrecken! Als die vier Frauen nicht mehr zu sehen sind, schneidet ihm Guillermo zur Stärkung auf diesen Schreck ein großes Stück vom *mono haumado* ab.

Bis zu Exildas Hütte reden die drei Shipibofrauen aufgeregt durcheinander, Carla ist still, konzentriert sich darauf, mit bewusstem Atem die letzten Anflüge der Übelkeit zu vertreiben. Dass ich seine Übungen anlässlich eines gegrillten Affen einsetzen werde, hat sich der Atemtherapeut in der Reha-Klinik hoffentlich nicht träumen lassen ... Carlas Galgenhumor kehrt langsam zurück, die Übelkeit verschwindet.

»Du musst das verstehen, Carla. Im Dschungel wird alles, was sich bewegt, auch gegessen. Na ja, fast alles. Obwohl der Affe in den Mythen von den ersten Shipibo eine große Rolle spielt, essen wir ihn trotzdem – oder vielleicht deshalb. Es war nämlich ein weißer Affe, der die Eifersucht zu den Shipibo brachte, vorher gab es keine Eifersucht.«

Exildas Erklärung leuchtet Carla ein, wenn man dadurch, dass man einen Affen isst, die Eifersucht wieder aus der Welt bringen könnte, würde auch sie *mono haumado* essen!

»Inez, erinnerst du dich noch an die Geschichte, die uns deine Großmutter so oft erzählt hat? Warum wir Shipibo heißen?«

Inez erinnert sich nicht mehr, so erzählt Chabuca: »Unsere Vorfahren hatten die Angewohnheit, sich mit dem schwarzen Saft von der Frucht *huito* um den Mund schwarz zu bemalen, auch die Lippen, das fanden sie schön. Wenn die Frauen schaumiges *masáto* zubereiteten, unser Bier aus *yuca*, dann bekamen die Männer beim Trinken vom Schaum weiße Lippen. Die Leute aus anderen Stämmen sagten dann: Seht, jene Leute haben das Gesicht des *pichico*-Affen, der bei uns in der Shipibo Sprache shipi heißt. Deshalb haben uns die anderen den Namen Shipibo gegeben, weil die Zone um den Mund herum schwarz war und die Lippen weiß, ähnlich wie der Affe *pichico*.«

»Und, bemalt ihr euch immer noch um den Mund herum mit dem schwarzen Saft?« Carla gefällt diese Geschichte. Es hagelt entrüstete Proteste.

»Wir sind doch keine Affen!« Und Chabuca fügt hinzu: »Wir färben unsere Haare mit *huito* schwarz, und wir bemalen uns damit die Gesichter, Hände und Füße bei Festen, aber nicht einfach schwarz, sondern mit ganz feinen Mustern.«

Das würde Carla gerne einmal sehen, aber alle weiteren Fragen und Erzählungen werden gestoppt, denn sie haben Exildas Hütte erreicht. Exilda und Chabuca verschwinden gleich nach hinten in die Kochhütte, Carla muss unbedingt für den Affenschreck mit einem guten Essen belohnt werden. Inez und Carla klettern hoch in die Hütte, setzen sich auf den Holzboden an die offene Seite der Hütte so hin, dass ihre Beine nach unten baumeln können und sie das Geschehen in der Kochhütte im Blick haben. Carla ist froh, mit Inez wieder einmal alleine sein zu können, nun kann sie Inez endlich alles fragen. »Wer ist Chabuca?«

»Chabuca war die ganze Kindheit hindurch so etwas wie meine Zwillingsschwester, wir waren unzertrennlich.«

»Hat dich die alte Lucha erkannt, hast du sie erkannt?«

Ich glaube, sie hat mich gleich erkannt, ich sehe meinem Vater sehr ähnlich.«

»Weiß sie, dass du eine Heilerin bist?«

»Ja. Lucha hat gesagt, dass sie sehen kann, dass ich auch die Gabe zum Heilen habe, so wie sie und so wie ihr Vater, aber dass ich mit anderen Geistern spreche als sie. Mit Geistern reden zu können, liegt in unserer Familie.«

»Wie fühlst du dich, Inez?«

»Ach, Carlita, das ist schwer zu sagen, alles ist so neu und fremd und gleichzeitig so vertraut hier. Es ist, als ob ich mit wachen Augen durch meinen eigenen Traum gehe. Ich werde noch einige Zeit brauchen, um dir diese Frage beantworten zu können. Hast du übrigens die hohe Stirn der alten Lucha bemerkt?« Carla nickt.

»Als Lucha ein Baby war, da war es bei den Shipibo noch Sitte, den weiblichen Säuglingen ein Brett eng um die Stirn zu wickeln, damit die Stirn möglichst hoch wuchs, das war ihr Schönheitsideal. Ich bin froh, dass sie das nicht mehr gemacht haben, als ich ein Baby war. Die alten Frauen, so wie Lucha, wurden auch noch beschnitten.«

Carla ist entsetzt. »Das ist ja furchtbar! Ich dachte, das gibt es nur in Afrika!« »Nein, das gab es leider auch bei uns, und in einigen entlegenen Shipibo-Dörfern soll das heute noch gemacht werden, habe ich gehört. Alle alten Frauen, die ich gefragt habe, warum das gemacht wurde, wussten keine Antwort darauf. Diese Verstümmelung haben Frauen den Frauen angetan, sogar Kräuterfrauen spielten bei dem Beschneidungsritual eine große Rolle, das kann ich gar nicht nachvollziehen. Exilda hat noch von ihrer Mutter einen ovalen Keramikstein, den haben sie nach der Beschneidung der jungen Frau in die Vagina gelegt, damit musste sie einen Monat lang rumlaufen, damit es nicht wieder zuwuchs. Wenn du sie fragst, zeigt sie ihn dir bestimmt.«

Carla hat kein Verlangen, diesen Stein der Pein zu sehen.

Exilda ruft. »Kommt, das Essen ist fertig!«

Ein riesiger, knusprig gegrillter Fisch liegt neben schwarz verkohlten Bananen auf dem Feuerrost. Als Chabuca für Carla eine schwarze Banane öffnet, kommt eine weiche, köstlich süße Banane darunter hervor. Sogar ein Tomatensalat mit frischen Limonen steht da - welch ein Festmahl, der Affe ist schon vergessen.

Carla sieht sich suchend um, wo sie sich die Hände waschen kann. Exilda gießt für sie Wasser aus einem Plastikeimer in eine Plastikschüssel. »Nachher zeige ich dir, wie wir uns waschen.« Exilda zeigt auf ein Gestell aus Palmzweigen, doch viel kann sie im Dunkeln nicht erkennen.

Beim Essen vermisst Carla die schönen Tonschalen, jetzt essen sie von Blechtellern. »Warum essen wir nicht aus den Tonschalen, aus denen wir den Bananenbrei gegessen haben?«

Exilda seufzt auf. »Du hast ja recht, sie sind viel schöner als diese Blechteller, aber diese Teller lassen sich leichter reinigen und zerbrechen nicht so schnell. Es ist noch nicht lange her, da war unser ganzes Geschirr aus Ton, alles war bemalt. Wir sind berühmt für unsere Keramik, aber die meisten Töpferinnen stellen sie nur noch zum Verkauf her, ich auch.«

»Du bist Töpferin?«

»Ja, damit verdiene ich das Geld für die Familie, mein Mann sorgt mit Fischen und Jagen für Fleisch, und dann haben wir noch ein kleines Feld, da pflanzen wir Mais und Yucca an.«

»Wo ist dein Mann?«

»Julio ist mit einigen Männern aus dem Dorf schon seit drei Tagen im Bergdschungel zum Jagen. Sie kommen wieder, wenn sie genug Fleisch für alle haben. Wenn jemand etwas erjagt hat, wird es immer auch an die Nachbarn verteilt und an die Alten, die nicht mehr arbeiten können.«

Nach dem Essen wird Carla von Exilda in die Kunst des sich Waschens eingewiesen: Man stellt sich in eine Plastikwanne hinter den Sichtschutz aus Palmzweigen. Man seift sich ein, schöpft dann mit einem Becher Wasser aus einem Eimer, gießt es sich über den Kopf. »Die meisten Familien waschen sich abends unten an der Lagune. Da trifft man sich, tauscht Neuigkeiten aus, wäscht die Wäsche, die Kinder und sich selbst. Carla hängt ihre brennende Taschenlampe an einen Stock, um besser sehen zu können. »Mach die lieber aus«, ruft Chabuca, »sonst kommen wirklich viele Insekten.« Schnell ist es wieder dunkel im Natur-Waschsalon.

Oben in der Hütte sind Inez und Exilda dabei, zwei Moskitonetze für das Nachtlager von den Balken herunterzulassen. Sie hängen jetzt wie bei der alten Lucha als rechteckige Kästen aus weißem, blickdichtem Baumwollgewebe bis auf den Boden herunter. Exilda legt in jedes Moskitonetz eine Decke auf den Boden und ein Laken als Zudecke. Carla hofft, dass sie nicht so schlafen muss, das sieht sehr hart und unbequem aus!

»Inez, kann ich wieder in der Hängematte schlafen?«

»Wir haben kein Moskitonetz für eine Hängematte, da braucht man ein anderes Modell. Du schläfst bei mir auf der Decke.«

»Warum kann ich nicht ohne Moskitonetz schlafen, ich bin doch dann in der Luft, da können keine Tiere kommen.«

»Wenn du ohne Moskitonetz in der Hängematte schläfst, wirst du kein Auge zumachen und morgen fürchterlich zerstochen sein. Außerdem sind viel Spinnen nachtaktiv, und da kann es schon passieren, dass sich eine große Tarantel aus dem Dach herunterlässt, genau auf dich. Du stirbst nicht an ihrem Stich, aber er schmerzt sehr. Kakerlaken können auch gut klettern, und von anderen Tieren will ich dir lieber erst gar nichts erzählen.«

Schöne Aussichten, sie hat die Wahl zwischen zwei Übeln. Sie legt sich zu Inez auf den harten Boden, die dünne gewebte Baumwolldecke kann man beim besten Willen nicht als polsternde Unterlage ansehen. »Hätte ich doch nur meine Isomatte mitgebracht«, stöhnt Carla laut, während sie verzweifelt nach einer bequemen Lage zum Einschlafen sucht. »Was heißt Gute Nacht auf Shipibo?«

»*Jacón yame*«, antwortet Inez mit schläfriger Stimme.

»*Jacón yame* Inez, *jacón yame* Exilda!«

Carla lauscht den ruhigen Atemzügen der beiden Frauen und versucht, im Nachtkonzert der Tiere einzelne Stimmen voneinander zu unterscheiden. Das Hua-hua der Kröten klingt wie heiseres Hundegebell, es wird effektvoll ergänzt durch das Rufen von Fröschen, die sich das Klingeln eines Handy zum Vorbild genommen haben – nur, dass es sich nicht abstellen lässt! Das Orchester diverser Grillenarten bildet für alle extravaganten tierischen Solo-Einlagen den an- und abschwellenden Stimmhintergrund.

Carlas Augen gewöhnen sich ans Dunkel, so dass ihr die Nacht mit dem abnehmenden Mond draußen bald sehr hell vorkommt. Es raschelt über ihr im Blätterdach, hoffentlich sind das keine Ratten! Als es leise plätschert, richtet Carla sich auf. Dicht neben dem Moskitonetz trifft ein Wasserstrahl auf dem Holzboden auf. Nein, kein Wasserstrahl, woher sollte der auch kommen. Ein Tier pinkelt von oben herunter! Nun raschelt es an mehreren Stellen gleichzeitig, Carla wird nervös. Vielleicht gibt es auch Schlangen, die in die Hütte kommen!

Schwarze Vögel fliegen aus dem Hüttendach an der offenen Seite hinaus. Vögel? Carla zieht instinktiv das Laken hoch bis zu ihrem Kinn. Das sind keine Vögel, das sind Fledermäuse! Hat sie nicht irgendwo gelesen, dass es im Amazonasgebiet die einzigen Fledermäuse gibt, die Menschen anfallen? Es knistert von da, wo ihr Rucksack steht. Carla ist sich nicht sicher, ob sie ihn auch gut zugemacht hat. Auf keinen Fall wird sie aufstehen und nachsehen.

Wenn sie doch nur schlafen könnte, dann würde sie wenigstens nichts hören! Sie legt sich auf die Seite, so hat ihr Körper den geringsten Bodenkontakt. Sie macht sämtliche Einschlafübungen, an die sie sich erinnern kann: Zahlen zählen, auch rückwärts. Schäfchenzählen. Angenehme Bilder visualisieren. Bewusst durch den Körper atmen. Nichts nützt. Es wird schon wieder hell, als sie endlich vollkommen übermüdet in einen leichten Schlaf fällt.

»Aufstehen, du kleines Faultier!« Carla fühlt sich vollkommen zerschlagen und steif, mühsam setzt sie sich auf. Es ist heller Tag, Exilda wickelt ihr Moskitonetz zusammen und legt es wieder unter das Dach. Inez ist nicht zu sehen.

Carla krabbelt mühsam unter dem Moskitonetz hervor. »Guten Morgen, Exilda. Es war eine furchtbare Nacht!«

Bei in der Pfanne gebratenen süßen Bananen und Kräutertee erzählt sie Inez und Exilda ausführlich, was sie nachts alles gehört und gesehen hat, die beiden schütteln sich vor Lachen. Inez hat

Mitleid. »Exilda, können wir nicht ein Moskitonetz so verändern, dass Carla in der Hängematte schlafen kann?« Die Frauen beraten sich und versprechen Carla, dass sie heute Abend ein Netz für die Hängematte haben wird.

Exilda steht auf, verschwindet im Garten und kommt mit einer Handvoll Blättern wieder, die sie in die Wasserschüssel legt. »Hier, *mucura*-Blätter, die werden dir gut tun! Wasch dich gründlich damit ab, sie helfen bei schlechten Träumen und Schwäche.«

Wirklich, als Carla aus dem Palmzweig-Waschsalon kommt, fühlt sie sich frisch und klar. »Exilda, kann ich einen Eimer Wasser nur für mich haben?«

»Ja, kannst du, aber wozu?«

»Ich war lange sehr krank, und mein Immunsystem ist noch etwas schwach. Ich habe Tabletten mit, die das Wasser von Bakterien und Viren reinigen, die würde ich gerne in einen Extraeimer geben, damit ich nicht vom Wasser krank werde.« Das versteht Exilda, sie hat schon bei einigen Besuchern aus Lima erlebt, dass sie vom Wasser aus dem Brunnen Durchfall bekommen haben.

»Willst du mal meine Keramikarbeit sehen?«

Carla folgt Exilda zu einer winzigen Hütte am Rande des sauber gefegten Hofs, die ihr bislang nicht aufgefallen ist. Eine Wand ist voller Regalbretter, die anderen Wände sind offen. Die Regale sind vollgestellt mit unbemalter grauer und bemalter brauner Keramik. Carla kann nicht glauben, was sie da sieht, in dieser einfachen Hütte ohne Drehscheibe, ohne Arbeitstisch: Bauchige Gefäße in allen Größen, manche haben Gesichter, alle sind mit Mustern überzogen. Schalen, die innen und außen kunstvolle geometrische Muster zeigen, ebenso kunstvoll bemalte Tiere. Das, was sie da sieht, verschlägt ihr den Atem, das ist Museumsqualität, befindet sie.

Exilda strahlt, als Carla sie mit Lob überschüttet. »Sogar in Lima kaufen die Leute meine Sachen«, sagt sie stolz. »Zweimal im Jahr kommt ein Händler, der kauft mir viel ab. »Die einzelnen Muster sind wie eine Sprache, ich kenne ihre Geschichten.« Exilda nimmt eine bemalte Schale vom Regal und fängt an, Carla die Bedeutung der Linien zu erklären, aber sie kommt nicht weit, jemand ruft nach ihr.

Caesar steht im Hof. »Die *abuela* sagt, ihr sollt zu ihr kommen.«

Brav folgen die drei Frauen Caesar, der mit gebührendem Abstand und ohne nach rechts oder links zu sehen, vor ihnen geht. Carla hat den Eindruck, dass Männer und Frauen in der Öffentlichkeit Wert auf getrenntes Auftreten legen.

»Carla, lernen wir heute Englisch?« Donaldo läuft ihnen hinterher.

»Später«, ruft sie ihm zu. Enttäuscht bleibt er stehen. Sie bewundert die blühenden Büsche, die vor vielen der Hütten stehen. Orangefarbene und orange-schwarz gestreifete Schmetterlinge auf den Blüten bringen die Büsche zum Flirren und Schwirren.

»Wir pflanzen diese Büsche, damit die Schmetterlinge kommen«, erzählt Exilda. »Die Schmetterlinge bringen gutes Glück und schützen die Menschen in den Häusern. Du musst wissen, es gibt gutes und schlechtes Glück.«

Carla verkneift sich zu sagen, dass schlechtes Glück doch ein Widerspruch in sich ist, sie hört weiter zu.

«Schmetterlinge sind in den Heilzeremonien, wenn wir *ayahuasca* trinken, die Helfer des Jaguargeistes. Die Farben, die man bei *ayahuasca* sieht, sind die Farben des Schmetterlings. Der Schmetterling hat klare Muster, deshalb kann er helfen, die kranken Muster der Patienten wieder in Ordnung zu bringen. Deshalb bringen Schmetterlinge gutes Glück.«

Carla braucht einen Moment, um diese Logik zu verstehen. Sie biegen in den Weg ein, der einen leichten Abhang hinunter zum Haus der alten Schamanin führt. Einige Kanus sind auf der im Sonnenlicht glitzernden stillen Lagune zu sehen, am Ufer stehen kleine weiße Kraniche, ein Schwarm schwarz-gelber Vögel fliegt von einem Baum am Ufer auf.

Großmutter Lucha sitzt oben in der Hütte und stickt an einem großen, groben Stück weißen Stoff. Sie arbeitet ohne Brille, bemerkt Carla erstaunt. Als Lucha Carlas überraschten Blick sieht, hebt sie den schon teilweise bestickten Stoff hoch, nun sieht er aus wie ein sackartiger Überwurf, ein riesiges langes Hemd. »Das wird eine *cushma* für meinen Enkel Caesar, so ein Hemd tragen die Schamanen auch in den Ritualen, das schützt vor Mücken und bösen Geister. Die Muster, die ich sticke, halten auch böse Geister ab.« Caesar steht stolz daneben. »Die *abuela* hat auch den Stoff selber gemacht, aus Baumwolle gesponnen und gewebt!«

Jetzt erst fällt Carla auf, dass die alte Frau Spanisch spricht, gestern Abend hat sie sich doch alles übersetzen lassen!

Carla zeigt ihre Bewunderung für diese außerordentliche Arbeit, Lucha lächelt zufrieden. Sie macht auf Carla einen ganz anderen Eindruck als gestern Abend, sie hat nichts Strenges und Unnahbares mehr, sie ist eine liebenswerte alte Frau.

Lucha klopft mit der Hand auf den glatten, dunkel glänzenden Holzboden.

»Setzt euch. Caesar, hol uns ein paar *cocos*.« Caesar nimmt vom Balken eine Machete herunter, verschwindet und bringt nach einer Weile vier grüne Kokosnüsse, öffnet sie mit einem Hieb und reicht sie den Frauen. Süßes, erfrischendes Kokoswasser in Naturverpackung, ohne Viren oder Bakteriengefahr! Carla ist begeistert.

Noch begeisterter ist sie, als ihr Caesar zeigt, wie sich das weiße, weiche, leicht süße Fruchtfleisch der Kokosnuss herausbrechen lässt. Fisch, Bananen und Kokosnüsse – diese Vollwertkost könnte jeden Reformhausjünger erblassen lassen, und dazu noch die schöne Aussicht, gute Luft und nette Menschen. Carla fühlt sich zufrieden und glücklich, was für ein heilsamer Lebenswandel!

Die alte Schamanin legt die Stickarbeit zur Seite. »Erzähl mir von dir, Carla. Erzähl mir alles, was für dich wichtig ist.«

Wo soll sie beginnen? Carla überlegt einen Moment und erzählt. Beim Erzählen konzentriert sich ihr Blick auf die Muster der *cushma*, die ausgebreitet neben Lucha liegt. Nach einer Weile folgen ihre Worte den Linien, als würde sie in der Stickerei spazieren gehen, den Wegen folgen, die ihre Worte sich bahnen.

Sie erzählt gerade von der Zeit, als ihre Krankheit ausbrach, da verdunkelt sich der Himmel und ein Wolkenbruch stürzt herab. So einen heftigen Regen hat Carla noch nie erlebt, im Nu ist die Lagune ein vom Regen aufgepeitschtes Meer, kleine reißende Bäche stürzen den Weg vom Dorf herunter, die trockene rote Erde wird zu einer Schlammlandschaft, der Regen legt einen grauen Vorhang über alles. So plötzlich, wie dieser Wolkenbruch gekommen ist, so plötzlich hört er auch wieder auf. Die Sonne kommt hervor, die Lagune liegt glatt wie ein Spiegel.

Caesar springt mit der Machete in der Hand leichtfüßig die kleine Leiter hinunter. »Ich hole uns ein paar *hualos* zum Abendessen, nach diesem heftigen Regen sind bestimmt viele aus ihren Löchern herausgekommen«, ruft er den Frauen von unten zu und verschwindet mit geschmeidigen Bewegungen im Dickicht des Ufers.

Carla sieht Exilda fragend an. »Er meint die riesigen Kröten, die nach dem Regen aus ihren Löchern herauskommen. Sie haben weißes, festes Fleisch und schmecken sehr gut!«

Carla schüttelt sich. »Danke, ich esse doch lieber wieder gebratene Bananen.« Lucha, Exilda und Inez kichern belustigt. Carla hat allmählich den Eindruck, sie bietet für die Frauen ein Dauerbelustigungsprogramm.

Exilda hat von allen das beste Talent, wieder eine Situation herzustellen, in der Carla sich ernst genommen fühlt. »Siehst du die großen Bäume dort, hinter der Lagune?« Exilda zeigt auf die Baumriesen, die Carla schon gestern Abend aufgefallen waren. »Die größten Bäume des Dschungels sind die Bäume der Regenmutter, sie selber sind die Mutter des Regens und bringen den Regen vom Himmel in die Erde. Alles Leben beginnt im Wasser und ist ohne Wasser nicht möglich.«

Lucha nickt zustimmend. »Mutter Regen bringt uns die Botschaft von der Fruchtbarkeit. Wenn die großen Bäume aus unserem Wald verschwinden, wird der Wald verschwinden, werden die Flüsse sterben. Das erzählen unsere alten Geschichten, deshalb verehren wir die großen Bäume. *Mama lluvia* wird immer leben, aber wir Menschen werden sterben, wenn wir ihre Bäume töten.«

Carla ist betroffen, obwohl sie schon viele Berichte über das Sterben des tropischen Regenwaldes gesehen hat, berühren sie die einfachen Worte der Frauen tief. Sie schämt sich, ein Teil der Gesellschaft zu sein, deren Profitgier dieses gewaltige Ökosystem Amazonien sterben lässt.

Lucha reißt sie aus ihren weltpolitischen Überlegungen. »Erzähl weiter, Carla.«

Doch sie kann noch nicht weiter erzählen, sie sieht Manuel, wie er sich auf politischen Hochschulveranstaltungen eingesetzt hat für das Recht der indigenen Völker Perus auf Selbstbestimmung ihrer Lebensweise und gerechte Entlohnung ihrer Arbeit. Erst jetzt, so viele Jahre später, beginnt sie zu erahnen, welche Verzweiflung und Überlebensnot ihn bei seiner politischen Arbeit angetrieben hat.

Carla wirft noch einmal einen Blick auf die hohen Bäume und erzählt weiter, nimmt ihre Zuhörerinnen mit in eine ihnen so fremde Welt. Bei manchen Dingen, die sie erzählt, schnalzen die Frauen mit der Zunge, kichern oder werfen sich fragende Blicke zu. »Und so bin ich zu euch nach Tushmo gekommen«, endet Carla ihre Lebensgeschichte.

»Ihr habt ein seltsames Leben in euren Ländern, ihr verlasst eure Familien und eure Kinder und sucht nach Erklärungen für das Heute im Gestern. Dabei kann man doch nur heute leben, und das Vergangene verstehen kann man auch nur aus dem Heute heraus. Ich glaube, ihr in euren Ländern sucht immer die Ursache für euer Leiden in anderen Menschen, nicht in euch selber.« Die alte Lucha sieht Carla lange an. Ein großes Schweigen wandert durch die Hütte, setzt sich zu den Frauen und bleibt lange dort.

Carlas Gefühle schwanken zwischen Traurigkeit und Verärgerung. Die alte Frau weiß doch gar nicht, wie das Leben in unserer Gesellschaft ist! Wenn sie nur eine Woche mein Leben führen müsste, würde sie garantiert einen Herzinfarkt bekommen! Doch versteckt hinter ihrem Zorn, regt sich das Wissen um eine andere Wahrheit, einen anderen Sinn dessen, was Lucha gesagt hat.

Sie ist enttäuscht, dass sie so viel von sich erzählt hat und die alte Schamanin nichts dazu sagt, außer dieser schroffen Bemerkung. Von ihr könnte mein wortkarger Therapeut noch etwas lernen.

Lucha stickt schon wieder an dem Ritualhemd für ihren Enkel. Carla auf, streckt sich. »Können wir nicht ein bisschen spazieren gehen, wir sitzen immer nur herum.«

Exilda prustet los. »Was meinst du mit spazieren gehen? Die Dorfstraße hoch und runter? Oder willst du zu Fuß ins nächste Dorf gehen? Da brauchst du drei Stunden. Die Leute in der Stadt gehen spazieren, das weiß ich von meinem Mann, der war schon in Lima. Hier geht niemand spazieren. Die Männer gehen in den Dschungel jagen, die Frauen gehen auf die kleinen Felder arbeiten. Manchmal gehen Verliebte, die alleine sein wollen, ein Stück

in den Dschungel, aber bestimmt nicht, um spazieren zu gehen.«
Die Shipibofrauen kichern. »Ich kann dir zeigen, wo unser kleines
Feld ist, das ist nicht weit vom Dorf, da können wir hingehen.«

Carla fühlt sich wie ein dummes Kind. »*Bueno*, dann zeig mit
deine chacra.«

»Erst werden wir etwas essen, dann gehen wir.« Carla verabschiedet sich von von der alten Schamanin.

»Ich hoffe, du besuchst mich bald.« Die Großmutter lächelt sie
freundlich an, Carla wird aus ihr nicht schlau. Sie hat doch noch
meinen Beutel, erinnert sie sich beim Herabsteigen aus der Hütte
ein. Den will ich beim nächsten Mal gern wiederhaben.

Auf der Dorfstraße zieht Donaldo seinen kleinen Bruder hinter
sich her, der in einem durchgeschnittenen blauen Plastikkanister
sitzt und diese Schlittenfahrt still lächelnd genießt. »Lernst du
heute mit mir Englisch?«

»Ja, komm heute Nachmittag zu uns.« Donaldo lächelt nun
genauso wie sein kleiner Bruder im Plastikkanister.

Carla fällt auf, dass die Kinder hier sehr ruhig sind, obwohl
sie überall in kleinen Gruppen spielen. Leere Plastikflaschen und
Kronkorken von Flaschen sind ein beliebtes Spielzeug, ein kleines
Mädchen zieht eine Gummipuppe hinter sich her, sonst kann sie
kein gekauftes Spielzeug sehen.

Plastik, immer wieder Plastik. Auch in den blühenden Büschen
hängen immer wieder Plastikfetzen. Alles, was wir Menschen aus
der so genannten westlichen Welt hierher bringen, ist laut und
nicht verdaulich, denkt sie deprimiert. Ein bis zum Anschlag laut
aufgedrehtes Radio unterstreicht höhnisch ihren Gedanken.

Zwei junge Männer schleppen eine große Autobatterie an ihnen
vorbei. Erstaunt fragt Carla: »Hier gibt es doch keine Autos, wozu
brauchen die eine Autobatterie?«

»Für den Fernseher«, antwortet Exilda in einem Ton, der die
Verwunderung über Carlas Unwissenheit ausdrückt.

Carla meint, ihren Ohren nicht trauen zu können. »Ihr habt
hier Fernsehen?«

»Ja glaubst du denn, wir leben in der Steinzeit?«

Carla schluckt, aber eine Frage muss sie stellen, um besser verstehen zu können: »Verändert sich denn nicht eure Kultur, wenn ihr

Filme und Berichte aus der Technikwelt der Weißen seht, mit den Wertmaßstäben der Weißen. Geht euch da nicht die Originalität eures Volkes verloren?«

Carla kann sehen, dass Exilda sich ärgert.

»Originalität – sollen wir alle wieder nackt herumlaufen? Oder nur aus selbst getöpferten Schalen essen? Sind wir nicht mehr original, nur weil wir Armbanduhren tragen? Willst du die Zeit anhalten und uns in einen Zoo sperren, damit ihr Weißen etwas sehen könnt, was euren romantischen Vorstellungen entspricht? Ich habe mal im Fernsehen einen Film aus Europa gesehen, da liefen die Menschen in Fellen rum und haben in Höhlen geschlafen. Sind das die originalen Europäer? Warum lauft ihr heute nicht mehr so rum?«

»Exilda, ich wollte dich nicht beleidigen und auch nicht überheblich sein, ich habe mir einfach zu wenig Gedanken gemacht über euer Leben hier.«

»Ist schon gut, Carla. Aber weißt du, manchmal, wenn Touristen mit ihren Führern hier für ein paar Stunden durchs Dorf gehen, dann komme ich mir schon manchmal vor wie im Zoo. Einige Frauen, die dann nicht ihre bestickten Röcke anhaben, ziehen sich extra für die Besucher schnell um, das mache ich nicht. Wenn die Besucher ein paar Tage hier bleiben, ist das etwas anderes, dann kann man voneinander lernen, so wie jetzt du von mir und ich von dir, dann versteht man das Leben der anderen besser.«

Längst sind sie wieder bei Exildas Hütte angelangt, haben sich in den Schatten eines hohen Baumes gesetzt, von dem lange grüne Schoten herabhängen wie sich windende grüne Schlangen. Inez ist nicht mehr bei ihnen, sie hatte den ganzen Weg geschwiegen und war mit den Worten »Ich muss mit ihr reden« in Chabucas Hütte verschwunden.

»Jetzt ist genug geredet, jetzt koche ich.«

Exilda bläst die Glut des Feuers wieder an, legt große grüne Bananen auf den Grill, wäscht kleine, schwarze Fische.

Carla erneuert ihren Mückenschutz, legt sich in die Hängematte und versucht, die Ereignisse des Morgens zu sortieren und zu kommentieren – und schläft ein.

Ein heftiges Regenprasselkonzert weckt sie. Im Hof steht das

Wasser schon knöcheltief. Exilda sitzt da und malt Muster auf Tonschalen. Carla hockt sich neben sie auf den Boden und schaut gebannt zu, wie Exilda mit einem winzigen, dünnen Stück Holz konzentriert die Schale mit geometrischen Zeichen bemalt. Immer, wenn sie eine Schale anhebt, klappert darin etwas. Exilda lacht, als sie für einen Moment von ihrer Arbeit aufsieht und Carlas verwunderten Blick bemerkt. »Das sind ganz besondere Gefäße, sie haben einen doppelten Boden und in dem Hohlraum zwischen den zwei Böden ist eine kleine Tonkugel. Deshalb klappert es, wenn man die Schale bewegt. Diese besonderen Schalen machen wir nur für Feste, da verschenken wir sie.«

»Gibt es denn ein Fest im Dorf?«

»Oh ja, bald, in zwei Wochen. Du hast doch Romelias kleinen Sohn gesehen, Claudio. Wir werden seinen vierten Geburtstag feiern. Normalerweise feiern wir keine Geburtstage, aber dieser Geburtstag in zwei Wochen ist etwas Besonderes, da bekommt Claudio seinen wahren Namen, seinen Shipibo-Namen. Das alleine wäre auch noch kein Grund, ein richtig großes Fest zu feiern, aber Claudio ist etwas Besonderes. Lucha sagt, er wird ein Schamane werden, er ist vom Geist des *hermano* gerufen worden, sie hat es gesehen.«

»Wen meinst du mit *hermano*, wer soll dieser Bruder sein?«

»Es ist der Jaguar, der mächtigste Geist-Begleiter unserer Schamanen. Aber er hat es nicht gerne, wenn man ihn mit seinem Namen nennt, deshalb nennen wir ihn nur den Bruder.«

Donaldo kommt mit Gepolter die Leiter hochgeklettert, triefend nass. Aber der Regen ist warm und kann ihn nicht abhalten, die versprochene Englischstunde einzufordern.

Es dauert nicht lange, da schleichen sich vorsichtig zwei weitere Jungen und ein Mädchen die Leiter hoch – die Privatklasse ist komplett!

Abends, als Inez und Carla eine dünne Fischsuppe mit Kochbananen löffeln, kommt Inez endlich wieder. Aber wie sieht sie aus! Carla fängt an zu kichern, denn Inez trägt jetzt einen bestickten schwarzen Wickelrock und eine dieser grässlichen, knallbunten Kunststoffblusen mit Rüschen, die hier alle Frauen tragen. Unter dem Arm hat sie ein weißes Bündel Stoff geklemmt, legt es Carla in den Schoß: »Mit einem Gruß von Chabuca.« Carla entrollt das Bündel – ein Moskitonetz mit seitlich angenähten Stoffteilen, durch die man die Schnüre der Hängematte ziehen kann! Sogar ein Boden hat dieses Netz, und einen Reißverschluss an der Seite, so dass dieses Moskitonetz wie ein richtiges kleines Zelt mit Boden ist. Carla ist glücklich – die kommende Nachtruhe ist gesichert!

Die nächsten Tage und Nächte tragen Carla wie ein sanfter Fluss mit sich, keine gegrillten Affen, keine Geister, keine Besuche bei der alten Schamanin. Carla wird im Kanu über die Lagune gefahren, bekommt ihren Spaziergang, als sie die Frauen zu ihrer Arbeit auf den kleinen Pflanzungen im gerodeten Dschungel begleitet, sitzt bei den Frauen, wenn diese ihre Stick- oder Keramikarbeiten machen, lässt sich die Muster zeigen und Geschichten dazu erzählen. Sie ist nicht die Einzige, die Einblick in die Musterkunst erhält. Jeden Nachmittag kommen einige Mädchen, die von den Frauen die geometrischen Muster und ihre Bedeutung erlernen. Damit sie die Muster besser sehen können, wird den Mädchen zu Beginn ihrer Lernzeit der Saft einer Pflanze, das »Musterkraut«, in die Augen geträufelt. Carla versucht sich an der Bemalung einer Schale, gibt es aber schnell wieder auf.

Stundenlang döst sie genüsslich in der Hängematte vor sich hin, denkt an fast gar nichts, bewegt sich wenig, lässt sich treiben wie ein Fluss ohne Ufer, träge und langsam. Carla kann sich nicht daran erinnern, jemals in ihrem Leben nichts weiter getan zu haben, als nur da zu sein, wo sie war. Diese Art von Nichtstun birgt in sich eine ungeahnte Fülle, die schmeckt wie der Geruch, der aus dem nahen Dschungel zu ihr dringt: Schwer und leicht tanzend zugleich, süß und faulig, nach Sex und nach Tod. Manchmal durchwandert Ulysses leichtfüßig diese Fülle, manchmal weht der warme, sanfte Wind ihr den Geruch Manuels zu.

Die Zeit weitet sich mehr und mehr in ihr aus, von keinerlei Verpflichtungen und Ansprüchen begrenzt.

Doch eines Nachts verändert sich die große Weite ihres inneren Himmels, er wird dunkel, eng und bedrohlich. Schweißgebadet schreckt sie aus einem dunklen Traum hoch, der Traum hatte mit einer riesigen Schlange und mit Manuel zu tun. Das Schlimmste an diesem Traum aber ist, dass sich Carla beim Erwachen nicht mehr daran erinnern kann, wie Manuel aussah. Es ist, als habe jemand einen Schwamm genommen und sein Bild von ihrer inneren Tafel gewischt. Sie entschließt sich, zur alten Schamanin zu gehen, sie will den Beutel und die Knochenflöte wieder haben, sie muss etwas in den Händen halten, was sie mit Manuel verbindet.

Nach einem schweigsamen Frühstück mit Inez, die sich immer mehr vor Carla verschließt und unerreichbar für sie in die Shipibo-Welt ihrer Kindheit eintaucht, geht Carla hinüber in die Keramikhütte. Seit Sonnenaufgang glasiert Exilda die Schalen für Claudios Geburtstagsfest mit einem auf einen Stock gesteckten, erhitzten Harzklumpen.

»Exilda, meinst du, ich kann ohne Voranmeldung zu Lucha gehen?« Erstaunt blickt Exilda von ihrer Arbeit hoch.

»Warum solltest du nicht zu ihr gehen können, sie ist eigentlich immer zu Hause. Ich kann jetzt gleich aber nicht mitkommen, ich muss erst die restlichen Schüsseln glasieren.«

»Nein, nein, es ist schon gut, ich kenne doch den Weg!«

»*Jacón yamequiri!*« Freundlich nach allen Seiten grüßend geht Carla den sandigen Weg durch das Dorf, der Himmel ist mit einem gleichmäßigen Grau überzogen, trotzdem ist es feucht-heiß, die Sonne sticht. Sie spürt Manuels Anwesenheit in jedem Gedanken, in jeder Beobachtung des Gemeinschaftslebens im Dorf. Sie beginnt, seine politischen Ideale aus einem ganz neuen Blickwinkel heraus zu verstehen, jetzt, zweiundzwanzig Jahre später. Sie versteht ihn nicht über ihren Verstand, sie versteht ihn über ihre Empfindung. Sie hat sein Gesicht verloren, aber auf dem Weg zu der alten Schamanin, vorbei an den Hütten der auf ein gemeinsames Ziel hin arbeitenden Gemeinschaft, spürt sie zum ersten Mal eine Nähe zu ihm, die nicht von romantischer Sehnsucht bestimmt ist.

Durch die Bäume schimmert schon das graue Wasser, einem bleiernen Spiegel gleich. Eine schwarze Heerstraße großer Ameisen mit langen Spinnenbeinen und gewaltigen Beißzangen kreuzt den Weg. Carla achtet darauf, ihre Schritte so zu setzen, dass keine der Ameisen sie als einen Teil des Wegs einordnen kann, denn Donaldo hat ihr als Gegenleistung für eine Englischstunde die *citaracos* vorgestellt: Sie beißen höllisch! Tote Insekten fressen sie mit Lichtgeschwindigkeit vollkommen auf, sie zerstören sogar die Nester der Wespen und fressen deren Eier. Ameisen sind die Tiere mit dem größten Gehirn im Verhältnis zu ihrer Körpergröße, Carla erinnert sich an den Hinweis auf Ameisen in ihrem Reiseführer. Grund genug, einer Begegnung mit ihnen auszuweichen!

Als sie vorsichtig die Ameisenheerscharen überschreitet, hat sie plötzlich das Gefühl, etwas hätte sie gerade in die Achsel unter ihrem rechten Arm gestochen. Erschrocken tastet sie die Stelle ab, hebt ihr Shirt hoch und versucht zu sehen, ob da etwas ist. Sie kann keinen Einstich fühlen und kein Tier sehen, aber an einer Stelle brennt es etwas.

»*Hola*, Carla!« Caesars Zuruf unterbricht die Suche nach einem eventuellen Stich.

Er steht im Wasser und ist dabei, das Kanu an Land zu ziehen. Carla zieht ihre Sandalen aus und geht ihm einige Schritte durch das knöcheltiefe, angenehm warme Wasser entgegen.

»*Hola*, Caesar. Hast du etwas gefangen?«

»Geh aus dem Wasser raus.« Sie gehorcht ihm.

»Wieso, es ist doch ganz flach hier!«

Das Kanu liegt auf dem Ufersand, auf seinem Boden glänzen drei große, schwarz-silbern gestreifte Fische.

Als Antwort zeigt Caesar auf die Wade seines linken Beines: eine hässliche, dicke, zackige Narbe, mindestens fünfzehn Zentimeter lang, zieht sich schräg darüber. »Ein Rochen. Sie verstecken sich so gut unter dem Sand im flachen Wasser, dass man sie erst bemerkt, wenn man darauf tritt. Dann schlagen sie mit ihrem langen, pfeilförmigen Schwanz zu, der am Ende einen Stachel hat. Dieser Stachel macht eine Wunde, die sehr schlecht heilt und unvorstellbar schmerzhaft ist. Ich war einige Tage wie gelähmt und konnte nicht mehr gehen. Das ist jetzt zwei Jahre her, aber manchmal schmerzt die Narbe noch wie brennendes Feuer. Also, wenn du ins Wasser gehst, klopf immer mit einem Stock den Boden ab, dann verschwinden die *rayas*.«

»Und warum hast du das nicht so gemacht?« Caesar zuckt grinsend mit den Schultern, er ist schließlich ein Mann.

»Großmutter ist in der Hütte, geh du schon mal zu ihr, ich komme auch gleich.« Caesar holt eine große Plastikschüssel mit prächtigen schwarz-silbern gestreiften Fischen in die Kochhütte.

Die alte Schamanin sitzt wie beim letzten Besuch auf dem Hüttenboden, stickt an dem geometrischen Musternetz des großen Ritualhemdes. Sicher hat sie schon längst gehört, dass Carla da ist, aber erst, als sie vor ihr steht, legt Lucha ihre Arbeit zur Seite. »*Hola*, Carla. Wie schön, dass du mich besuchst. Komm, setz dich zu mir.«

Mit energischer Stimme ruft sie in Richtung der Kochhütte: »Caesar, bring uns eine Ananas!«

Die beiden Frauen unterhalten sich über alltägliche Dinge, bis Caesar die aufgeschnittene, köstlich duftende goldgelbe Ananas bringt.

Carla ist erstaunt, wie anders sie heute die alte Frau wahrnimmt. Ihr offener, weiter Blick umfängt sie wie ein unbegrenzter Raum, in dem sie sich frei bewegen kann. In Luchas dunklen Augen brennt ein Feuer, dass sie alterslos erscheinen lässt. Auf den zerfurchten Lippen liegt die Spur eines wissenden Lächelns. Der kleine, dünne Körper strahlt eine Kraft aus, die keine körperliche Kraft ist. Und noch etwas spürt Carla: Lucha ist voller Liebe. Wieso hat sie das nur bei der letzten, unerfreulichen Begegnung nicht gespürt? Carla erzählt Lucha ihren Traum und davon, dass sie sich nicht mehr an Manuels Gesicht erinnern kann. Lucha nickt ernst. Sie macht eine Handbewegung, Caesar springt auf und zieht von einem Balken eine unterarmlange, dicke braune Rolle *mapacho* herunter, greift zur Machete und schneidet eine Scheibe davon ab. Flink zerhackt er den fest gerollten Tabak, dreht eine dicke Zigarre und reicht sie Lucha.

»Leg dich hin.«

Carla streckt sich auf dem harten Boden aus Palmholz aus.

Lucha setzt sich dicht neben sie und raucht. Carla entspannt sich, ihre Gedanken verlangsamen sich. Tabakrauch und Tabakgeruch hüllen sie ein, es riecht wie schwere, frische Erde. Niemand spricht, diesen Part übernehmen die kleinen, schwatzhaften grünen Sittiche in den Bäumen am nahen Ufer und der Regenvogel, dessen Rufe den nahenden Regen ankündigen.

Lucha beugt sich zu Carla herunter, nimmt den Kopf fest in ihre kleinen, abgearbeiteten Hände, drückt mit den Fingern mehrmals an Stirn und Hinterkopf. Carla hat das Gefühl, als würde sie ein breites Band um ihren Kopf legen, das ihren Kopf zusammenhält. Mit einem heftigen Geräusch bläst Lucha Tabakrauch über die Mitte des Kopfes. Carla merkt, wie etwas sich in ihrem Kopf zum Scheitelpunkt hin zusammenzieht. Lucha beugt sich tiefer, presst ihren Mund auf diesen Punkt, saugt mit schlürfenden Geräuschen. Dreimal saugt sie, dreimal spuckt sie nach dem Saugen etwas hinter sich aus. Dann versinkt Carlas Kopf erneut in einer Rauchwolke. Leise, rauchige Töne umkreisen ihren Kopf, so wie vorher Luchas Hände. Die Töne finden sich am Scheitelpunkt zu einem Ton zusammen, der Angriffsbereitschaft und Verteidigung signalisiert.

Dieser Ton überträgt sich auf jede Zelle in Carlas Körper – alles in ihr ist mit einem Schlag hellwach, zum Aufsprung bereit. Der Ton bricht ab. Carla öffnet die Augen, setzt sich auf. Die alte Schamanin hat die Hände in den Schoß gelegt, die Knochenflöte liegt vor ihr auf dem gestickten Beutel. Sie steckt die Knochenflöte zurück in den Beutel und gibt ihn Carla zurück.

»In einem Teil deines Kopfes sind viele winzige schwarze Ameisen. Sie sind da, weil du in deinem Leben einmal einen sehr großen Schreck erlebt hast. Immer, wenn man einen schweren *susto* erlebt hat, bekommt man diese Ameisen in den Kopf. Sie halten den Schreck fest, manchmal wandern sie mit ihm durch den ganzen Körper. Der Rauch des Tabaks lähmt sie, er macht, dass sie sich nicht bewegen können, so hast du nun etwas Ruhe in den Träumen. Die Ameisen tragen den Schreck auch in die Träume. Deshalb konntest du dich nach dem Traum nicht mehr an Manuels Gesicht erinnern, die Ameisen haben den Schreck in den Traum getragen und Manuels Gesicht zerstört. Die Knochenflöte hat einen mächtigen Geist, ihre Töne können den Geist dieser Ameisen bezwingen. Du wirst Manuel nicht begegnen, bevor der Schreck nicht aus deinem Körper herausgegangen ist. Man muss den Ameisen einen neuen Weg machen, damit sie zurückgehen können, dahin, wo sie hergekommen sind. Wenn sie gehen, nehmen sie auch den *susto* mit sich.« Carla lässt die Worte der alten Schamanin auf sich wirken. Sie versteht, was Lucha ihr in so eigentümlicher Weise gesagt hat. Sie erinnert sich, dass sie schon als Kind ein Gefühl im Kopf gehabt hat, als ob dort bizzelnde, lebendige, elektrisch aufgeladene

Krabbeltiere herumliefen. Das Kind ist überdreht, hat eine starke Phantasie, braucht Ruhe. Wenn sie Thomas manchmal von diesem Gefühl erzählt hat, lachte er immer über sie »Du bist einfach zu sehr im Kopf, du denkst zu viel. Kein Wunder, dass du dich so fühlst.« Ameisen im Kopf, was für eine treffende Bezeichnung! Wie kann Lucha das nur gesehen haben? Und wie einen Weg finden, diese unliebsamen Mitbewohner wieder loszuwerden? Und vor allem: Was ist das für ein Schreck? Carla kann sich an kein so tief greifend erschreckendes Erlebnis erinnern.

»Lucha, kannst du mir bitte helfen, die Ameisen wieder zurückzuschicken?«

»Ja, Carla, das kann ich. Aber dann wirst du dich an den Schreck erinnern.«

Carla schluckt. »Soll ich schlafende Ängste wecken? Werde ich klarkommen mit dem, was ich dann wissen werde?« Sie sieht die alte kleine Frau an, und sie weiß, dass sie ihr vertrauen kann. »Ich bin schon einen langen Weg gegangen auf der Suche nach meiner Wahrheit, Lucha, und ich möchte ihn weitergehen. Ich weiß nicht, wie lange ich leben werde. Aber ich will das Geschenk der Lebenszeit, das ich bekommen habe, nutzen, um zu erfahren, wer ich bin. Ich bekomme immer mehr das Gefühl, das ich fast mein ganzes Leben in fremden Kleidern herumgelaufen bin. Es wird Zeit, die Ameisen zu verscheuchen.«

Lucha nickt. Sie versteht den Sinn von Carlas Worten, obwohl sie ihre Gedanken sehr kompliziert findet. »*Bueno*. Dann ziehst du jetzt zu mir.«

»Aber wird Exilda nicht beleidigt sein?«

»Du bist jetzt meine Patientin. Das versteht jeder, dass du dann bei mir wohnen musst, das ist immer so bei schwierigen Behandlungen.« Lucha steht auf. »Komm, wir essen erst etwas, und dann geht Caesar mit dir zu Exilda, deine Sachen holen.«

Der Schamanenlehrling ist nicht nur ein guter Fischer, sondern auch ein guter Koch. Auf dem Tisch in der Kochhütte ist ein Fisch kunstvoll auf einem Bananenblatt angerichtet, gebratene Bananen und frittierte *yuca* sind um den gegrillten Fisch herum in kleinen Häufchen aufgeschichtet. In gebührendem Abstand liegen die Schweine neben den Hunden im Sand, beobachten aufmerksam jede Bewegung am Tisch. Caesar trägt nach dem Essen in einer Schüssel das schmutzige Geschirr zur Lagune, wäscht es mit den Händen aus, ohne Bürste, ohne Tuch. Carla unterdrückt bei diesem Anblick alle aufkommenden Gedanken an mangelnde Hygiene und die daraus folgenden Erkrankungen.

Exilda und Inez sind gebührend beeindruckt davon, dass Carla jetzt als Patientin zu Lucha ziehen wird.

»Ich besuche euch jeden Tag«, verspricht sie.

»Und wir werden dich jeden Tag besuchen«, erwidert ihr Inez in gespielt drohendem Ton. »Schließlich wird Ulysses bestimmt ganz genau von mir wissen wollen, was du hier so machst. Wenn er hört, dass die Schamanin einen so schönen jungen Schüler hat, wird er es mir nicht verzeihen, wenn ich nicht gut auf dich aufpasst habe.« Lachend verabschieden sie sich voneinander.

Neugierige Augen verfolgen Caesar und Carla bei ihrer kleinen Umzugsaktion, kleine neugierige Beine folgen ihnen. Schon nach wenigen Metern übernimmt Donaldo stolz Carlas Hängematte, und sein kleiner Bruder Claudio trägt als angehender Schamane ihre Stiefel. Seltsamerweise sitzt in einem der Stiefel der kleine Affe, als Carla an Luchas Hütte die Stiefel wieder in Empfang nimmt.

Als erstes bringt Caesar ihre Hängematte und Moskitonetz in der Hütte an.

»Wo schläfst du eigentlich?«

»Ich schlafe immer zu Hause, aber Lucha hat gesagt, solange du bei ihr bist, soll ich auch hier schlafen, in der Kochhütte.«

»Warum?«

»Na ja, du bist eine schöne Frau, da weiß man nie, welche Geister zu Besuch kommen werden!« Caesar grinst.

Danaldo hat seine Ohren gespitzt und will Carla beruhigen. »Glaub ihm nicht, er meint keine Geister, er meint Männer.«

»Und woran erkenne ich, ob jemand ein Geist ist oder ein richtigere Mann?« Amüsiert betrachtet Carla den Jungen.

Zu ihrem Erstaunen antwortet der kleine Claudio. »Du musst rauchen. Wenn du Tabak auf einen Geist bläst, dann verschwindet er. Ein Mann verschwindet nicht.«

Carla bedankt sich für diesen hilfreichen Hinweis, sie verspricht dem kleinen Schamanenfreund, immer *mapachos* bei sich zu haben.

»*Mapachos* helfen auch, wenn du einem *tunci* begegnest«, unterweist sie Claudio weiter mit ernstem Gesicht.

»Was sind *tunci*?« fragt Carla interessiert.

»Das sind Geister von Toten. Sie erinnern sich an die Wege, die sie als Menschen gegangen sind und laufen da herum. Sie können aussehen wie ein Mensch, aber auch wie ein Tier. Wenn du alleine bist, dann können sie dir einen Schadenszauber zufügen, an dem du stirbst. Der Schamane kann so einen *daño* wieder regulieren. Wenn man zu zweit ist, kann ein *tunci* keinen Schaden zufügen. Die *tunci* sind immer auf den Wegen im Wald, deshalb soll man nie alleine in den Dschungel gehen.« Donaldo hat wieder das Wort übernommen, diese umfassende Erklärung war Claudio nun doch zu viel. Als Gegenleistung für so viel Geister-Wissen setzt sich Carla mit den beiden Jungen auf einen umgestürzten Baumstamm ans Ufer und gibt etwas von ihrem Englisch-Wissen preis.

Als die Dämmerung hereinbricht, laufen die Jungen nach Hause.

Carla geht hoch in die Hütte, verpackt sich mückensicher und setzt sich dicht an die bereits brennende Räucherschale. Ricardo ist gekommen. »Ich habe im Wald Kräuter für deine *dieta* geholt, Lucha bereitet gerade eine Waschung für dich daraus.« Er entzündet die Kerosinlampe, geht wieder in die Kräuterküche.

Carla fragt sich nun doch etwas besorgt, worauf sie sich eingelassen hat. Die alte Schamanin muss ihre Bedenken gerochen haben, denn schon taucht ihr Kopf über dem Hüttenboden auf. »Lucha, was ist eine *dieta*? Ich bin doch nicht dick, ich muss doch wirklich nicht abnehmen!«

Lucha lacht leise. »Carlita, glaubst du etwa, wenn jemand dünn ist, dann ist er auch gesund? Bei uns sind die meisten so dünn, weil es nicht genug zu essen gibt. Bei dieser *dieta* für dich geht es darum, den Körper und den Geist auf die Zeremonie mit *ayahuasca* vorzubereiten. Du hast eine schwere Krankheit hinter dir und einen *susto* in dir, da muss die Zeremonie besonders sorgfältig vorbereitet werden, damit dein Körper sie gut annehmen kann. Wenn jemand im Körper und im Geist sehr schwach ist und ohne Vorbereitung *ayahuasca* nimmt, dann kann das Heilmittel ihm schaden. Du wirst von jetzt ab nur Essen ohne Salz bekommen, ohne Fett, kein Schwein, kein Rind, nichts Scharfes, keinen Zucker und keinen Kaffee. Diese Sachen mögen die Heilpflanzen nicht, sie zerstören ihre Heilwirkung. Und keinen Sex einen Tag vor und einen Tag nach dem Ritual.«

Carla verzieht theatralisch das Gesicht, Sex bedeutet im Moment für sie den geringsten Verzicht, mit wem sollte sie den hier haben? Auf Manuel wird sie wohl noch eine Weile warten müssen – falls sie ihn überhaupt wieder trifft und falls es noch Gefühle zwischen ihnen gibt.

»Ricardo ist ein guter Schamane, er hat starke Kräuter für dich gesammelt. Die Kräuter reinigen den Körper und den Geist von unruhigen Dingen und schützen dich vor umherstreifenden Geistern, so wirst du einen ruhigen Schlaf haben. Du darfst aber drei Tage nach dem Bad keine Seife benutzen, sonst zerstörst du die Wirkung der Kräuter. Aber erst bekommst du jetzt deinen Tee, der macht den Geist klar und das Herz stark. Das ist wichtig für deine Heilung. Wenn man *ayahuasca* trinken will, dann muss man seinen Geist darauf vorbereiten und ihn stärken.

Carla ist beruhigt und neugierig. Irgendwie fühlt sie sich wichtig und umsorgt, so viel Aufwand nur für sie! Während der Zeit der Diagnose und Behandlung ihres Brustkrebses ist sie auch von vielen Seiten mit liebevoller Aufmerksamkeit umsorgt worden, aber da war sie so sehr in der Krankheit gefangen, dass sie diese Umsorgung hauptsächlich als ein notwendiges Übel angesehen hatte. Das ist jetzt anders. Sie hat sich für ihren Status als Patientin freiwillig entschieden, sie will wissen, was sich hinter den Ameisen im Kopf verbirgt, welches Gesicht ihr *susto* hat.

Nach dem Essen gießt sie sich Schüssel um Schüssel mit dem wohlriechenden Kräuterwasser über den Kopf. Hinterher sieht sie selber fast aus wie eine Pflanze, ihr Körper ist über und über mit kleinen Blätterstücken bedeckt. Sie rubbelt sich trocken und zieht sich eilig hinter einem dürftigen Sichtschutz aus Palmzweigen wieder an, denn obwohl es dunkel ist, sausen immer noch irgendwelche Insekten auf der Suche nach Blut umher. Die Stiche, die sie besonders bei ihren Gängen auf das blaue Häuschen bekommen hat, reichen ihr völlig, sie liegen alle an sehr empfindsamen

Körperstellen und jucken anhaltend. Die Tube mit dem kühlenden Gel gegen Insektenstiche wird täglich leerer.

»Lucha, wie ist das bei euch so mit den Schamanen?«

Lucha lacht leise. »Was für eine Frage, um die Antworten zu verstehen, müsstest du wohl einige Jahre bei uns leben. Aber ich werde dir einige wichtige Dinge erzählen. In unserer Sprache gibt es zwei Wörter für ‚Schamane‘. Den normalen Schamanen nennen wir *onaya* und den Meisterschamanen nennen wir *muraya*. Früher, als mein Vater ein Schamane wurde, musste man bis zu fünf Jahren eine *dieta* halten, um *muraya* zu werden, eine *dieta* ohne Sex.«

»Lucha ist eine *muraya*, ihr Shipibo Name ist Peshe Rate. Ich bin *onaya*, ich muss noch viel lernen um *muraya* zu werden«, sagt Ricardo. »Die Schamanen arbeiten mit Pflanzen- und Baumgeistern und Tiergeistern in der unsichtbaren Welt. Diese wirkliche Welt ist mit kunstvollen geometrischen Mustern geschmückt, so wie der ganze Kosmos und auch die Menschen. Mit diesen spirituellen Mustern arbeitet der Schamane, wenn er heilt. Die Muster bei den Menschen kann nur der Schamane sehen, aber die Frauen malen und sticken die Muster, so können alle sie sehen. Die Frauen haben die Muster von den Schamanen gezeigt bekommen und der Schamane hat sie von den Geistern gezeigt bekommen. Früher hatten die Schamanen heilige Bücher, darin waren alle Muster auf Bananenpapier aufgezeichnet. Wir hatten früher nie eine Schrift so wie ihr, nur unsere Zeichen und unsere Erzählungen. Heute haben einige Doktoren aus euren Ländern unsere Sprache untersucht und eine Schrift daraus gemacht, die unsere Kinder in der Schule lernen. Das ist gut, aber es ist auch nicht gut. Wenn man keine aufgeschriebenen Worte hat, dann hat man ein viel besseres Gedächtnis. Jetzt verlassen sich alle auf geschriebene Worte, aber wenn man etwas erzählt, ist das ganz anders, da erzählt der ganze Mensch, und man hört auch mit dem ganzen Körper zu, nicht nur mit den Ohren. Ich beobachte das an meinen Enkeln. Wenn ich ihnen etwas erzähle, hören sie stundenlang zu und erzählen es dann auch selber weiter. Wenn man liest, ist man alleine, wenn einem jemand eine Geschichte erzählt, ist man nicht alleine. Wir sind so ein starkes Volk, weil bei uns niemand alleine ist. Nur der Schamane oder ein Jäger, die müssen für ihre Arbeit manchmal ganz alleine sein.

Also, nun sage ich dir, wie einer Schamane werden kann: Entweder man ist dafür begabt, weil es in deiner Familie liegt, so wie bei mir, dann lernt man von klein auf mit, so wie Claudio. Aber auch für ihn beginnt die richtige Lernzeit erst, wenn er erwachsen ist. Die meisten spüren ihre besondere Kraft zum Heilen aber erst, wenn sie schon älter sind und bereits Familie haben. Egal wie alt jemand ist, wenn er Schamane werden will, muss der Meisterschamane erst prüfen, ob der Anwärter auch die Kraft zum Schamanen hat. Dazu trinkt der Meisterschamane in einem besonderen Ritual *ayahuasca*. Dann sagen ihm die Geister, ob der Anwärter genügend Kraft hat, die Diäten durchzuhalten. Die Geister zeigen ihm auch, wie sich der Schüler entwickeln wird. Es ist eine große Verantwortung für den Meisterschamanen, jemanden als Schüler anzunehmen. Denn wenn der Schüler die notwendigen Diäten nicht einhalten kann und sie abbricht, wird er sehr krank, manchmal stirbt er auch. Den jungen Menschen heute fällt es sehr schwer, auf Sex und Alkohol während der Diäten zu verzichten. Deshalb will fast niemand mehr Schamane werden. Zum Glück haben wir Caesar, der die Kraft hat, zu lernen und durchzuhalten. Ob der kleine Claudio die Kraft hat, kann man erst sagen, wenn er älter ist. Wenn ein Dorf keinen Schamanen mehr hat, zerfällt die Gemeinschaft.«

Ricardo hat für Lucha eine dicke *mapacho* gedreht, zündet sie an und reicht sie ihr. Während sie raucht, erzählt er weiter. »Es ist eine schwere Arbeit, Schamane zu sein, Carla. Man muss auf vieles verzichten und hat immer mit Krankheit, Neid, Eifersucht und Ärger zu tun. Deshalb muss sich der Schamane auch immer wieder ganz alleine in den Dschungel zurückziehen und Diäten einhalten, damit sein Geist und sein Körper sich reinigen können und wieder stark sind. Wir denken so: Wenn der Einzelne krank ist, dann ist auch die ganze Gemeinschaft krank. Deshalb haben wir immer viel Arbeit, in der Gemeinschaft für Frieden zu sorgen, das ist eine sehr undankbare Arbeit.«

»Ich verstehe nicht, Ricardo, warum Schamanen so viel mit Neid und Eifersucht zu tun haben, wo sie doch den Menschen helfen!«

»Ich verstehe das einerseits auch nicht, aber andererseits ist das so mit den Menschen: Wenn du versuchst, jemandem zu helfen, und derjenige ist nicht zufrieden mit dem Resultat, dann redet er schlecht von dir. Schlecht von jemandem zu reden kann großen Schaden machen, das ist wie ein Schadenszauber. Wenn du das Glück hast und viele Menschen heilen kannst, dann sind die anderen Schamanen neidisch auf dich. Entweder sie sagen dann, du bist ein *brujo* und arbeitest mit Zauberei, dann bekommen die Leute Angst vor dir und kommen nicht mehr. Oder der andere Schamane versucht, dich mit einem *daño* krank zu machen oder zu töten. Krankheit oder Tod hat oft so einen Schadenszauber zur Ursache. Es gibt schlechte Schamanen, *brujos*, zu denen gehen die Leute, damit sie ihnen einen *daño* für jemanden machen, von dem sie wollen, dass er krank wird oder stirbt. Wenn ein anderer Schamane eifersüchtig ist auf deinen Erfolg, dann kann er in deine Träume gehen und dich dort bekämpfen oder krank machen. Na ja, eigentlich sind das keine Träume. Das ist so: Es ist Nacht und der Schamane schläft, aber er ist auch gleichzeitig hellwach. Er sieht alles, was um ihn herum geschieht und auch entfernte und zukünftige Ereignisse, obwohl sein Körper schläft. Wir nennen das ‚sehen‘.«

»Und was machst du dagegen, wenn dir ein *brujo* schaden will?«

»Ein *brujo* kann nur einem *brujo* Schaden zufügen. Wenn ich ein guter Schamane bin, der nur heilt und keinen Schadenszauber macht, dann kann der *brujo* gar nichts gegen mich ausrichten. Das kannst du leicht verstehen, wenn du daran denkst, wie du dich fühlst, wenn dir jemand Ärger oder Wut oder Neid entgegenbringt. Wenn du dann in dich hineinsiehst, wirst du immer sehen, dass du diese schlechten Gefühle selber hast, der andere ist wie dein Spiegel. Wenn du immer wieder deine eigenen schlechten Gefühle umwandelst, dann können dich die bösen Absichten von anderen nicht treffen. Aber man muss wirklich ehrlich zu sich selber sein und nicht gleich die Schuld bei anderen suchen.«

Mit dieser Sichtweise stimmt Carla gar nicht überein. Wie oft habe ich mit Neid und Eifersucht zu tun gehabt, ohne dass ich etwas dazu konnte, überlegt sie. Vor allem beruflich, so viele habe ich gefördert und ihnen zu Aufträgen verholfen, und so oft sind genau die mir dann in den Rücken gefallen, wenn sie einen Vorteil davon hatten.

»Die guten Schamanen, so wie Lucha und ich, kennen auch viele Pflanzen mit einem starken Geist, der uns gegen böse Absichten von neidischen Leuten schützt. Die Pflanze *patecina* hilft besonders gut, sich gegen Feinde zu verteidigen.«

Was für eine komplizierte Welt! Carla erinnert sich an ihre Berufswelt der Werbung und Öffentlichkeitsarbeit, in der sie zu Hause war. Und doch, je länger sie sich in diese Welt und ihre Gesetze zurückversetzt, desto mehr Parallelen findet sie trotz ihrer Einwände zum Thema Neid und Schadenszauber. Vielleicht sind ja nur die Erscheinungsformen anders, überlegt sie. Und all die üblen Reden in Familien von Eltern gegen die Kinder und von Männern gegen die Frauen sind doch eigentlich auch krank machende Schadenszauber. Sie beginnt über das kulturell unterschiedliche Erscheinungsbild von Schadenszauber nachzusinnen. Als sie aus ihren Gedanken zurückkehrt, sind Lucha und Ricardo in ein Gespräch auf Shipibo vertieft. Carla setzt ihre Stirnlampe auf und sucht einen geeigneten Busch am Rande des kleinen Gartens für ihre Notdurft. Lucha hat kein blaues Häuschen, sie hat sich vehement gegen diesen stinkenden Kasten gewehrt, hat sie ihr am Nachmittag stolz erzählt hat, während sie mit einer weiten Armbewegung auf die vielen WC-Freiluftmöglichkeiten um die Hütte herum gezeigt hat. Im Hellen sah das ja auch alles ganz einfach und einladend aus, aber jetzt setzt Carla ihre Schritte immer zögerlicher von Busch zu Busch, bis sie meint, hinter einer Bananenstaude einen guten Platz gefunden zu haben. Ein guter Platz ist immer einer, an dem nichts herumkrabbelt oder sich schlängelt. Das Licht der Stirnlampe lockt zwar wieder etliche Insekten an, aber lieber ein paar Stiche in den Allerwertesten mehr, als nicht zu sehen, was sich um sie herum bewegt. Sie sitzt noch in der Hocke, da löst sich aus dem Dunkel der Bananenstaude ein kleines schwarzes Etwas. Carla richtet den Strahl der Lampe auf das sich bewegende Schwarz – und schreit laut auf. Eine Tarantel, größer als ihre Hand, marschiert mit ihren acht langen, stark behaarten Beinen geradewegs auf sie zu.

Caesar ruft aus der Kochhütte: »Brauchst du Hilfe, ist alles in Ordnung?« Carla zieht sich in Windeseile die Hosen hoch, weicht der Tarantel aus. »Alles gut, ich habe mich nur erschrocken.« Es wäre ihr zu peinlich, wenn Caesar jetzt hierher käme.

Als sie an der Kochhütte vorbeikommt, meint sie in lässigem Ton zu ihm: »Da war nur eine Tarantel, die mich erschreckt hat.« Sie verschweigt geflissentlich, wie ekelig sie so große Spinnen findet. Die beiden Schamanen reden immer noch, als Carla wieder in der Hütte ist. Sie rollt sich in ihre Hängematte ein, überprüft noch einmal, ob das Moskitonetz geschlossen ist. Kaum hat sie die Überprüfung abgeschlossen und die Lampe ausgemacht, dringt der unverkennbar hohe, nervtötende Sirrton eines Moskitos in ihre Ohren. Es ist ein hoffnungsloses Unterfangen, diesen einen Moskito zu erschlagen. Irgendwann gibt sie auf, versucht sich auf die beruhigenden Stimmen von Lucha und Ricardo zu konzentrieren.

Die Nachtgeräusche sind hier unten am Ufer der Lagune so dicht am beginnenden Dschungel viel eindringlicher als oben im Dorf. Ein Tier gackert sehr laut, es ist fast wie ein Bellen. »Lucha, was ist das für ein Tier?«

Lucha hebt den Kopf, lauscht. »Das ist *conocono*, eine riesige Ratte, sie schmeckt gebraten sehr gut.«

Carla beschließt, heute Nacht nach nichts mehr zu fragen, egal wie es aussieht oder sich anhört, ihr reicht es. Sie wird mit einer traumlosen, ruhigen Nacht belohnt.

Sehr früh ist Carla wieder wach, die feuchte Morgenkälte hat sie geweckt. Die Nacht zieht gerade ihr dunkles Tuch von der Erde. Jetzt, so früh am Morgen, ist es fast still im Dschungel, hier und da beginnt ein Vogel zu singen. In der dämmrigen Hütte suchen Carlas Augen nach Lucha und entdecken ihren kleinen Körper unter einem Moskitonetz. Sie schläft auf dem harten Boden, in ein großes Tuch eingewickelt.

Carla schält sich vorsichtig aus der Hängematte und dem Moskitonetz heraus, um Lucha nicht aufzuwecken. Sie will sich an die Lagune setzen und auf die Sonne warten. Kleine weiße Kraniche fliegen auf, als sie sich auf den Baumstamm am Ufer setzt. Sie zieht die Decke um ihre Schultern fest, es fröstelt sie. Das stille Wasser vor ihr, das sich im Morgendunst noch ohne Begrenzung des anderen Ufers verliert, lässt sie an das Meer und Ulysses denken. Der Gedanke an seine Wärme vertreibt das Frösteln. Sie sieht ihn vor sich, und zum ersten Mal wird ihr klar, dass Manuel nicht mehr das junge Gesicht der Frankfurter Zeit haben wird, wenn sie ihn wieder sieht. Sein Körper wird nicht mehr der Körper eines jungen Mannes sein. Und sein Geist? In welchen Welten ist er jetzt zu Hause? Wird sie einen Zugang zu ihm finden, werden sie sich noch verständigen können, noch fühlen können? Was wird sein, wenn er mit einer Frau und einer Familie zusammenlebt, so wie alle hier im Dorf in Familien leben? Wird sie erwünscht sein? Sie zieht die Decke noch fester um sich, das Frösteln steckt nun in jeder Pore, aber nicht von äußerer Kälte verursacht, denn die aufgehende Sonne hat schon ihre wärmenden Strahlen über das Ufer gelegt.

Carla ist erschrocken darüber, dass sie sich über all diese Fragen vorher keine Gedanken gemacht hat. Vielleicht wird mein überraschender Besuch Löcher in sein Lebensmuster reißen oder die Fäden des geometrischen Musters, in dem er zu Hause ist, verwirren. Wenn ich nur wüsste, ob er noch lebt, wo und wie er lebt, dann könnte ich entscheiden, wie ich mich verhalte. Aber ich kann so nicht weiter nach ihm suchen, das ist, als ob ich ihn wie ein ahnungsloses Wild aufspüren will, nur um meinen Hunger zu befriedigen.

Caesar ruft, es gibt Frühstück: Reis, warmer gekochter Bananenbrei und wieder einen Spezialtee. Lucha schlürft den warmen Brei aus der Schale, sie hat nur noch zwei Zähne. Carla genießt gerade ihre Morgendusche mit einem von Caesar frisch aufgesetzten Kräutersud, da hört sie die aufgeregten Stimmen von Inez, Chabuca und Exilda. Schnell beendet sie ihr Bad, zieht sich an und läuft eilig zur Kochhütte, wo eine kleine Menschentraube um Inez herumsteht, die mit zusammengebissenen Lippen auf der Bank sitzt. »Was ist los?«

Ricardo dreht sich zu ihr um. »Inez ist von einer Ameise gebissen worden, von eine citaraco.«

Carla starrt erschrocken auf Inez rechten Unterarm, auf dem eine große, hohe, feuerrote Beule prangt.

»Der Schmerz pocht, er zieht hoch bis in die Schulter«, presst Inez zwischen den Lippen hervor.

»Das Problem ist, das wir schon die übliche Heilmethode angewendet haben, und sie nützt gar nichts. Wenn man bei so einem

Biss die Stelle mit einer Flüssigkeit aus einer gekochten Mischung von Papapayablättern, etwas *paico* und etwas Salz betupft und mit Papayablättern bewickelt, dann geht die Schwellung und das Brennen immer schnell zurück.«

Ricardo sieht sich Hilfe suchend nach Lucha um, die aufmerksam Inez betrachtet, aber nicht die rote Beule an ihrem Arm. »Das ist kein gewöhnlicher Biss, das ist ein *daño*«, stellt sie ruhig fest. »Caesar, bring mir einen Teller mit Holzkohle, Knoblauch und Kerosin.«

Carla glaubt, sie nicht richtig verstanden zu haben, doch ein Blick auf den Blechteller mit glühender Holzkohle, dem Kanister mit Kerosin und der Handvoll Knoblauchzehen belehrt sie eines Besseren. Caesar stellt den Teller auf den Tisch, zerdrückt die Knoblauchzehen über der Holzkohle, gibt etwas Kerosin darauf. Ein stinkender Rauch entwickelt sich. Inez muss ihren rechten Arm in den Rauch halten.

Lucha hat Blätter aus ihrem Garten geholt und legt eines auf die hohe Beule. »Pinoñ colorado«, flüstert Caesar. Aha.

Jetzt sieht Carla etwas, das ihr den Atem stocken lässt: Die Beule fängt plötzlich an, so heftig zu pochen, dass sich das Blatt hebt und senkt. »Das ist gut«, sagt Lucha zufrieden. Sie nimmt ein weiteres Blatt, legt es auf das vorherige und drückt langsam mit der flachen Hand darauf. Inez verzieht keine Miene. Die rote Beule sinkt in sich zusammen wie ein Luftballon, dem die Luft ausgeht. Lucha nimmt die Blätter ab, besieht sich die eingefallene Haut und nickt wieder zufrieden.

»Schmerzt es noch?« fragt sie.

Inez schüttelt den Kopf. »Nein, es tut nicht mehr weh, der Schmerz ist aus dem ganzen Arm verschwunden.«

Alle sind aufgeregt und bereden wieder und wieder diese Heilung. Es wird geraucht und geredet, vor allem darüber, wer Inez diesen Schadenszauber zugefügt haben kann.

»Du gehst doch oft nach San Lorenzo rüber«, fragt Lucha.

»Ja, da wohnt eine Cousine meines Vaters, du kennst sie, es ist Eliana, die alte Kräuterfrau.«

»Ja, ja, Eliana *la vegetalista*, die kenne ich gut. Sie ist keine Schamanin, aber sie ist eine Meisterin der Pflanzenheilkunde.

Manchmal arbeiten wir zusammen, wenn eine von uns bei einer Behandlung nicht weiter weiß. Aber du weißt bestimmt auch, dass es einen Schamanen in San Lorenzo gibt, Rogelio. Er ist noch jung und nicht sehr erfahren. Ich weiß, dass die Leute mit ihren Problemen lieber zu Eliana gehen als zu ihm, sie vertrauen ihr mehr. Er ist sehr eifersüchtig auf ihren Erfolg, und jetzt bestimmt noch mehr, weil eine curandera von weit her zu ihr kommt, das ist eine Ehre für Eliana und erhöht ihr Ansehen im Dorf. Von uns war noch nie jemand am Meer. Aber jetzt ist Schluss mit der Rederei«, beschließt sie energisch ihre eigene Rede. »Der Schaden ist behoben. Es ist nicht gut, so viel zu überlegen, wer den *daño* verursacht hat. So viel Aufmerksamkeit stärkt nur die Kraft des Verursachers, und das will wohl keiner hier, oder?«

Prüfend schaut Lucha in die Runde, alle schütteln verneinend den Kopf. »Ich habe den Eindruck, Inez, dir würde etwas Ruhe und eine *dieta* auch gut tun.« Lucha sieht sie prüfend an. »Vielleicht hast du dir etwas viel zugemutet mit deiner Reise in die Vergangenheit. Wir sind nicht mehr das Land deiner Kindheit, auch bei uns hat sich vieles geändert. Wenn du willst, kannst du mit mir *ayahuasca* trinken, vielleicht in drei Tagen. Um wirklich nach Hause in das Volk deines Vaters zu kommen, musst du mit den Geistern reden.

Inez sieht müde und erschöpft aus. »Du hast recht, Lucha, ich muss mit den Geistern reden.«

»Komm, leg dich in meine Hängematte«, bietet Carla an. Inez legt sich in die Hängematte und schläft sofort ein.

Carla besucht Exilda, die schon seit einigen Tagen an einem riesigen Gefäß arbeitet, das ihr bis zur Brust reicht und dessen bauchige Weite bestimmen einen Meter im Durchmesser misst. »Was wird das?«

»Ein *chómo*, das Gefäß, in dem *masáto* gärt, unser Dschungelbier! Beim Geburtstagsfest von Claudio kannst du zwei sehen, die ich auch gemacht habe.«

Carla betrachtet die Reihe der fertigen Schüsseln und Gefäße. »Wieso sind die Gefäße im unteren Teil nie bemalt?«

»Ah, das hast du gut beobachtet.« Exilda wischt sich die erdigen Hände an einem Lappen ab und nimmt ein kleines, bauchiges Gefäß in die Hand. Es ist in drei Zonen aufgeteilt: Unten ist es nur Braun, in der Mitte hat es breite Linien und dazwischen reiche Muster, im oberen Bereich sind feine, sparsame Muster. »Für uns Shipibo sind die Muster sehr wichtig, kein Volk hat so eine schöne Musterkunst wie wir! Unsere Muster sind mehr als nur Dekoration, sie zeigen unseren Kosmos. In unserer spirituellen Welt ist die Weltenschlange *ronín* sehr wichtig, sie hat sich um den ganzen Kosmos gerollt und hält unsere Welt fest. Sie ist die Mutter von allen Wesen, auch von den unsichtbaren. Sie ist männlich und weiblich, sie verursacht und heilt Krankheiten und kann sich beliebig verwandeln. Ihre Haut ist von vielen Zeichnungen überzogen. Wenn wir Muster malen sagen wir dazu auch: Wir machen die Weltenschlange. Weil sich *ronín* wandeln kann und viele Muster trägt, hat auch jede Frau ihre eigenen Muster. Aber die Muster malen wir nur in der Mitte des Gefäßes und oben, denn der untere Teil zeigt die untere Welt. Das ist die Wasserwelt, sie hat keine Muster. In der Wasserwelt ist alles so wie in unserer Welt, nur ist alles aus Wassertieren gemacht, und es ist kalt und dunkel dort und es gibt keinen Tabak und kein *ayahuasca*. In der mittleren Welt leben wir, die Menschen, deshalb malen wir in der Mitte Menschenmuster. Die mittlere Welt geht bis zu den Wolken, darüber kommt die obere Welt, der Himmel. Da wohnt die große Kraft, so etwas wie ein Gott, die Geister und die Toten und auch der *inca*, der ist ein König, ähnlich wie euer Jesus. Die Muster in der oberen Welt sind so fein, weil sie die Schwanzspitze der Weltenschlange zeigen, die ist auch sehr fein und hat doch die stärkste Kraft.«

Carla ist beeindruckt, nie hätte sie hinter diesen Mustern eine ganze Kosmologie vermutet. Sie will Exilda unbedingt fragen, was das Muster auf ihrem kleinen Beutel bedeutet, doch jetzt ist nicht der richtige Zeitpunkt, Exilda arbeitet schon wieder konzentriert am großen Gefäß. Carla sieht sich um, eigentlich gibt es hier nur Himmel und Wasser und den Dschungel. Die Hütten sind auch ein Teil des Dschungels, die Nahrung kommt hauptsächlich aus dem Wasser und dem Dschungel. Auf einmal kommt ihr der Mensch vor wie eine von vielen Lebensformen, wie der Teil eines riesigen Lebensgeflechtes, ein Teil des kosmischen Musters. Nicht mehr, nur ein Teil. Die Menschen hier, denkt sie, scheinen noch etwas von diesem kosmischen Lebensmuster zu wissen, sicherlich kennen sie auch ihr eigenes Muster, ihren Platz in dem Geflecht. Ob ich auch so ein Muster habe, einen Ausschnitt aus dem großen kosmischen Muster?

»Carla, ist alles in Ordnung?« Exildas besorgter Ruf zieht sie zurück in die Welt. »Du musst aufpassen, du sitzt in der Sonne!« Carlas Unterarme sind puterrot, ihr Gesicht glüht.

Exilda hat Limonen aus dem Garten geholt, zerteilt sie mit der Machete und reicht die Hälften Carla. »Reib dich damit ein, sonst kannst du heute Nacht vor Sonnenbrandschmerzen nicht schlafen!«

Der nächste Hieb der Machete köpft eine Kokosnuss, die Carla dankbar leert. »Ich geh jetzt mal wieder zurück zu Lucha. Danke für deine Erzählungen, ich würde gerne noch mehr von den Mustern wissen.«

»Frag Lucha, die weiß darüber viel mehr als ich!« Exilda legt eine weitere Tonwulst auf die bisherigen Wülste auf, und Carla geht zurück zur Lagune, immer bemüht, im Schatten der Hütten und Bäume zu bleiben.

Carla steigt die Leiter zur Hütte hoch, Inez schläft immer noch, Lucha stickt.

Sie setzt sich zu ihr und erzählt, was ihr Exilda von den Mustern erzählt hat. »Sie hat gesagt, du weißt noch viel mehr darüber«, schließt sie ihren Bericht.

»Oh ja, Lucha, erzähl uns eine alte Geschichte«, erklingt Inez' Stimme aus den Tiefen der Hängematte. »Meine *abuela* hat uns Kindern auch immer alte Geschichten erzählt, aber ich kann mich nicht mehr sehr gut daran erinnern. Ich weiß, dass Geschichten eine sehr heilsame Wirkung haben, sie sind ein Weg ins innere Zuhause.« Gegen dieses heiltherapeutische Argument kann sich die alte Schamanin nicht verschließen. »Ich werde euch die Geschichte erzählen, wie die Muster zu den Shipibo kamen. Hört mir zu: Eines Tages ging ein Mann zwei Biegungen flussabwärts um zu fischen. Als er an den Ort kam, an dem er immer seine Netze auslegte, kletterte der Mann auf einen trockenen Ast, der am Flussufer war, denn so machte er es immer. Dort wartete er darauf, dass die Fische in sein Netz schwammen. Von dort aus überblickte er den ganzen Fluss.

Nach einer Weile sah er eine Frau den Fluss hinunter kommen. Als die Frau an der anderen Flussuferseite angekommen war, stieg sie aus dem Wasser. Sie trug einen leuchtenden, reich bestickten Rock und ein mit Mustern bemaltes Tuch, auch ihr Gesicht und ihr Körper waren wunderbar bemalt. Sie schaute flussaufwärts und flussabwärts. Als sie niemanden sah, kniete sie nieder, um sich das Gesicht und auch die Beine zu waschen. Danach ging sie in die Mitte des breiten, sandigen Flussufers, aber es war Mittag und der Sand war sehr heiß. Die Frau hielt die Hitze in der Mitte des Strandes nicht aus und verbrannte durch den Sand.

Als der Mann dieses sah, überquerte er den Fluss schnell im Kanu, bis er an den Strand kam. Er begann Holzstücke aufzusammeln, auf welche er treten konnte um so bis zu der Frau zu gelangen. Als er ankam, sah er, dass die Frau schon tot war. Traurig ging er nach Haus zurück, um seinen Angehörigen alles zu erzählen. Sie gingen gemeinsam an jenen Ort, um das Geschehene zu begutachten.

Als sie kurz vor der unbekannten Toten waren, fingen alle an zu weinen. Nachdem sie alle zusammen geweint hatten, gingen die Shipibo näher, aber da lag nur noch die leere, bemalte Haut der Frau, ihr schön dekorierter Rock und das bemalte Tuch. Sie nahmen die bemalte Haut und den Rock und das Tuch. Als sie wieder zurück zum anderen Ufer fuhren, tauchte aus dem Wasser eine riesige Schlange auf. Die Leute hatten große Angst, aber die Schlange tat ihnen nichts, sie sagte: Ich bin die Frau, deren Haut und Kleidung ihr jetzt bei euch habt. Ich bin eine *ronîn*-Frau, ich lebe im Wasser und beschütze das Wasser und die Tiere im Wasser. Ich schenke euch meine Muster, damit ihr sie malt.

Zu Hause teilten sie alles unter*einan*der, so dass jede Familie ein Stück mit einem Muster bekam. Auf diese Weise verbreitete sich die Art, Zeichnungen auf die Röcke und andere Stoffe und auf die Keramik zu malen.«

Inez hat sich während der Erzählung zu Lucha und Carla gesetzt. Sie zieht aus ihrer Umhängetasche die in Pucallpa gekauften *mapacho*s und schenkt sie Lucha.

Carla betrachtet die beiden rauchenden Frauen, wie sie so einträchtig in den bunt bestickten, schwarzen engen Wickelröcken mit untergeschlagenen Beinen dasitzen. Inez sieht aus wie eine Shipibofrau, nichts an ihr erinnert mehr an die Ladenbesitzerin aus San Rafael. »Denkst du manchmal an San Rafael, an deine Kinder und an Don Antonio?«

»Oh ja, ich denke viel an Antonio und an meine Kinder. Ich fühle mich sehr zerrissen, ich weiß nicht mehr, wohin ich gehöre.«

»Deshalb bist du ja hier, Ronin Bensho, damit du ganz wirst.« Lucha steht auf, ruft zur Küchenhütte herunter. »Caesar, was macht das Abendessen?«

»Es dauert noch.«

»Inez, du isst jetzt immer hier bei mir, die gleiche *dieta* wie Carla. Kommt, wir gehen runter zu Caesar, sonst wird das Essen heute wohl nie fertig.«

Der Himmel hinter den Bäumen am gegenüber liegenden Ufer hat sich rot-rosa-violett-orange verfärbt, ein atemberaubender Anblick. »Ich bleibe noch etwas am Wasser«, ruft sie den Frauen zu und geht zu dem angeschwemmten, trockenen Baumstamm. Die Dämmerung fällt schnell, schon setzt das zirpende, klingelnde, schnarrende und pfeifende Nachtkonzert ein. Eine Bewegung im Wasser vor ihr fesselt ihre Aufmerksamkeit, die Bewegung ist wie eine sanfte Welle, die sich am Ufer entlang zieht, aber es weht kein Wind. Ob es hier Wasserschlangen gibt, fragt sie sich, oder sogar eine dieser legendären Anakondas? Carla steht sicherheitshalber auf und geht zu den anderen in die Küche.

Salzloser Reis, Tomaten aus dem Garten, in der Schale gerösteten Bananen und ein Kräutertee warten schon auf sie. Es donnert in der Ferne und ist extrem schwül, die Schwüle drückt Carla auf den Kopf. Inez hat sich gerade verabschiedet, da durchzucken grelle Blitze die Nacht. Es regnet noch nicht, aber schnell werden alle Sachen vom Boden auf den Küchentisch hochgestellt. Unter der Hütte drängen sich die Schweine dicht aneinander. Ein starker Wind kommt plötzlich auf, kurz darauf setzt ein orkanartiger Wolkenbruch ein. Der Wind treibt den Regen in die offene Hütte. Die drei kauern sich in der Mitte der Hütte dicht zusammen, in Decken eingehüllt. Carla beobachtet die aufgepeitschte Lagune, sie hat den Eindruck, das Wasser steigt.

»Lucha, kommt das Wasser manchmal bis zur Hütte?«

»Ja, wenn es viel regnet. Einmal, in den alten Zeiten, da gab es eine große Flut. Das Wasser stieg und stieg, aus allen vier Richtungen kamen der Wind, der Regen, der Donner und der Blitz, hier über dem Ucayali trafen sie sich. Aber die Leute in den Dörfern achteten nicht auf diese Zeichen, sie machten alles wie immer. Sie aßen und tranken und tanzten und vereinten sich mit ihren Frauen. Da verdunkelte sich die Sonne, es wurde ganz dunkel, auch am Tag. Der Wind, der Regen, der Donner und der Blitz herrschten über die Welt, und das Wasser stieg und stieg, sechs Tage lang. Ein Vater stieg mit seinen beiden Kindern auf einen hohen Baum. Es war dunkel und regnete und sie hatten nichts zu essen. Die Kinder tasteten mit den Händen den Baum ab, da fanden sie in den Zweigen eine Schüssel mit warmen Speisen und eine Schüssel mit Wasser. So konnten sie leben. Ab und zu nahm der Vater eine Frucht vom Baum und ließ sie ins Wasser fallen, um zu hören, wie tief das Wasser geworden war. Am sechsten Tag hörte er, wie die Frucht auf der Erde aufschlug. Da fing es an, zu dämmern. Als es hell geworden war, sahen sie, dass es nur noch den Ucayali-Fluss gab und den Baum, auf dem sie saßen. Das ganze Land war leer, mit weißem Schlamm überzogen. Der Vater stieg vom Baum, er wollte nach anderen Menschen suchen, er nahm seine Kinder nicht mit. Als er nicht wiederkam, verwandelten sich die Kinder in *huancay*-Vögel. Diese Vögel singen, wenn jemand stirbt.«

Dem Wind muss die Geschichte gefallen haben, er hat sich zurückgezogen, auch der Donner ist weiter gezogen. Aber der Regen klatscht immer noch unerbittlich auf das Palmdach, und die Blitze ermöglichen es, den Anstieg des Wassers zu verfolgen.

»Lucha, gibt es in der Lagune eine Anakonda?«

»Nein, nur kleine Wasserschlangen und elektrische Zitteraale. Aber bei San Lorenzo ist im Dschungel ein See, der mit riesigen Seerosen zugewachsen ist. Auf den Blättern kann ein Kind sitzen, aber kein Mensch würde es wagen, diesen See zu betreten. Seit vierzig Jahren lebt dort eine Anakonda, sie ist riesig, mindesten fünfundzwanzig Meter lang.«

»Das glaube ich nicht, das sind Schauergeschichten für Touristen und Kinder.«

»Carla, ich habe selber gesehen, wie ihr riesiger Kopf aus dem Wasser kam. Man kann sie nur in der Regenzeit sehen. Die Leute im Dorf schützen sie wie ein heiliges Tier.

»Diese Schlange möchte ich gerne einmal sehen.«

»Aber erst, wenn deine *dieta* vorbei ist«, mahnt Lucha. »Zur *dieta* gehört auch, dass man nicht viele Menschen trifft. Es ist nicht nur eine Essensdiät, sondern auch eine Menschendiät.«

Dieser Ausdruck gefällt Carla sehr. Wenn sie an ihr Frankfurter Leben der letzten Jahre denkt, hat sie das Gefühl, jeden Monat einige Tage Menschendiät hätten ihr gut getan.

Es hat aufgehört zu regnen, an einigen Stellen tropft es durch das Dach. Unter einer dieser Stellen hängt Carlas Hängematte. Sie flucht leise vor sich hin, legt ihre Regenjacke auf die feuchte Hängematte und darüber so gut wie alles an Kleidung, was sie besitzt. Alles ist klamm, feucht und müffelt, auch die Sachen im Rucksack.

Trotzdem schläft sie gut in dieser feuchtklammen Nacht.

Am Morgen watet sie durch knöcheltiefen Schlamm zu ihrem Waschplatz, immerhin scheint wieder die Sonne. Hinter der Natursichtblende steht wieder eine Schüssel mit dem so gut riechenden Kräuterwasser für sie bereit.

Der Tag verläuft ruhig. Inez kommt mit kleinen, köstlichen Bananen zum Mittagessen und zieht sich danach mit Lucha in der Hütte zum Reden zurück. Caesar bindet am Nachmittag Carlas Hängematte zwischen zwei Bäumen am Rand des kleinen Gartens fest. Kolibris schwirren umher, grüne Sittiche spektakeln hoch in den Bäumen, unter ihr scharren Hühner, die bunt gescheckten Schweine durchwühlen grunzend den Garten. Ein kleines Paradies habe ich hier. Von Wohlgefühl und Wärme durchströmt, fällt Carla immer wieder in einen leichten Schlaf.

Ihr fällt auf, dass Ricardo sich schon seit einigen Tagen nicht hat blicken lassen. Als sie Lucha nach ihm fragt, antwortet sie fast etwas abweisend. »Der kommt schon wieder, er ist nur für ein paar Tage den Fluss runter gefahren, Leute besuchen.«

Nach einigen stillen Tagen der Menschendiät, an denen nur Inez, Chabuca und Exilda die Hütte an der Lagune besuchen, ist die heilsame Ruhezeit vorbei. »Ricardo ist heute zurückgekommen, also machen wir morgen Abend die Zeremonie, morgen Abend werdet ihr *ayahuasca* trinken«, verkündet Lucha nach dem Abendessen.

Inez und Carla sehen sich an, und Carla wird etwas mulmig zumute. »Ich weiß doch gar nichts von *ayahuasca*«, fast schüchtern hört sich ihr kleiner Einwurf an.

»Carla!« Lucha sieht sie streng an. »Hör endlich auf damit, immer etwas wissen zu wollen, bevor du es kennst. Schamanismus ist, die Dinge des Lebens in allen Welten zu erfahren, nicht sie zu wissen. Wenn du etwas wissen willst, dann geh zu den Doktoren in die Stadt und lies Bücher, dann bist du bei uns am falschen Ort.« Lucha seufzt.

Inez nimmt Carla in Schutz, denn Carla sieht jetzt wirklich verschüchtert aus. »Lucha, du musst wissen, Carla hat schon sehr starke Erfahrungen mit San Pedro gemacht. Sie ist sehr mutig und hat einen offenen Geist, sei nicht so streng mit ihr. Du könntest uns wenigstens vorher ein paar Geschichten von der *ayahuasca* erzählen, damit wir uns auf den Geist der Pflanze einstellen können. Ich habe auch noch nie *ayahuasca* genommen.«

Lucha zeigt sich versöhnlich. »Du hast Recht, Inez. Sie ist nicht von unserem Volk, sie kennt unsere Geister und unsere Pflanzen nicht. *Bueno*, dann erzähle ich euch jetzt die Geschichte, wie ayahusaca zu den Menschen kam.«

Caesar setzt sich bei der Aussicht auf eine Geschichte zu den Frauen und arbeitet im Schein der Kerosinlampe weiter an seiner Tierskulptur, die nun wie ein Jaguar im Sprung aussieht, sehr lebendig.

»Früher, in der alten Zeit, da haben die Schamanen nur mit Tabak und magischen Pflanzen aus dem Dschungel gearbeitet. Unter ihnen gab es einen Schamanen, der weit entfernt von den anderen lebte, über viele Jahre Pflanzen sammelte und mit fast niemandem sprach. Er lebte allein, ab und zu besuchte ihn seine Familie. Als ihn eines Tages wieder einmal seine Familie besuchte, konnten sie ihn nicht finden, seine Hütte war leer. Nach zwei Tagen gingen sie wieder nach Hause, holten andere Familien zur Hilfe und durchsuchten mit ihnen den Dschungel, aber sie fanden ihn nicht. Einen Monat lang haben sie ihn gesucht. Dann fanden sie ihn endlich unter einem Baum sitzen, als ob er ausruhen würde. Als sie ihn ansprachen, antwortete er nicht. Da sahen sie, dass zwischen seinen Zehen Wurzeln aus der Erde wuchsen. Sie erschraken und liefen nach Hause. Nach einem Monat kamen sie wieder an diesen Ort und sahen, dass der Schamane sich vollkommen in eine Liane verwandelt hatte. Die Liane war hoch in die Bäume gewachsen, und aus dem linken Fuß des Schamanen wuchs eine Pflanze. Die Leute wussten nicht, dass die Pflanze eine *chacruna* war.

Die Geschichte von dem verwandelten Schamanen verbreitete sich wie ein Lauffeuer, von überall kamen Menschen und wollten den Schamanen sehen, der sich in eine Liane verwandelt hatte. Die Liane wuchs und wuchs, und bald war auch der ganze linke Fuß in eine *chacruna* verwandelt. Das ist der Grund, warum *ayahuasca* ohne *chacruna* keine Wirkung hat.

Eines Tages kam ein Schamane an diesen Ort, blieb dort den ganzen Tag und auch die Nacht. Da hatte er einen wundersamen Traum: Der Geist der Liane sagte ihm im Traum, wie er die Liane zubereiten sollte. Früh am nächsten Tag schnitt der Schamane die *ayahuasca* und brach Blättern von der *chacruna* ab, so wie es ihm der Geist gesagt hatte. Zu Hause schnitt der Schamane die Liane in kleine Stücke, zerstampfte sie mit einem Stein und kochte sie mit den Blättern der *chacruna* neun Stunden lang. Der Schamane lud alle Schamanen ein, die es gab. In der Nacht, als das Getränk fertig war, gab er jedem Schamanen einen Becher voll davon. Nachdem sie es getrunken hatten, wurde ihnen nach fünfzehn Minuten schwindelig und sie bekamen Visionen. Der Schamane hatte die stärkste Vision seines Lebens: Er flog ganz hoch, bis in den Himmel. Im Himmel war der Geist der *ayahuasca*, er war wie ein Gott. Er sagte: ‚Ich heiße *ayahuasca*, ich bin die Person, die sich in eine Liane verwandelt hat. Die Pflanze, die aus meinem linken Fuß gewachsen ist, heißt *chacruna*. Ihr sollt mit mir Krankheiten heilen, aber ihr dürft keinen *daño* mit mir machen.‘ Alle Schamanen hatten die gleiche Vision. Sie erschraken sich sehr, sie hatten vorher noch nie die magische Welt gesehen. Nach einigen Jahren wuchsen die *ayahuasca* und die *chacruna* in allen Teilen des Dschungels. Die Schamanen heilten die Krankheiten und konnten sogar Tote wieder zum Leben erwecken. Aber eines Nachts benutzte ein Schamane *ayahuasca*, um jemandem den Tod zu schicken. Das war eine Sünde gegen den Geist der Pflanze, so wie bei Adam und Eva. Seitdem gibt es gute und böse Schamanen.«

Es ist lange still in der Hütte, die Geschichte hat die Zuhörer beeindruckt, Lucha ist zufrieden, zündet sich eine *mapacho* an. »So, nun weißt du etwas von der *ayahuasca*«, Lucha wendet sich Carla zu. »Morgen erzähle ich noch mehr, und dann zeige ich dir auch die Liane und die *chacruna*, aber ohne linken Fuß.«

Carla muss lachen, die alte Schamanin zeigt immer wieder einen gewitzten Humor, der sich hinter ihrer Strenge verbirgt.

Dann ist Schlafenszeit. Carla muss noch einmal hinter die Büsche verschwinden. Sie hat sich an den nächtliche Gang durch den Garten im Schein der Stirnlampe gewöhnt, sie geht langsam und leuchtet bei jedem Schritt sorgfältig die nahe Umgebung ab. Ihr Schritt stockt. Vor ihr, unter einem Haufen trockener Blätter, leuchtet etwas Rot-Gelbes. So viel hat sie hier schon gelernt: Es ist höchste Vorsicht geboten, wenn auf dem Boden zwischen den Blättern etwas farbig leuchtet, das kein Plastikabfall ist. Und dieses Rot-Gelb sieht absolut nicht nach Plastik aus. Vorsichtig und langsam geht Carla rückwärts, dreht sich dann um und rennt zur Kochhütte.

»Caesar, komm. Ich glaube, da ist eine Schlange!«

Caesar springt aus der Hängematte, nimmt die Machete und geht barfuß im Schein von Carlas Lampe vor ihr her. Vorsichtig nähert er sich der von ihr bezeichneten Stelle. Immer noch liegt unter den trockenen Blättern etwas Rot- Gelbes. »Geh zurück«, flüstert er. Im gleichen Moment saust die Machete auf den Blätterhaufen herunter. Die Blätter fliegen zur Seite, eine braun-rot-gelb geringelte kleine Schlange ist in zwei Teile geteilt, aus ihrem Maul hängt der Rest eines winzigen, grünen Jungvogels. Carla fröstelt.

Caesar hebt mit der Spitze der Machete eine Hälfte der Schlange hoch, beäugt es. »Eine naca-naca«, stellt er befriedigt fest. »Wenn die dich beißt, bist du in kurzer Zeit tot.«

Carla fällt es schwer, sich dem Gesetz des Dschungels in Bezug auf gefährliche Tiere unterzuordnen: Töte, sonst wirst du getötet.

»Und wenn du mal nachts aufs *baño* musst, dann geh einfach

gleich zu den Schweinen unter der Hütte. Das ist nicht gefährlich, und die fressen sowieso alles auf.«

Carla ist dankbar für diesen Hinweis.

»Was war los?« fragt Lucha, als sie wieder in ihrer Hängematte liegt. »Eine naca-naca, Caesar hat sie getötet.«

Lucha schnaubt vernehmlich. »Die kommen immer vor, im oder gleich nach einem Ritual. Das Ritual zieht die Giftschlangen an, denn auf ihnen wohnen die bösen Geister, die versuchen immer, das Ritual zu stören und den Menschen Schaden zu bringen.«

Carla kann nicht einschlafen, immer sieht sie die zweigeteilte Schlange mit dem halb nackten Vögelchen im Maul vor sich. Das ist auch das Wesen der Natur, der Tod des einen ist das Leben des anderen, denkt sie. Katharina und ihre Naturverehrungsfreundinnen reden oft vom Kreislauf der gegenseitigen Erhaltung in der Natur, aber wenn ihre Katzen eine lebendige Maus mit nach Hause bringen, nehmen sie sie der Katze weg, um das Leben der Maus zu retten. Eigentlich dürften wir Menschen uns gar nicht einmischen in diese wirklich natürlichen Abläufe im Tierleben, wir übertragen unsere Moral- und Wertvorstellung auf die Tiere und geben noch einen ordentlichen Schuss verklärender Romantik dazu. Wenn ich das nächste Mal eine Schlange sehe, von der ich mich bedroht fühle, werde ich sie töten bevor sie mich tötet, beschließt Carla und schläft endlich ein.

Das Frühstück erhält seine fehlende Würze durch Schlangengeschichten. Als Ricardo dazukommt, verlieren sich Lucha und er in ein Schamanen-Fachgespräch darüber, warum manche Schlangen den Schamanen im Heilritual helfen und auf anderen die *malo espíritus* wohnen. Am gefährlichsten ist die *loro machaco*, darüber sind sich beide einig.

»Sie ist giftgrün und lebt sehr hoch in den Bäumen, wie ein Papagei, deshalb heißt sie *loro*. Ihr Biss ist tödlich. Auf ihr wohnen die stärksten der bösen Geister. Mit der Schlange schwingen sie sich hoch von Baum zu Baum, sie sind wie der Wind, deshalb sind sie überall und man kann sie nur sehr schwer bekämpfen. Aber wir Schamanen kennen mächtige Lieder, mit denen rufen wir die guten Geister, vor allem die Anakonda und den *hermano*, die schützen uns in den Ritualen.«

Ricardo nickt bekräftigend zu Luchas Worten.

Carla sieht Inez fragend an. »Ist das mit den Gesängen hier so wie im Ritual bei Don Antonio?«

»Grundsätzlich ja, aber die Schamanen hier arbeiten im Ritual mit *ayahuasca*, Tabak und ihren Gesängen, den *icaros*. Sie haben keine Steine, Muscheln, Stäbe oder Schwerter wie die *curanderos* an der Küste.«

Lucha steht auf. »Über die *icaros* erzähle ich dir nachmittags etwas, Carla. Jetzt gehen wir endlich etwas spazieren, so wie du es dir gewünscht hast! Ich will dir zeigen, wo die *ayahuasca* und die *chacruna* wachsen.«

Der kleine Expeditionstrupp geht den Weg zur Dorfstraße hoch, biegt ab auf einen schmalen Pfad, der durch dichtes Gebüsch führt. Nach einer Weile lichtet es sich und macht hohen Bäumen ohne Unterholz Platz. Ein kleiner, sumpfiger Bach durchschneidet den Pfad, sie müssen auf einem Baumstamm zur anderen Seite balancieren. Es ist drückend schwül, der Schweiß rinnt Carla in Bächen am Rücken herunter, es wimmelt nur so von fliegenden Angriffskommandos unterschiedlicher Nationalität. Vor ihnen liegt eine kleine gerodete Fläche, Luchas *chacra* - etwas Mais und Yucca, Bananenstauden, Büsche mit heilkräftigen Blättern. Stolz zeigt und erklärt Lucha ihre kleine Pflanzung. Am Rande der Lichtung steht ein großer Busch mit traubenförmigen, duftigen weiß-rosa Blüten. »La *ayahuasca*!« Lucha, Ricardo, Inez und Carla betrachten bewundernd und respektvoll die duftige Blütenpracht. Bei genauerem Hinsehen erkennt Carla, dass der Busch eine Liane ist, die sich mit ihrem braunen, in spiralförmigen Drehungen verschlungenen Stängel hoch in einen Baum windet.

»Du hast viel Glück, Carla, dass du die blühende soga sehen kannst, sie blüht nur einmal im Jahr und nur wenige Tage.”

»Wieso nennt ihr sie ‚die Schnur‘«, will Carla wissen.

»Weil die gedrehte Liane wie eine Nabelschnur aussieht. Aus diesen Nabelschnur entstehen die Linien der Muster, die unsere sichtbare Welt mit der unsichtbaren verbindet.«

Die *chacruna* sieht nicht besonders beeindruckend aus, es ist ein kleiner Busch mit großen, schmalen, spitz zulaufenden Blättern.

Carla denkt an die Geschichte und findet, die Blätter sehen eher wie lange Finger als wie Fußzehen aus. Na ja, vielleicht hatte der Schamane ja sehr lange Zehen!

»Musst du denn das *ayahuasca* für heute Nacht noch zubereiten?« fragt sie auf dem Heimweg.

»Nein, für die Zeremonie heute habe ich noch genug.«

Zurück in der Hütte, verschwindet Carla als erstes hinter dem Sichtschutz ihres Privatbades und gießt sich Schüssel um Schüssel vom warmen, aber dennoch erfrischenden Wasser über den Kopf. Sie begutachtet die mit Stichen übersäten Landschaften ihres Körpers. Einige Stiche an den Beinen sehen übel aus, aus den roten Stichen sind durchsichtige Bläschen mit einer Flüssigkeit darin geworden, sie brennen und jucken. Eine Stelle unter ihrer Achsel schmerzt nach dem Bad besonders stark. Carla verbiegt sich, bis sie sehen kann, was dort ist – und erschrickt. Was immer sie da auch gestochen haben mag, er hat einen kleinen Krater aus rohem Fleisch erzeugt. Sie hüllt sich in ihr großes Tuch, eilt hoch in die Hütte, achtet nicht auf die verdutzen Gesichter, die ihr aus der Küche nachsehen. Sie schmiert heilende Salben auf die Stiche. Als sie die schlimme Stelle unter der Achsel mit dreiprozentigem Wasserstoffperoxid reinigt, schießen ihr Tränen in die Augen.

Nach einem langen Mittagsschlaf sieht die Welt wieder freundlich aus. Ricardo, Caesar und sie hocken rauchend auf dem Boden, mit Blick auf das Panorama der Regenlagune. »Komm, setz dich zu uns, dann erzählen wir dir noch etwas über das Ritual heute Nacht und über die *icaros*.« Lucha zieht von einem Balken das Bündel mit Caesars Ritualhemd herunter und stickt. »Auch wenn es noch nicht ganz fertig ist, wird Caesar es heute Nacht tragen, dann wird er sich noch besser konzentrieren können. Sieh hier, Carla«, sie zeigt auf eine geometrische Figur, deren vier Enden nach innen gehen und jeweils mit einem gleichschenkligen Kreuz aufhören. »Diese Kreuze sind das Zeichen für den *hermano*, dessen Geist ich heute Nacht rufen werde. Früher durften nur Menschen mit einer besonderen Kraft dieses Zeichen tragen. Auch das Muster vom Schmetterling war heilig, das durfte auch nicht jeder tragen. Die Geister des *hermano* haben das Schmetterlingsmuster gegeben. Und das hier« - sie zeigt auf eine Muster mit rundem Bogen

- »das ist ein Zeichen für *ronín* kene, die große Anakonda. Früher hat man öfter eine Anakonda getroffen als heute. Wenn man sie ansieht, dann bleiben die Muster ihrer Haut in den Augen, dann sieht alles um einen herum mit Mustern durchzogen aus, dann verliert man seinen Weg und verirrt sich. Ein gutes Mittel, um aus dieser Verwirrung herauszukommen ist, wenn man seinen eigenen Urin mit den Blättern auf der Erde vermischt und sich das Gesicht damit abreibt. Dann hört man auf, die Muster zu sehen. Schmetterlinge, Papagei, Mann und Frau, Kind, Haus, Fluss, Boot, Trennung, Untreue – für alle wichtigen Dinge und Begriffe gibt es ein Zeichen, wie in einer Bildsprache. Früher konnten die Frauen, die gestickt haben, diese Zeichen und Linien singen, wie einen aufgeschriebenen Gesang. Heute kann das fast niemand mehr. Eliane, die Kräuterfrau und ich sind die einzigen hier in unserer Gegend, die das noch können.«

Lucha breitet den großen Überwurf vor sich aus, streicht ihn glatt, konzentriert sich. Carla zuckt zusammen, so unvorbereitet trifft sie der mit hoher Stimme fast unerträglich in ihr Ohr schneidende Gesang. Lucha singt die Linien, ihre Hände bewegen sich über die Muster, zeigen an, was sie gerade singt. Carla braucht eine Weile, um sich an diesen durchdringenden, hohen Gesang zu gewöhnen. Sie klatscht ausdauernd Beifall, als der Gesang endet und ist sich dessen bewusst, das dieser Gesang ein außerordentliches Geschenk war. In einigen Jahren wird niemand mehr die Muster singen können. Lucha kichert verschämt wie ein kleines Mädchen. Die Männer belohnen sie mit einer dicken *mapacho*. Lucha raucht, und Ricardos erzählt: »Für uns ist la *ayahuasca* eine große Mutter, die uns hilft, das Leben mit seinen Schwierigkeiten und Krankheiten zu bewältigen. Sie weiß für alles eine Lösung. Wie jede Mutter straft sie aber auch, wenn wir nicht respektvoll mit ihr umgehen, dann kann sie den Geist verwirren und den Körper krankmachen. Ich weiß, dass manche Touristen aus euren Ländern kommen, nur um *ayahuasca* zu trinken, ohne richtige Vorbereitung und ohne Respekt für ihren Geist. Man kann den Geist auch nicht in eine Flasche sperren und mit nach Europa nehmen, dann ist es nur noch ein Getränk, das bunte Bilder macht, mehr nicht. Heilen kann man nur, wenn man die Kraft und einen reinen Geist hat, und wenn man die richtigen Lieder für den Patienten und die Pflanzen kennt.«

»Woher weißt du, welches die richtigen Lieder sind, Ricardo? Gibt es ein Buch, in dem sie aufgeschrieben sind?«

Ricardo lächelt. »Nein, es gibt kein Buch. Wenn wir anfangen zu lernen, dann lernen wir die Lieder, die der Meister singt. Wenn wir schon viel gelernt haben, dann geben uns die Pflanzen in den Visionen ihre Lieder. Wenn man das Lied einer Pflanze kennt, dann kann man mit diesem Lied heilen, dann muss nicht die Pflanze selber da sein. Wenn man genug gelernt hat, um selber Schamane zu sein, dann schenkt einem der Meister einige seiner Lieder. Man darf nicht einfach die Lieder eines anderen Schamanen singen, die gehören nur ihm. Jeder hat seine eigenen Lieder, weil jeder auch eine andere Kraft hat. Der Gesang eines Schamanen, sein *icaro*, ist ein Werkzeug zum Heilen, darin ist die ganze Weisheit und die Energie des Schamanen, mit dem *icaro* kann er sich durch alle Welten bewegen, wie auf einem Boot. Wenn der Schamane *ayahuasca* trinkt, dann sieht er genau, was mit dem Patienten los ist, im Geist, in der Seele und im Körper. Der Patient sieht dann ganz durchsichtig aus, man kann sehen, in welchem Zustand seine Seele ist, man sieht seine Muster. Die Geister sagen dem Schamanen, was man tun muss mit dem Patienten, welches Lied man singen muss, welche Medizin er bekommen soll.

Carlas Kopf schwirrt, sie hat nur einen Bruchteil dessen verstanden, wovon Ricardo gesprochen hat. »Danke, Ricardo, Bitte sag mir noch, wie ich mich jetzt noch auf das Ritual vorbereiten kann.«

»Konzentriere dich darauf, was du von der Mutter *ayahuasca* willst, was für dich wirklich von Bedeutung ist, das ist die beste Vorbereitung. So öffnest du deinen Geist und dein Herz für das, was kommt. Wenn es ganz dunkel ist, so gegen neun Uhr, fangen wir mit dem Ritual an.«

10

Die Fülle

IN DEN STUNDEN bis zum Einbruch der Dunkelheit versucht Carla herauszufinden, was von all dem, das sie zu brauchen und zu wollen meint, wirklich von Bedeutung ist. Da ist so vieles, was sortiert und geprüft werden muss: Ihre Gesundheit, ihre berufliche Zukunft, ob sie Philip bei Thomas lassen soll, das Verhältnis zu ihrer Mutter, das eigenartige Dunkel der Erinnerung an ihren Vater und vor allem Manuel. Die Anstrengung, sich zu konzentrieren und das für sie wichtigste Heilanliegen herauszufinden, bewirkt nur eines: Sie wird immer unsicherer. Sie kramt in ihrem Rucksack, holt das chinesische Orakelbuch hervor. Der Umschlag des dünnen Buches ist von der Feuchtigkeit des Dschungels verzogen und gewellt, auch die Seiten sind leicht aufgeweicht, aber man kann sie noch umblättern und lesen.

Carla schließt die Augen, blättert mehrmals im Buch hin und her: »Nr. 55 – Die Fülle«. Ein schönes Orakel! Sie schließt aus diesem Zeichen auf das vor ihr liegende Ritual: Keine Panik – alles wird gut!

Auch der weiße Regen meint es gut mit ihr, er singt ein so feines, beruhigendes Lied, dass Carla einschläft und erst von einer geschäftigen Unruhe in der Hütte wieder aufwacht.

Es ist dunkel, nur eine Kerze und die Schale mit dem duftenden Räucherholz brennen. Inez und Caesar sind damit beschäftigt, Decken von den Balken herunterzuholen und einen Teil des Bodens damit auszulegen. Lucha sitzt bereits und sortiert irgendwelche Sachen hin und her. Ricardo nickt Carla zu. »Jetzt fangen wir gleich an.«

Sie verpackt sich mückendicht, zieht sich ein langärmliges Shirt an, die Socken weit über die Hosenbeine, das Tuch über den Kopf und sprüht über alles noch eine ordentliche Wolke Mückenabwehrmittel. Einer Intuition folgend holt sie aus dem Seitenfach des Rucksacks den Beutel mit der Knochenflöte heraus.

Sie gehören hierher, in die Welt der Shipibos, zu ihren Mustern und Geistern. Ich will sie im Ritual in diese Welt zurückgeben, egal ob ich Manuel je wieder sehe oder nicht.

Inez und Carla sitzen nebeneinander, ihnen gegenüber sitzt Lucha, rechts von ihr Ricardo, links Caesar in seiner prachtvollen, neuen *cushma*. Das ist ja wie bei einer Chefvisite, schmunzelt Carla gedanklich, ein Professor, ein Arzt und ein Medizinstudent. Hier bin ich gut aufgehoben. Sie hat keine Angst, ist nicht aufgeregt, nur neugierig. Neben Lucha steht eine Glasflasche mit einer dunkelbraunen Flüssigkeit, eine kleine bemalte Trinkschale, ein Blätterbüschel, eine Flasche Blütenessenz, eine als Jaguarkopf geschnitzte Pfeife, eine Handvoll *mapacho*s, ein Feuerzeug.

»Wenn du brechen musst, da hinten steht eine Schüssel mit etwas Wasser.« Ricardo zeigt auf eine Plastikschüssel, pustet dann die Kerze aus. Es dauert einen Moment, bis sich Carla an das Dunkel gewöhnt hat und die drei schwarzen Gestalten vor sich erkennt. Der Nachthimmel ist bewölkt, weder das Licht der Sterne noch die Sichel des zunehmenden Mondes erhellen die Welt, nur einige fleißige Glühkäfer tragen ihre großen, leuchtenden Körper durch die dunklen Bäume.

Streichhölzer flammen auf, die drei Schamanen rauchen, auch Inez raucht. »Die *ayahuasca* liebt den Tabak, er ist ihr Kind und hilft ihr bei den Heilungen.«

Wenn der Rauch des Dschungeltabaks im Ritual heilsam ist, dann ist es das Einatmen des Rauches auch, dann muss ich selber nicht auch noch rauchen, denkt Carla.

»Es ist gut, wenn du dich jetzt konzentrierst, Carla«, ertönt Luchas Stimme streng.

Sie muss wirklich hellsichtig sein! Carla konzentriert sich auf das Konzentrieren.

Der Korken wird mit einem schmatzenden Geräusch aus der *ayahuasca*-Flasche gezogen und lenkt Carlas Konzentration auf das bevorstehende Ritual. Rauch wird mit einem hörbaren Laut ausgestoßen, ein leises, zischelndes Pfeifen ertönt. Es gluckert, die Flüssigkeit wird in die Trinkschale gegossen. Dem lauten, schlürfenden Schlucken folgt ein noch lauterer Rülpser. »Aaaah, *qué rico*!« Das war Lucha. Ricardos Rülpser ist noch beeindruckender als der von Lucha, Caesar stößt im Verhältnis zu den beiden richtig gesittet auf.

Die *mapacho*s glühen in der Dunkelheit wie Leuchtkäfer.

Lucha gähnt laut und ausgiebig. Carla ist etwas irritiert, sie weiß nicht, dass dieses ausgiebige Gähnen den Beginn des »Sehens im veränderten Bewusstseinszustand« der Schamanin anzeigt.

»Carla, komm!« Carla krabbelt vor die dunkle Gestalt, setzt sich vor ihr hin. Luchas Hände umfassen mit eisernem Griff Carlas Kopf, beide Daumen drücken auf die Mitte ihrer Stirn, Tabakrauch wird ihr mehrmals über den Kopf gestoßen. »*Bueno.*«

Carla krabbelt zum Platz zurück, Inez wird jetzt von Lucha gerufen.

Dann ist es wieder eine lange Zeit ganz still, so weit man bei den schmatzenden Geräuschen des Rauchs und dem üblichen Dschungelkonzert von Stille reden kann.

»Carla, komm!« Wieder setzt sich Carla vor Lucha, fühlt, wie diese nach ihrer Hand tastet und ihr die Trinkschale in die Hand drückt. »Trink, aber alles, lass keinen Rest.«

Zögernd hebt Carla das Gefäß an ihren Mund, schnuppert. Ein herber, unangenehmer Geruch steigt ihr in die Nase, sie muss sich schütteln.

Mit einem entschlossenen Ruck kippt sie die Flüssigkeit hinunter und muss sich noch mehr schütteln. Es schmeckt widerlich! Hätte sie sich nur Kaugummi in die Tasche gesteckt oder Bonbons! Kein Wunder, dass die anderen rauchen, wahrscheinlich schmeckt der Tabakrauch himmlisch gegen diesen Geschmack.

Inez wird von Lucha gerufen.

Gluckern, Rülpsen, Schmatzen – die drei Schamanen nehmen die zweite Dosis.

Carla möchte sich hinzulegen, sie möchte sich etwas entspannen, aber Inez hält sie am Arm fest. »Bleib sitzen, im Liegen wird dir schnell übel«, flüstert sie. Also bleibt Carla sitzen und wartet darauf, dass etwas geschieht. Der Geschmack des *ayahuasca* stößt ihr einige Male vom Magen hoch und verstärkt den schlechten Geschmack im Mund.

»Inez, lass mich einmal an deiner *mapacho* ziehen.« Intelligenz ist, wenn man sich den Verhältnissen anpasst, sagt sich Carla und füllt den Mund, aber nicht die Lunge mit Rauch.

Wieder eine Zeit der Stille und des Wartens, begleitet vom gleichmäßigen Rascheln des Blätterbüschels in Luchas Hand, aus dem ein süßer Geruch strömt.

Zzzzzzzzz – das zitterndes Zischeln ist nicht Teil des Dschungelkonzerts, es kommt aus Luchas Mund. Dann fängt sie an zu singen. Kräftig und durchdringend klingt ihre hohe Stimme durch die Nacht, viele sich wiederholende Tonläufe, ungewohnte Rhythmen. Ricardo fängt auch an zu singen, dunkel und warm sind die Tonfolgen, die er gegen Luchas Gesang setzt, sein Gesang ein anderer als Luchas. Nun singt auch Caesar, klar und stark, und auch er singt sein eigenes Lied. Was für ein Durcheinander, es nervt Carla, sie wird unruhig. Je unruhiger sie von diesem Durcheinandergesinge wird, desto schwindliger wird ihr.

»Carla, atme ruhiger!«

Wie gut, dass Inez bei ihr ist. Carla besinnt sich den ruhigen, tiefen Atem, der Schwindel lässt nach. Ohne Übergang setzt ein gemeinsamer Gesang der drei ein, überrollt sie wie eine Welle, fast bekommt sie keine Luft mehr. Der Gesang wird ruhiger, heiterer, hat einen lockenden, hüpfenden Rhythmus. Carla hat ihre Augen geschlossen, sie lauscht dem Gesang. Je mehr sie sich diesem Lauschen überlässt, desto stärker nimmt sie wahr, wie der Gesang durch ihren Körper perlt, von unten nach oben, und wie eine Spirale in ihrem Kopf herumwirbelt. Da, wo Lucha mit dem Tabak auf ihren Scheitelpunkt geblasen hat, spürt Carla eine Öffnung. Die Klangspirale zieht sich aus dieser Öffnung hinaus, verschwindet hoch über ihr. Sie hat eine leuchtend gelbe Spur im Dunkel über ihr hinterlassen. Diese Spur breitet sich in vielen leuchtenden kleinen Ästen seitlich aus, wie die Adern eines Blattes. Diese Adern pulsieren, wechseln ihre Farbe. Carla öffnet die Augen. Die Hütte ist durchzogen mit regenbogenfarbenen, feinen Fäden. Schmetterlinge haben mit ihren Farben alle Dinge miteinander verwebt. Es ist wunderschön, Carla steigen die Tränen in die Augen. Sie hört den Gesang der Schamanen, die Töne bewegen die Linien, lassen neue Muster entstehen. Sie legt den Kopf in den Nacken, über ihr ist kein Palmdach mehr, sie kann in einen endlosen, transparent-blau schimmernden Himmel sehen, dünne helle Fäden klettern wie Ackerwinden mit blauen Blüten in die Unendlichkeit. Der Gesang hat sich verändert, er wird sehr schnell, drängend. Übelkeit steigt in Carla hoch, sie würgt, kann aber nicht erbrechen.

Sie schließt die Augen, streckt sich auf der Decke aus, sie muss liegen. Jemand schiebt ihr Shirt nach oben, Lucha kniet neben ihr, reibt mit den Handflächen auf ihrem Bauch. Plötzlich spürt Carla den Mund auf ihrem Bauchnabel, sie saugt. Es gluckert in Luchas Mund, sie saugt weiter und spuckt mit einem plötzlichen Ruck die Flüssigkeit aus ihrem Mund hinter sich. Sie schnaubt einige Male, zieht ihr das Shirt wieder runter und wiederholt das Saugprozedere auf Carlas Kopf, genau dort, wo sie vorher die offene Stelle gespürt hat. Ricardo singt jetzt alleine, beruhigend gleichmäßig auf- und abschwellende Tonfolgen.

»Fertig«, sagt Lucha und zieht sich auf ihren Platz zurück.

Carla fühlt nach, was sich durch das Saugen verändert hat. Ihr ist nicht mehr übel, sie fühlt sich wie gereinigt, ganz klar. Sie überlässt sich den Gesängen und dem Farb- und Musterspiel, das sich aus den Gesängen entwickelt. Carla tastet nach dem gestickten Beutel, schiebt ihn in Luchas Richtung. Als sie ihre Hand wieder zurückzieht, hören die Männer auf zu singen.

Jetzt singt Lucha. Kristallklar vibriert ihre hohe Kopfstimme durch die Nacht. Die Farben verschwinden, es wird dunkel vor Carla. In ihrem Kopf fängt es an, unerträglich zu kribbeln. Dieses Kribbeln macht ein Geräusch, als ob Tausende von kleinen Zangen Knorpel durchschneiden. Kolonien von Schneideameisen arbeiten sich durch die verschlungen Windungen ihres Kopfes, verlassen ihn wie Soldaten in einer endlosen Reihe durch die Öffnung in ihrem Schädel, jede trägt eine weiße Knorpelmasse zwischen den Beißzangen. Ihr Kopf fühlt sich riesig und leicht an. Die Dunkelheit in ihr und um sie herum ist wohltuend wie frisches, kühles Wasser.

Aus dem Dunkel formt sich eine durchsichtige Gestalt, kommt auf sie zu. Der Jaguar, durchzuckt es Carla, es ist wie damals in der Nacht in der Reha-Klinik. Die Gestalt kommt näher, die Konturen werden schärfer – es ist kein Jaguar. Es ist ein Mann. Es ist ihr Vater. Carla schreit auf. Luchas hoher Gesang fließt unerschütterlich weiter. Jemand reibt ihr eine Pflanzenessenz in die Stirn ein. Ricardo, sie erkennt ihn am Geruch. Ihre Geruchsnerven sind wie hundertfach verstärkt. Ihr Vater steht vor ihr, auch ihn kann sie riechen. Sie erinnert sich an seinen Geruch, sie ist ein kleines Kind, drei Jahre alt. Sie blickt ihn an, er lächelt voller Liebe, sie hat solch unbeschreibliche Sehnsucht nach ihm. Danach, von ihm in den Arm genommen zu werden. Er breitet seine Arme weit aus, sie fängt an zu laufen, auf ihn zu. Sie läuft und läuft, aber sie kann ihn nicht erreichen. Jetzt nimmt er sie in seine Arme, reißt sie hoch und stößt sie gleich wieder von sich, sie fällt und fällt. Über ihr steht ihr Vater, sein Kopf ist voller Blut, er wird kleiner und kleiner. Ganz deutlich hört sie seine Stimme: »Mein kleines Kätzchen, ich liebe dich!« Tränenbäche stürzen aus ihren Augen, sie fühlt sich so endlos verlassen und alleine. Was ist geschehen, damals, als er den Verkehrsunfall hatte?

Sie riecht Tabakrauch, Lucha kniet neben ihr, Ricardo und Caesar singen.

»Mein Vater, ich habe meinen Vater gesehen«, stammelt Carla unter Tränen. »Gut, das ist gut. Ich habe ihn auch gesehen, er schützt dich, er ist immer bei dir gewesen.« Lucha stößt Rauch über Carlas Körper aus, pfeift leise dazu, massiert mit sanften Bewegungen ihren Brustkorb.

Carla entspannt sich, die Tränen versiegen, ihr Atem wird ruhig. Sie öffnet die Augen, Lucha sitzt wieder bei den Männern und singt. Carla setzt sich auf, fixiert angestrengt die drei dunklen Gestalten vor ihr. Das bunte Fadengespinst ist verschwunden, es ist dunkel in der Hütte, nur über Luchas Kopf schwebt ein flirrendes Leuchten. Das kann nicht sein, das sieht ja aus wie ein Heiligenschein, geht ihr durch den Kopf. Carla schließt die Augen, öffnet sie wieder: Der flirrende Schein über Luchas Kopf ist immer noch da. Plötzlich sieht Carla noch etwas - da sitzen nicht drei Gestalten vor ihr, da sitzen vier! Carla fühlt neben sich, Inez sitzt immer noch an ihrer Seite. Wieder schließt und öffnet sie mehrmals die Augen, zählt die dunklen Gestalten vor sich: vier.

Es wird jemand gekommen sein, als ich lag und die Augen geschlossen hatte, erklärt sich Carla die vierte Person. Irgendetwas zwingt sie, diese vierte Gestalt nicht aus den Augen zu lassen. Sie rutscht Stück für Stück nach vorne, immer dichter an die singenden Schamanen heran. Die vierte Gestalt singt nicht, das kann sie an der Körperhaltung erkennen. Sie starrt unverwandt in das dunkle Gesicht, kann aber keine Gesichtszüge erkennen, es ist formlos dunkel. Sie schließt die Augen, hört auf die Gesänge. Sie hat kein Gefühl mehr für Zeit. Auch mit geschlossenen Augen kann sie die vierte Gestalt sehen. Ihr stockt der Atem, unzählige kleine Kolibris flirren vor dem Gesicht der Gestalt, fallen langsam vom Gesicht ab und versinken im Dunkel. Überall da, wo ein Kolibri aus dem Gesicht verschwunden ist, treten wie in Scheinwerferlicht getaucht Gesichtszüge der Gestalt hervor.

Manuel blickt sie an.

Carla kann nicht schreien, ihr Mund ist trocken und wie taub, sie hört die Gesänge nicht mehr, sie starrt wie hypnotisiert auf das Gesicht, auf Manuels Gesicht. Ist es wie die Erscheinung ihres Vaters, wird es gleich wieder verschwinden? Ist es ein Geist, durch die Gesänge der Schamanen beschworen? Oder eine durch die Pflanze hervorgerufene Halluzination? Oder ein materialisiertes Produkt ihrer starken Sehnsucht, ihrer Phantasie? Carla hat das Gefühl, schon seit Stunden in dieses Gesicht zu starren. Nun fängt es an, sich wie ein Menschengesicht zu bewegen: Der Mund verzieht sich zu einem feinen Lächeln, die Augen funkeln wie schwarzes Feuer.

Dieses schwarze Feuer durchzuckt sie und verbrennt in seinem Blitz alle Zweifel: das ist kein Geist und auch keine Halluzination, das ist Manuel.

Ihr Herzschlag übertönt die Schamanengesänge und öffnet mit jedem Schlag unzählige Augen und Nasen in ihrer Haut, mit allen Sinnen, mit jeder Faser ihres Körpers nimmt sie ihn wahr.

Sie sehen sich an, und Carla begreift, was es heißt, jemanden zu erkennen. Sein Blick lässt die Konturen seines Gesichts verschwinden und zieht sie mit sich in einen zeitlosen, unbegrenzten Raum. Dieser Raum ist ein von vieldimensionalen farbigen Mustern durchwebtes Universum. Sie erkennt sich, als ein feines Gewebe aus blau und grün schillernden Fäden, in dessen Zentrum ein orangefarbener Punkt pulsiert, aus dem heraus sich immer wieder neu das Gewebe entfaltet. Es hat die Form einer Raubkatze, dann wandelt es sich in die eines Menschen, in sie selber. Jetzt erkennt sie Manuel. Er bewegt sich tanzend um sie herum, ein Linienspiel aus Feuer, das sich aus einer tiefblauen Kugel heraus entfaltet. Die Linien zeichnen seine Silhouette, bewegen sich und werden zu einer riesigen, schillernden Schlange. Da, wo sich ihre Muster berühren, verschmelzen sie ineinander, werden für einen Moment ein Teil des anderen Musters, ziehen sich wieder in die eigene Form zurück.

Carla wird von einer unbändigen Lust durchströmt. So fühlt sich das Leben an, schießt es ihr durch die neue, große Weite in ihrem Kopf.

Hände legen sich fest um ihren Kopf, sie riecht Tabak und spürt, wie mit einem kräftigen Ausstoßen der Rauch über ihren Scheitel geblasen wird. Der Rauch ist warm und dicht, er verschließt die Öffnung im Scheitel. Ein Gesang entsteht ganz dicht an ihrem Kopf. Carla öffnet die Augen, Manuel sitzt vor ihr und singt.

Lucha, Ricardo und Caesar rauchen, sie kann es am Aufglimmen des Tabaks erkennen. Inez sitzt dicht hinter ihr, sie spürt den Körper, der ihren Rücken berührt. So viel Liebe um sie herum, so viel Achtsamkeit und Fürsorge. Tränen der Freude rinnen ihr über die Wangen, aber sie weint nicht. Sie ist vollkommen. Noch nie in ihrem Leben hat sie sich so gefühlt.

Manuels Gesang verklingt in einem langgezogenen, vibrierendem Ton. Der ernste, konzentrierte Ausdruck in seinem Gesicht verwandelt sich in ein großes Lächeln.

»Fertig.« Luchas nüchterner Befehlston zerreißt die letzten mystischen Schleier dieser Nacht. In der gewöhnlichen Wirklichkeit dieser Nacht bricht ein aufgeregtes Stimmengewirr herein, alle reden auf einmal – nur Carla nicht.

»Hallo Kätzchen. Du hast wirklich sehr lange gebraucht, um zu kommen.« Manuel spricht Deutsch, er genießt sichtlich Carlas immer noch anhaltende Verwirrung. Sein faltiges Gesicht strahlt, seine Feueraugen funkeln, als wollten sie den ganzen Dschungel in Brand setzen – aber vorerst setzen sie nur Carla in Brand. Sie kann immer noch nicht reden, zweiundzwanzig Jahre liegen zwischen ihnen, zweiundzwanzig Jahre verbrennen unter Manuels Blick zu einem Häufchen Asche. Kein Gestern, kein Morgen, nur ein Jetzt. »Kätzchen, was ist los? Verstehst du kein Deutsch mehr, soll ich

Spanisch reden?«

Endlich erinnern sich Carlas Zunge und ihr Mund wieder an die Technik des Sprechens. »Woher wusstest du, dass ich hier bin?« ist alles, was ihr Kopf im Moment wissen will. Ihr brennendes Herz will etwas ganz anderes wissen.

Aber wie verhält man sich in einer Kultur, in der Gefühle, Zärtlichkeiten und Intimitäten nach außen so gut wie gar nicht gezeigt werden? Man redet zwar davon, aber gezeigt werden sie nur im engsten Kreis. Sie hat in den Wochen hier noch nicht einmal gesehen, dass ein Mann und eine Frau Hand in Hand auf der Straße gegangen sind oder sich öffentlich geküsst haben.

Auch jetzt bleibt kein Raum für Vertraulichkeiten. Mittlerweile haben sich die anderen um sie herum gesetzt und erheben Protest, Manuel und Carla sollen gefälligst Spanisch reden, sie verstehen sonst doch nichts!

Aber erst einmal will Carla wissen, wie es Inez geht, denn die sitzt auffällig still neben ihr. »Es geht mir gut, *princesa*. Lass uns morgen darüber reden, ich brauche noch etwas Zeit um alles zu verdauen.«

»Soso, aus dem gatito ist eine *princesa* geworden, das ist wirklich eine bemerkenswerte Karriere«, spöttelt Manuel. Seine Haare zeigen schon einen grauen Ansatz, das Gesicht ist faltig – aber sein Wesen ist Carla zeitlos vertraut.

Wieder ist es Luchas strenge Stimme, die ein Geplänkel zwischen den beiden unterbindet. »Carla, über deine Heilung reden wir auch morgen. Jetzt wollen wir alles wissen von Manuel und dir.«

Die beiden sehen sich verdattert an.

»Lucha, ich habe dir doch schon alles erzählt.« Carla weiß nicht, was Lucha mit ihrer Bemerkung meint.

Manuel ergänzt: »Und von mir weißt du sowieso alles.«

Jetzt stutzt Carla.

»Wieso weißt du alles von ihm, Lucha? Wieso hast du mir nie gesagt, dass du Manuel kennst?«

Sie fühlt sich hintergangen. Sie hätte ihn schon längst wieder gesehen, wenn Lucha ihr nur etwas gesagt hätte! Welches Spiel hat die alte Schamanin mit ihr getrieben?

»Bevor ich dir das erzähle, Carla, muss ich von dir wissen, was du gesehen hast, als du mit Manuel zusammen in der oberen Welt warst.«

Carla erzählt von ihren und seinen Farben, Mustern und Formen. Lucha nickt. »*Bueno.* Du bist nicht von unserem Volk, aber du kannst sehen, was wir sehen. Du hast einen reine Seele und einen starken Geist und eine große Kraft. Unsere Geister haben dich angenommen, du gehörst jetzt zu unserer Familie.«

Carla kommt sich vor wie nach einem bestandenen Examen. Nur mit dem Unterschied, dass sie vorher nicht gewusst hat, dass ein Examen vor ihr liegt.

Wird jetzt von ihr erwartet, dass sie etwas Wichtiges sagt? Fragend sieht sie Manuel an, der schüttelt leicht mit dem Kopf. Es wäre auch gar keine Zeit für eine Erwiderung von ihr, denn Lucha gibt schon wieder Anweisungen.

»Caesar, hol mir einen Becher mit Wasser!«

Lucha stellt sich mit einem abgestoßenen Blechbecher voll Wasser vor Carla hin, lässt ohne Vorankündigung das Wasser auf ihren Kopf rinnen. Carla schnappt nach Luft. Es ist durchaus erfrischend, aber etwas unerwartet.

»Ich taufe dich auf den Namen Pekunkate!«

Klatschender Beifall bekräftigt diese Namensgebung.

Lucha umarmt sie steif, klopft ihr aufmunternd auf den Rücken.

Carla schwankt zwischen Stolz und Unsicherheit.

»Hat das irgendwelche Folgen, von denen ich besser etwas wissen sollte? Welche Verpflichtungen gehe ich ein, jetzt als Teil der Familie angesehen zu werden?«

Sie steht auf, lächelt jedem zu und kann endlich ihr von Caesar neu gelerntes Shipibo-Wort für Danke anbringen: »*Irake!*«

Jeder umarmt sie, Manuel zuletzt. Als er sie in die Arme schließt, nimmt sie eine Kraft von ihm wahr, die er vor zweiundzwanzig Jahren noch nicht ausgestrahlt hat. Es ist, als ob sie in eine Steckdose fassen würde, aber es ist keine physische Kraft, es ist auch keine sexuelle Kraft. Katharina würde das sicher wieder mit dem nebulösen Wort »Energie« beschreiben. Wahrscheinlich hätte sie damit sogar Recht, denkt Carla und hört sofort wieder auf zu denken, um sich dieser Kraft hinzugeben.

»Jetzt erzähle ich dir, woher ich Manuel kenne.«

Lucha ist wirklich gnadenlos. Carla und Manuel lösen sich voneinander und setzen sich wieder auf den Boden, dicht nebeneinander, so, dass sich ihre Hüften berühren. Schamane hin, Energie her – jetzt müssen sie die Nähe ihrer Körper spüren.

»Manuel, was bedeutet eigentlich der Name Pekunkate?« flüstert sie ihm zu.

»Es bedeutet: die, die schöne Muster auf ihrem Körper hat. Das ist ein guter Name für dich.«

Carla ist berührt, so ein schöner Name!

Lucha hat den gestickten Beutel in ihrer Hand, die Stickerei leuchtet im Schein der Kerosinlampe. »Carla, das ist ja mein Beutel. Du hast ihn die ganze Zeit aufbewahrt, du hast ihn mitgebracht? Und die Flöte, hast du noch die Knochenflöte?«

Lucha zieht behutsam die zarte Knochenflöte aus dem Beutel, reicht sie Manuel. Vor Ergriffenheit bringt er kein Wort heraus. Er setzt sie an seine Lippen und spielt. Er spielt für Carla. Luchas Geschichten und Erklärungen müssen warten.

Die Geschichte, die er Carla mit der Flöte erzählt, ist die Geschichte ihrer Liebe. Die Klänge wirbeln wie übermütige Kinder durch den neuen Raum in ihrem Kopf und weichen keinen Zoll zurück vor den Gedanken, die versuchen, sich auch wieder einen Platz in ihrem Kopf zu erobern. Gedanken wie: Das kann nicht sein, dass nach zweiundzwanzig Jahren noch so viel Verbindung zwischen uns ist, so viele Gefühle. Ich sitze hier in einer romantischen Seifenblase, die gleich platzen wird.

Carla genießt diesen neuen Raum, der in der Lage ist, sie zu schützen. Sollen sich doch die bösen Geister auf den grünen Schlangen in den Baumwipfeln mit diesen Gedanken abquälen. Ich nicht.

Manuel beendet sein Spiel, wie er auch seinen Gesang beendet hat: Mit einem lang gezogenen, vibrierenden Ton.

Er reicht die Flöte zurück an Lucha, aber sie schiebt seine Hand sanft weg.

»Carla hat den Beutel im Ritual vor mich gelegt, sie hat ihn zurückgegeben in unsere Welt. Diese Flöte hat dein Vater gemacht, Manuel. Er ist ein großer *muraya*, er arbeitet mit dem Geist des Jaguar, nur deshalb durfte er eine Flöte aus seinem Knochen machen. Mit dieser Flöte hat dein Vater oft den *hermano* gerufen, wenn er *ayahuasca* getrunken hat. Ich habe ihn gesehen. Diese Flöte gehört dir, Metsa Vari, Sohn des Reshin Nika.«

Manuel umschließt die kleine Flöte fest mit seiner Hand. »*Irake*, Peshe Rake.«

»Lucha, du kennst Manuels Vater?« Carlas Frage hat einen ärgerlichen Unterton. Sie ist hier wohl die Einzige, die von nichts etwas weiß. Sogar Inez scheint über alle Zusammenhänge, die Manuel und sie betreffen, Bescheid zu wissen. Warum hat sie ihr nicht längst etwas gesagt, sie ist doch ihre Freundin!

Lucha ignoriert den Unterton und antwortet gelassen wie immer. »Ja, Carla, ich kenne ihn. Diesen Beutel habe ich vor mehr als fünfzig Jahren für ihn gestickt.«

»Das kann doch wohl nicht wahr sein«, entfährt es ihr entgeistert auf Deutsch.

Manuel verstärkt den Druck seines Oberschenkels auf ihren Oberschenkel.

»Da biste platt, Kleene, wa?« sagt er sie in bestem Berlinerisch und grinst sie an.

Zur Strafe für ihren deutschen Sprachausrutscher spricht Lucha Manuel nun auf Shipibo an. Carla kann diese Neuigkeiten gar nicht so schnell verarbeiten, wie sie über ihr hereinbrechen. Ihre ganze Reise kommt ihr jetzt vor, als hätte jemand von Anfang an die Fäden gezogen. Hat Inez etwa schon in San Rafael gewusst, das die Schwester ihres Vaters diesen Beutel für den Vater ihres Freundes gestickt hat? Carla wird schwindelig bei diesen Verwandtschaften und Verknüpfungen. »Inez, hast du das alles schon in San Rafael gewusst, das mit dem Beutel und Lucha?«

»Nein, Carla, das hat sie mir erst hier erzählt, als ich den *daño* hatte.«

»Wahrscheinlich werde ich gleich verrückt, das kann doch nicht alles Zufall sein!«

Ricardo und Caesar verfolgen das Geschehen wie Zuschauer in einer Theateraufführung - höchst interessiert, aber ohne einzugreifen.

Lucha lacht, es ist ihr erstes Lachen in dieser Nacht. »Du wirst bestimmt nicht verrückt, Pekunkate. Schau, hier hast du die Antwort auf deine Fragen.« Die alte Schamanin legt ihr den kleinen Beutel in die Hand. »Ich schenke ihn dir zurück, denn er ist es, der die Fäden so gesponnen hat, dass du zu uns gekommen bist. Ich werde dir sein Geheimnis erzählen, es ist auch mein Geheimnis. Ich war eine sehr junge Frau, so um die achtzehn Jahre alt. Auf einem Fest in unserem Dorf traf ich Manuels Vater, Reshin Nika. Er war der Sohn eines alten Freundes meines Vaters. Reshin Nika und ich haben uns geliebt. Aber unsere Väter wollten das nicht, sie hatten großen Streit deswegen gehabt und sich bis zu ihrem Tod nie wieder gesehen. Reshin Nikas Vater war ein *muraya*, mein Vater war ein *muraya*. Reshin Nika wollte Schamane werden, und ich wollte Schamanin werden. Wenn wir geheiratet hätten, dann hätte einer von uns darauf verzichten müssen, Schamane zu werden. Zwei Menschen, die Schamanen sind, können sich nicht heiraten. Jemand, der so eine schwierige Arbeit macht wie ein Schamane, der braucht einen Ehemann oder eine Ehefrau, die einen Gegenpol zur Schamanenkraft bildet, sonst verliert der Schamane seine Kraft. Nur die Verschiedenartigkeit der Energien macht ein vollkommenes Muster. Und nur aus einem vollkommenen Muster wächst die Kraft zum Heilen. So war das bei uns. Mein Vater wollte nicht, dass ich wegen eines Mannes nicht Schamanin werde. Der Mann, den ich dann geheiratet habe, war ein Fischer, das war gut für mich als Schamanin, aber nicht für mich als Frau. Deshalb habe ich diesen Beutel für Reshin Nika gemacht. Dieses Muster ist ein Gesang, der Gesang meiner Liebe. Bevor ich ihm den Beutel gab, habe ich ihn mit einer Pflanze gewaschen, die bewirkt, dass mich der, der den Beutel hat, nie vergessen kann. Wer den Beutel hat, wird immer wieder zu mir zurückkommen. Diesen Zauber habe ich nicht von meinem Vater gelernt, den habe ich von der alten Kräuterfrau Eliana gelernt. Deshalb hat Reshin Nika den Beutel seinem Sohn gegeben, als er nach Europa fliehen musste. Deshalb hat Manuel dir den Beutel gegeben, als er nicht mehr bei dir bleiben konnte. Deshalb bist du nach Peru gekommen und hast Manuel gefunden.

So ist der Beutel wieder zu mir zurückgekommen.«

Was für eine Geschichte, die wird mir zu Hause niemand glauben, nicht einmal Katharina ... Carla ist tief berührt. Sie steht auf und nimmt die spröde alte Frau herzlich in die Arme. »Ich bin so dankbar und froh, dass mich dein Beutel zu dir gebracht hat.« Lucha lässt sich die Umarmung gefallen, Carla spürt, wie der kleine knochige Körper in ihren Armen weich wird.

Manuel ist aufgestanden und umarmt jetzt die beiden sich umarmenden Frauen. Inez will auch umarmen und umarmt werden, immerhin hat sie Carla hierher gebracht – Beutel hin, Zauber her.

Ricardo und Ceasar kichern über diese Mehrfach-Umarmungen und halten sich diskret zurück. Die Männer im Dorf umarmen keine Frauen, außer, sie sind allein mit ihnen.

Der Morgen bricht an, seine Röte überzieht schon den Horizont.

»Ich gehe jetzt schlafen«, verkündet Lucha.

Ricardo zieht ihr Moskitonetz vom Balken, und mit wenigen Bewegungen hat sich die alte Schamanin darunter in ihre Decke eingerollt und auf die Seite gedreht. Genauso schnell sind Ricardo und Inez verschwunden, zurück ins Dorf. Caesar liegt auch schon in seiner Hängematte in der Kochhütte, während Carla und Manuel etwas befangen herumstehen.

»Wo wirst du schlafen«, bricht Carla das verlegene Schweigen.

»Ich habe meine Hängematte dabei.«

Manuel kramt aus einer Sporttasche eine aus Fäden geknüpfte Hängematte heraus.

»Ich kann sie neben deiner aufhängen, wenn du willst.«

»Ja, das wäre schön.«

Alles erscheint Carla sehr unwirklich. Als sie von ihrem notwendigen Gang ins Gebüsch wieder hoch in die Hütte kommt, liegt Manuel schon in seiner Hängematte, die an ihr Moskitonetz stößt, so nah hat er sie aufgehängt.

Sie krabbelt in das Netz, schließt sorgfältig den Reißverschluss und legt sich in ihre Hängematte.

»Gute Nacht, Manuel.«

»Gute Nacht, Carla.«

Irgendwann fühlt Carla eine Moskitonetz überzogene Hand den Rand ihrer Hängematte abtasten. Sie nimmt diese Hand und hält sie fest. So schlafen sie endlich ein.

Carla träumt. Jemand hält sie an der Hand, aber es ist nicht Manuel. Sie ist sehr klein, und die Hand ist groß, die sie festhält. Es ist die Hand ihres Vaters. Sie läuft an seiner Seite auf dem Bürgersteig einer belebten Straße. Sie ist sehr fröhlich, der Vater macht Späße mit ihr. Jetzt beugt er sich zu ihr hinunter, sagt etwas zu ihr. Sie kann ihn hören: »Kätzchen, bleib hier einen Moment stehen, rühr dich nicht von der Stelle. Ich laufe nur schnell auf die andere Straßenseite und werfe den Brief in den Briefkasten ein. Du wartest hier auf mich, ich mache ganz schnell.« In diesem Moment verändert sich der Traum. Carla weiß auf einmal, dass sie träumt, aber gleichzeitig schläft sie und träumt weiter. Jetzt sieht sie alles wie ein Fernsehbild: Sie betrachtet das kleine Mädchen, die Straße, den Vater auf der anderen Straßenseite. Das kleine Mädchen rennt plötzlich los, über die Straße, auf ihren Vater zu. Reifen quietschen. Der Vater springt mit panischem Gesichtsausdruck auf die Straße, schreit: »Carla, nein!« Er fasst sie am Arm, reißt sie hoch, schleudert sie auf den Bürgersteig. Ein Auto erfasst ihren Vater. Sie liegt auf dem Bürgersteig und weint.

Jemand drückt ihre Hand und ruft ihren Namen. »Carla! Wach auf!« Weinend und schweißüberströmt öffnet sie die Augen und blickt in Manuels Gesicht. Er streicht ihr über das Haar und redet beruhigend auf sie ein.

»Nur ein Traum, Kätzchen, nur ein Traum.«

»Halt mich fest, Manuel, halt mich bitte fest.«

Er hockt im Moskitonetz vor ihrer Hängematte und legt seine Arme um sie. »Komm, leg dich auf den Boden, da kann ich dir besser helfen.«

Mühsam und etwas wackelig klettert Carla aus der Hängematte, legt sich auf die Decke, die Manuel für sie vor dem Moskitonetz ausbreitet.

Carla will ihren Traum erzählen, aber Manuel hält sie zurück.

»Warte, du musst erst etwas zur Ruhe kommen. Schließ die Augen, atme ganz tief in deinen Bauch ein, weiter nichts.«

Carla versucht es, aber immer wieder verkrampft sich ihr Körper, zuckt zusammen, sie weint. Ein bekannter Duft umgibt sie, Manuel reibt sie mit einer Kräuteressenz ein, ihre Stirn, unter ihrer Nase, auf ihrem Kinn und ihre Ohrläppchen. Der Duft beruhigt sie, ihr Atem wird langsamer, die Krämpfe lassen nach. Tabakrauch hüllt ihren Kopf ein, Manuel bläst ihn auf ihre Brust, auf ihren Bauch. Leises, rhythmisches Rascheln von Blättern wandert über ihren Körper, von den Füßen bis hoch zum Kopf. Manuel beginnt einen leisen Gesang, Carla empfindet ihn wie ein Wiegenlied. Mehr und mehr entspannt sich ihr Körper, tiefer und tiefer dringt der Gesang in ihre erschütterte Kinderseele, streichelt sie, tröstet sie. Manuels Stimme wird zur Stimme ihres Vaters. Carla nimmt nichts mehr von der Außenwelt war, nicht den harten Boden, nicht die einfallenden Sonnenstrahlen, nicht Lucha, die sich zu Manuel setzt. Sie ist unendlich tief versunken in diesen Klang, der ihr Vater ist. Ihr Vater sieht nicht aus wie der Mensch, den sie kannte. Er ist nur Klang und trotzdem erkennt sie ihn. Er hat sich mit seinem Klang um sie herum gewunden, er hat sie in sich aufgenommen, sie ist in ihm geborgen.

»Kätzchen, du hast genug getrauert, du hast keine Schuld an meinem Tod. Ich will, dass du lebst und ich will, dass du dich über dein Leben freust. Ich lebe auch, aber anders als du in deiner Welt. Es gibt so viele Welten, hab keine Angst vor dem Tod. Du bist immer ein Teil von mir, so wie ich von dir. Ich liebe dich. Die Liebe ist in allen Welten, sie äußert sich in vielen Formen. Ich möchte, dass du mit meiner Liebe zurück in deine Welt gehst und lebst. Gib die Liebe weiter, du hast so viel davon und wirst immer damit genährt werden. Halte an nichts fest, gib und sei ohne Furcht.« Ihr Vater zieht langsam seinen Klang von ihr fort, bleibt als lang gezogener, rufender Ton noch eine Weile weit hinter ihr stehen, verklingt.

Ein tiefer Seufzer löst sich aus Carlas Brust, macht sie wieder ganz leicht und weit. Sie will noch nicht zurück in ihre Welt, sie will noch der Geborgenheit des Klangs nachlauschen.

Ein neuer Klang nähert sich ihr, zögernd, fragend, sanft. Eine Frauenstimme umwirbt sie, streicht behutsam über ihren Rücken. Es ist die Stimme ihrer Mutter. Carla wird unruhig, sie empfindet die Stimme als Eindringling in den Klang ihres Vaters, von dem sie noch so erfüllt ist. Aber die Mutterstimme lässt nicht locker, sie beginnt, ihr eine Geschichte zu erzählen. Es ist eine Geschichte der Verzweiflung und der Einsamkeit. Sie erzählt vom Verlust des geliebten Mannes, von der Schuld gegenüber ihrer kleinen Tochter, die sie lange Jahre im Stillen für diesen Verlust verantwortlich gemacht hat. Von ihrer Trauer über den Verlust der Nähe zu ihrer kleinen Tochter. Von der Verzweiflung über die schleichende Verhärtung ihres Herzens. Von der Trauer über ihre Unfähigkeit, Liebe zu zeigen.

Diese Stimme ist nicht die Stimme der herrischen Patriarchin, die Carla so gut kennt. Es ist die Stimme einer verletzten, Hilfe suchenden und nach Zuwendung hungernden Frau. Carlas innerer Widerstand schwindet, sie lässt sich vom Klang der Mutter berühren, sie kennt viele der Tonfolgen dieses Klangs, es sind auch die ihrigen. Eine helle Wärme durchflutet Carla, als sie sich im Klang der Mutter wieder erkennt. Dieses Erkennen ist ein Wiederfinden. Ihr eigener Klang ist nicht nur durchwoben mit dem Gesang ihres Vaters, er ist auch durchwoben mit dem Klang ihrer Mutter. Sie wird durchströmt von einer tiefen Liebe zu ihrer Mutter. Die Klänge ihrer Eltern fließen ineinander, jetzt singen sie beide. Carla wird eingewoben in das Netz ihrer Liebe. Sie lächelt und lässt sich in diesem Netz wiegen. Das Klanggewebe wird feiner, leiser, verfliegt mit dem warmen Wind, der über Carlas Gesicht streicht.

Sie öffnet die Augen, setzt sich auf. Gespannt schauen sie Lucha und Manuel an.

»Wie geht es dir, Carla?«

Noch leicht benommen von der Tiefe ihrer Entspannung und der überwältigenden Klangerfahrung lächelt sie die beiden an. »Es geht mit gut. Danke für eure Arbeit, ihr seid wirklich zwei sehr mächtige Schamanen. Ihr habt gemacht, dass ich mich zum ersten Mal in meinem Leben als das geliebte Kind meiner Eltern fühle. Ich habe meinen Vater gesehen und gehört, ich kenne jetzt die Geschichte seines Todes, aber sie ist nicht mehr wichtig. Ich kenne jetzt auch die Not des Lebens meiner Mutter, das ist wichtig für mich. Ich möchte ihr meine Liebe zeigen, bevor sie stirbt. Ich habe die Bedeutung des Klangs erfahren, alles, was lebt, hat einen eigenen Klang, und dieser Klang macht Muster. Mit manchen Klängen und Mustern ist man enger verwebt als mit anderen, aber im großen kosmischen Netz sind sie alle miteinander verwoben.

Trotzdem ist jeder Klang, jedes Wesen etwas ganz einmaliges. Diese Einzigartigkeit des Einzelnen ist ein Samenkorn, das sich im Leben entfalten will. Diese Einmaligkeit macht, das wir ohne Tod sind, ewig. Denn sie kommt als Samen aus dem Schoß der zeitlosen Schöpfungsmutter, und dahin geht sie als entfaltete Einmaligkeit auch wieder zurück. Das habe ich erfahren.« Auf Carlas Gesicht liegt das Lächeln eines Kindes, staunend, beglückt, erwartungsvoll und wissend zugleich.

»Lucha, ich glaube, du hast gerade eine Schülerin bekommen«, Manuel klopft ihr aufmunternd auf die Schulter.

Carla protestiert lachend. »Nein, nein, bloß nicht! Außerdem kann ich dann ja nicht mit dir zusammen sein. Oder willst du, dass es uns so geht wie Lucha und deinem Vater! Lieber werde ich Philosophin, das ist einfacher als Schamanin zu sein.«

»Oh nein, diese schlauen Westfrauen machen mich fertig! Ich weiß schon, warum ich wieder zurück nach Peru gegangen bin!«

Sie necken sich wie in alten Tagen. Aber jetzt protestiert Lucha.

»Soll das heißen, du findest uns Shipibofrauen dumm?«

Bevor sich die beiden Frauen gegen ihn verbünden, springt Manuel auf. »Ich sehe mal nach, was das Frühstück macht!«

An diplomatischen Schachzügen hat es ihm früher auch nicht gemangelt, kommentiert Carla innerlich seinen eleganten Abgang. »Und gelenkig ist er auch immer noch, wie schön!

Gekochte Eier, Ananas, Bananen vom Grill, ein Fladen aus Yuccamehl und Kräutertee – das Frühstück ist fürstlich. Das finden auch Ricardo und Inez, die zur Nachbesprechung des Nachtrituals gekommen sind.

Es ist erst gegen zehn Uhr morgens, aber die Sonne brennt schon wieder unerbittlich, so, als hätte es nie einen Regen gegeben.

»Ich hätte nie gedacht, dass du so gut mit dem tropischen Klima hier klarkommst«, bemerkt Manuel anerkennend, als sich alle wieder auf dem Holzboden der schattigen Hütte zusammensetzen.

»Hast du denn in den zweiundzwanzig Jahren überhaupt daran gedacht, dass ich jemals unter deiner Sonne schwitzen würde?«

»Ja, Carla, das habe ich.«

Sie beendet den Versuch eines Privatgesprächs, denn bei so vielen Ohren hat »Privates« keine Chance, privat zu bleiben. Carla hat sowieso den Eindruck, dass hier in der Dorfgemeinschaft auch das Private öffentlich ist. »Bevor wir über das Ritual reden, möchte ich nun endlich wissen, wie Manuel hierher gekommen ist. Und antwortet mir bloß nicht: mit dem Boot!« Sie wirft Manuel einen drohenden Blick zu.

»Das ist ganz einfach«, ergreift Lucha das Wort. »Das habe ich veranlasst. Als ich deine Geschichte gehört habe, den Beutel sah und das Lied der Knochenflöte vernommen hatte, wusste ich, dass dich die Geister hierher gebracht haben und das sie wollen, dass du Manuel findest. Ich hielt es aber für klüger, dich erst etwas mit unserem Volk und damit, wie wir denken, vertraut zu machen. Jetzt wirst du sein Leben hier besser verstehen können. Als ich mir sicher war, dass du für die Erfahrung der *ayahuasca* bereit bist, da habe ich Ricardo nach Pasha Ininte geschickt. Das ist das Dorf, in dem Manuels Familie lebt, sein Vater und einige seiner Geschwister. Es liegt flussabwärts, vier Stunden von hier entfernt.

So ist Manuel hierher gekommen.«

Carla gibt sich mit dieser Antwort zufrieden. Sie weiß, sie wird Zeit genug haben, so mit Manuel zusammen zu sein, dass die Antworten auf ihre vielen Fragen sich selber finden werden.

Inez berichtet nun, was ihr der Geist der *ayahuasca* gezeigt hat. Lucha und Ricardo erzählen, was sie bei ihrer »Diagnose« an Inez gesehen haben. Inez ist stark mit ihrer Verwurzelung in zwei sehr unterschiedlichen Kulturen konfrontiert worden. Sie hat ihren Vater gesehen und ihren Großvater, den Schamanen. Beide haben sie zurückgeschickt in die Welt ihrer Mutter, zurück an die Küste. Aber Inez ist nicht traurig darüber, sie weiß, dass es für sie richtig ist, nach San Rafael zu gehen. Dort ist ihr Herz zu Hause, und die Seele ist sowieso nicht an einen Ort gebunden.

»Ich werde jedes Jahr wiederkommen, und das nächste Mal bring ich Antonio mit, der wird sich wundern über das Leben hier. Er wollte auch schon immer einmal *ayahuasca* trinken.«

Als Lucha und Ricardo erzählen, was sie bei ihrer »Diagnose« bei Carla gesehen haben, beschäftigt Carla am stärksten die Frage, wie die beiden vieles von dem sehen konnten, was sie selber sah und wovon sie ihnen nichts erzählt hat.

»Den hellen Schein, den du über Luchas Kopf gesehen hast, das war ihre Krone. Alle *muraya* haben so eine Krone, es ist ihre Kraft, die man als Krone sehen kann.« Caesars Aufgabe in dieser Nacht war es gewesen, die bösen Geister von ihnen fern zu halten, die laut seinen Aussagen immer wieder versucht haben, das Ritual zu stören. »Ich habe sie mehrmals pfeifen gehört«, endet er seinen Bericht.

Das Thema der Geister ist Carla nach wie vor suspekt, aber sie akzeptiert, dass Geister für die Shipibo eine reale Existenz sind. Manuel hat ihre skeptische Miene beobachtet, als Caesar von den bösen Geistern erzählte. »Carla, ich weiß, dass es dir schwer fällt zu verstehen, dass es Geister gibt und dass man sie sehen oder hören kann, ohne verrückt zu sein. In deiner Kultur gibt es auch Geister, ich habe sie gesehen. Aber ihr habt sie in den Untergrund gedrängt, da richten sie meiner Ansicht nach mehr Schaden an, als wenn man ihnen einen Raum gibt und lernt, mit ihnen umzugehen. Übrigens habe ich die *malo espíritus* auch gehört, sie kündigen ihre Anwesenheit mit einem langen, gleichförmigen Pfeifen an. Dieser Pfiff kommt von keinem Vogel. Du weißt aus unserer Frankfurter Zeit, dass ich messerscharf denken und analysieren kann. Ich habe meinen Verstand nicht abgegeben, nur weil ich jetzt Schamane bin. Ich bin ja auch noch Lehrer, also kann ich nicht ganz verrückt sein.«

Carla liebt Manuels Art, das Unerklärliche anzunehmen und seinen Verstand trotzdem scharf und wach zu halten. Neben ihm fällt es ihr jetzt viel leichter, die Existenz verschiedener Wirklichkeiten und Welten anzunehmen. Auch die Wirklichkeiten, die sie nicht sehen kann und die sie nicht kennt.

Manuel scheint etwas zu überlegen. »Ich werde dir eine kleine Geschichte erzählen, die ich erlebt habe. Ich habe einen älteren Bruder, James. Er ist ein guter Jäger. Einmal ging ich mit ihm den Fluss hoch in den Bergdschungel, um zu jagen. An einem Schlammloch, zu dem nachts immer viele Tiere kommen, haben wir uns im Baum eine Art Hochstand gebaut – so wie bei euch im Taunus.«

Er grinst sie kurz an. »Es war schon dunkel, da hörten wir Stimmen auf dem Fluss und den Paddelschlag von einem Kanu, sie kamen immer näher. Von unserem Platz aus hatten wir einen guten Blick auf den Fluss, aber niemand fuhr vorbei. Plötzlich rüttelte es heftig an unserem Baum, so dass unser Hochsitz hin- und hergeschleudert wurde. James leuchtete mit der Taschenlampe nach unten, aber da war niemand. Komm, sagte ich zu ihm, lass uns hier weggehen, hier stimmt etwas nicht. Wir packten unsere Gewehre und unsere Paddel und wollten zum Fluss zu unserem Kanu gehen. James ging vor mir und leuchtete mit der Taschenlampe. Plötzlich spürte ich, wie sich von hinten zwei Arme um meinen Oberkörper legten und versuchten, mich in den Dschungel zu ziehen. Ich schrie, James kam sofort, leuchtete alles ab, es war niemand da. So schnell sind wir noch nie den Fluss hinab gefahren, das kannst du mir glauben. Solche Sachen sind schon vielen Jägern nachts im Wald passiert. *Malo espíritus.*«

Vergessen ist die *ayahuasca*-Nacht, jetzt werden die Geister in den Geschichten lebendig. Ein bisschen kommt sich Carla vor wie bei einer Pyjamaparty von Philip, als er noch klein war und er und seine Freunde nicht genug bekommen konnten von grusligen Geschichten. Philip – so lange hat sie nichts von sich hören lassen, aber es beunruhigt sie nicht, sie hat auch kein schlechtes Gewissen. Sie weiß, dass es ihm gut geht bei Thomas. Die Geschichten, die jetzt die Runde machen, schläfern sie ein. Sie streckt sich auf der Decke aus, rollt sich zusammen und fällt in einen leichten Schlaf.

Als sie aufwacht, ist sie alleine in der Hütte. Sie nutzt die kostbare Einsamkeit zu einer ungestörten Dusche. Sie hat sich noch nicht abgetrocknet, da ist die Einsamkeit auch schon vorbei. Der kleine Claudio kommt den Pfad herunter gerannt, gefolgt von Donaldo.

»Carla, Carla, du sollst kommen!«

Aufgeregt wie sie sind, lassen die Jungen sie auch nicht alleine, als sie sich in der Hütte wieder anzieht.

»Heute Abend ist doch mein Fest, hast du das vergessen?« Claudio blickt sie vorwurfsvoll an.

Das Geburtstagsfest! Natürlich hat sie es vergessen.

»Es fängt erst heute Abend an, aber Lucha und die anderen sind schon bei uns. Komm!« Ungeduldig fasst Claudio Carla bei der Hand und zieht sie hinter sich her, so schnell rennt er.

Manuel kommt ihr schon auf der Dorfstraße entgegen.

»Carla ist eine Dame, und Damen rennen nicht, merk dir das.«

Carla verkneift sich ein Lachen, als der Kleine etwas geknickt nach hinten in den Hof geht. Manuel sieht Carla mit einem verlangenden Blick an, Carla wird es noch heißer als es ihr schon ist. »Meinst du, wir können auch einmal alleine sein?« fragt sie leise.

Manuel blickt sich kurz um, fasst ihre Hand.

»Komm!« Schon wieder rennt sie, dieses Mal neben Manuel.

»Sieh nur geradeaus, dann spricht dich keiner an.«

Manuels Rat hat Erfolg. Es folgen ihnen aus einigen Hütten neugierige Blicke, aber niemand spricht sie an. Sie laufen zurück zu Luchas Hütte, zur Lagune. Manuel schiebt Caesars Kanu ins Wasser. »Komm.«

Carla versucht, nicht an die lauernden Rochen zu denken, watet durch das warme, seichte Wasser und setzt einen Fuß in das schmale Kanu. Das droht sofort umzukippen, Manuel hält es fest. »Das wirst du lernen müssen, wenn du bei mir bist«, sagt er nüchtern.

Carlas Herz klopft bis zum Hals, nicht nur vom Laufen in der drückenden, feuchten Hitze. Sie fühlt sich wie ein Teenie bei seinem ersten, verbotenen Rendevouz. Mit schnellen, zügigen Paddelschlägen bringt Manuel das Kanu vom Ufer fort. Carla sitzt auf dem Boden und wagt nicht, sich zu bewegen. Das aus einem Baumstamm herausgehauene Gefährt reagiert auf die kleinste Bewegung.

In der Mitte der Lagune zieht Manuel das Paddel ein und lässt das Kanu treiben. Alleine sind sie nun zwar, aber sie können sich nicht berühren, wollen sie nicht im Wasser landen. Carla will das auf keinen Fall, sie sitzt stocksteif und still. Aber sie sehen sich an, ihre verlangenden Blicke verlieren sich in ineinander, wühlen Gefühle von einer Intensität auf, die einer Körperberührung in nichts nachstehen. Sie schweigen und brennen. »Gut, dass wir auf dem Wasser sind«, denkt Carla und bekommt einen Lachanfall.

Manuel will wissen, worüber sie lacht, ein befreiendes Lachen lässt das Kanu bedenklich hin- und herkippeln.

»Erzähl du zuerst«, bittet Carla, als das Kanu wieder ruhig auf der stillen, glitzernden Lagune liegt. Braun-schwarze, große Vögel fliegen mit einem tiefen Ruf über sie hinweg. Am Ufer stolzieren zwei Marabus. Manuel erzählt, warum er so plötzlich verschwunden ist, über Berlin und London, zwei Jahre später nach Ecuador, und von dort aus zurück nach Peru ging. Er gehörte in Lima einer linken Studentenbewegung an, die gnadenlos verfolgt wurde, inhaftiert, gefoltert, getötet. Er kam mit einem Besuchervisum nach Deutschland, das schon längst abgelaufen war, als er sie traf. Sie hätten ihn ausgeliefert.

Warum er sich nie bei ihr gemeldet hat – der Kontakt mit ihr hätte ihr den Verfassungsschutz auf den Hals gehetzt. Er konnte nicht in Deutschland bleiben, sie konnte nicht mit nach Peru gehen, die Zeiten waren zu unruhig. Sie waren beide noch zu jung, um die Kraft zu haben, ihre Welten zu verbinden.

Er erzählt, dass er eine Frau aus seinem Dorf geheiratet hat, die bei der Geburt des dritten Kindes vor zehn Jahren gestorben ist. Ihr Tod war der Anlass, dass er seinen alten Vater bat, ihn als Schüler anzunehmen. Er lebt mit der Familie seiner Schwester, sie kümmert sich um seinen jüngsten Sohn, die andern beiden sind nicht mehr im Dorf, sie gehen in Pucallpa auf eine Fachschule für Tourismus. Sein Vater lebt noch, jetzt arbeitet er mit ihm zusammen. Manuel ist Lehrer, politischer Dorfchef, Schamane.

Carla fragt und fragt, vor allem will sie wissen, ob er eine neue Frau hat.

Manuel lacht. »Dann würde ich nicht hier mit dir sitzen, wir Shipibo lassen uns nicht so schnell mit einer Weißen ein. Vor zwanzig Jahren wäre so eine Beziehung wie unsere noch nicht denkbar gewesen, da hätten wir das Dorf verlassen müssen. Natürlich habe ich in den letzten zehn Jahren nicht wie ein Mönch gelebt, das ist klar.«

Dann erzählt Carla, und Manuel hat tausend Fragen. »Ich glaube, wenn du nicht gekommen wärst, dann wäre ich sicher in den nächsten Jahren nach Deutschland gekommen. Wir waren jung, aber du hast dich fest in mein Muster eingewebt.«

»In den nächsten Jahren? Solange hättest du noch gewartet? Dann wäre ich ja vielleicht schon eine Oma!« Carla prustet bei dieser Vorstellung schon wieder los, das Kanu schwankt.

»Du bist so schön, Carla, so klug und mutig. Warum sollst du nicht als Oma immer noch so eine wunderbare Frau sein wie heute?« Carlas sowieso schon sonnenrote Haut wird jetzt knallrot.

»Manuel, im Ernst, was machen wir jetzt? Darfst du dich offiziell im Dorf mit mir sehen lassen? Bleibst du hier?«

»Nein, morgen fahre ich zurück nach Pasha Ininte.«

Carla erstarrt vor Schreck.

»Morgen schon?«

»Hast du etwa so viele Sachen mit, dass du einen ganzen Tag zum Packen brauchst?«

Carla starrt in an, jetzt versteht sie nichts mehr.

»Kätzchen, du kommst natürlich mit!« Du glaubst doch nicht, dass ich dich wieder gehen lasse, wo du mich endlich gefunden hast!«

»Wenn du mich noch einmal so erschreckst, hast du gleich eine Patientin! Du hast wohl noch nie etwas von plötzlichem Schreck als Krankheitsursache gehört? Das heißt hier *susto*!«

»Lucha hat Recht, du lernst wirklich schnell! Wo hast du bloß deinen klaren, analytischen Verstand gelassen, die so erfrischend einfache Marx'sche Dialektik! Dein materialistisches Weltbild muss irgendwo zwischen Lima und hier über Bord gegangen sein. Sollen wir es suchen?« Manuel greift nach dem Paddel und setzt das Boot in Bewegung.

Das Licht der Sonne liegt wie schweres Gold auf dem Wasser, verfärbt sich zu einem tiefen Orange. Musik klingt vom Dorf herüber, die Geburtstagsparty steigt. Zeit, zurückzukehren.

Als sie das Kanu wieder ans Ufer ziehen, läuft Carla schnell zur Hütte hoch. »Warte«, ruft sie Manuel zu, »ich will mir nur schnell noch etwas anderes anziehen.«

Er wartet, ganz der Gentlemen, am Fuß der Leiter auf ihr Erscheinen. Ganz Frankfurter Dame, schwebt sie in ihrem einzigen Kleid die Leiter herunter.

Manuel fängt sie mit weit ausgebreiteten Armen auf.

Endlich haben alle guten Geister Erbarmen mit den Beiden und lassen ihnen eine ungestörte Zeit für den ersten Kuss.

Ihre Münder erkunden sich vorsichtig, dann erinnern sie sich aneinander und entdecken sich neu in ihrer Leidenschaft.

Näher kommende Stimmen lassen sie auseinander fahren. Gut, dass es schon dämmrig ist, Carla zupft eilig ihr Kleid zurecht, Manuel stopft sein Hemd in die Hose. Lässig ruft er den

Ankommenden zu: »Habt ihr was vergessen?«

Caesar kommt heran, einen anderen jungen Mann im Schlepptau. »Wir brauchen noch Becher und die Bänke aus der Küche, es sind so viele Leute gekommen.«

Manuel hilft die Bänke zu tragen, Carla verbirgt ihr immer noch rasendes Herz hinter einer Handvoll Becher.

Vor der Hütte steht eine echte Live-Band: zwei alte Männer blasen auf langen Bambusrohren, es hört sich so ähnlich an wie Didgeridoo-Musik. Ein weiterer Mann spielt auf einer Blechflöte, ein anderer schlägt wild auf eine mit Haut bespannte Blechtrommel. Zu dieser fröhlichen, sehr rhythmischen Musik tanzen vier Paare, die Röcke der Frauen rasseln bei jedem Schritt, an ihren Säumen sind Samenhälften angenäht. Auf ihren Köpfen tragen sie eine Art Krone, ein breites, gesticktes Band, das auf den Rücken fällt. In die Nasenlöcher sind große, silberfarbene Scheiben gesteckt, ähnliche Scheiben stecken in den Ohren. Aber das allerschönste sind ihre Gesichter: Feine, kunstvolle Muster bedecken die untere Gesichtshälfte bis zu den Augen. Die Frauen sind wunderschön.

Wie kann Manuel nur an mir Gefallen finden, geht es ihr angesichts dieser Dschungelschönheiten durch den Kopf.

Die tanzenden Männer haben dunkelbraune, lange, gestickte Überwürfe an. Auch sie tragen diese gestickten, hoch stehenden Bänder auf dem Kopf. Carla betrachtet fasziniert die Eleganz und Leichtigkeit der barfüßig im Sand Tanzenden. Jetzt springt mit großer Anmut eine junge Frau in die Mitte der Tanzenden, hält mit einer Hand eine bemalte Keramikschüssel auf dem Kopf, aus dem ein Hühnerbein herausschaut. Sie tanzt wild unter den anfeuernden Rufen der Zuschauer. Plötzlich springt sie wieder aus de Mitte heraus, vor Carla. Mit grazilar Verneigung reicht sie ihr die mit Reis und Huhn gefüllte Schüssel.

»Was mache ich jetzt«, flüstert sie Manuel zu.

»Du bist heute der Ehrengast. Ich glaube, die Eltern werden dich bitten, die Patin für Claudio zu sein, das darfst du nicht abschlagen. Geh in die Hütte, begrüße Romelia und Guillermo, gib Claudio ein Geschenk und dann setz dich irgendwo hin und iss. Ich komme nach.«

Carla fühlt nach dem knisternden Fünfzig-*Soles*-Schein in der

Tasche ihres Kleides, ihr Geburtstagsgeschenk. Sie betritt die mit Blumengirlanden und Luftballons festlich geschmückte Hütte. Rechts und links stehen Bänke an den Seiten, davor ein langer Tisch, zusammen geschoben aus vielen kleinen Schultischen. Der Gang in der Mitte führt zu einem einzelnen Tisch an der Stirnwand. Auf dem Tisch liegt ein großes Jaguarfell, auf dem Fell sitzt Claudio, aufrecht, ernst, unbeweglich, ein kleiner Buddha. Er trägt einen kleinen, bestickten Überwurf, so wie die tanzenden Männer. Seinen Kopf schmückt ein wunderschönes, bunt gesticktes Band, in das Papageienfedern gesteckt sind. Claudio verzieht keine Miene, als Carla auf den Tisch zugeht. Seitlich neben ihm sitzt seine Mutter Romelia, sie hält die mit einem Rüschenkleid herausgeputzte Daisy auf ihrem Schoß.

Auch Romelias Gesicht und ihre Hände sind mit Mustern bemalt.

»Danke für die Einladung, Romelia. Es ist mir eine Ehre!«

Romeila lächelt stolz. »Es ist uns auch eine Ehre, dass du da bist. Wir wollen dich bitten, Claudios Patin zu sein.«

»Das mache ich gerne, Romelia.«

Carla geht zu Claudio, der immer noch mit untergeschlagenen Beinen unbeweglich auf dem Tisch sitzt. Neben ihm steht eine riesige Plastikschüssel, voll mit Chipstüten und Bonbons. Claudios Geburtstagsgeschenke. Jeder Gast tritt vor die kleine Hauptperson des Festes, gratuliert ihm und legt sein Geschenk in die Schüssel.

Carla gratuliert ihm und fügt hinzu: »Ich freue mich, deine Patin zu sein. Ich werde dir immer helfen.«

Da zuckt ein Lächeln über das ernste Kindergesicht. Niemand im Dorf hat eine Patin aus Deutschland! Stolz setzt sich der Kleine noch aufrechter hin.

Carla drückt Romelia den Geldschein in die Hand. »Für Claudio.« Schnell verschwindet das Geld unter ihrer Bluse.

Es gibt nicht viel Auswahl an Geschenken hier in Tushmo, der kleine Laden im Dorf hat nur zwei Sorten Bonbons, eine Sorte Maischips. Die Menschen im Dorf haben nur wenig Bargeld, ihr größtes Kapital ist die gemeinschaftliche Arbeit beim Fischen und auf der kleinen, dorfeigenen Bananenplantage. Carla fängt an, Manuels sozialpolitisches Engagement seiner Studentenjahre unter neuen Blickwinkeln zu sehen. Vielleicht wächst ein

Gemeinschaftsbewusstsein ja nur auf der Grundlage einer gemeinsamen geistigen Weltsicht und aus einer gemeinschaftlichen Not heraus, in der niemand herausragend mehr besitzt als die anderen, überlegt sie, während sie ihre Essensschale leert. Vielleicht hatte Marx doch Recht: Kapital ist kein persönliche, es ist eine gesellschaftliche Macht, es kann nur durch gemeinsame Tätigkeit aller Mitglieder der Gesellschaft so in Bewegung gesetzt werden, dass es für alle fruchtbar ist. Diese Dorfgemeinschaft hätte ihm sicher gefallen. Ich kann gut verstehen, dass Manuel sich für die Selbstbestimmung seines Volkes auf eigene Lebensweise einsetzt.

Die Festhütte füllt sich, es wird eng. Endlich kommt auch Manuel und stellt sich hinter Clara. Die Schale mit masato in seinen Händen scheint nicht die erste zu sein, die er in der Zwischenzeit geleert hat. Er hält ihr sie hin. »Trink, ich hole dir gleich eine neue.«

Carla schnuppert an der weißmilchigen, sämigen Flüssigkeit – sie riecht leicht säuerlich, vergoren. Sie nippt daran, es schmeckt wie es riecht. »Danke, ich trinke lieber, was die Kinder trinken«, sagt sie mit einem Blick auf die bunten Limonandenflaschen.

Die Musikkapelle marschiert ein, hinter ihr schreitet Lucha mit hoch erhobenem Haupt, eine Herrscherin. Auch ihr Gesicht ist bemalt, sie trägt den gleichen Schmuck in Nase und Ohren wie die Tänzerinnen.

Die Band hört auf zu spielen, drückt sich an die Seite zwischen die Gäste. Schlagartig wird es still in der überfüllten Hütte, vor der Tür krakeelen noch einige von masato berauschte Männer.

Heftiges Zischen bringt auch sie zum Schweigen. Lucha zieht aus ihrer knallbunten, mit Rüschen besetzten Bluse ihre Pfeife hervor, zündet sie an. Sie ergreift die Hände von Claudio, bläst Rauch darüber, auch über seine nackten Fußsohlen, die Brust, den Rücken und über den Kopf. Claudio verzieht keine Miene. Jetzt beginnt Lucha auf Shipibo eine Art Litanei aufzusagen. An einigen Stellen lassen die Gäste ein bestätigendes »Hm, hm« ertönen. Ceasars Arm streckt sich wieder zu Lucha hin, eine kleine Schale mit masato in der Hand. Lucha trinkt, prustet etwas davon über Claudios Kopf. Der kleine Junge zwinkert einige Male mit den Augen, bleibt ansonsten aber weiter unbeweglich sitzen. Carla bewundert ihn, so viel Gelassenheit und Gleichmut mit vier

Jahren! Jetzt zieht Lucha wieder etwas unter ihrer Bluse hervor: eine schwarze Kette mit einem riesigen Zahn daran.

»Ein Jaguarzahn«, flüstert ihr Manuel zu.

Lucha zieht ihn über Claudios Kopf, der befingert ihn neugierig. So ein gewaltiger Zahn kann sogar einen Vierjährigen aus der Ruhe bringen! Alle klatschen, die Namensgebung ist vorbei – nur hat Carla gar nicht den Moment mitbekommen, an dem Lucha Claudios Shipibo-Namen genannt hat.

»Wie heißt er denn jetzt?« fragt sie Manuel, der wie die anderen noch frenetisch Beifall spendet.

»Reshin Nika, wie mein Vater«, lautet seine stolze Antwort.

»Und welche Bedeutung hat dieser Name?«

»So wie die Könige, die ihrer Abstammung folgen und niemals enden werden.«

Reshin Nikas Eltern bedanken sich bei der alten Schamanin mit einer Schüssel voller Leckerbissen und einer Schale masato. Lucha setzt sich an einen Tisch und beginnt ganz unrituell mit höchster Konzentration das Essen in sich hineinzustopfen. Immer wieder verblüfft es Carla zu sehen, wie schnell die Schamanin und auch die anderen Leute von einem magisch-rituellen Moment in die Alltagswirklichkeit wechseln können. Sie scheinen in der spirituell-magischen Welt so selbstverständlich zu Hause zu sein, dass sie sie jederzeit zwischen ihr und der Alltagswelt wechseln können, ohne viel Aufsehen darum zu machen. Kein heiliges Gebäude, keine heiligen Gegenstände. Alles und jedes ist ein Teil des großen kosmischen Lebensnetzes, ruft sie sich in Erinnerung, deshalb ist auch alles heilig, wenn es denn das Heilige gibt. Diese Art der Weltsicht gefällt mir. Wahrscheinlich entstammen die weisen Lehren unserer Kulturen alle aus einem gemeinsamen Schöpfungspool, so wie es mir die *ayahuasca* gezeigt hat, beschließt sie ihre hochphilosophische Anwandlung und lässt sich von Manuel zu einem Becher frischem, leicht vergorenem Zuckerrohrsaft verführen. Er schmeckt ihr so gut, dass sie eine Stunde später ohne Scheu der staunenden Menge zusammen mit Manuel eine gekonnte Tanzvorführung gibt, die sie beide sehr an ihre wilden Disconächte in der Frankfurter Batschkapp erinnert. Zeitgenössische peruanischen Popmusik hat die Live-Band abgelöst, einige Männer haben ihren traditionellen Überwurf wieder gegen Jeans und T-Shirts getauscht, die Frauen dagegen tanzen auch zu den Discorhythmen in ihren gestickten kurzen Röcken.

Das Lieblingslied des Abends wird immer und immer wieder gespielt, wahrscheinlich singen es schon die Nachtaffen mit: »Als ich einmal im Dschungel spazieren ging, traf ich eine große Giftschlange. Guten Tag, Giftschlange, sagte ich, piek mich bitte nicht in meinen *pico*, sonst werden meine Bälle so groß wie der Bauch von Nachbar Pedro.« Carla singt das Lied immer wieder voll Inbrunst mit.

»Dein Spanisch ist wirklich bemerkenswert«, stichelt Manuel.

Als Manuel und Carla Stunden später den Weg zu Luchas Hütte hinunterstolpern, ist das Fest noch in vollem Gange.

Lucha liegt schon unter ihrem Moskitonetz, schnarcht leise vor sich hin. »Komm, wir setzen uns an die Lagune, dann können wir noch etwas reden.«

Manuel zieht den trockenen Baumstamm etwas höher, vom Wasser weg.

»Warum machst du das?«

»Nachts kommen manchmal die Wasserfrauen aus der Lagune oder auch die Delfinmänner, die lieben Feste besonders und verführen dann die Menschenfrauen. Da ist es besser, wir sitzen ihnen nicht im Weg.«

Carla schaut Manuel zweifelnd an. »Das meinst du doch jetzt nicht ernst, oder?«

»Man weiß nie ... hier im Dschungel ist alles möglich! Und wenn dich hier schon jemand unbedingt verführen will, dann will ich das sein und nicht so ein nasser Delfinmann!«

Sie fallen sie sich in die Arme und ersticken ihr lautes Lachen mit ihren Küssen. Schließlich wollen sie weder schlafende Schamaninnen noch schlafende Delfine wecken!

Was für eine Nacht! Carla hat das Gefühl, der Himmel mit all seinen Mondfrauen und Geistern hat ein Füllhorn voll mit gutem Leben über ihr ausgeschüttet! »Manuel, weiß Lucha, dass wir morgen zusammen wegfahren?«

»Ja, ich habe mit ihr darüber gesprochen. Wenn sie es nicht für gut befunden hätte, wäre ich erst wieder alleine zurückgefahren.«

»Das hättest du gemacht?« faucht Carla fassungslos.

»Reg dich nicht auf, Kätzchen, lass die Krallen stecken. Wir fahren ja zusammen!«

»Und wie fahren wir?«

»Wie immer - mit dem Boot. Mittags fährt ein collectivo, da könnten wir mitfahren. Aber weißt du, was ich mir überlegt habe?«

»Na?« Carla schmiegt sich an seine Brust, Manuels Worte streichen wie ein Wind über ihr in die Nacht.

»Also, wir könnten uns von Guillermo das Boot nehmen, es hat einen starken Motor. Dann könnten wir beide alleine auf dem Fluss nach Pasha Ininte fahren. Wir könnten unterwegs anhalten und ein Picknick machen, oder so.«

»Oder so?« Carla beißt ihm sanft in die Brust, er zieht sie hoch, setzt sie sich auf den Schoß und rächt sich fürchterlich mit einer ausdauernden Wanderung seiner Zunge an ihrem Hals, an ihrem Ausschnitt, an ihrer Brust.

Carla schließt die Augen und gibt sich diesem so lang ersehnten Genuss hin, aber plötzlich das Gefühl, beobachtet zu werden. Ihr Blick geht über Manuels Schulter auf das vom fast vollen Mond hell beschienene Stück Erde zwischen ihrem Baumstamm und der Hütte. Ihr stockt der Atem. Keine zwei Meter von ihnen entfernt bewegt sich der Leib einer riesigen Schlange über den Sand auf die Hütte zu, mindestens fünf Meter ist sie lang.

»Manuel, da!«

Der leise, erschrockene Ausruf und ihr starr gewordener Körper veranlassen Manuel, sich umzudrehen. Er sieht gerade noch, wie der mächtige Schlangenleib unter der Hütte verschwindet.

»Eine *mantona*, sagt er fast andächtig, was für ein Glück!«

»Glück? Die hätte uns umbringen können!«

Carla erschauert, der Anblick ist ihr in die Glieder gefahren, sie löst sich von Manuel, steht auf und starrt auf das Dunkel unter der Hütte. »Ja, wir haben gutes Glück! Die *mantona* ist biologisch gesehen zwar eine der großen Würgeschlangen, aber in unserer geistigen Welt gehört die *mantona* zu den guten Geistern, sie hilft den Schamanen bei Heilungen. Ich selber arbeite hauptsächlich mit dem Geist der Anakonda, sie beschützt mich gegen die

Kräfte, die mir schaden wollen, ich habe ein besonderes Lied für sie. Aber manchmal rufe ich auch den Geist der *mantona*, damit er mir hilft.« »War das nun eine richtige Schlange oder eine Geist-Schlange?«, will Carla wissen und setzt sich wieder hin.

»Das war eine Tier-Schlange. Eine Geist-Schlange kann sich in eine Tier-Schlange oder auch in jedes andere Tier verwandeln. Der Geist der Anakonda, den ich bei schwierigen Heilungen rufe, kommt aus der anderen Welt, aus der heiligen Wirklichkeit. Deshalb kann er mich schützen und mir das Wissen geben, das ich brauche. In der anderen Welt ist alles Wissen, ohne Beschränkung von Zeit und Raum.«

Es ist, als ob auch diese biologische Schlange eine nicht-materielle Information mit sich getragen hat, die sie zwischen den beiden wie eine alte Haut abgelegt hat.

»Komm«, Manuel steht auf, »lass uns schlafen gehen.«

Auch Carla spürt die energetische Veränderung zwischen ihnen und folgt ihm wortlos. Es ist für beide unausgesprochen selbstverständlich, dass sie in ihre Hängematte geht und er in seine. In dieser Nacht berühren sich ihre Hände nicht.

Es wird eine kurze Nacht, noch vor Sonnenaufgang weckt sie Guillermos Stimme. »Was ist Manuel, willst du nun mein Boot oder nicht?«

Guillermos Stimme hört sich an, als hätte er den letzten Tropfen masato aus dem großen Gefäß herausgeleckt.

»Was brüllst du hier so rum«, schimpft Lucha. »Geh in die Küche und koch Wasser, wir kommen gleich.«

Irgendwie bewundert Carla die alte Schamanin. Sie hat jede Situation im Griff, macht nicht viel Aufhebens um sich und ihr Können, ist von allen geachtet.

Manuel erhebt sich hörbar unwillig aus seiner Hängematte. Er kommt an ihr Moskitonetz. »Carla, ich hab vergessen dir zu sagen, dass Guillermo für sein Boot und den Sprit eine Miete von sechzig *Soles* haben will. Aber soviel Geld habe ich nicht.«

Blitzschnell rattert in Carla die alt bekannte Speicherdatei mit den Daten ihrer Vorbehalte, ihres Misstrauens und ihrer Werte los: Denkt er etwa, ich werde jetzt immer alles bezahlen? Er muss schließlich auch etwas in die Waagschale werfen, wenn er mit mir zusammen ist, nicht nur ich! Will er mich oder mein Geld? Er weiß doch, dass selbst in Deutschland nicht alle Leute reich sind!«

Sie macht die Augen zu, atmet tief ein und aus, und schließt diese Datei mit dem Befehl »Neue Datei.« Sechzig *Soles*, das ist der durchschnittliche Wochenverdienst hier im Dschungel, und Lehrer werden besonders schlecht bezahlt, das weiß sie. Also, was ist ihr das Leben wert?«

»Warte, Manuel, ich gebe dir gleich das Geld. Ich freue mich auf unseren Tag im Boot!«

Das stimmt, sie freut sich, und das ist das Einzige, was zählt. Sie freut sich über Manuel, über ihr Leben.

Mit dem Morgenlicht ist das Schlangendunkel verschwunden.

Nach dieser Nacht brauchen alle einen Kaffee, stark und süß. Und ein richtiges Frühstück, Rühreier und süße, in Fett gebratene Bananen. Erstaunlich, wie schnell sich auch Inez, Ricardo, Exilda und Chabuca zum Frühstück einfinden. Sie müssen extrem gute Nasen haben, befindet Carla

Alles dreht sich jetzt nur noch um Carlas bevorstehende Abreise.

Manuel zieht Lucha zur Seite, er weiß, dass die alte Frau mit privaten Angelegenheiten noch zurückhaltender ist, als es sonst bei den Shipibos üblich ist. »Lucha, mein Vater wäre fast mit mir mitgefahren, aber dann hat er sich nicht getraut. Er sagt, er weiß nicht, ob du ihn überhaupt noch sehen willst, jetzt, wo er ein alter Mann ist.«

Lucha schweigt, ihr Blick fixiert einen unsichtbaren Punkt in der weitesten Ferne. »Ich bin auch alt, sag ihm das. Ich habe immer gut für meine Familie und die Gemeinschaft gesorgt. Jetzt will ich noch einmal für die Wärme in meinem Herzen sorgen, das habe ich lange nicht mehr gemacht. Sag Reshin Nika, ich komme.«

Inez ist sehr traurig über Carlas Abreise. Carla umarmt sie. »Inez, du bist meine große Schwester, ich habe dir für so vieles zu danken. Ich weiß nicht, wann ich wieder zurück nach Deutschland fliegen werde, aber ich verspreche dir, wir werden uns vor meinem Abflug noch wieder sehen, sag das auch Don Antonio und Ulysses. Ihr seid ein Teil meiner Familie geworden und werdet es immer sein, egal, wo ich bin.«

Inez weint. »Ich werde noch ein paar Tage hier bleiben, dann werde ich mit Exilda zurück nach Pucallpa fahren und von dort mit dem Bus über die Anden nach Trujillo. Vielleicht kommt Exilda ja mit!« Bei diesen Worten strahlt sie wieder.

»Warte, Inez, ich muss etwas für dich holen.«

Carla läuft hoch in die Hütte, zieht aus den untersten Tiefen ihres Rucksacks den Bauchgurt heraus, zählt ihr Geld. Sie weiß, das größte Geschenk, das sie Inez machen kann, ist, ihr die Busfahrt nach Hause zu bezahlen. Sie zögert beim Abzählen der Dollarscheine. Es wird sie nicht ruinieren, wenn sie auch Exildas Busfahrt nach Trujillo zahlt. Wenn sie ihre Agentur verkauft, wird genug Geld für den Beginn eines neuen Lebens übrig bleiben, egal wo sie es beginnen wird.

Sie drückt Inez zweihundert Dollar in die Hand. »Damit Exilda und du zusammen reisen könnt.«

Inez starrt fast erschrocken auf das Geld, so viel hat sie noch nie auf einmal besessen. Wortlos und tränenreich umarmen sich die beiden noch einmal.

»Wenn das so weitergeht mit dem Verabschieden, kommen wir heute nicht mehr hier weg«, stöhnt Manuel.

Daraufhin stopft Carla blitzschnell ihre Sachen in den Rucksack.

Exilda schenkt Carla eine wunderschön bemalte Essensschale. »Wer weiß, ob sie in Pasha Ininte überhaupt töpfern können«, meint sie mit einem Seitenblick auf Manuel. Der hebt nur drohend den Finger. Lucha hat wieder zu ihrer vertrauten Barschheit zurückgefunden. Als Carla sie umarmen will und sich für die Gastfreundschaft und das Ritual bedankt, meint Lucha nur: »Bedank dich nicht zu viel, wir sehen uns nämlich sehr bald wieder!« In ihren Augen blitzt es. »Wenn wir uns wieder sehen, können wir ja noch mal darüber reden, ob du nicht doch meine Schülerin werden willst.«

Manuel zieht Carla schnell von Lucha fort. »Nein, nein, das glaube ich nicht, sie ist ja noch dickköpfiger als du, das kann nicht gut gehen.«

Nun muss auch die alte Schamanin lachen. Sie zieht aus ihrer wundersamen Bluse eine lange Kette mit leuchtend roten Samen hervor, gibt sie Carla.

»Die werden dich schützen und dir gutes Glück bringen. Es sind hundertfünf weibliche Samen vom Baum Huairuro. Hundertfünf ist bei uns Schamanen eine wichtige Zahl, und der Baum Huairuro hat einen besonders starken Geist. Der Baum hat männliche und weibliche Samen, die weiblichen haben viel Kraft zum Heilen und für das gute Glück, mit den männlichen kann man dafür starken Schadenszauber machen.«

Carla bückt sich und lässt sich von der alten Schamanin die Kette überstreifen. Jetzt zieht Lucha sie an sich heran und rückt sie fest. »Du bist eine gute und starke Frau«, flüstert sie ihr zu, »du wirst viel Glück zusammen mit Manuel haben.«

Jetzt kommen Carla die Tränen. Manuel, Ricardo und Guillermo sind schon einige Schritte den Weg hoch gegangen, Exilda und Inez folgen ihnen. Carla steckt mit einem spitzbübischen Grinsen einen großen *Soles*-Schein von oben in Luchas Bluse. »Damit du nicht zu dünn bist, wenn du zu Reshin Nika kommst.«

Zum ersten Mal sieht Carla die Schamanin aus vollem Herzen lachen. »Du hast recht«, sagt sie, »ich bin für einen Mann viel zu dünn, das muss ich schnell ändern!«

Carla läuft den anderen hinterher, dreht sich noch einmal um. Die kleine Frau steht vor der Hütte und sieht ihr nach, sie ist eingewoben in das flirrende Silberlicht der Lagune, in das helle Blau des Morgenhimmels, in das dunkle Grün der Bäume, den ockerfarbenen Sand. Ein großes Glücksgefühl überströmt Carla. Sie weiß jetzt, dass auch sie eingewoben ist in jede Erscheinung der Natur, die um sie herum ist, egal, wo sie sich aufhält.

Bis sie an der Anlegestelle am Ucayali sind, hat sich ihnen eine ganze Prozession angeschlossen: Chabuca bringt ihnen eine Staude der köstlichen kleinen Bananen, Romelia einen in Bananenblätter eingewickelten, gebratenen Fisch, Donaldo schenkt ihr ein gewebtes Armband, auf dem Affenzähne aufgenäht sind. »Das habe ich selber gewebt, und die Zähne sind von Tarzans Mutter.« Mit Stolz betrachtet er sein Werk und bindet es ihr um. Tarzan zupft sofort interessiert an den aufgenähten Zähnen. Claudio benimmt sich wieder wie ein normaler, vierjähriger Junge, auch er hat ein Geschenk für Carla: ein kleines Stück von einem Jaguarfell. Freimütig erzählt er, dass er das Stück aus seinem Fell herausgeschnitten hat. Gerührt steckt Carla es in ihre Hosentasche und verdrängt alle Gedanken an Artenschutz.

Sogar Caesar taucht noch an der Anlegestelle auf, eine Flasche Zuckerrohrschnaps in der Hand. »Falls es dir mit Manuel zu langweilig wird...« Grinsend reicht er Carla die Flasche. Schon sind alle Geschenke und ihr Rucksack im Boot verstaut, da kommt Exildas Bruder Lucio angekeucht, unter dem Arm eine zusammengerollte, dünne Schaumgummimatratze. »Lucha schickt mich, sie sagt, die braucht ihr.«

Fragend sieht Carla zu Manuel, der sich von Guillermo gerade den Motor zeigen lässt. »Wirf sie rein«, ruft er Lucio zu. Guillermo erhält sein Geld, Manuel wirft den Motor an, schnell verschwinden die winkenden Gestalten im Grün der Zuckerrohrfelder am Ufer.

Carla hat die Matratze auf dem Boden des Bootes ausgerollt und macht es sich darauf bequem. Anfangs hält sich Manuel mit dem Boot dicht am Ufer, das Geknatter des Motors scheucht die Vögel im Ufergebüsch auf. Später fahren sie in der Mitte des großen Flusses, der hinter jeder Biegung breiter zu werden scheint. Sie können sich nur ansehen und durch lautes Rufen verständigen, das ist der unromantische Teil einer Bootsfahrt zu zweit. Als die Sonne höher steigt, steuert Manuel das Ufer an, drosselt den Motor und springt mit der Machete bewaffnet an Land. »Warte, ich bin gleich wieder da.« Er verschwindet im Ufergestrüpp und kommt gleich darauf mit zwei langen Hölzern wieder. Carla beobachtet staunend, wie er ein großes weißes Tuch aus einer Plastiktüte zieht, das mit einem sich wiederholenden geometrischen Muster bemalt ist. Er bindet zwei Zipfel an den Stangen fest, stellt sie auf, klemmt die Stangen im Boot seitlich ein. Die noch freien Ecken des Tuches verknotet er an zwei großen Nägeln im Bootsrand – ein perfektes Sonnensegel. »Bitte sehr, *princesa*.«

Sie fahren weiter und ihre Blicke versenken sich tief und tiefer ineinander. Nicht einmal das Spiel der Flussdelfine kann sie lange voneinander ablenken.

Keiner von ihnen denkt an die Vergangenheit, keiner von ihnen denkt an die Zukunft. Sie sind durch andere Qualitäten als die Zeit und Wunschvorstellung miteinander verbunden. Von unterschiedlichen Seiten kommend fließen ihre Lebensfäden hier auf dem großen Fluss in ein gemeinsames Muster ein.

Manuel drosselt den Motor, steigt über Kanister und Gepäck hinweg zu Carla.

Behutsam legt er sich an ihre Seite, das Boot reagiert mit einem sanften Schaukeln. Sanft ist auch der warme Flusswind, der die Sonne auf dem Wasser tanzen lässt und Carla und Manuel mit seinem großen Atem in einen feinen, pfeifenden Gesang einhüllt.

Mit ehrfürchtiger Scheu erkunden ihre Hände und Münder die Körperlandschaft des anderen, mit jeder Berührung verweben sich die geometrischen Muster auf ihren Körpern ineinander. Carla blickt über sich in einen Himmel, der von feinen geometrischen Mustern durchzogen ist. Alles ist vollkommen in diesem Moment. Die sichtbaren Welten sind verbunden mit den nichtsichtbaren Welten. Aus dem lebendigen Gewebe der Welten löst sich der Klang der Jaguarflöte, umschmeichelt das Wasser und Wind getragene Paar, verbindet sich mit dem Gesang ihrer Zellen und trägt einen neuen Klang über den großen Fluss.

Über die Shipibo

IM AMAZONASBECKEN PERUS, am Oberlauf des Rio Ucayali, lebt das Volk der Shipibo-Coniba, etwa 25.000 Menschen. Sie sprechen Shipibo, eine Pano-Sprache. Der Ucayali ist ein reicher Fischgrund, doch in den letzten Jahren ist es für die Menschen am Fluss immer schwerer geworden, ihre Familien ausreichend mit Fisch zu versorgen. Eine Hauptursache für diese wachsende Not ist der von großen Gesellschaften professionell betriebene Fischfang mit Schleppnetzen und Kühlmöglichkeit für die gefangenen Fische.

Die Shipibo leben größtenteils noch in traditionellen Dorfgemeinschaften am Fluss. Unverwechselbarer Schwerpunkt ihres kulturellen Ausdrucks sind die geometrischen Ornamente, mit denen sie Keramikgefäße und Textilien versehen. Die Muster spiegeln die gesamte Kosmologie der Shipibo wieder, alles in der Welt ist ihrer Auffassung nach von diesen energetischen Linien durchdrungen. Körperbemalung mit geometrischen Mustern ist nur noch selten anzutreffen, hauptsächlich bei touristischen Vorführungen.

Diese Muster sind sowohl Ausdruck ihrer ethnischen Identität wie auch ihr unverwechselbares, persönliches »Menschenmuster« und bilden einen energetischen Schutz. Das Wissen um die Bedeutung der Muster schwindet, obwohl für den Verkauf an Besucher und Läden die Herstellung von mit Mustern bemalter Keramiken und bestickter Textilien die Haupteinnahmequelle in den Dörfern ist.

Fernseher, Radio, Handy und Internet haben das Bewusstsein und den Stolz über die Zugehörigkeit zu diesem Volk der »guten Muster« nicht wesentlich beeinflusst. Alle Arbeiten, die mit der Wiedergabe dieser Muster zu tun haben, sind Frauenarbeiten. Der Rückgang des Fischfangs und die Abholzung des Dschungels machen es den Männern immer schwerer, ihren gewohnten Arbeiten als Fischer und Jäger nachzugehen und die Familien zu versorgen.

Trotz der einschneidenden dreihundertjährigen Missionsarbeit der Kirchen haben die Shipibo es über die Jahrhunderte verstanden, sich ihren spirituellen und heiltätigen Stützpfeiler der Dorfgemeinschaft nicht nehmen zu lassen – die Schamanin beziehungsweise den Schamanen. Immer noch sind es die Schamanen, die als »Wissende« und »Sehende« zwischen der Welt der Menschen und der spirituellen Welt vermitteln. Diese Fähigkeiten setzt der Schamane in nächtlichen Ritualen mit dem Visionen erzeugenden Trank *ayahuasca* heilend ein. *Ayahuasca* ist ein Begriff aus der Quechua-Sprache. »Aya« bedeutet »Seele« oder »Geist«, »huasca« bedeutet Ranke, Liane.

Wahrscheinlich arbeiten SchamanInnen und HeilerInnen schon seit 5000 Jahren in den Regenwäldern Südamerikas mit *ayahuasca*, um Heilung zu bewirken, Wissen und Kraft zu erlangen, die Ursachen von Krankheiten und Spannungen in der Gemeinschaft zu erkennen.

Die Besonderheit der Shipibo-Schamanen ist es, das sie in der Lage sind, in den Heilritualen das »Muster« des Patienten zu sehen. Ist jemand krank, so ist sein individuelles Körpermuster verwischt, verknotet, zerrissen. Der Schamane webt sich mit seinen Gesängen in das Muster des Kranken ein und singt es wieder »richtig«. Alle Heilungsrituale beziehen die soziale Gemeinschaft mit ein.

Neben *ayahuasca* und anderen Heilpflanzen ist Tabak eine der wichtigsten Pflanzen im Leben der Shipibo, wie auch bei allen Völker Amazoniens.

Tabak wird als ein lebendiger Geist angesehen und ist in den Ritualen verbunden mit den Qualitäten von Reinigung und Fruchtbarkeit. *Mapacho* enthält ungefähr das Zweifache an Alkaloiden wie kommerzieller Tabak.